2
HAMUO 지음
하무오
일러스트
MO
모
헬모드
HELLMODE
~파고들기 좋아하는 게이머는
폐급설정 이세계에서 무쌍한다~

제1화 그란벨 가문의 하루하루

지금은 10월의 끝. 알렌은 영주 그란벨 남작의 저택을 둘러싼 정원에 나와 있었다. 정원사가 깔끔하게 손질해놓은 곳이다.

알렌은 그란벨 가문의 시종이 된 날을 떠올렸다. 남작과 함께 영지의 중심 도시 그란벨까지 닷새를 들여 이동해서야 영주의 저택에 도착할 수 있었다. 클레나 마을에서 걸어서 이틀이 걸리는 위치에 있는 아버지 로단, 어머니 테레시아가 태어나 자란 마을에도 묵었으나 조부모와는 만나지는 못했다. 언젠가 만나고 싶은 마음은 있다.

영주의 저택에 도착했을 때, 서른 명쯤 되는 고용인들이 그란벨 남작을 마중 나와 있었다. 집사가 알렌에게 내린 지시는 시종장 리켈에게 일을 배우라는 것. 리켈은 열여덟 살쯤 된 주근깨 얼굴의 갈색머리 청년이다. 아무래도 리켈은 상당한 게으름뱅이인 듯, 집사가 일에 임하는 자세까지 배워서는 안 된다며 엄포를 놓았다.

리켈은 비록 꾀는 부릴지언정 붙임성이 무척 좋아서 물어보는 것들을 친절하게 무엇이든 다 가르쳐줬고, 물어보지 않은 부분까지 자세하게 설명해줬다. 언젠가 리켈에게 시종과 심부름꾼은 무엇이 다르냐고 물어봤다. 리켈의 답은「전혀 다르다」였다.

고용인에게는 직무에 따라 상하 관계가 있다고 한다. 알렌은 그란벨 가문 고용인들의 상하 관계를 위에서 순서대로 마도서에 기록했다.

· 집사, 시녀장
· 보좌관, 시녀, 요리장
· 마부(기마병), 요리사, 정원사
· 시종, 여종

상급 고용인이라 불리는 직무는 집사부터 시녀장, 보좌관, 시녀, 요리장까지. 서열이 높은 사람들이니 그들의 지시에 잘 따르라는 당부를 들었다. 집사는 남성 고용인을, 시녀장은 여성 고용인을 관리한다.

하급 고용인은 마부(기마병)부터 요리사, 정원사, 시종, 여종까지. 그리고 저택 안에 있는 심부름꾼은 고용인이 아니라고 한다. 심부름꾼은 어디까지나 심부름꾼일 뿐, 도우미 같은 입장에 있다.

리켈은 고용인들의 상하 관계 이외에 귀족의 가족관계에 대해서도 가르쳐줬다. 「귀족의 가족?」이라고 의문을 가진 이유는 알렌이 다른 세계에서 전생을 했기 때문이다. 이 세계 귀족의 가족에 관한 개념이 알렌의 상식과는 무척 달랐다.

귀족의 가족에는 고용인도 포함된다고 한다.

그 말을 들었을 때, 아버지 로단이 눈물을 흘릴 만큼 기뻐했던 이유를 겨우 깨달았다. 알렌은 시종이 되어 그란벨 가문 소속에 이름을 올린 셈이다.

평민이어도 시종이 되는 것은 어렵다. 심부름꾼 또한 마찬가지다. 그런데 농노에서 갑자기 귀족의 시종이 됐다. 그란벨 남작이 마을을 구하고 발전에 공헌한 로단에게 최대한의 포상을 내렸다고 말할 수 있겠다.

'맞아. 이건 감사해야 할 일이야.'

그렇게 자기 자신을 타이르면서 리켈에게 배운 고용인들의 신분에 대해 떠올렸다.

"얘, 알렌! 똑바로 서! 내 시종이잖아!! 손이 안 닿는단 말야!!"

눈앞에는 커다랗게 여문 붉은색 과일이 열린 커다란 나무가 있다. 알렌은 정원의 나무 아래에서 그란벨 남작의 딸 세실의 목마를 태우고 있는 중이다. 그래서 세실의 넓적다리가 어깨 위에 올라가 있다. 어깨에 다리를 올리고 타있는 세실은 답답해하며 알렌의 머리카락을 덥석 붙잡아 휘저었다.

세실이 살짝 치켜뜬 당찬 느낌의 심홍색 눈동자로 쏘아보면서 「정원으로 와」라고 명했을 때는 두들겨 맞는 것이 아닐까 생각했었지만, 사실은 나무 열매를 따고 싶어서 목마를 태워달라며 불러냈을 뿐이었다. 가을의 끝에 잘 익은 커다란 과일을 먹어본 적은 없으나 무척 맛있을 것 같다. 상당히 높은 곳에 있기 때문에 어른이어도 손이 안 닿을 것 같았다.

"세실 아가씨, 어깨 위에서 일어나시는 게 어떨까요?"

"해, 해볼게. 나를 떨어뜨리면 가만 안 놔둘 테니까 조심해!! 당장 아버님한테 일러바칠 거야!!"

'실수하는 척하고 떨어뜨리고 싶다.'

세실은 알렌과 자신이 동갑임을 알게 된 이후 이렇게 사사건건 귀찮게 군다. 집사 세바스의 말에 따르면 세실은 알렌을 전속 시종으

로 쓰겠다고 강력히 주장했다고 한다. 그리고 힘내라는 말을 하는 집사의 눈에는 동정의 빛이 가득 차 있었다. 그저 한숨만 나왔다.

세실은 느릿한 움직임으로 알렌의 어깨를 밟아 균형을 잡으며 느릿느릿 일어섰다. 알렌은 세실이 떨어지지 않게 발목을 단단히 잡아 받쳐줬다.

“손은 닿으실까요? 세실 아가씨.”

“아, 안 닿아. 아직도 안 닿아.”

‘그럼 포기하지…….’

“그러면 팔을 뻗어서 더 올려드릴 테니 다시 해보실래요?”

“응? 알았어. 천천히 올려줘.”

느릿느릿 세실의 몸을 들어 올려주던 중 드로즈같은 호박 속바지가 보였다. 물론 여덟 살짜리 소녀에게 뭔가의 충동을 느끼지는 않는다. 서른다섯 나이를 헛으로 먹진 않았다.

“어떠신가요?”

과일을 비틀어 따는 소리가 났다.

“따, 땄어! 천천히 내려줘.”

세실이 떨어지지 않도록 천천히 내려준다. 세실의 손에는 새빨간 나무 열매가 쥐여져 있었다. 생글생글 웃으며 자랑스럽게 나무 열매를 붙잡고 있다. 언젠가 꼭 따겠다며 줄곧 벼르고 있던 것일까.

그리고 소매로 껍질을 닦고 사각사각 소리를 내며 천천히 먹기 시작했다. 아가씨는 정말 말괄량이구나, 그런 생각을 하며 가만히 지켜보던 중 생글생글 웃던 세실의 얼굴이 확 구겨졌다.

“퉤! 맛없어!”

아무래도 시큼한 녀석인 것 같다. 고생해서 딴 나무 열매를 땅바닥에 내동댕이친다. 잘 보니 바닥에는 썩은 나무 열매가 몹시 많았는데, 정원사도 가만히 방치하는 것 같다. 애당초 먹을만한 열매가 아니었을 테지.

"뭐, 높은 데 맺힌 열매는 시다는 말도 있으니까요."

"그런 이야기, 난 몰라! 혹시 너, 이 열매를 못 먹는다는 걸 알고 있었던 거야?!"

"알……아니요, 알지 못했습니다."

'아차차, 알 바 아니라고 대답할 뻔했어.'

"그래? 뭐, 됐어. 입가심으로 포포 열매 먹을래. 얼른 주방에 가서 받아와. 혹시 없으면 시장에 가서 사 오고."

'끙, 없어도 그냥 넘어가주진 않겠다는 건가.'

명령에는 거역할 수 없어서 곧바로 주방에 갔다. 가는 중에 불길한 예감이 들었는데, 아니나 다를까 요리장은 고개를 저으며 포포 열매는 없다고 대답했다. 따라서 시장까지 가서 사오는 게 확정이 되어 집사에게 사정을 설명하고 은화를 받았다. 자기 돈을 쓰는 미련한 짓은 안 한다.

영주의 저택 안 고용인들이 쓰는 뒷문을 지나 시장으로 향했다. 원칙상 정문은 쓰면 안 된다는 말을 미리 들었기 때문이다.

'다행이야. 바깥에 나갈 기회가 꽤 있구나.'

시종은 요컨대 잡일 담당이다. 지시에 따라 귀족의 시중을 들며 다양한 잡일을 한다. 밖으로 물건을 사러 다니는 일도 자주 있을 것이라고 리켈이 말해줬다.

영주의 저택은 그란벨의 깊숙한 곳에 위치한다. 저택에서 나오면 먼저 기사와 같은 고급 병력 및 도시의 유력자들이 사는 귀족 거리가 있다. 시장은 귀족 거리를 지나야 하는지라 걸어서 가면 편도로 두 시간 가까이 걸렸다.

그란벨의 시장은 클레나 마을과 달리 다양한 과일이 진열되어 있었다.

"포포 열매 하나 주세요."

"옜다, 은화 한 닢이야."

몇 개를 사야 할지 집사에게 물었을 때 하나면 된다는 답이 돌아왔었다. 아가씨의 어리광에 돈을 낭비하지는 않는 듯하다.

'후유, 과일 하나가 은화 한 닢인가. 비싸다, 비싸. 그나저나 클레나 마을이든 그란벨이든 금액은 똑같은 건가.'

포포 열매만 달랑 하나 든 바구니를 손에 들고 귀갓길에 올랐다.

'과일이 잔뜩 있었지. 영지 가까운 곳에 과수원이라도 있는 걸까? 아니, 하지만 이제 곧 추워질 텐데…… 이세계는 한겨울에도 과일이 열리나?'

이세계에 오고 8년. 지금도 시시때때로 사소한 의문이 솟아난다. 알렌은 자신이 아직 전생의 상식에 사로잡혀 있음을 깨달았다. 돌이켜보면 이 세계에서는 여름이든 겨울이든 상점에 같은 과일이 진열되어 있지 않았던가.

벌써 11월이 가까워지는데 여름과 같은 과일을 구할 수 있다. 그러고 보니 클레나 마을에서도 12월에 포포 열매, 모르모 열매를 살 수 있었다. 가까운 곳에 겨울에도 열매가 맺히는 과수원이 있는 걸까 생각을 하던 때였다.

~~쿠구우우우우웅~~!

눈 깜짝할 새에 주위가 어두워지며 하늘에서 굉음이 울려 퍼졌다. 무언가 거대한 물체가 하늘을 날아가는 기척이 느껴졌다. 보지 않아도 안다. 상당한 크기였다. 혹시 드래곤인가 싶어 하늘을 올려다봤다.

"엑, 뭐야!!!"

저절로 큰 목소리가 튀어나왔다. 하늘에는 수십 미터, 아니, 100미터는 족히 될 럭비공 모양의 타원형 배가 날아다니고 있다. 비행선이었다. 승강장이 도시의 옆에 있는지 천천히 하강하면서 나아간다.

터무니없는 크기에 어째서인지 마음이 두근두근했다.

'그런가, 비행선이 있는 세계였구나. 어쩌면 시장에 있는 과일도 따뜻한 남쪽 지방에서 가져온 게 아닐까?'

그때, 알렌은 거대한 비행선을 보고 세계가 넓다는 것을 느꼈다. 한 살 때 아버지가 알바헤론을 보며 가르쳐줬던 것을 떠올렸다.

알바헤론은 알렌이라는 이름의 유래가 된 가을철마다 북쪽으로 날아가는 마수다.

마을보다 훨씬 큰 그란벨이라는 도시에서, 알렌의 시종 생활이 시작되었다.

* * *

비좁은 방 나무 창문의 빈틈으로, 아직 빛은 들어오지 않는다.

'아침인가.'

도서관이었던가, 미술관이었던가. 알렌은 어딘가에서 맡았었던 낡은 목조 건축물의 냄새로 깨어났다. 저택의 냄새는 아직 익숙하지 않다. 11월에 들어선지라 일출은 늦었으나 이미 기상 시간이었다. 마도서로 마력 회복을 확인한 뒤 일과인 마력 소비를 수행했다.

이곳은 알렌의 방이다. 뜻밖에도 1인용 방을 받았다. 사실 이름만 방일뿐, 이곳은 저택의 지붕 밑 다락방이자 창고였다. 천장이 낮은 다다미 세 장짜리 공간에다가 평소 사용하지 않는 가구나 식기를 놓아두었기에 실제 넓이는 다다미 두 장도 안 될 것 같다. 이렇듯 엄청 작은 방인지라 침대도 둘 곳이 없어 이불을 깔아서 잔다. 듣자하니 남성 고용인들의 방은 전부 차서 다락방을 알렌에게 배정했다고 한다.

남성 고용인들의 방은 4인실이라고 들었기에 알렌은 다락방을 받은 것이 몹시 기뻤다. 1인용 방은 여러모로 편리하니까. 이것저것 검증해야 할 사안이 많은 데다가 작은 소환수라면 소환도 가능하다.

'인터넷 카페의 방이랑 비교하면 두 배는 되잖아. 충분히 넓어.'

켄이치였던 시절에 인터넷 카페에서 게임을 할 때도 있었다. 밤샘사냥을 하려면 다리를 쭉 뻗고 편하게 있을 수 있는 좌식 방이어야 피로도 덜 쌓인다. 따라서 다락방에 불만은 전혀 없었다.

옷을 갈아입고 고용인용 식당이 있는 1층으로 내려간다. 농노였을 때 입었던 낡은 마직물 옷이 아니었다. 흑색을 바탕으로 하여 꼼꼼하게 재봉한 좋은 옷이다. 고용인용 제복인 터라 더럽히지 않게 조심하라고 당부 들었다. 방금 갈아입은 평상복도 농노 시절의 옷보다 질 좋은 옷이었다.

1층 식당에는 이미 열 명쯤 되는 고용인들이 모여 있었다.

"좋은 아침이야."

나무 쟁반을 받아 들었을 때 인사말이 들렸다. 시종장 리켈이다.

"좋은 아침입니다."

이리 오라고 말하기에 탁자의 맞은편 자리에 앉았다. 평소부터 잘 신경 써주는 선배라서 「요즘 어떠냐?」라든가 「일은 할 만하고?」라든가 매일같이 말을 붙여준다.

"세실 아가씨하곤 잘 지내고 있냐?"

살짝 걱정하는 눈치다. 보통 시종이 되고 곧바로 누군가의 전속으로 들어가는 경우는 거의 없다고 한다. 처음에는 잡무부터 맡아 하다가 일솜씨를 인정받은 뒤 제안을 받아 전속 시종이 되는 것이 일반적이라고 했는데, 실제로 리켈은 전속으로 들어갈 만큼 좋은 평가를 받지 못해서 시종들을 관리하는 것이 주 업무였다.

그런 대화 나누며 식사를 했다. 빵과 야채수프다. 수프에는 고기 조각이 겨우 맛이나 볼 만큼 들어가 있다. 클레나 마을에서 살던 시절이 오히려 고기의 양은 많았다. 작년이나 올해는 고기도 꽤 넉넉했으니까.

"사실은 어제 말이죠……."

세실 때문에 포포 열매 심부름을 다녀와야 했던 이야기를 했다. 비행선을 본 얘기도 같이 꺼냈다.

"그런가. 마도선은 처음으로 본 거야?"

"마도선이요?"

마도선은 마도구로 만든 배인데, 매달 세 번쯤 왕도를 목적지로 왕복한다고 한다. 편도 금화 한 닢으로 탈 수 있다며 돈을 좀 모으면 타보는 것도 괜찮다며 가르쳐줬다.

마도구라면 이 저택에도 잔뜩 있었다. 1층의 커다란 탁상시계와 저택 내부에 다수 배치되어 있는 조명 등 여러 물건들이 마석으로 작동한다는 이야기는 페롬스에게 들어서 안다.

리켈의 수다가 계속 이어졌지만, 슬슬 저택의 주인들이 깨어날 시간이었다. 이만 가보겠다고 인사를 한 뒤, 알렌은 여종과 함께 세실의 방으로 향했다.

세실이 지내는 방은 저택의 3층, 알렌의 방 바로 아래에 있다. 여종이 세실의 옷시중을 마칠 때까지 복도에서 기다렸다가 방 안에 들어간다. 알렌의 일은 침대 주변의 정돈 및 청소, 잠옷의 회수 등등. 즉, 완전한 잡일 담당이었다.

알렌이 집사 세바스에게 지시를 받아서 하는 일은 두 가지다. 하나는 세실의 수발을 드는 것. 즉, 잡일. 다른 하나는 식사 시중이었다.

식사 시중은 용모가 좋은 여종과 시종이 하는 일이다. 리켈은 한 번도 맡아본 적이 없다고 말했다. 그런 점에서 비록 자각은 못할지언정 알렌은 어머니 테레시아를 닮아 용모가 무척 좋았다. 이 세계에서는 희귀한 칠흑빛 눈과 머리카락이 눈길을 끌기도 해서 식사 시중으로 전격 발탁된 셈이었다.

공부를 위해 평소부터 남작 일가의 식사 시중도 담당한다. 주된 업무는 어디까지나 세실의 수발이지만, 낮 동안에는 세실이 수업을 잔뜩 받아 중간에 호출이 오진 않으니 거의 할 일이 없었다.

리켈에게 게으름 부리는 버릇이 든 것도 무리는 아니라는 생각이

든다. 아무리 저택이 커도 고용인들이 대략 서른 명이나 있으니까 한가할 때는 한가하다. 집사같이 역할이 많은 인물은 물론 있으나 그럼에도 여유가 있는 시간이 많았다.

저녁때가 되어 남작 일가가 2층 식당에서 식사를 했다. 남작가의 만찬은 하나씩 순서대로 내오는 코스 요리이기에 시간이 제법 걸리지만, 다른 고용인들이 방 바깥에서 다음 요리를 전달해줄 뿐 아니라 식사 시중 담당은 알렌을 포함하여 세 명이 있어서 아주 바쁘지는 않았다.

"알렌도 일이 많이 익숙해졌네."

남작 부인이 말을 건넨다. 알렌은 켄이치였던 시절, 10년 동안 회사원으로 일을 한 경험이 있다. 요식업의 접객 경험은 없기에 식사 시중은 만화, 영화에서 본 고급 호텔의 웨이터를 떠올리며 분위기만 맞춰 일하고 있었다.

"감사합니다. 여러 선배들의 지도 덕분입니다."

머리를 공손하게 숙여 감사의 뜻을 표시했다. 부인은 눈을 휘둥그레 뜨며 「어머나!」 하고 감탄했다.

"이 아이는 정말 농노 출신이라는 생각이 안 들어요."

"그래, 이런데도 재능 없음 판정을 받았다더군."

'응? 내 재능을 조사한 건가? 어디서 뭐 하며 살았는지도 모를 녀석을 저택에 들인 셈이니까 신변 조사는 당연한 건가. 그렇다면 능력치가 전부 E라는 것도 이미 알겠네.'

그란벨 남작의 발언에서 추측을 한다.

"어머, 재능이 없는 거야?"

세실이 대화에 끼어들었다.

"네. 감정 의식에서 그렇게 판정받았습니다."

"그랬구나? 나는 마도사야."

세실은 흐흥, 의기양양하게 콧소리를 냈다. 가슴을 쭉 펴는 것처럼 보인다. 알렌은 결코 자신의 말로 「재능이 없다」라고 대답하지는 않았다. 지금 감정을 받는다면 무엇인가 재능이 표시될 것이다. 재능이 없다고 말한 사람은 어디까지나 신관이다.

"대단하십니다, 세실 아가씨. 훌륭한 재능을 갖고 계시는군요. 마도사는 무척이나 귀한 재능이라지요."

칭찬받고 싶어 하는 것 같아서 대놓고 칭찬해줬다. 세실이 기뻐하며 해쭉해쭉 웃었다. 이러한 대답 때문에 세실이 자꾸 치근거린다는 것을 알렌은 깨닫지 못한다.

'마도사라니. 그런 직업이 있었던가? 마법사가 별 하나고 대마도사가 별 세 개였었지? 마도사라면 둘 사이에 있는 별 두 개인가? 꽤 괜찮은 재능이네.'

알렌이 이세계에 오기 전 각 직업에 대해 살펴보던 기억을 떠올리던 중 그란벨 남작이 세실을 꾸짖었다.

"세실! 거듭 말했을 텐데! 재능을 자랑삼아 떠들지 마라."

"죄, 죄송합니다. 아버님……."

"그리고 토마스. 어린애같이 울지 말거라."

동시에 세실의 오빠 토마스를 같이 꾸짖는다.

"죄, 죄송해요. 아버님. 저, 저만 재능이 없잖아요. 형님도 동생도 재능이 있는데……."

토마스는 세실의 옆자리에서 훌쩍거리고 있었다.

"재능 따위, 관계없다. 넌 왕도의 귀족원에 보내준다고 몇 번이나 말하지 않았더냐?"

"형님처럼 학원 도시에 가고 싶어요."

"불가능하다. 아버지도 재능이 없어 귀족원에 가야 했으니. 다만 그곳도 좋은 곳이란다. 밤에 무도회가 열리고 아버지는 그곳에서 어머니와 만났지……."

"어머나!"

남작 부인이 얼굴을 붉히고 두 손을 뺨에 가져갔다.

'오호, 귀족이어도 재능이 없으면 학원 도시는 못 가는 건가. 그리고 재능 없는 귀족이 다니는 곳이 귀족원이고? ……뭐, 귀족은 재능을 갖기 어려운 세계니까.'

이 세계에서 재능은 신분이 낮은 평민이나 농노에게 더욱 잘 발현된다. 세 남매 중 자신 혼자만 재능이 없는 토마스는 무척 침울해하는 모습이었다.

째릿!

'으핫! 세실이 엄청 노려보고 있어.'

세실이 너 때문에 아버님한테 혼났다고 탓하려는 듯이 알렌을 매섭게 노려봤다. 눈을 마주치지 않도록 아무것도 모르겠다는 표정을 지은 채 식사 시중을 계속하며 알렌은 오늘 업무를 마쳤다.

*　*　*

오늘은 반차. 오후부터 쭉 휴무다.

“오후에 외출하려고?”

고용인용 식당에서 식사를 하던 때 시종장 리켈이 말을 걸어왔다. 시종의 제복이 아닌 평상복 차림이라는 것을 알아본 듯했다.

“네, 거리에 나가보려고요.”

“그렇구나. 좀 알려줘야겠네.”

희색을 띠며 또 이것저것 가르쳐준다. 역시 시종장이었다. 통금시간은 딱히 없지만, 너무 늦으면 집사에게 호출을 받는다고 한다. 대체로 21시부터 0시까지는 복귀하는 것이 관례일 뿐, 딱 잘라 21시까지는 복귀하라는 식의 엄밀한 규정은 없다는 것이 다행이었다.

리켈은 주마다 두세 번, 일이 끝나면 거리에 나가 주점에서 술을 마신다. 15시쯤 슬쩍 빠져나가는 경우도 있는데 그때마다 집사에게 호되게 꾸중을 듣는다며 마치 자신의 무용담처럼 가르쳐줬다. 외출할 때는 그란벨 가문의 문장을 반드시 소지하도록 말을 해줘서 알겠다고 대답한 뒤 문장을 가지고 바깥으로 나왔다.

‘오늘은 모험가 길드에 가볼까.’

심부름 도중에 잠깐 들를 수 있는 장소는 들러봤었다. 다만 시장과 달리 귀족 거리의 반대편에 있는 곳은 휴일이 아니면 가보기가 어렵다. 동서남북 네 군데 있는 도시의 문 가운데 북문과 남문 가까운 곳에 위치하는 모험가 길드도 그러한 장소 중 한 곳이었다. 저택에서 길드까지는 이 도시를 끝에서 끝으로 오가는 격인지라 상당히 먼 거리다. 세실의 심부름 도중 들르기에는 지나치게 멀다.

중간에 갑옷을 입고 무식하게 큰 대검을 등에 짊어진 사람과 엇갈렸다. 이 세계에는 마수를 사냥하여 보수를 받아 생활하는 모험가라고 불리는 사람들이 있다. 심부름을 나갈 때마다 모험가로 보이는 사람들을 꽤 많이 봤었는데, 저 갑옷을 입은 사람도 분명 모험가일 것이다.

리켈에게 들은 말인데 이 세계에는 모험가 길드라는 조직이 있고, 영주도 길드에 마수 토벌을 의뢰하는 경우가 있다고 했다. 도시 중앙에 있는 시장까지 도보로 두 시간, 도시의 반대편까지 가려면 네 시간은 걸릴 우려가 있다. 복귀가 너무 늦어지면 안 되니 달려가기로 했다. 알렌은 길드에서 알아보고 싶은 정보가 있었다.

'오! 모험가가 많아지는 걸. 검에 창에 지팡이도 있구나.'

남문이 정면으로 커다랗게 눈에 들어오던 즈음에 대로와 접한 건물에서 모험가들이 줄줄이 나오는 것을 발견했다. 저 커다란 건물이 아마 모험가 길드라고 불리는 곳이겠지. 주위에는 주점이나 여관이 꽤 많았다. 알렌은 곧장 길드에 들어갔다.

'흠, 모험가가 드문드문 있네. 공간이 꽤 비었어.'

지금은 15시 전이다. 이 시간은 별로 혼잡하지 않은가 보다. 머리카락 색깔이 눈길을 끌어서일까, 혹은 단순히 아이이기 때문일까. 그냥 걷고 있는데도 시선이 제법 모여들었다. 너무 북적거리지 않아서 다행이라는 생각을 했다.

'모험가라…… 나도 할 수 있을까?'

알아보고 싶은 정보는 바로 저것이었다.

접수처의 예쁜 누나도 알렌의 얼굴을 빤히 쳐다보고 있다. 저 사람한테 물어봐야겠다.

“실례합니다.”

“네, 무슨 용무일까요?”

“모험가는 저도 할 수 있나요?”

“으음~ 꼬마야, 몇 살이야?”

“여덟 살이에요.”

“모험가가 될 수 있는 나이는 열두 살부터란다.”

“그런가요…….”

미안하다는 대답이 돌아왔다.

‘흠, 아직은 못 하는 건가.’

로단이 마을 발전에 공헌한 포상으로 알렌은 시종이 됐다. 이대로 쭉 시종 노릇을 하는 생활도 떠올려봤는데, 제약이 많은 시종 신분으로 평생을 보내자는 결심은 털끝만큼도 들지 않았다. 몇 년은 시종 노릇을 계속하겠지만, 이후에는 모험가가 될 계획이었다. 로단에게는 몇 년인가 시종 생활을 해봤지만, 도무지 자신에게는 맞질 않았다고 말할 작정이었다. 다만, 열두 살까지는 모험가가 될 수 없다고 한다.

오늘은 모험가가 되기 위한 조건 이외에도 확인하고 싶은 부분이 있다.

“그리고 그란벨 주변에 있는 마수에 대해서 알고 싶은데요. 혹시 자료 같은 걸 볼 수 있을까요?”

“미안, 모험가가 아니면 자료실에 못 들어가.”

모험가가 아니면 아무것도 가르쳐주지 않으려는 듯하다.
"그런가요."
그렇게 대답한 뒤 접수처에서 물러났다.
그렇다 해도 어디에 어떤 마수가 있는지 조사하기 위하여 굳이 휴일을 써서 찾아왔지 않은가. 이대로 돌아가면 헛수고인지라 다른 방법으로 정보를 수집하고자 건물 내부를 둘러봤다.
'오? 마수 토벌을 의뢰하는 공고문이다.'
벽 한쪽에 양피지가 덕지덕지 붙어 있었다. 군데군데 빈 부분이 있는 공간도 분명 공고문이 붙어 있었던 자리일 테지. 양피지를 잡아 뜯은 자국이 남아 있다.
'흠, 의뢰를 받을 때는 이 공고문을 떼어가는 건가.'
토벌 의뢰는 일본어로 써 놓았기에 알렌도 편하게 읽을 수 있었다. 어느 공고문에도 마수의 랭크, 마수의 이름, 토벌 보수가 적혀 있다.

· E랭크 뿔토끼, 동화 1닢
· D랭크 고블린, 동화 5닢
· D랭크 빅 토드, 동화 8닢
· C랭크 오크, 은화 3닢
· C랭크 갑옷 개미, 은화 3닢

꽤 많은 종류의 마수가 있었다. 끝에서부터 점점 더 높은 랭크를 배치해 놨다. 알렌은 곧장 정보를 마도서에 기록했다.
'그나저나 출현 장소가 안 적혀있네. 혹시 「어디에나 있다」라고 해

석하면 되나?'

"얼씨구. 왜 이런 곳에 어린애가 있냐? 이봐, 꼬마야. 여기는 꼬맹이가 올만한 데가 아니다."

집중해서 정보를 보고 있을 때, 뒤에서 목소리가 들렸다. 고개를 돌려보니 팔과 뺨에 흉터를 잔뜩 새긴 남자가 서 있었다. 나이는 20대 초반쯤 되었으려나. 허리에는 칼을 차고 있었다.

"죄송합니다, 이제 나가볼게요."

아마 여기에 너무 오래 있으면 안 되는 분위기 같다. 괜히 시비가 붙으면 귀찮아지니 이만 나가기로 했다. 다만 나가기 전에 출현 장소를 확인할 수 있을까 기대하며 말을 걸어온 모험가에게 질문했다.

"이 토벌 의뢰에는 왜 출현 장소가 안 적혀 있나요?"

"엉? 뭐, 이 녀석들은 여기저기서 막 튀어나오니까."

귀찮아하면서도 가르쳐준다. 더 들어보니까 고랭크 마수는 백룡 산맥의 가까운 곳에 모여 있다고 했다.

'흠, 백룡 산맥이면 클레나 마을 너머에 있는 곳 아닌가? 산기슭이 도시 근처까지 뻗어 나오는 건가?'

알렌은 아직껏 지도를 본 적이 없다. 아마도 저택 서고에는 있을 듯싶은데, 아쉽게도 시종은 서고 출입이 허락되지 않았다.

모험가의 이야기에 따르면 도시에서 멀어질수록 마수의 랭크가 올라간다고 했다. 그 정보들을 빠짐없이 기록했다.

· 도시 주변, E랭크 마수

· 걸어서 1일, E~D랭크 마수

· 걸어서 3일, D~C랭크 마수
· 걸어서 7일, C~B랭크 마수

토벌 의뢰를 받지 않아서일까, 보수가 큰 마더 가르쉬의 토벌 의뢰가 아직껏 붙어 있었다.

· B랭크 마더 가르쉬, 란바 마을, 금화 200닢

'지금 란바 마을 주변에 있는 건가? 금화 이백 닢이라니. 보수가 쭉 올라갔군.'

"마더 가르쉬는 왜 아무도 토벌을 안 하는 거예요?"

알렌이 이것저것 잘 대답해주는 모험가에게 물어보자 마더 가르쉬는 토벌을 하러 가봐도 이미 어딘가로 이동해서 헛수고를 하기 십상이기 때문이라고 가르쳐줬다. B랭크 중에서도 상당히 강한 부류에 속한 것도 의뢰를 안 받는 이유라고 한다. 결국 모험가가 의뢰를 받아주지 않기에 마더 가르쉬 토벌은 기사단이 맡는 경우가 많다던가.

"그럼 여기에 백룡 토벌 의뢰는 왜 아무도 안 받는 건가요?"

· A랭크 백룡, 백룡 산맥, 금화 1000닢

가장 구석에 붙여 둔 양피지 토벌 의뢰는 꽤 오래전부터 붙어 있었는지 완전히 변색되었다. 금화 천 닢은 다른 토벌 보수가 적게 느껴질 만큼 고액의 보수였다.

"이 녀석아, 질문이 도대체 몇 개냐?"

"에이, 좀 알려주세요. 이게 마지막이에요."

살짝 능청 부리자 모험가는 투덜거리면서 질문에 대답해줬다.

백룡 산맥에 사는 백룡의 토벌 의뢰는 대상이 지나치게 강한 까닭에 아무도 시도조차 하지 못한다. 다만 백룡 산맥에는 미스릴 광맥이 있어 발굴을 위해 무시무시한 백룡을 어떻게든 토벌하고 싶다. 이러한 사정 때문에 보수가 자꾸 올라갔고, 어느덧 금화 천 닢에 다다랐다는 사연이 있었다.

'아하, 백룡 토벌의 보수에 금화 천 닢을 걸어도 이득이 생길 만큼 미스릴 광맥에 가치가 있다는 말이구나.'

그나저나 이 남자, 좀 툭툭거려도 의외로 좋은 사람인 것 같다. 어린아이가 길드에 있다가 혹시 말썽에 휘말릴까 봐 말을 붙여준지도 모르겠다. 그런 생각을 하던 때 멀리서 알렌과 대화 나누는 남자를 부르는 목소리가 들렸다.

"레이븐~ 토벌 보고 다 마쳤어~ 거기서 뭐 하니? 모처럼 의뢰도 빨리 끝났는데."

가까이 온 여자는 외모가 10대 후반쯤 되어 보인다. 배꼽이 보이는 차림새에 단검을 가지고 있다. 뒤쪽에는 지팡이를 들고 후드를 눌러쓴 20대 초반쯤 되었을 듯한 여자가 또 있었다. 두 사람 모두 모험가이며 아마 레이븐이라는 남자의 동료 같았다.

레이븐은 한잔 마시러 가자는 말에 알겠다고 대답을 한다. 단검을 가진 여성 모험가가 알렌을 보고 의아해했다.

"응? 누구야? 저 아이."

“아뇨, 그냥 마수에 대해 질문을 좀 드렸어요. 레이븐 씨, 감사했습니다.”

듣고 싶었던 답은 대강 다 들었기에 예의 바르게 인사를 하고 모험가 길드에서 나왔다.

‘흠흠, 역시 도시 근처에는 저랭크 마수밖에 없단 말이구나. 멀리 나가야 강한 마수를 만날 수 있겠어.’

모험가 길드에서 귀중한 정보를 확보했다. 이렇게 알렌의 다음 할 일이 결정됐다.

* * *

11월도 중순에 들어섰다. 슬슬 첫눈이 내릴 쌀쌀한 날이 이어지고 있다. 오늘도 지붕 밑 다락방에서 깨어났다. 일과를 위하여 아침 6시에는 일어나도록 습관을 들인지라 늦잠을 자는 날은 없었다. 어둑어둑한 실내에서 화분에 손이 닿았다. 알렌이 저택에 오고 사흘째 된 날, 저택 정원에 잔뜩 놓여 있었기에 슬쩍 빌려 온 물건이다.

몇 명인가 다른 고용인들이 보고 있었지만, 이런 경우는 당당하게 행동하는 것이 중요하다. 누가 왜 가져가냐고 묻는다면 세실 아가씨에게 지시받았다고 답할 예정이었는데 결국 따지는 사람은 아무도 없었고 두 개의 화분을 다락방까지 가져오는 데 성공했다.

화분 하나에는 나무로 성장한 풀F 소환수를 심어 놓았다. 특기 아로마의 효과로 마력 회복을 가속시키기 위해서다. 마도서에 따르면 아로마의 효과는 아래와 같았다.

아로마의 효과
· 향을 맡은 뒤 24시간 동안 마력이 5시간마다 회복된다

마력을 소비함으로써 스킬 경험치를 올릴 수 있다. 마력은 마지막으로 소비한 뒤 여섯 시간이 경과하면 전부 회복되는데, 이때 풀F의 특기 아로마는 회복 간격을 한 시간 단축해준다. 참고로 마력이 회복될 때는 마도서로도 확인하지 못할 만큼 일순간에 전부 회복된다.

다른 화분 하나는 풀E 소환수의 특기, 생명의 풀을 키우기 위해 흙을 넣은 상태로 놓아뒀다. 이미 풀E 생명의 풀을 세 개쯤 마도서의 수납에 넣어 두었는데, 아직 쓸 기회가 딱히 없었다. 이름부터가 생명의 풀이니까 체력 회복약으로 쓰이겠지만, 어느 정도의 회복 효과를 발휘하는지는 알지 못한다. 나중에 다친 사람을 만나면 써 볼 생각이다.

검증에 진전이 없는 것은 생명의 풀 하나가 아니었다. 지난 2년간 매일 하루가 집안일, 밭일, 사냥, 기사놀이의 연속이었던 데다가 어디에 가든 마쉬가 따라오는 이유도 있어 아직껏 F랭크 소환수조차 모르는 것이 무척이나 많은 상태였다.

'이후의 검증을 위해서라도 오늘 교섭을 잘 마쳐야지.'

오늘은 집사와 모종의 교섭을 할 계획이었다.

아침에 일어난 뒤 마력을 소비하여 스킬 경험치를 올린 다음은 평소처럼 1층에 내려가서 식사를 했다. 메뉴는 오늘도 건더기가 적은 수프와 빵. 고용인의 식사야 이런 식이다.

아침 식사를 마치고 평소와 같이 3층에 있는 세실의 방을 정리 했

다. 이 방 하나로도 농노 시절 알렌의 집 전체보다 넓다. 3층은 남작 일가가 쓰는 곳이다. 남작과 남작 부인, 차남 토마스, 막내이자 장녀 세실까지 네 명이 지내고 있다. 장남은 학원 도시에 다니고 있기에 현재는 사용되지 않는 빈방이었다.

2층에는 남작가의 식당, 응접실, 객실 이외에도 집사, 시녀장, 요리장의 방이 있다. 1층은 주방, 고용인들의 식당 및 방, 객실 등등이다. 지하에는 식량고 및 무기고 등등 창고가 있어서 무기 및 방어구도 보관 중이다. 또한 지하에도 고용인이 쓰는 방이 있었다.

세실은 빵과 수프에 차를 곁들여서 가볍게 식사를 마쳤다. 잼을 빵에다가 듬뿍 발라서 먹길 좋아한다. 오후는 주 6일 중 5일이 공부하는 날. 귀족은 교양이 중요할 테지.

알렌이 현관 가까운 곳에 서 있으니 교습을 맡은 선생이 말을 걸어왔다.

“처음 보는 아이구나.”

“네, 지난달부터 그란벨 가문에서 신세를 지게 된 알렌이라고 합니다.”

선생은 알렌의 대답에 고개를 끄덕거렸을 뿐 딱히 말을 더 건내지 않았다. 우선 2층 응접실로 안내했다. 수업은 응접실에서 하는 경우가 많았다.

‘오늘 선생님은 로브를 입고 있네. 마법 선생님인가?’

마법에 흥미가 있기는 하지만, 당연하게도 수업은 받지 못한다. 선생을 응접실에 들여보낸 뒤 세실에게 선생이 도착했음을 전달했다.

‘뭐, 수업을 받아 봤자 소환사가 마법을 익힐 수 있는진 모르는 일

이니까.'

검과 지팡이를 든 모험가며 마법 선생을 직접 목격하게 되자 검과 마법의 판타지 세계 느낌이 더욱 살아난다.

세실이 공부하는 시간은 곧 알렌의 자유 시간이었다. 자, 드디어 교섭을 할 때가 왔다. 2층 집사의 방에 향했다.

똑, 똑.

"들어오너라."

"실례하겠습니다."

방에 들어가서 상담할 문제가 있다고 이야기하자 소파에 앉도록 권해줬다. 집사도 맞은편에 같이 앉는다. 과연 상급 고용인답게 꽤 넓은 방이었다. 다른 고용인들이 쓰는 방과 비교하면 두 배는 넓었다.

"그래. 상담할 게 무엇이냐?"

"실은, 휴가의 조정을 부탁드리고 싶습니다."

단도직입으로 말했다. 지금 현재는 주 6일 중 오후만 쉬는 반차를 이틀 받는다. 이 휴무를 하루에 몰아서 주에 5일을 일하고 나머지 하루는 종일 쉴 수 있도록 바꿔 달라는 요청이었다.

"흠."

소리를 낸 집사가 생각에 잠긴 채 잠시간 말이 없다가 입을 열었다.

"알렌."

"네."

"이곳에 온 지 얼마나 되었나?"

"10월 말부터 시종이 되었으니 20일쯤 된 것 같습니다."

일을 시작한 지 얼마 안 된 신입이 벌써 휴무로 교섭을 한다? 신입 사원이 느닷없이 유급 휴가를 요구하는 꼴이다. 알렌의 입장에서는 6일에 하루 휴가를 받아 그날은 도시 바깥에서 레벨 올리기에 전념하자는 단순한 생각이었다. 소환수의 검증도 하고 싶었다. E랭크 소환수는 1~2미터쯤 되는 크기인지라 지붕 밑 다락방에서는 소환이 불가능하다.

"만약 안 된다면 어찌할 테냐?"

"사직을 청할 생각입니다."

"뭐라고?!"

이 대답에는 집사도 많이 놀랐다. 나이가 예순에 가까운지라 요즘 들어서 놀라는 일이 꽤 줄었는데, 오랜만에 표정이 바뀌도록 놀래키고 말았다. 귀족의 시종 자리가 얼마나 얻기 어려운지 알고서 하는 말인가.

알렌의 일솜씨는 짧은 기간 중에도 갖가지 보고를 받아 잘 알고 있다. 또랑또랑하게 인사를 하고, 일 배우는 속도도 빠르다. 손이 비는 시간에는 모두가 꺼리는 빨래도 돕는다. 아이인데도 힘이 좋아서 무척 큰 도움이 된다는 이야기였다. 태도 및 행동은 「정말로 농노 출신이 맞나」라며 의문을 갖는 사람이 있을 정도였다.

지금은 아직 일러도 어린 나이 때문에 절반으로 삭감한 급료를 조금 늘려주자고 남작에게 요청하려는 생각도 들던 참이었다. 그런데 오늘 이 이야기는 무엇인가. 집사가 알렌에 대하여 내린 평가가 어긋나기 시작했다.

"개척촌이 성공했었지."

"예?"

뜬금없는 말인지라 알렌은 무심코 되물었다.

"그리고 영내 개척령은 현재도 유효하단다."

집사는 눈을 감더니 천천히 말을 꺼냈다. 영내 개척령이 발령되고 있는 한 영내에 계속 새로운 마을을 세워서 농지를 늘려야만 한다. 그것은 이미 개척촌을 한 군데 성공시킨 그란벨 남작령에도 똑같이 적용된다고 한다.

"네."

대답을 하고 집중해서 말을 들었다.

"이미 새 마을을 어디에 세울지 선정 단계에 들어갔다."

'무슨 소리지?'

"물론 새 마을에는 또 촌장을 골라 앉혀야 하지. 이것은 아직 극비인지라 벌써부터 할 말은 아니다만, 촌장 후보에 로단이 포함되어 있단다."

"예?"

집사의 말에 따르면 남작은 출신이 아니라 실제 능력으로 평가하는 사람이며, 개척촌에서 로단의 지난 활약을 높게 평가하고 있다고 한다. 로단은 새 마을을 건설할 때 농노들을 이끌었고 모두에게 존중받고 있다. 분명 새로운 마을을 건설할 때 따라와 주는 주민도 많을 것이다. 아울러 그 마을은 분명 보어 사냥을 하게 될 것이다. 왕국이 보어의 고기를 원하고 있기 때문이다. 새 마을에는 보어 사냥의 영웅이 필요하다고 한다.

"알렌. 그러니 이곳에서 경험하는 업무는 결코 시간 낭비가 되진 않는다."

그란벨을 통치하는 남작의 아래에서 업무를 수행한다. 과연 알렌이 고용인으로서 어느 단계까지 올라갈지는 장담할 수 없으나 이곳에서 쌓은 경험은 로단의 뒤를 이어서 촌장이 되었을 때 반드시 도움이 되리라는 이야기였다. 요컨대 지금까지처럼 주 2일 반차로 참으라는 뜻이다.

"……."

하지만 알렌은 이 같은 이야기를 듣고도 끝끝내 뜻을 굽히지는 않았다.

알렌은 이 세계에 전생했을 때 철저한 파고들기를 결심했다. 삶의 방식은 이미 결정되었다.

레벨을 올려 스스로 강해지겠다. 만약 이대로 주 1일의 완전한 휴무마저도 받지 못한다면 이곳에 있을 의미가 없다는 생각이다. 긴 침묵이 이어지는 와중에 결국 집사가 뜻을 굽혔다.

"……그토록 네게 중요한 문제인가. 잘 알진 못하겠다만, 뭐, 괜찮겠지."

"감사합니다."

본래 1주일에 반차 2일이 원칙이지만, 가정의 사정 등 다른 이유 때문에 하루 통휴일을 받는 고용인도 있었다. 다만 너무나 빠른 휴일 조정 상담이었기에 집사는 쉽게 받아주지 않는 것이 좋겠다고 생각했을 뿐이다.

이렇게 알렌은 레벨 올리기를 위한 하루의 휴일을 획득하는 데 성공했다.

제2화 그란벨 영지에서 사냥

평소보다 30분쯤 빠르게 아침 5시에 깨어났다. 알렌은 서둘러 평상복으로 갈아입고 가로등 불빛에 의지하여 뒷문으로 저택을 나간 뒤 도시의 문까지 죽자 살자 달렸다.

"오? 꼬마야, 무슨 일이냐? 이 문은 아직 못 열어준다만."

"네, 기다릴게요."

이 문은 주로 그란벨 남작가의 소속이나 귀족 거리의 주민들이 쓰고 있다. 6시 종과 동시에 열린다는 것은 이미 리켈에게 들어서 알고 있었다. 클레나 마을에서는 9시, 12시, 15시, 18시, 하루에 네 번 종을 울렸는데 그란벨은 6시와 21시를 추가해서 도합 여섯 번 종을 울린다. 과연 도시다웠다. 아침은 빠르고 밤은 늦다.

'기다리는 동안 한 번 더 확인을 해볼까.'

마도서를 꺼내 수납에 넣어 둔 물건을 확인했다.

· 단검 1자루
· 목검 3자루
· 장작 30개
· 밧줄 3개
· 고기 조각 5개
· 물주머니 2개

· 돌멩이 10개
· 은화 93닢
· 동화 2닢
· E랭크 마석 3개

지난 반차 때 바깥에서 활동하는 데 필요한 물품을 잔뜩 사들였다. 소환 카드도 체크한다.

· 벌레G 3매
· 벌레E 1매
· 짐승E 10매
· 새E 6매
· 풀E 20매

새E 소환수 카드를 20매 갖고 있었지만, 사냥용 카드로 교환했다. 덕분에 십수 개 남아 있었던 E랭크 마석은 세 개로 줄어버렸다. 얼마 안 남았다. 또한 시종은 보좌관이 되기 전까지 무기 휴대가 금지된다는 말을 들어서 드골라에게 받은 단검은 들고 다니지는 못하고 목검과 함께 수납에 넣어 둔다.

'부싯돌이 없으면 불도 못 피우잖아. 일단 장작은 챙겨 놨으니 괜찮겠지. 뭐, 부족한 물건은 다음 심부름 때 사자.'

세실이 심부름을 시키는 날은 자주 있었다. 그때 구입해서 챙기면 된다.

때앵, 때앵.

종소리가 울려 퍼졌다. 6시다. 문지기가 알렌에게 말을 건넸다.

"좋아, 문을 열어주마. 통행증은 있냐?"

"여기요."

주머니에서 그란벨 가문의 문장을 꺼내 들었다. 고용인용 문장이다. 이것으로 도시의 모든 문을 지날 수 있다.

"이, 이런. 실례를 했군. 그란벨 가문의 사람이었구나."

"그냥 일꾼이에요."

도시를 지켜주는 커다란 문을 통과한다.

"와, 바깥이다……."

순간 숨이 막혔다. 8년간 꿈꿔왔던 광경이 눈앞에 펼쳐져 있었다. 홀린 듯이 바깥으로 나온다. 뭔가 뒤쪽에서 「꼬마야, 위험하다」라는 문지기의 목소리가 들렸던 것 같기도 하다.

문에서 대략 1킬로미터 범위에는 아무것도 없는 초원이 쭉 이어지고, 그 너머에는 나무가 드문드문 자라나 있다. 숲이나 산림만큼은 아니어도 일정 간격으로 나무가 자라나 있는 느낌을 받았다. 그 결과 지평선이 보이지 않는다. 이런 지형은 클레나 마을 주변과 같았다.

알렌은 방금 전 꺼내 들었던 문장을 바라봤다. 세 그루의 나무를 본뜬 모양새다. 아마 풍요로운 자연환경이 있는 그란벨 남작령을 상징하는 것 같았다.

'자 처음은 대충 D랭크 마수부터 노려볼까. 알바헤론이랑 비슷한 정도라면 안 질 테니까.'

백룡 산맥에 가까워질수록 마수가 강해진다는 것은 모험가 길드에서 이미 확인을 마쳤다.

그란벨의 남서쪽에 클레나 마을이 있다. 마을을 나가 똑바로 나아가면 백룡 산맥이다. 산맥이 남북으로 쭉 이어지기 때문에 이 도시에서 서쪽으로 가도 백룡 산맥에 도착한다. 걸어서 갈 경우 7일 정도면 산기슭에 도착한다고 했다. 시종은 서고에 들어갈 수 없어서 지도를 못 보는지라 주변 지리는 리켈에게 물어봤다.

'고랭크 마수라든가 위험한 녀석과 마주치면 뿡타를 미끼로 써서 도망치는 게 무난하겠지.'

벌레G 소환수의 특기 도발은 마수를 분노 상태로 만든다. 이 방법을 쓰면 어렵지 않게 무사히 귀환할 수 있을 것이다.

시간이 아깝다. 알렌은 초원을 달려나갔다. 그란벨에서 10킬로미터쯤 떨어졌을 때 다리를 멈췄다.

'이쯤 왔으면 됐나. 마수를 사냥하기 전에 우선은 소환수 검증부터 하자. 호크, 나와라.'

두 날개를 펼치면 2미터를 넘기는 큰 매가 나타났다.

'이리 와.'

『삐잇.』

지면으로 내려온 새E 소환수가 한 차례 울음소리를 내고 쫑쫑 걸어온다.

'말을 알아듣는구나. 딱히 가르치지도 않았는데…… 혹시 지력이 높아서인가? 빙글 돌아봐.'

알렌의 지시에 따라 지면에서 빙그르 돌기 시작했다. 소환수가 지시를 알아들어 준다는 것이 무척이나 기쁘긴 한데 어째서 이렇게 된 걸까.

우선 떠오르는 것은 지력이었다. 초기 수치가 50이었던 새E 소환수의 지력은 강화를 마쳐 150까지 올라갔다.

'지력이 150이면 지시를 이해할 수 있단 말이군. 좋아, 다음은 오른쪽으로 1미터쯤 걸어가봐.'

오른쪽으로 1미터쯤 새E 소환수가 이동한다.

'잘했어. 말뜻은 이미 이해하는 상태인가. 큰 힘이 되겠어. 다른 소환수도 시험해볼까. 타마도 나와.'

『크르르르르.』

높이 1.2미터, 몸길이 2미터의 세이버 타이거와 닮은 짐승E 소환수가 나타났다. E랭크인지라 상당히 강해 보였다.

'타마. 자, 이리 와.'

짐승E 소환수는 풀 위에서 뒹굴뒹굴하기 시작했다. 등을 풀밭에 문질러 대는 모습이 무척 기분 좋아 보였다.

'지력28인 타마한테는 지시가 안 통하는구나. 아마 소환수의 랭크와 관계없이 지력이 지시를 이해할 수 있는 기준이 되는 것 같아.'

지시와 지력의 관계에 대한 검증이 끝났다. 짐승E 소환수를 카드로 되돌렸다.

'자, 다음은 사냥하면서 검증해볼까. 마수 상대가 아니면 못 쓰는 능력도 있으니까. 우선 호크한테 주변의 마수 탐색을 맡기자.'

새E 소환수의 특기, 매의 눈을 써서 마수를 찾도록 지시했다.

『삐잇.』

알렌은 이동하지 않고 제자리에서 기다렸다. 태양이 꽤 높이 떠올랐다.

15분쯤 경과했을까. 새E 소환수는 아직껏 돌아오지 않는다.

'역시 이 세계는 조우율이 너무나 나빠.'

조우율이란 이동 중 적과 마주치는 확률이다. 켄이치였던 시절에 했던 게임에서는 도시 바깥을 걸어 다니면 1분 이내에 적과 마주치는 경우도 무척이나 흔했다. 그런데 그란벨을 나온 지 한 시간 이상 지났는데도 아직 마수와 마주치지 못했다. 이곳 이세계에는 마수가 썩 많지 않은 듯싶다.

'알바헤론도 하늘 위쪽에 날아올 때까지 한 시간 이상 기다려야 할 때가 있었지. 이러면 효율이 안 좋아. 귀중한 레벨 업 시간이잖아. 소환수를 더 많이 늘려보자.'

여섯 마리의 새E 소환수에게 같은 지시를 내렸다. 한 차례 울음소리를 내고 제각각 날아올랐다.

'좋아, 좋아. 이제 마수를 더 빨리 찾아오겠지. 아차, 단검을 장비해야지. 문장은 잃어버리지 않게 수납에 넣어 두자.'

단검을 수납에서 꺼낸 뒤 허리끈에 꽂았다.

『삐잇.』

몇 분도 지나지 않아 새E 소환수 한 마리가 돌아왔다. 상공에서 쭉 하강하더니 근처 나무에 내려앉는다. 이쪽이라고 말해주는 것 같았다.

'저 앞쪽에 있는 건가.'

단검을 뽑아 신중하게 새E 소환수가 안내하는 방향으로 걸음을 뗐다.

100미터, 300미터, 500미터…… 마수는 전혀 나타나지 않는다.

'엥, 한 마리도 없잖아? 조금 더 구체적으로 지시해야 마수와 남은 거리를 가늠할 수 있겠네.'

상공에서는 추가로 세 마리의 새E 소환수가 원을 그리고 있다. 마수를 발견했다고 알려주려는 것 같았다.

'이거, 1킬로미터 안쪽에 있는 마수를 찾아오라는 식으로 더 구체적인 지시를 내려야겠구나. 찾아낸 건 좋은데 만약 10킬로미터를 움직여야 하면 너무 멀기도 하고, 얼마나 먼 거리인지도 알 수 없어.'

뭐라고 새E 소환수에게 지시를 할까. 개선책을 궁리하던 때 눈앞에 커다란 인영이 나타났다. 신장 120센티미터를 넘는 알렌보다 머리 하나만큼 컸다.

'응? 마수인가?'

『크갸갸갸.』

신장 약 150센티미터, 허리 도롱이를 걸친 녹색 피부의 마수가 나타났다.

'고블린이겠지?'

『크갸갸갸.』

『크갸갸갸.』

『크갸갸갸.』

『크갸갸갸.』

녹색 피부를 가진 인간형 마수 고블린 다섯 마리와 대치한다. 잘 발달된 온몸의 근육, 손에는 단검이나 곤봉을 꽉 움켜잡고 있다. 어린아이를 보고 먹잇감을 찾았다며 기뻐하는지 자꾸 실실거린다.

'이런, 들켜버렸어.'

전투의 기본은 선제공격이다. 가능하면 들키지 않고 나무 뒤에서 몰래 덮치고 싶었는데 완전히 방심했다.

『크갸갸갸!』

한 마리가 소리 높이자 제각각 무기를 들고 들이닥친다.

'타마들, 나와라!'

『『『크르르르르!』』』

소환수는 집중하면 몇 마리든 한꺼번에 소환할 수 있다. 마력도 소비하지 않는다. 알렌을 둘러싸는 위치로 강화를 마친 짐승E 소환수가 다섯 마리 소환되었다.

『끄깃?』

막 달려들던 고블린들이 느닷없이 나타난 소환수를 보고 순간 움츠러들었다.

그때였다.

『『『크르르르르!』』』

고블린 집단의 후방에 추가로 짐승E 소환수를 다섯 마리 소환했다. 앞뒤에서 협공을 하는 진형이었다. 소환수는 보이는 범위라면 50미터 이내의 어디에든 소환이 가능하다. 배후를 치는 것은 전투의 정석이니까. 알렌의 지시에 따라 특기 할퀴기를 구사한다.

협공당하는 처지에 놓인 고블린들이 당황했다. 지성이 썩 좋지는 않은 것 같았다. 고개 돌리는 고블린을 이번에는 알렌을 둘러싼 위치에 있던 소환수가 덮쳤다. 두 마리의 고블린이 공격을 받아 털썩

덕 쓰러졌다. 알렌은 마수를 다 해치우기 전에 실전에서 추가 검증을 진행하기로 마음먹었다.

'좋아, 지금 아게하를 써보자. 아게하, 나와라.'

1미터쯤 되는 나비 형태의 벌레E 소환수가 소환되었다. 고블린에게 날개를 펄럭이자 노란색 인분이 흩날렸고, 두 마리가 갑자기 선 채로 기절하다시피 잠들어버렸다.

수납에서 돌멩이를 꺼낸 뒤 잠들어 있는 혼신의 힘을 실어서 고블린에게 냅다 던졌다. 다만 마도서에는 아직 쓰러뜨렸다는 로그가 표시되지 않았다.

'음, 마무리를 못 지은 건가?'

안면이 함몰됐는데도 여전히 잠들어 있는 고블린에게 짐승E 소환수들이 마무리 일격을 가했다.

『고블린을 1개체 쓰러뜨렸습니다. 경험치 200을 획득했습니다.』

'한 마리 경험치 200이니까 다섯 마리면 경험치 1000인가, 으핫~.'

이 전투에서 얻은 경험치를 계산하자 기쁨이 마구마구 솟아난다. 알바헤론은 경험치 100, 그레이트 보어는 400이었다. 알렌의 제안에 따라 여러 마리를 한꺼번에 사냥할 수 있게 되었던 그레이트 보어도 경험치는 1200이었다.

'경험치를 올릴 땐 항상 효율을 고려해야지. 시급은 고블린이 더 좋다는 계산이 나오는군.'

켄이치였던 시절에는 게임 중 경험치 벌이 효율을 항상 『시급』으로 생각했었다. 그레이트 보어 사냥은 왕복 여섯 시간을 들여서 얻는 경험치가 최대 1200. 이번 전투는 아직 두 시간도 안 지났는데 경험치 1000을 벌어들였다. 즉 보어 사냥은 시급 200, 고블린 퇴치는 시급 500. 후자가 명백하게 효율이 좋다.

상공을 날아다니는 새E 소환수들은 이미 다음 사냥감을 노리고 있다.

'좋아, 좋아. 마석을 빼내고 다음 사냥을 시작하자. 그건 그렇고 아게하의 인분은 수면 디버프 효과인가. 달랑 한 마리인데도 효과가 있구나. 예상대로네.'

벌레 계통 소환수가 쓰는 디버프 효과 특기에는 일정한 규칙이 있다고 추측 중이다. 이번 검증에서 그 부분도 확실히 하고 싶었다.

단검을 꽉 쥐고 쓰러뜨린 고블린의 곁으로 간다. 심장 옆쪽에 칼집을 내서 마석을 꺼냈다. 솔직히 즐거운 작업은 아니었으나, 마석은 귀중품이었다. 특히 소환사에게 마석의 숫자는 곧 생명이라 방치할 수는 없다. 그리고 모든 고블린에게서 마석을 적출했다.

그동안에도 짐승E 소환수가 알렌의 주위에서 전투태세를 취하고 있다. 아직 고블린이 남아 있을지도 모르기 때문이었다. 배후 공격을 당할 수는 없는 노릇이다.

'마석을 쑥쑥 꺼내자고. 호크들, 다음에도 고블린이 좋아! 다시 한 번 매의 눈으로 찾아와. 다섯 마리 이상의 고블린을 발견한 호크는 내려오고. 일단 3킬로미터 이내에 있는 놈들로.'

그러자 네 마리의 새E 소환수가 다시 한번 정찰을 위해 날아오른다. 아마도 무엇인가 발견한 것 같다. 두 마리의 새E 소환수가 내려와서 각각 발견한 마수의 위치로 달려간다. 알렌은 정신없이 마수 사냥에 몰두했다.

집중하는 사이에 시간이 쭉 흘러간다. 문득 정신을 차렸을 때는 태양이 꽤 나직하게 가라앉았다.

'고블린 여든 마리, 뿔토끼를 다섯 마리 잡았다! 레벨이 2나 올라갔어!! 휴일 최고!!'

고블린 한 마리당 경험치 200, 뿔토끼 한 마리당 경험치 10. 전부 더하면 16050을 올렸다. 레벨은 9가 되었다.

하루를 들여 확인한 결과, 벌레 계통 소환수의 특기도 대강 규칙을 파악했다. 벌레G 소환수로 3랭크 위 D랭크 마수인 알바헤론을 격노하게 만들려면 세 마리의 소환수가 필요했다. 벌레E 소환수로도 D랭크 마수 고블린 떼에 디버프 효과를 줄 수 있었다. 즉 아래와 같다.

· 랭크가 하나 높은 마수를 상태 이상에 빠뜨리려면 한 마리의 소환수 특기가 필요
· 랭크가 둘 높은 마수를 상태 이상에 빠뜨리려면 두 마리의 소환수가 필요
· 적의 랭크가 오를 때마다 한 마리씩 소환수를 늘려야 할 필요가 있다
· 상태이상의 확률은 100퍼센트가 아니다
(소환수를 늘려도 100퍼센트가 되진 않는다)
· 소환수가 한 마리여도 다수의 마수에게 디버프 효과를 줄 수 있다

아게하의 디버프 효과는 수면이었다. 고블린에게는 대체로 8할의

확률로 발동하는 듯하다. 고블린이 특별할지도 모르겠으나 엄청나게 높은 확률이다.

아군도 결코 무사하다고 표현할 수는 없었다. 근육질 고블린의 공격에 짐승E 소환수가 맥없이 나가떨어지는 때도 있었다. 알렌이 강화한 것은 체력과 공격력이기에 민첩성과 내구력이 충분하지 못했고 고블린보다 랭크가 낮은 것 또한 이유겠다.

전투를 개시할 때 벌레E 소환수로 고블린에게 인분을 뿌렸지만, 인분이 통하지 않은 개체가 많으면 그만큼 빈번하게 공격을 받게 된다. 따라서 안전을 기하기 위해 가끔은 뿔토끼를 찾아 E랭크 마석을 모으기도 했다.

오늘 경험으로 고블린이 가지고 있는 D랭크 마석으로는 E랭크 소환수를 생성할 수 없다는 것도 알았다. 소환수의 생성 및 합성에는 같은 랭크의 마석이 필요하다.

'다음 고블린은 어디냐?'

고블린은 다수여도 사냥하기 편한 최고의 사냥감이었다. 고블린 킬러가 된 기분으로 탐색을 속행했다.

얼마 뒤 새E 소환수 여섯 마리가 전부 하늘에서 원을 그리며 일제히 내려왔다.

'어라, 왜 이러지? 지쳤나? 난 아직 팔팔한데?'

온라인 게임을 하던 시절에 여덟 시간쯤 꼬박 사냥을 하다가 같은 파티의 동료가 「피곤하다고!」라며 화냈던 기억을 떠올린다.

지면에 내려선 새E 소환수들은 고개를 옆으로 흔들었다. 다만 피곤하다거나 지겹다는 이유는 아닌 것 같았다. 문득 주위를 둘러보면 상당히 어두워진 상태였다. 곧 태양이 완전히 진다.

'혹시 어두워서 안 보이는 거야?'

새E 소환수들이 맞다는 듯이 일제히 고개를 끄덕였다.

"야맹증이냐! 어두우면 색적을 못하는 건가. 큰일 났네."

저절로 아쉬운 목소리가 새어 나왔다. 아울러 이때 알렌은 또 한 가지 중요한 사실을 깨달았다. 사냥에 너무 열중한 나머지 방향 감각을 완전히 잃고 말았다. 지금 어디쯤에 와 있는지도, 그란벨에서 얼마나 멀리 떨어져 있는지도 모르겠다.

'호크한테 도시로 돌아가는 길을 안내받을 생각이었는데, 이러면 자기 힘으로 돌아갈 수밖에 없네.'

태양의 위치로 대강 방향을 확인했다. 알렌은 방향을 정한 뒤 어두운 밤이 내려앉는 와중에 부리나케 달려 나아갔다.

그로부터 몇 시간. 알렌은 간신히 문 앞까지 다다랐다. 이미 주변은 새카맸다.

"오오! 꼬마야, 살아 있었구나."

"네, 네에."

아침에 본 문지기였다. 하루 온종일 문을 지키려면 힘들겠다고 생각하며 수납에서 꺼낸 문장을 보여줬다.

'위험했어. 다음에는 조금 더 빨리 사냥을 마쳐야겠네.'

사냥에 너무 열중한 것을 반성했다. 알렌의 첫 번째 1일 휴무는 이렇게 끝을 맞이했다.

*　*　*

지금은 12월 중순. 휴일에 사냥을 나가기 시작한 지 대략 한 달이 지났다. 주에 한 번인 사냥은 쉴 새 없이 계속하고 있다. 초등학생 때 게임을 해도 되는 날은 일요일뿐이었다. 지금 돌이켜보면 수수께끼 규칙이다. 주에 한 번 사냥을 하다 보니 이렇듯 옛 기억이 떠올랐다.

시종 업무를 마친 어느 날, 알렌은 21시 종이 울려 퍼지는 무렵에 무기 가게를 방문했다.

“옜다, 어디에 쓰려나 모르겠는데 이런 물건이면 되나?”

무기 가게의 주인이 건넨 것은 야구공만 한 철제 구슬이었다.

“와! 감사합니다!! 세 개에 은화 예순 닢이라고 하셨죠?”

“그렇게 받기로 했지.”

그렇게 대답하며 가게 주인은 돈을 가져갔다.

‘느낌 괜찮은데? 이거면 돌멩이 대신 쓸 수 있겠어.’

가게에서 나온 뒤 막 구입한 철 구슬을 수납에 집어넣고 저택으로 돌아왔다.

그날 이후로 네 번의 휴일을 맞이했다. 휴일 전부를 마수 사냥에 쏟아부은 결과, 레벨은 9에서 12로 올랐다. 덕분에 능력치가 오른 것은 좋은데, 한 가지 난점이 있었다.

이제 돌멩이를 던지면 부서진다. 벌레G의 도발은 쓸 기회가 없었기에 그만큼 카드를 짐승E로 교환한 것도 이유 중 하나였다. 공격력이 꽤 올라서 돌멩이가 위력을 견디지 못하게 됐다. 고블린을 맞히고 산산조각이 나는 돌멩이. 클레나 마을에서 들고 온 돌멩이는 전부 부서져버렸다.

대신 쓸 물건이 필요했기에 무기 가게에 철 구슬 제작을 의뢰했었다. 본래 쇳덩어리를 두드려서 무기로 만드는 곳인지라 단순하게 철 구슬을 만드는 데는 별 수고가 들지 않는다던가. 한 개당 은화 스무 닢이면 된다기에 세 개를 주문했다.

'그건 그렇고 필요한 물건이 엄청 많네. 방어구랑 부싯돌 마도구, 철 구슬도 열 개 정도는 갖고 다니고 싶어. 무기도 있어야겠지. 무기는 소환수를 쓰면 되니까 마지막에 구하자.'

마도서에 쓴 필요한 물건 목록을 다시 살펴봤다. 부싯돌 마도구는 금화 세 닢이나 한다. 방어구는 싸구려부터 고급품까지 무척 다양한데, 비싼 종류는 역시 금화가 필요했다. 무기도 비슷하다.

'뭔가 첫 번째 도시에 와서 장비를 맞추는 느낌이야!'

돈은 부족한데 가슴은 두근두근 뛴다. 게임에서 새로운 도시로 가는 길이 열릴 때마다 어떤 장비부터 맞출지 고민했던 그리운 느낌이 떠올랐다.

'마수를 사냥해서 경험치를 올리고 번 돈으로 더 좋은 장비를 맞추는 거지. 왕도적인 성장이야. 돈은 급료가 전부지만.'

시종은 급료를 월말에 받을 수 있다. 알렌의 급료는 매달 은화 오십 닢. 은화 백 닢이 금화 한 닢에 해당하니 1년간 금화 여섯 닢만큼 급료를 받는 셈이다. 고용인의 특례로서 인두세는 없다.

각 계급의 급료는 집사가 금화 다섯 닢, 보좌관이 금화 두 닢, 시종이 금화 한 닢이라고 했다. 알렌이 매달 은화 오십 닢만 받는 이유는 열두 살이 될 때까지 절반의 급료를 받는다는 규칙이 있어서였다. 참고로 이 규칙을 가르쳐준 리켈은 시종장이기에 매달 금화 한 닢과 은화 오십 닢(합계 은화 백오십 닢)을 받는다.

'모험가 길드가 토벌 보수를 주면 더 많이 벌 수 있을 텐데. 뭐, 죽자 살자 벌어야 할 만큼 가난한 건 아니니까. 길드는 저택에서 너무 멀기도 하고.'

이제껏 고블린과 싸울 때 소환수가 방패 역할을 맡아줬기에 공격을 받은 적은 없었다. 지금은 아직 많은 장비를 갖출 필요도 특별히 없다. 돈은 천천히 모으면 된다.

저택에 돌아와서 밤도 늦었기에 자려고 자기 방으로 향하려던 때 리켈과 딱 마주쳤다.

"리켈 씨, 먼저 실례하겠습니다."

"늦었구나. 시간이 좀 늦긴 했는데, 집사님이 부르신다."

"네?"

무엇인가 호출을 받을 실수를 저질렀던가? 아무튼 호출했다니까 갈 수밖에 없다. 리켈에게 알겠다고 답한 뒤 집사의 방으로 갔다.

똑똑.

"실례합니다. 알렌입니다."

"……들어오너라."

늦은 밤인데도 들여보내주는구나. 안에 들어가자 소파에 앉으라며 권해줬다.

"저를 부르셨다고 들었습니다."

"흠."

긴 침묵. 아무튼 대화가 시작되기를 기다렸다.

"알렌. 저택에서 네 일솜씨는 무척 훌륭하다. 다른 고용인들도 부지런하다며 칭찬을 해주더구나."

드디어 집사가 입을 열었다. 어쩐지 말을 신경 써서 고르는 것 같았다.

"가, 감사합니다."

"허나 일솜씨뿐 아니라 평소 행실도 무척 중요하지. 너는 그란벨 가문의 일원이니."

'응? 무슨 소리야? 잔소린가?'

"아, 네."

"휴일에는 무엇을 하지?"

집사가 알렌을 똑바로 쳐다보며 캐물었다.

"네?"

알렌은 휴일이 되면 해가 떠오르기도 전에 외출한다. 게다가 엄청난 기세로. 그리고 돌아오는 시간은 항상 21시가 지나서다. 그런 행동이 1개월 계속된다면 행실을 의심받는 것도 당연한 결과였다.

사실대로 말할까, 어떻게 할까. 망설이던 중 집사가 거듭 말을 꺼냈다.

"답할 때까지 이 방에서 나갈 수 없다."

'그렇군. 뭐, 말할 수밖에 없나.'

그란벨 주변에서 하는 사냥이다. 최대한 다른 사람들과 만나지 않게 조심했지만, 모험가와 마주칠 때도 있었다. 안 그래도 눈길을 끄는 흑발의 소년이 사냥까지 하고 다니는 만큼 조만간에 소문이 퍼져서 저택에 알려질 것은 예상했다. 다만 사냥을 관두라는 말이 나온다면 절대로 받아들일 수 없었다.

"마수를 사냥했습니다."

솔직하게 대답했다.

"마, 마수를?"

"예. 휴일마다 아침부터 밤까지 바깥에서 마수를 사냥하고 있습니다."

집사는 눈이 저절로 휘둥그레졌다. 비상식이라는 개념 자체가 여덟 살짜리 소년의 모습으로 눈앞에 나타난 것 같았다.

"……마수인가. 혹시 리켈에게 백룡 산맥이며 모험가 길드에 대해 물어본 것은 마수를 사냥하기 위해서였더냐?"

'리켈 씨가 보고한 건가?'

순간 리켈에게 따질까 하는 생각이 들었으나 곧 마음을 고쳐먹었다. 시종의 소행을 수상쩍게 여기는 집사가 상대라면 시종장은 솔직하게 대답하는 것이 당연하니까.

"맞습니다."

"사냥을 하기 위해서 하루의 휴일을 요청했던 건가. 왜 하필 사냥이냐?"

"저는 보어 사냥꾼 로단의 아들이니까요. 저도 아버지처럼 훌륭한 사람이 되고 싶습니다."

"음?"

자연스럽게 대답이 나왔다. 당연하게 갖고 있었던 생각이다.

'그런가, 사냥꾼이 되고 싶었던 아버지의 아들인가. 나도 사냥을

아주 좋아하고. 새삼 생각하니까 역시 부모 자식 사이구나.'

자신의 말에 스스로 납득한다. 멀리 떨어진 다음 깨달았을 뿐, 사냥은 아버지와 아들의 공통점. 삶의 보람이 똑같다는 것은 무척이나 큰 공통점이다. 로단의 아들로 전생한 것조차 신의 의지가 느껴진다.

"휴일에는 사냥을 하는 게 삶의 보람입니다."

"삶의 보람이라. 그 정도인가. 으음, 과연 로단의 아들이구나."

분명 로단의 영향을 강하게 받아 자랐을 테지. 집사는 알렌의 말에 내심 납득했다. 마을을 구한 영웅의 아들이 사냥을 삶의 보람이라 단언했다. 휴일을 조정해주지 않는다면 시종을 그만두겠다고 딱 잘라 말했던 때도 강력한 의지가 눈에 깃들어 있었음을 떠올린다.

"그렇군. 뭐, 요리장처럼 다른 사람에게 폐를 끼치지 않는다면 삶의 보람은 중요하지."

'응? 요리장? 아하, 가끔 집사하고 실랑이를 벌였었지.'

요리장은 요리를 몹시 좋아한다. 좋아하는 것은 괜찮은데 예산 이상으로 식자재를 잔뜩 사들여서 요리 연구에 힘쓰고 있다. 나이도 집사와 비슷한지 상급자 상대로도 전혀 움츠러들지 않는다. 이 저택에 오고서 예산을 지키라고 말하는 집사와 더 맛있는 요리를 만들겠다는 요리장의 말다툼을 거듭 목격했었다.

"네, 업무에 지장을 주지 않도록 신경 쓰겠습니다."

"그래, 알렌. 본심을 말하자면 나는 네가 이 저택의 업무를 삶의 보람으로 느껴주기를 바라고 있단다. 바로 나처럼 말이지."

"아, 네."

'그건 좀 어렵겠구려. 이세계까지 왔는데 다른 사람 아래에서 일하고 싶지는 않소.'

일단 대답은 했을 뿐 티가 나도록 실룩거리는 얼굴을 본 집사는 고개를 절레절레하며 한숨 쉬었다.

"그나저나…… 뿔토끼를 잡은 다음은 어찌하느냐?"

"예?"

아마도 집사는 알렌이 도시의 근처 가까운 곳에서 뿔토끼를 사냥한다고 생각하는 것 같았다. 도보로 하루 내내 걸어야 도착하는 곳에 있는 고블린을 사냥한다는 것은 상상도 하지 못하는 것 같다.

"숨기지 않아도 된다. 푸줏간에 팔아서 용돈을 벌었을 테지?"

'아하, 슬슬 마무리를 지어주겠단 소린가.'

"죄송합니다."

집사의 추측에 말을 맞춰주기로 했다.

"흠, 그란벨 가문의 일원이 밖에서 용돈 벌이를 하는 것은 별로 탐탁지 않군. 도시에 소문이 날지도 모르잖느냐."

"예."

전력으로 반성하고 있는 느낌을 연출했지만, 사실은 마석 이외에 전부 놓아두고 온다. 푸줏간에 가져가면 저택에 복귀하는 시간이 너무 늦어지기 때문이다. 지금은 용돈보다 경험치가 우선이니까.

"다만, 고기는 귀하잖느냐. 이후 뿔토끼의 고기는 급료와 별개로 그란벨 가문에서 사도록 하마."

"정말인가요!"

'와, 진짜 고마운데.'

버려야 했던 고기를 돈으로 쳐준다니.

"음? 그래도 큰돈은 못 준단다. 그렇군, 한 마리당 은화 한 닢을 쳐주도록 하마."

괜찮은 부수입이니 가격에는 문제없다. 그리고 이렇게 알렌이 바깥에서 사냥을 하고 있다는 사실 일부를 집사가 알아버리고 말았다.

＊ ＊ ＊

집사에게 휴일의 마수 사냥을 자백하고 첫 번째 휴일을 맞이했다. 오늘도 해가 떠오르기 전 저택을 나와 달려서 문에 도착하자 항상 만났던 문지기가 있었다. 추운 날씨에 아침부터 고생이 많다는 생각이 든다.

"꼬마야, 오늘도 바깥에 나가는 거냐?"

"네."

6시 종이 울릴 때까지 평소처럼 잡담을 나눴다. 매번 보여줘야 했던 문장은 이제 안 보여줘도 된다는 말을 저번에 들었다. 그래서 문장은 지금도 수납 안쪽에 넣어 둔 채다. 본래 세계의 신분증 검사만큼 엄격하지는 않았다.

정시에 맞춰 문이 열리고, 빠르게 달려서 도시를 빠져나간다. 첫눈을 맞이하여 올해도 얼마 안 남았음을 느낀다. 지급받은 평상복은 그렇게 두껍지는 않으나 항상 달려서 도시 바깥을 이동하는 알렌은 추위를 느끼지 않았다.

점점 도시가 작아져 간다.

'여기까지 나왔으면 괜찮겠지. 나와라, 호크들.'

상공 수십 미터에 여섯 마리의 새E 소환수가 다 같이 모습을 나타냈다. 고블린을 찾아오도록 지시하자 사방으로 흩어져 날아갔다.

그날 이후로 다른 D랭크 마수도 잡아봤는데, 역시 시급이 가장 좋은 것은 고블린 토벌이었다. 한 차례 전투로 1000이 넘는 경험치가 들어오는 것은 고블린 무리뿐이다. 한 마리당 경험치는 고블린보다 많은 D랭크 마수도 있었지만, 한 번에 나타나는 개체 수가 적었다. 개체 숫자가 많은 까닭인지 다른 마수보다 찾기 수월하다는 것도 고블린을 노리는 이유 중 하나다.

'오늘은 고블린을 백 마리 잡고, 그다음은 용돈 벌이 겸 마석 수집을 위해 뿔토끼도 좀 잡자. 뿔토끼는 다섯 마리쯤 잡으면 충분하겠지.'

사냥 목표를 설정한 뒤 소환수의 귀환을 기다린다.

마수와의 조우율은 별로 높지 않았다. 소환수가 없으면 많아도 하루에 세 번 정도밖에 사냥을 하지 못할 것이다. 새E의 색적 능력이 우수한 덕에 알렌의 사냥 효율은 무척 좋았다.

얼마 지나자 새E 소환수가 한 마리 돌아왔다. 그리고 평소처럼 사냥을 시작했다.

세 시간쯤 지나서 알렌은 고구마 말랭이와 모르모 열매를 먹고 있었다. 하루 온종일 달려 다니는지라 에너지 보급은 무척 중요하다. 모르모 열매는 수분 보급도 겸하고 있는데, 수분 보충도 되고 맛도 있어서 꽤 효율적이다. 모르모 열매의 맛을 즐기던 와중에 호크 한 마리가 알렌의 옆 나무에 내려앉았다.

"오, 잠깐 기다려. 금방 다 먹을 테니까."

『삐잇!』

'응? 뭐지?'

평소와 태도가 달랐다. 하늘을 올려다보니 새E 소환수가 세 마리 하늘을 날고 있었다. 이미 사냥감을 발견한 것 같은데 나무로 내려앉질 않는다.

'엥?'

『삐잇~!!!』

상공의 새E 소환수는 더욱 세차게 울었다. 마치 무엇인가를 간청하는 것처럼.

"응? 무슨 일 있나?"

먹다 만 고구마 말랭이를 수납에 집어넣었다. 그러자 나무에 앉아 있었던 새E 소환수가 가지를 차서 날갯짓하며 천천히 어딘가로 움직인다. 알렌을 내려다봐서 따라오고 있는 것을 확인하더니 속도를 쭉쭉 올렸다.

'오, 엄청 빨라.'

새 계통 소환수는 본래 민첩성이 높은 데다가 강화까지 한 터라 속도가 상당한 수준이었다. 알렌도 레벨 업 덕택에 민첩성이 꽤 올라서 따라갈 수 있었지만, 그래도 꽤 빠른 속도다.

'꽤 멀리 왔군. 무슨 일이지?'

15분쯤 달리자 먼 거리에서 비명 소리가 들려왔다.

"미르시는 도망쳐!!"

"그, 그치만, 리타랑 레이븐을 놔두고 어떻게……."

"빨리 가!!!"

'응? 교전 중인가? 레이븐?'

가까이 달려가면서 상황을 확인하니 저곳에 있는 사람은 얼마 전 모험가 길드에서 만났던 3인조 모험가였다. 고블린 떼와 싸우는 단검을 쓰는 여자, 뒤쪽에는 부상을 당한 남자, 그 남자를 끌어안은 채 지팡이를 들고 있는 여자.

단검을 쓰는 리타가 죽기 살기로 네 마리의 고블린과 싸우는 중이었다. 뒤쪽에는 이미 고블린 두 마리가 죽어있었다. 리타는 한쪽 팔에 부상을 당했는지 피를 흘리고 있었다. 그럼에도「여기는 못 지나간다!」라고 외치며 죽기 살기로 맞서 싸우고 있다. 히죽이죽 웃으며 포위해서 접근하는 고블린들이 간격을 바짝 좁혔다.

남은 거리가 수십 미터까지 좁혀졌을 때, 알렌은 수납에서 철 구슬을 꺼내 혼신의 힘을 담아서 고블린에게 던져버렸다.

'이렇게 첫 투구를 하게 될 줄이야.'

빼걱.

『『『크갸?』』』

철 구슬은 부서지지 않고 고블린 한 마리의 얼굴에 정통으로 명중했다. 안면이 우그러진 고블린은 맥없이 바닥에 무릎 꿇었다.

"리타 씨, 지원할게요!"

"어? 누구야?"

'이봐, 앞을 봐. 전투 중이잖아.'

거듭 철 구슬을 던진다. 두 번째 표적도 안면에 철 구슬을 맞아 비틀거렸다. 철 구슬을 정통으로 맞아도 죽지는 않는 듯하다.

"철 구슬에 맞아도 숨이 붙어있어요. 조심하세요!"

“아, 알았어…….”

리타는 느닷없이 나타난 지원군의 말에 동요했으나 지금은 다른 데 신경 쓸 때가 아니었다. 마지막 철 구슬을 또 세게 던졌다. 다만 이번에는 고블린들도 알렌을 많이 경계하고 있었던 터라 철 구슬은 막혀버렸다.

철 구슬을 막은 고블린은 팔뼈가 부서졌지만, 그럼에도 체력은 여유가 있는 듯했다. 멀쩡한 다른 손으로 곤봉을 꽉 쥐었다.

‘움직일 수 있는 고블린이 두 마리 남았군. 어쩔 수 없나.’

알렌도 허리에서 단검을 뽑아 리타의 앞으로 뛰어나갔다. 다른 사람들 앞에서 소환수를 꺼낼 수는 없었다. 리타의 비명 소리를 들었을 때, 이미 새E 소환수를 전부 카드화했다.

“멀쩡한 놈은 제가 잡을게요! 외팔이 녀석을 맡아주세요!!”

“알았어…….”

녹슨 롱 소드를 쥔 고블린과 접근전에 돌입한다. D랭크 알바헤론을 쓰러뜨렸을 때는 벌레F 소환수의 특기 빨아먹기를 활용해서 먼저 힘을 빼앗은 뒤 상대했었다. 하지만 이번에는 소환수를 못 꺼낸다. 소환수의 특기 없이 대결이 시작됐다.

고블린의 붕붕 휘두르는 공격은 전부 피했다. 단검으로 막아 방어하면 칼날에 흠집이 생길지도 모르는지라 쓸데없이 무기를 소모하고 싶지 않았다. 이미 레벨이 12까지 오른 데다가 가호의 효과 덕분에 공격력과 민첩성도 300쯤 된다. 일순간에 접근해서 급소인 목을 베어버렸다. 선혈이 쏟아지기 전에 후퇴한다. 고블린은 무릎을 찧고 쓰러졌다.

'압승이군. D랭크 마수한테 질 일은 없겠어.'

평소 마수를 소환수로 잡는 이유는 빌려서 입는 귀중한 평상복이 더러워지면 귀찮아지기 때문이다.

리타에게 가세하기 위해 돌아섰는데, 막 고블린을 쓰러뜨린 참이었다. 부상을 당한 고블린 한 마리가 상대라면 한쪽 팔을 못 써도 지지는 않는 듯하다. 안면에 철 구슬을 맞은 고블린 두 마리도 차례차례 숨을 끊어줬다.

"레이븐!"

"으으……."

레이븐이라고 불린 중상을 당한 남자. 틀림없다. 길드에서 알렌에게 이것저것 가르쳐준 모험가였다. 리타와 미르시가 몹시 간절하게 말을 붙여보지만, 신음을 흘릴 뿐 당장에라도 죽을 것 같았다.

'미르시라는 사람은 회복 담당으로 보이는데, 마력이 다 떨어진 건가? 어쩔 수 없네. 생명의 풀을 써보자.'

알렌이 가까이 가자 두 사람은 약간 경계했다. 불쑥 나타나서 고블린을 잇따라 쓰러뜨린 불과 열 살도 안 된 흑발의 아이다. 당연한 반응이겠다.

"실례합니다. 제가 약초를 가지고 있는데, 써보시겠어요?"

""저, 정말이야?!""

두 사람 모두 표정이 확 밝아진다.

"돈은 얼마든지 줄 테니까 레이븐을 살려줘!!"

말투가 꽤 거칠지만 지금은 그런 걸 신경 쓸 때가 아니다. 등 쪽에서 꺼내는 시늉을 하며 수납에서 풀E 소환수의 특기를 써서 만들었던 생명의 풀을 손에 들었다.

'처음 효과를 시험하는 상대가 다 죽어가는 사람이야. 겉모양이 다른 약초와는 다르게 생겼으니까 당당히 보여주진 않는 게 좋겠지.'

이름 때문에 체력 회복약이라고 짐작할 수는 있었지만, 아직 효과 검증은 마치지 못한 상태다. 커다란 잎채소 모양의 약초를 꽉 쥐고 레이븐에게 다가갔다. 사용 방법을 알지 못해서 일단 복부의 큰 상처에 가져다 댔다.

두 동료의 시선이 레이븐의 멍한 얼굴과 알렌의 손 사이를 걱정스럽게 오간다. 지푸라기라도 움켜잡는 심정일 테지.

'너, 너무 기대하는 눈으로 보진 말아줬으면 하는데. 얼마나 회복될지도 모르는 데다 회복약인지도 확실하지 않단 말이야.'

상처에 닿은 생명의 풀이 빛을 발하며 거품처럼 사라져 간다. 그러자 아마 내장까지 다쳤을 레이븐의 복부 상처가 눈 깜짝할 새에 아물었다. 배에는 피가 끈적끈적 달라붙어 있었지만, 아무래도 완전히 치유된 것 같았다.

의식이 돌아와서 천천히 눈 뜨는 레이븐. 배를 문지르며 상처를 확인하고 있다.

"오오!"

상처가 나았음을 깨달은 레이븐이 놀란다. 그리고 리타와 미르시가 환성을 터뜨렸다.

""레이븐!""

"내, 내가 왜?"

왜 살아 있는지 이해하지 못하는 눈치다. 네가 치료해줬냐고 미르시에게 묻자 미르시는 눈물을 닦으며 고개를 옆으로 흔들었다.
"무사해서 다행이에요. 리타 씨라고 하셨죠? 리타 씨의 팔도 치료할게요."
세 명의 모험가가 열심히 지켜보는 와중에, 다시 한번 등 뒤에서 생명의 풀을 꺼내 상처를 입은 팔에 가져다 댔다. 생명의 풀이 보이지 않게 꼭 쥐는 것도 잊지 않았다. 마치 시간을 되감듯이 엄청난 기세로 상처가 완치되었다. 뼈도 부러졌었는지 팔을 가슴 위치까지 들어 올려서 신기하다는 듯이 손을 쥐었다가 펼쳤다가 한다.
"""뮈라제의 꽃!!!"""
세 사람이 똑같이 로단의 생명을 구했던 약초 이름을 소리 높여서 외쳤다.
생명의 풀 덕에 상처가 완치된 레이븐과 리타는 어째서 이렇게 귀중한 회복약을 써줬냐며 놀라는 눈치였다.
"이제 괜찮겠네요. 혹시 미르시 씨는 다치신 데 없나요?"
언뜻 보았을 때 부상은 딱히 없는 듯했지만, 생명의 풀은 하나 더 남았기에 일단 확인차 물었다.
"저, 저는 괜찮아요."
허둥지둥 두 손을 앞으로 내밀고 괜찮다며 사양을 한다.
"그런가요, 도시까지 돌아갈 수 있겠어요? 저쪽 방향인데요."
아슬아슬한 시간까지 사냥을 하고 싶었기에 태양 위치로 도시의 방향을 가늠하는 방법은 완전히 익혀 놓았다.
"어, 뭐, 괜찮다. 몸이 멀쩡하면 고블린한테는 안 지니까."
담담하게 말한 뒤 일어섰으나 레이븐은 무기를 어디에 두고 왔는지 맨손이었다. 아마 이곳과 거리가 좀 있는 위치에서 부상을 당한 듯했다. 자신이 맨손임을 깨달은 레이븐은 고블린의 시체 옆쪽에 떨어져 있는 녹슨 검을 주워들었다.

"그럼 괜찮겠군요. 전 이만 가볼게요."

알렌은 인사한 뒤 떠나고자 했다.

"어? 자, 잠깐만! 응? 그러고 보니까 넌 얼마 전 모험가 길드에서 만난 아이구나."

죽을 뻔했던 상황에서 회복되어 겨우 여유가 생겼을까. 레이븐이 알렌의 얼굴을 떠올렸는지 말을 꺼냈다.

"맞는데요, 왜 그러시죠?"

난처한 얼굴로 대답했다. 무슨 볼일이냐고 말하는 듯이.

'아니, 자력으로 돌아갈 수 있으면 솔직히 이젠 가도 되잖아. 난 다시 사냥을 하고 싶다고.'

이 사람들 덕분에 한 시간쯤 사냥을 제대로 못 했다. 모처럼의 귀중한 휴일이다. 마수를 더 잡고 싶었다.

"보, 보답을 하고 싶다만."

"아뇨, 마음만 받을게요."

"아니, 잠깐만 기다려줘."

불러 세우기에 또 발걸음을 멈춘다. 레이븐의 입장에서 알렌은 위기에 처한 파티를 구해주었을 뿐 아니라 금화 몇 닢이나 하는 뭐라제의 꽃을 두 개나 써준 은인이다. 보답도 안 하고 보내기에는 염치가 없다는 생각일 테지.

'아니, 오늘 목표치까지 고블린 육십 마리나 남았어. 알고 이러는

거야?'

물론 알렌의 오늘 목표를 레이븐이 알 리 없었다.

"뭔가 보답으로 받고 싶은 건 없나?"

거듭 묻는다. 도저히 포기할 것 같지 않았다. 뭔가 필요한 게 없는지 생각에 잠겼다.

"그럼요, 음, 레이븐 씨였죠. 모험가시고요."

"그, 그렇다만."

대답을 한다.

"오늘은 많이 바빠서요, 나중에 또 모험가에 대해 가르쳐주세요."

"알겠다."

레이븐은 다음 이어질 말을 기다렸다.

'이게 끝이야. 무슨 말을 더 듣고 싶은 거야?'

"그리고 제 이야기는 다른 분들한테 하지 말아주세요."

"알겠다. 다른 사람에게 말하지 않겠어."

나머지 두 사람도 고개를 끄덕거렸다. 레이븐은 계속 알렌의 말을 기다리고 있다.

"딱히 더 바라는 건 없는데요…… 음, 저 고블린 마석은 제가 전부 가질게요. 아, 맞다!"

중요한 것을 떠올렸다. 얼마 전 마도구 상점에서 모험에 필요한 마도구를 본 김에 E랭크 마석을 구입할 수 있냐고 물어봤으나 매입은 해도 판매는 안 한다며 거절당했다. 레이븐에게 E랭크 마석을 백 개쯤 모아달라고 하면 적당하지 않을까.

"뭐 생각이 났어?"

"제가 E랭크 마석을 모으고 있거든요."

"흠."

"그러니까 보답은 여기에 있는 고블린의 마석 전부하고 E랭크 마석 백 개로 어떠실까요?"

"겨, 겨우 E랭크 마석이면 되는 거냐?"

"물론이에요. 거주지는 그란벨인가요?"

"그래, 그란벨의 거리에 있는 숙소에서 지낸다."

"아하. 그러면 날짜를 정해주세요. 제가 숙소로 가지러 갈게요. 알렌이라는 아이가 가지러 온다고 일하는 분께 맡겨 놔주세요."

1주일 정도면 모을 수 있다고 한다. 레이븐은 진짜로 겨우 마석만 받고 말겠냐며 물어보면서도 이제는 물러나는 모습이었다. 아무튼 이곳에 있는 고블린의 마석을 회수했다.

"이만 가볼게요, 꼭 도시까지 무사히 귀환하세요."

"그래, 정말 신세를 졌다."

""고마워.""

인사를 나눈 뒤 알렌은 뒤도 돌아보지 않고 처음에 왔던 길을 달려서 떠나갔다.

제법 먼 거리를 달리다가 멈춰 선다.

'저 사람들 덕분에 시간을 잔뜩 썼어. 뭐, 하지만 E랭크 마석 백 개면 횡재한 거야. 자, 이제 어떻게 할까. 다시 사냥을 하고 싶기는 한데 아까 얻은 정보부터 정리해보자.'

모험가들과 겪은 사건을 확인해야겠다.

'먼저 생명의 풀. 이거, 체력 회복약이 맞았어. 이런 식으로 확인

하게 될 줄은 몰랐네.'

마지막 하나 남은 생명의 풀을 뚫어져라 쳐다본다. 전생의 세계에서는 그냥 채소로 보고 넘겼겠지만, 상처에 가져다 대면 효과가 발동한다는 것을 알아냈다.

'회복약에는 두 종류가 있잖아. 아마 이 잎은 고정치 회복형일 거야.'

HP, 라이프 포인트 등 명칭은 이것저것 많은데 어떤 게임에도 수치가 0이 되면 죽어버리는 캐릭터의 체력을 나타내는 수치가 있다. 이것을 회복시키는 도구가 회복약이며 회복에는 두 가지 패턴이 있다.

· 최대 체력을 일정 비율로 회복하는 퍼센트 회복약
· 일정 수치를 회복하는 고정치 회복약

전자는 체력 1000의 캐릭터에게 30퍼센트 회복시키는 약을 쓰면 300의 체력이 회복된다. 후자는 예를 들어서 500이 회복되는 약이라면 최대 체력의 숫자와 관계없이 500만큼 회복된다.

로단과 레이븐의 회복 과정에서 속도에 차이가 발생한 것도 곰곰이 생각해본다. 로단은 뮈라제의 꽃을 썼는데도 다시 일어나서 걸을 때까지 1개월 이상 걸렸다. 레이븐은 생명의 풀을 썼더니 곧장 의식이 회복되어 일어났고 고블린의 검도 주워들었다.

'평범하게 생각하면 뮈라제의 꽃은 퍼센트 회복약, 생명의 풀은 고정치 회복약이겠군.'

생명의 풀이 퍼센트 회복약이라면 체력 100퍼센트의 회복 효과일 텐데 만약에 진짜라면 성능이 너무 황당하게 좋은 셈이다. 겨우 E

랭크의 회복약이다. 레이븐의 체력 최대치가 낮기 때문에 고정치 회복을 하는 생명의 풀로도 완전 회복이 이루어졌다고 생각하는 것이 무난하겠다.

'뭐, 대충 끝났나. 다음은 마도서를 볼까.'

『고블린을 1개체 쓰러뜨렸습니다. 경험치 160을 획득했습니다.』

『고블린을 1개체 쓰러뜨렸습니다. 경험치 160을 획득했습니다.』

『고블린을 1개체 쓰러뜨렸습니다. 경험치 160을 획득했습니다.』

마도서 표지에는 세 마리의 고블린을 쓰러뜨렸다는 경험치 로그가 표시되어 있었다.

"혼자 잡았을 때의 8할만큼 경험치가 들어왔구나."

'그 자리에 있던 게 나와 다른 모험가 셋이었고, 그중 전투에 참가한 사람은 나랑 리타 씨. 그래서 8할인가.'

경험치 배분에 대해서도 검증한다.

'좋아, 사람 숫자대로 나눠지는 것이 아닌 게 확정됐구나. 다수가 같이 쓰러뜨리면 8할이라든가 뭔가 규칙이 있는 거야.'

게임에 따라서는 많은 인원으로 사냥을 하는 경우가 있다. 이런 게임은 경험치를 사람 수대로 나눠서 배분하면 각각 한 사람의 몫이 굉장히 적어지기 때문에 혼자 잡았을 때의 6할이라든가 8할이라든가 사람 수와 관계없이 일정 비율로 경험치를 주는 경우가 있었다.

'보어의 경험치는 400이었지. 이게 만약에 8할이라면 원래 경험치는 500인가? 하지만 설마 C랭크 보어의 경험치가 겨우 고블린의 2.5배는 아닐 거야. 그러면 실제 경험치는 1000인가?'

알렌이 이 세계에서 쌓았던 사냥 경험으로 도출한 경험치 배분 규칙은 아래와 같다.

· 2~4인으로 쓰러뜨리면 1인이 쓰러뜨렸을 때의 8할
· 20~40인으로 쓰러뜨리면 1인이 쓰러뜨렸을 때의 4할

'뭐, 지금은 이 정도인가.'

마도서에 생명의 풀의 효과와 경험치 배분의 분석 결과를 기록했다.

'진짜 문제는 소환수야. 호크, 나와라.'

새E 소환수가 모습을 나타낸다. 이곳은 숲이나 산림과 달리 탁 트인 곳이기에 보통은 새E 소환수를 소환하면 상공에 나타난다. 다만 알렌은 일부러 눈앞의 땅에 새E 소환수를 불러냈다.

"왜 지시를 무시했지?"

알렌이 묻자 새E 소환수는 미안하다는 듯이 머리를 수그렸다.

"내가 뭐라고 지시했어? 고블린은 다섯 마리 이상, 경로에 다른 모험가는 없어야 하고 3킬로미터 범위 안이라고 말하지 않았나?"

새E 소환수는 더욱 미안해하며 머리 숙였다.

"아까 본 모험가들을 도와주고 싶었던 거야?"

그러자 소환수는 살짝 고개를 끄덕거렸다.

그 반응을 보고 알렌은 짧게 잠깐이 아니라 상당히 긴 시간 말문이 막혔다.

"……그런가. 너한테, 자아가 있었구나?"

자아의 뜻을 몰라서일까, 새E 소환수는 고개를 갸웃거렸다.

"어려운 말은 못 알아듣는 건가. 아무튼, 그렇구나. 소환수한테

자아가 있는 건가."

알렌은 줄곧 소환수를 지시 및 명령에 따라 기계적으로 움직이며 미리 지정한 행동밖에 하지 못하는 인형 같은 존재라고 생각했었다. 다만 실상은 아니었다. 지력이 높은 새 계통의 소환수가 소환사의 지시보다도 자기의 판단을 우선시했다. 또한 부상을 당해 죽음의 위기에 처한 모험가의 곁으로 알렌을 이끌었다. 소환수는 자아를 갖고 의사를 형성하여 전할 수 있었다.

'이게 신이 만든 소환수인가.'

만약 창조신에게 사람과 세계를 만들 힘이 있다면 자아를 가진 소환수를 만드는 것쯤이야 어렵지 않을 거라는 생각이 든다.

조금 말이 지나쳤나 싶어서 알렌이 머리를 쓰다듬어주자 새E 소환수는 잔뜩 처졌던 표정이 확 바뀌어 기뻐하고 있다.

"다음부터는 지시 내용을 바꿀 테니까 잘 따라줘야 한다?"

『삐잇.』

새E 소환수 호크는 날개를 펼쳐 커다랗게 울었다. 알렌에게는 「알겠다」라고 대답하는 것처럼 느껴졌다.

제3화 수렵 담당

12월 하순이 되었다. 레이븐 파티를 구출한 다음 주에도 사냥을 나갔고, 레이븐에게 무사히 E랭크 마석 백 개를 받았다. 그냥 숙소의 직원에게 맡겨두면 되었을 텐데 레이븐은 굳이 알렌이 오는 것을 기다려줬다.

고용인용 식당에서 이것저것 생각하며 배식 순서를 기다리던 중 요리장이 말을 걸어왔다.

“뭐하냐? 고민 있냐?”

최근에 자주 말을 걸어준다. 알렌이 생각하고 있는 모습이 신경 쓰였나 보다.

“앗, 아니에요.”

“옜다, 이건 덤이다. 든든하게 먹어라.”

수프 그릇에 조금 큼지막한 고깃덩어리를 넣어줬다.

이미 수프를 받은 리켈이 요리장의 말을 듣더니 허둥지둥 고개 돌린다.

“가, 감사합니다.”

“어?! 왜 알렌만 덤을 줍니까? 저도 고기 더 주십쇼.”

“엉? 리켈, 넌 아무것도 안 했잖냐. 알렌은 뿔토끼를 벌써 열 마리나 잡아서 가져왔단 말이다.”

“너무해~.”

한숨을 쉬는 리켈.

최근 다녀온 두 번의 사냥에서 알렌은 도합 열 마리의 뿔토끼를 들고 저택에 돌아왔다. 뿔토끼는 한 번 사냥에서 다섯 마리까지만 잡기로 정해 두었다. 평범한 여덟 살짜리 소년이 아침부터 밤까지 사냥에 매진한들 수확은 기껏해야 이 정도일 테지. E랭크 마석도 더 많이 구하고 싶다.

실제로 뿔토끼를 다섯 마리 잡아오자 집사는 무척 감탄했었다. 본래 이 세계에서 마수는 숫자가 썩 많지는 않은 데다가 뿔토끼는 혼자 생활하는지라 사냥 효율도 안 좋았다. 따라서 하루에 두세 마리만 잡아도 많이 잡은 것이라고 했다.

요리장이 기뻐하며 중형견만 한 크기의 뿔토끼를 해체했다. 덕분에 요리장이 자주 말을 걸어주고, 고기도 더 넉넉하게 얹어준다.

"내년 봄에 말이지, 미하이 도련님이 돌아오신다."

'응? 미하이 도련님? 분명 학원 도시에 가 있는 장남이었지?'

요리장이 이야기를 꺼내기에 배식을 기다리며 들었다.

"네."

"그래서 말야, 선물로 왕도에서 벌꿀을 사달라고 부탁드렸지. 먹어본 적 있냐? 이게 엄청 달콤하거든."

"아니요. 한번 먹어보고 싶네요."

"그치? 초봄이 되면 빅 토드가 바깥에 돌아다닐 테니까 말이다. 그 녀석을 잡아 와주면 몰래 벌꿀을 나눠 주마."

"와! 정말인가요! 그럼 힘내서 꼭 잡아볼게요."

'벌꿀은 한번 맛보고 싶다. 그나저나, 빅 토드인가. 봄까지 기다려

야 하는 거면 지금은 동면 중인가?'

"저기요! 알렌한테 뭔 소리를 하는 겁니까! D랭크 마수라고요!! 알렌, 너도 진지하게 듣지 말고 넘어가."

옆에서 리켈이 반응했다. 큰 목소리로 외치기에 주위의 다른 고용인들도 무슨 일인가 싶어 쳐다본다.

아침 식사를 마친 뒤 평소처럼 세실의 방을 정리했다. 청소가 다 끝나면 다음은 빨래였다. 24시간 내내 세실의 곁에 붙어 있을 필요는 없으니 저택 안에서 다른 고용인들의 일을 적극적으로 도우며 청소 및 잡무를 차례차례 해치웠다.

앞뜰에서 청소하던 중, 기사단장 제노프가 저택에 들어왔다. 기사단장은 딱히 저택에서 머물러 지내지는 않으나 업무상 그란벨 남작에게 보고를 올리는 등 볼일이 많아 자주 찾아온다.

"어서 오십시오."

"그래."

기사단의 임무 내용은 리켈에게 들은 적 있다. 기사단은 이웃 나라와 전쟁이라도 하는 것이냐고 물어봤더니 그렇지는 않다고 했다. 애당초 그란벨 영지는 타국과 맞닿은 지역이 아니었다. 기사단의 주된 임무는 도적단 및 마수의 토벌이다. 모험가에게 의뢰하는 경우도 많으나 영지의 규율을 지키기 위해, 갖가지 이유 때문에 모험가가 의뢰를 받지 않는 사안을 맡아 활동한다.

오늘은 기사단장도 남작과 함께 만찬에 참석한다고 했다. 기사단장 및 부기사단장이 저택에 오면 이런 기회도 이따금 있었다. 밤에 만찬을 시중들던 알렌에게 기사단장이 말을 건넸다.

"제법 업무에 익숙해졌구나."
"감사합니다."
기사단장이 칭찬해줬다.
"과연 로단의 아들이다. 이미 소식을 들었을 텐데, 클레나 마을은 보어 스무 마리 토벌을 무사히 달성했다더군."
"네, 얼마 전 들었습니다."
클레나 마을에서 올해 목표로 내세웠던 보어 스무 마리 토벌은 11월 말에 완료됐다. 영주가 올 때까지 무리해서 세 번 사냥을 했던 성과다. 예정보다 상당히 일찍 목표를 달성했기 때문에 이번 달 사냥은 열흘에 한 번으로 하겠다고 마을을 떠나기 전 로단이 말했었다.
"뭐야, 보어를 그렇게 많이 잡았는데 왜 식사에 안 나와?"
세실의 오빠 토마스가 불만이라는 표정을 지었다. 지금까진 겨울이 오면 보어 고기를 먹을 수 있었다며 칭얼거린다.
'응? 듣고 보니까 잘 나오질 않네. 10월에 잡은 보어는 이미 그란벨까지 운반이 끝났을 텐데?'
이미 12월이니 10월에 잡은 보어 고기는 가공을 마쳐 운반이 끝났을 것이다. 몇 톤이나 되는 양인데도 토마스가 말한 대로 만찬의 식탁에서 거의 못 봤다.
남작에게 투정 부리지 말라며 꾸중을 듣고 풀 죽은 토마스. 의외로 자식에게 엄격하구나.
'국왕의 명령이니까 보어 고기를 왕도로 보내는 건가? 그 엄청 커다란 마도선으로.'
클레나 마을에서 지내던 때 왕의 명령이라며 보어 사냥의 횟수를 예년보다 곱절로 늘려야 했던 것을 떠올렸다.

보어 고기의 행방을 생각하던 중 토마스가 기사단장에게 말을 건넸다.

"제노프, 올해는 디어를 잡아줄 거야?"

기대를 담아 토마스가 기사단장을 바라본다. 기사단장은 그란벨 남작의 안색을 살폈다. 남작은 고개를 흔들었다.

"죄송합니다. 토마스 도련님. 기사단은 단순히 사냥을 위해 움직일 순 없습니다."

'왕명 때문에 보어 사냥을 하러 온 적은 있지만.'

지금 거절한 것도 기사단장의 교육이나 지도의 일환이려나 생각을 했다.

"에에~."

눈에 띄게 부루퉁한 모습이다.

"토마스, 적당히 하지 못할까! 기사단은 네 음식 투정을 위해 존재하는 것이 아니다!!"

토마스의 어리광이 결국 그란벨 남작의 노여움을 샀다. 토마스가 남작을 몹시 무서워하는지라 그란벨 남작 부인이 달래준다.

"토마스도 물론 알아요. 맞지? 토마스. 그나저나 보어도 디어도 안 된다면 내년 행사는 소박하게 준비해야겠네요."

새해 일찍 저택에서 개최하는 신년회를 말하는 것 같았다.

"뭐, 그래야지. 올해는 어쩔 수 없군."

아마 평소에는 성대하게 신년회를 개최했는지 남작도 집사도 유감이라는 듯이 한숨을 쉰다. 그 광경을 보고 그란벨 남작 부인도 서

글피 고개 숙였다. 가만히 힐끔거리던 토마스가 식사 시중을 드는 알렌을 바라보며 말했다.

"있잖아, 알렌."

"네, 부르셨습니까? 토마스 도련님."

"사냥 솜씨가 굉장하다며? 디어 잡아주라."

"디어요? 화이트 디어를 말씀하시는 겁니까?"

이 세계에서는 남작 가문이라 해도 대단한 사치를 누리지는 못한다. 그런데 알렌이 뿔토끼를 잡아오면서 지난 며칠간 남작가의 만찬이 제법 호화로워졌다. 이 세계는 식사가 즐길 거리에서 차지하는 비중이 무척 높은데, 안 그래도 드문 흑발 흑안에 겨우 여덟 살 먹은 시종이 뿔토끼를 잔뜩 잡아 옴으로써 더욱 주목을 끌게 되었다. 이제 이 저택에 있는 사람은 모두 알렌의 아버지가 「보어 사냥꾼 로단」이라고 불린다는 사실이며 뛰어난 사냥 실력으로 공직을 쌓아 농노에서 평민이 된 마을의 영웅이라는 것을 알고 있었다.

물론 사람들은 사냥꾼 영웅의 아이가 재능을 이어받아 뿔토끼를 잔뜩 잡아 온다는 인식을 가지고 있다. 요리장이 빅 토드를 잡아달라더니 이번에는 토마스가 화이트 디어를 잡아달란다.

"맞아, 잡아줘!"

당연하다는 듯이 해맑게 웃는 얼굴로 보챈다. 화이트 디어는 겨울에 나타나는 마수였다. 보어가 더 많은 고기를 얻을 수 있기 때문에 클레나 마을의 농노들은 보어가 나타나는 기간에는 보어를 사냥한다. 그러다가 보어 사냥이 끝난 다음에야 화이트 디어를 떠올리는 것이 보통이었다.

'화이트 디어인가. 분명 그레이트 보어와 똑같은 C랭크 마수였지. 레벨도 꽤 올랐겠다, 한번 토벌에 도전해볼까.'

"네, 알겠습니다. 조만간 화이트 디어를 잡아 오겠습니다."

이 대화를 모두가 듣고 있었다. 다만 전원이 아연실색할 뿐, 딱히 알렌을 말리는 사람은 없었다.

* * *

사흘 후는 정월이다. 오늘은 휴일이기에 알렌은 눈이 쌓이는 와중에 평소처럼 일찌감치 저택을 나섰다. 눈 대책으로 짚을 엮어서 만든 장화를 빌려 놓았다.

"오. 오늘도 나가는 거냐? 눈이 깊숙이 쌓인 곳도 있으니까 조심해라. 음? 그건 어디에 쓰려고?"

알렌은 등에 커다란 삽을 밧줄로 묶어서 달고 있었다.

"정원사분께 빌렸어요. 오늘은 필요할 것 같아서요."

삽은 흙을 퍼내는 부분이 30센티미터를 넘기는 터라 마도서에 수납할 수 없었다. 삽을 묶는 데 쓴 밧줄도 마구간에서 두껍고 긴 녀석으로 골라 일곱 개 정도 슬쩍 빌려왔는데, 나머지 다섯 개는 수납에 넣어 두었다.

"조심할게요"

대답한 뒤 문을 지나서 쭉 나아간다. 눈 속을 달리기를 십수 분, 나무가 드문드문 자라나 있는 부근까지 왔다.

'오전 중에는 고블린을 잡을까? 아니, 시간이 꽤 걸릴 테니까 오

늘은 디어 사냥에 집중하자. 나와라, 호크들.'

여섯 마리의 새E 소환수가 상공에 소환됐다.

'큰 사슴 마수가 있어. 털가죽은 하얀색, 화이트 디어라는 녀석이야. 머리에 2미터 넘는 뿔이 달렸으니까 쉽게 알아볼 수 있지. 10킬로미터 이상 먼 위치도 상관없으니까 최대한 가까운 곳에 있는 놈을 찾아와.'

그러자 새E 소환수가 탐색을 위해 사방으로 흩어져 간다.

'자, 시작할까. 두덕스케, 나와라. 구덩이를 파자.'

두더지 형태의 짐승G 소환수 네 마리가 나타났다. 특기「구덩이 파기」지시를 받아 눈을 파헤치며 넷이서 같이 큰 구덩이 하나를 파고 들어간다.

소환수에게 자아가 있음을 알게 된 이후부터 새E 소환수에게 내리는 지시 내용을 구체적으로 전달하기 위하여 노력하고 있다. 이번에는 마수를 찾아오라는 지시에 더하여 도움을 필요로 하는 모험가를 발견하면 우선해서 행동하라는 말을 추가했다. 긴급 상황에는 나무에 멈춰서 세 번 연속으로 울음소리를 내도록 신호도 바꿔 놓았다.

'소환수랑 잘 소통하면서 지내야지.'

소환수에게는 자아가 있다. 따라서 지시에 반하는 경우도 있음을 알게 되었다.

'자아를 갖고 연속해서 30일 동안 소환 가능한 소환수인가.'

클레나 마을에 있던 시절에 소환수의 연속 소환 시간을 확인했는데, 랭크와 관계없이 최대 30일이었다. 1개월은 식사를 할 필요도 없이 활동이 가능하다. 게다가 자기 의사를 갖고 움직인다. 앞으로의 가능성이 무한히 뻗어 나가는 느낌이었다.

그렇게 생각을 하던 때, 세 마리의 새E 소환수가 돌아왔다.

'1킬로미터 범위에 사냥감이 있어?'

내려오지 않는다. 1킬로미터 범위에는 없나 보다. 조금씩 거리를 넓혀 물어보다가 5킬로미터까지 멀어졌을 때 새E 소환수 한 마리가 반응하며 천천히 내려왔다.

'5킬로미터인가. 그래도 괜찮은 거리네.'

짐승G는 지능이 높지 않아서 50미터 이상 떨어지면 지시 수행을 멈춰버린다. 항상 곁에서 「구덩이 파기」 지시를 유지해야 하는지라 알렌은 일단 구덩이 파는 작업을 우선하기로 했다. 파내서 쌓인 흙을 삽으로 한곳에 모으며 구덩이가 완성되기를 기다린다.

꽤 깊숙이 파야 했기에 상당한 시간이 걸렸다.

그동안에도 몇 번 새E 소환수를 날려서 마수가 5킬로미터 범위 바깥으로 벗어나지는 않았나 확인했다. 아주 먼 곳까지 가지는 않은 듯했다.

구덩이가 완성되자 눈을 덮어서 위장하고 곧장 화이트 디어가 있는 곳으로 향했다. 짚신 덕분에 눈 위에서도 쭉쭉 나아갈 수 있다. 새E가 안내해준 곳으로 이동하자 어적어적 뿔토끼를 먹는 마수가 있었다. 몸높이는 그레이트 보어보다 살짝 낮지만, 목과 머리를 포함하면 아마 3.5미터는 되겠다. 2미터쯤 되는 뿔이 지면과 수평으로 뻗어 나왔다.

'오! 있다, 찾았어.'

클레나 마을에서도 잡은 적 있는 화이트 디어였다. 새하얗기에 찾기 어려운 데다가 개체 수가 적어서인지 겨울 중 한 달에 기껏해야 한 마리밖에 잡지 못했던 것을 기억하고 있다.

나무 그늘에서 벌레G 소환수를 소환했다.

'좋아, 도발해라.'

상대는 C랭크이니 네 마리를 소환했다. 나타난 것은 개구리 형태의 벌레G 소환수다. 화이트 디어에게서 거리를 벌리는 한편, 펄쩍펄쩍하며 특기「도발」을 수행했다.

『푸르릉!』

화이트 디어가 벌레G 소환수를 발견하고 눈을 아랑곳 않은 채 돌진한다. 도발에 제대로 걸려든 모습이었다. 벌레G가 짓밟히기 직전 아슬아슬하게 카드화해서 순식간에 더 멀리 떨어진 곳에 소환한다. 그곳에서 또 도발을 수행했다. 같은 수법을 몇 번인가 반복하며 구덩이가 있는 곳까지 유인해 간다.

과연 도발이었다. 비록 나무에 숨어 조심조심 이동하고 있다지만, 검은색이 많은 알렌의 옷은 백은빛 세계에서 상당히 눈에 띈다. 다만 도발을 당해 분노한 화이트 디어의 눈에 보이는 것은 벌레G 소환수뿐인 듯했다.

드디어 함정을 파 놓은 장소까지 되돌아왔다. 네 마리의 벌레G 소환수가 펄쩍펄쩍 뛰면서 거듭 도발을 되풀이한다.

『푸르릉!』

화이트 디어는 벌레G를 목표로 곧장 돌진했다. 그러다가 불쑥 알렌의 시야에서 사라진다.

'흠, 도발 때문에 지능이 떨어진 걸까? 꽤 조잡한 함정이었는데.'

화이트 디어가 빠진 함정을 내려다보며 생각했다. 이 함정은 깊이가 10미터에 너비는 2미터 정도인데, 화이트 디어의 뿔은 폭이 4미터는 넘어서 뿔이 걸려서 함정 바닥까지 떨어지지 못했다. 화이트 디어가 지면에서 머리만 쏙 내밀고 있는 상태였다.

알렌은 화이트 디어가 난동을 부려 함정이 무너지기 전에 단검을 뽑아서 목에 달라붙었다. 죽기 살기로 뿌리치고자 몸을 버둥거려도 모든 다리가 공중에 떠 있어서 힘이 제대로 안 들어가는 듯했다. 알렌은 곧장 단검을 쥔 손에 힘을 넣어서 목에 푹 박아 넣었다. 화이트 디어는 비명 지르며 온몸을 부들부들 떨었지만, 급소인 목의 혈관을 자를 때까지 알렌은 거듭거듭 단검을 박아 넣었다. 결국 급소를 찌른 뒤 단검을 뽑아내자 동시에 선혈이 뿜어져 나와 함정을 중심으로 백은빛 세계를 붉게 물들였다.

화이트 디어의 움직임이 완전히 멎었을 때 알렌은 마도서를 공중에 꺼내 표지의 로그를 확인했다.

『화이트 디어를 1개체 쓰러뜨렸습니다. 경험치 2500을 획득했습니다.』

마도서를 닫은 뒤 힘을 줘서 수렵물을 지면에 끌어 올렸다. 그대로 거목 아래까지 끌고 간다. 뒷다리에 각각 세 개씩 밧줄을 단단히 묶었다. 줄기에 밧줄을 걸고 꽉 힘줘서 끌어 올리자 화이트 디어는 거꾸로 공중에 매달렸다. 중력을 따라 목에서 콸콸 피가 흘러나온다.

'피는 미리 빼놔야지. 조금이나마 가벼워지면 좋겠네. 피가 다 빠질 때까지 뒷정리를 하자.'

10미터만큼 파내서 쌓인 흙으로 함정을 다시 메운다.

'그건 그렇고 경험치는 더럽게 짜네.'

고블린 백 마리 사냥을 목표로 잡은 알렌은 하루에 경험치를 2만 이상 벌어들인다. 다만 오늘은 피 빼기를 마칠 무렵이면 복귀해야 할 시간이라 화이트 디어 사냥에 하루를 다 써야 하는데 벌어들인 경험치는 고작 2500이다.

'아니, 하지만 고기만 500킬로그램은 되잖아. 1킬로그램에 은화 한 닢이면 금화로 다섯 닢은 나가지 않나? 집사한테 고깃값은 다 받아 내야겠다.'

경험치를 못 올린 만큼 하다못해 심부름 값은 듬뿍 받아야 수지가 맞지 않겠는가. 아직 새로운 무기나 방어구도 사지 못한 처지였다.

몇 시간을 들여 피 빼기를 했더니 이미 16시가 지났다. 천천히 화이트 디어를 땅에 내려놓고 화이트 디어의 다리를 몸체에 딱 붙여서 끈으로 결박한다. 짊어질 때 다리가 흔들리면 걸리적거리기 때문이다. 삽도 걸리적거리니 같이 묶었다.

소환수를 벌레G에서 짐승E로 변경한 알렌의 공격력은 300을 넘어선다. 꽉 힘줘서 화이트 디어를 짊어졌다.

'큰일 났다, 무게가 꽤 나가네. 허리 삐끗하겠어. 천천히 복귀하자.'

등에 진 화이트 디어는 피를 빼내서 조금 가벼워졌으나 800킬로그램은 된다. 알렌의 작은 몸으로는 완전히 들어 올리지 못하기에 뒷다리를 지면에 질질 끄는 모양새였다. 목은 기다랗고 머리에는 수평으로 자라난 뿔도 있다. 머리가 구부러져서 뿔이 땅에 스쳤다. 어쨌든 자잘한 것에 개의치 않고 눈 아래 지면을 밟아 디디면서 힘을 꽉 주고 전진한다.

'큰일 났네. 해가 떨어지기 전에는 돌아가야 할 텐데.'

항상 달려서 이동했는데 걸어가니 꽤 오랜 시간이 걸렸다. 저녁 해가 비추는 백은빛 대지를 걸어 도시로 차근차근 다가간다. 문이 보이는 곳까지 왔을 때 뭔가 소란스럽다는 걸 깨달았다.

"화이트 디어가 나타났다!!"

문지기가 알렌을 향해 외치고 있는 것 같았다. 하긴 멀리서 보면 알렌은 완전히 가려져 있는 모양새니 머리를 숙인 화이트 디어가 천천히 접근하는 듯 보일 수밖에 없겠다.

다른 문지기들도 무슨 일이냐며 소리를 높였다. 잘은 안 보이는데 아마도 다섯 명 이상 모여든 것 같았다.

"문지기 아저씨, 안녕하세요!"

혹시라도 화살이 날아오면 낭패이니까 큰 목소리로 외쳐 인사하면서 다가갔다.

"그 목소리는…… 꼬, 꼬마냐?"

"네. 문을 지나가도 될까요?"

상당히 경계하는 분위기였다.

"그란벨 가문의 명을 받아서 화이트 디어를 잡아 왔습니다."

짧게 한마디 남긴 뒤 척척 걸음을 뗀다. 그럼에도 가까이 오는 사람이 있어서 화이트 디어에 파묻힌 채 문장을 꺼내 내밀었다. 상당히 큰 대형 마수를 혼자서 잡아 왔지만, 이 이상 실랑이는 필요하지 않은 듯했다. 문을 지나가도록 비켜준다.

문을 통과한 뒤 곧장 돌바닥 길을 쿵쿵 나아갔다. 화이트 디어의 뿔 너비를 감안하면 저택 뒷문은 좁을 게 뻔하니까 곧장 커다란 정문으로 향했다.

"안녕하세요."

"아, 알렌 군이니?"

저택 문지기는 잘 알고 지내는 관계이기에 목소리만 듣고도 알렌임을 깨달아서 이름을 부른다. 뒷문은 못 지나갈 테니 정문을 열어달라고 부탁하자 「아, 알겠다」라며 무척 주눅이 든 모습으로 커다란 문을 열어주었다.

'자, 일단 사냥의 성과를 보고해야지.'

쭉쭉 정원을 걸어 나아간다.

"꺄, 꺄아아아아아아아아아아아아!!!!"

소리를 지른 사람은 2층 창문으로 정원을 내다보고 있던 여종이었다. 기겁해서 주저앉은 채 죽기 살기로 바깥을 가리키는 여시종을 보고 왜 소리를 지르냐며 다른 고용인들도 창문으로 바깥을 본다. 소란은 점점 확대되었다.

"저택에 마수가 들어왔다!!"

"보좌관들은 무기를 들어라! 기사를 불러!!"

'아, 큰일 났네. 이게 웬 소란이야.'

설명하면 대강 수습할 수 있겠으나 저택에서 나온 고용인들이 대뜸 무기부터 챙기는 터라 자신의 모습이 보이도록 허둥지둥 화이트디어를 내려놓았다.

쿠우우우웅.

'어우, 무거워서 죽는 줄 알았네. 지금 레벨로 혼자 옮기는 건 많이 힘드네.'

화이트 디어를 내려놓자 너무 무거운 중량 때문에 정원의 눈이 휙 날려 가면서 흙이 물결쳤다. 2층에서 내다보던 사람도 저택에서 나온 사람도 완전히 굳어버렸다. 본래 평소에 마수를 제대로 본 경험이 없는 데다가 새하얀 마수가 문을 지나서 천천히 들어오더니 불쑥 알렌으로 바뀐 셈이다. 직접 봤는데도 솔직히 현실을 받아들일 수 없었을 테지.

힘이 빠져서 주저앉은 사람, 멍하니 굳은 사람들을 제치고 상황을 파악하기 위해 집사가 정원으로 나왔다.

"아, 알렌이더냐?"

"네, 알렌입니다. 지금 막 복귀했습니다. 토마스 도련님의 명에 따라서 화이트 디어를 잡아 왔습니다."

온 저택에 소란을 일으켰다며 질책을 듣고 싶지는 않다. 먼저 토마스의 이름을 꺼내 강조하며 자신은 어디까지나 명령에 따랐을 뿐이라는 인상을 준다.

집사는 며칠 전 주고받았던 만찬 자리의 대화를 떠올리고 화들짝 놀랐다. 자신을 포함하여 식당에 있던 모두가 진지하게 여기지 않고 흘려들었던 대화였다. 그때 분명히 알렌은 단지 조용하게 잡아오겠다며 단언을 하지 않았던가.

나이가 예순에 가까워지며 분명 놀라는 일이 완전히 없어졌을 집사도 알렌이 이곳에 온 이후부터는 이제까지 쌓은 상식이 점점 붕괴되는 듯한 기분이었다. 상식과 함께 몸까지 무너져버리지 않도록 애써 견디던 때에 드디어 그란벨 남작도 정원으로 나왔다.

"무, 무슨 일인가! 소란스럽군!!"

눈앞의 광경을 보고 「도, 도대체……」라며 말문이 막히더니 다른 사람들과 마찬가지로 문 앞에서 굳어버린다.

"뭐냐, 무슨 소란이냐! 시끄럽다!"

이번에는 말투가 거친 요리장이 1층 주방에서 나왔다. 벌써 만찬이 시작되었을 시간인데 아무도 주방으로 요리를 가지러 오질 않아서 기다리다가 답답해서 본인이 직접 나온 것이다.

"이, 이건 화이트 디어잖냐!"

흠칫흠칫하며 요리장이 가까이 온다. 목소리가 환희로 가득 차 있었다. 화이트 디어 한 마리가 통째로 있는 광경은 처음으로 봤는지도 모르겠다.

"일단 피 빼기는 했습니다만, 나머지 처리는 아무것도 안 했습니다."

요리장에게 설명을 했다.

"그러냐, 최소한의 처리는 했단 말이군. 빨리 내장부터 빼내는 게 좋겠다."

요리장의 눈에는 이 녀석이 무시무시한 마수가 아니라 단지 식자재로 보일 뿐이었다. 지금 상황도 전혀 문제시하지 않는 듯했다.

"이봐, 번스! 뭐 하고 있냐, 얼른 이리 와! 나머지는 만찬 준비를 계속해라!!"

요리사 번스를 불러서 전등 마도구와 큼지막한 톱 비슷한 물건을 가져오도록 시킨다. 이곳에서 곧장 해체하려나 보다. 일은 다른 요리사 및 여종에 전부 맡겨버리고 화이트 디어 처리를 시작한다.

"그러면 저도 돕겠습니다. 상당히 무겁거든요."

"오? 괜찮겠냐?"

"물론이죠."

대답을 했다. 물론 친절을 베푸는 것이 아니라 마석을 회수하기 위해서였다. 이제껏 뿔토끼도 전부 마석은 빼낸 뒤 넘겼다. 토마스와 한 약속이 있어서 고기는 넘겨주겠으나 마석은 자신의 것이다. 해체 중 슬쩍 회수했다. 요리장이 이쪽을 들어라, 다음은 저쪽이다, 지시를 내릴 때마다 다리를 들어 올리거나 목을 받치는 등 바삐 움직였다. 정원사는 피와 살점이 흩어져서 엉망진창이 되어버린 정원을 보고 절망한 표정으로 멍하니 서 있다.

혼돈의 도가니에서 남작이 옆쪽에 서 있던 집사에게 말을 건넸다.

"도대체 어찌 된 일인가? 세바스, 알렌을 철저히 조사한 게 맞나?"

"예?! 재능도 없고 능력도 낮으니 더이상 조사는 불필요하다 말씀하신 분은 주인님이십니다. 그 이후로 따로 조사는 하지 않았습니다."

남 탓을 하지 말아 달라는 듯이 집사가 받아쳤다.

"어허, 이 사람아! 저 아이가 어찌 재능 없음이란 말인가! 여덟 살 나이에 C랭크 마수를 사냥했다네. 다시 철저하게 조사하게나!!"

"아, 알겠습니다. 그러면 다음번 마을의 심부름꾼이 왔을 때 곧바로……."

남작이 매처럼 매서운 눈매로 노려본다.

"죄송합니다. 내일 당장 클레나 마을에 조사를 위한 사절을 보내겠습니다."

마을까지 사절을 보내려면 왕복 열흘이나 걸린다. 게다가 눈이 잔뜩 쌓였으니 평소보다 비용이 늘어날 테지. 집사의 입장에서는 마을 심부름꾼이 왔을 때 겸사겸사 처리하고 싶었다. 조금만 더 기다리면 또 보어 고기를 가지고 올 예정이다. 그때 마을 주민들에게 이야기를 들어볼 수도 있었다. 다만 남작은 약간의 지체도 용납하지 않을 듯했다.

식당 창문으로 멀리서 정원을 내다보던 세실은 남작과 집사가 입씨름하는 광경을 보고 어리둥절하는 모습이었다. 가만히 저녁 식사나 들 상황이 아니게 되자 의뢰인이 저택 바깥으로 나왔다.

"디어다아아아아아!!!"

정원에 나온 토마스가 화이트 디어 해체 작업을 보고 고기가 왔다며 기뻐하고 있다. 화이트 디어를 만져보겠다고 달음박질치려 하기에 시중을 드는 여종이 힘겹게 말리고 있다.

토마스의 목소리를 듣고 알렌은 가까이 가서 공손하게 몸을 낮추며 인사를 했다.

"토마스 도련님, 명령하셨던 대로 화이트 디어를 잡아 왔습니다."

"응, 고마워!"

이렇게 화이트 디어를 잡은 알렌은 그란벨 남작의 명에 의하여 다시금 과거를 조사받게 되었다.

어제는 밤늦게까지 화이트 디어 해체를 도왔지만, 너무나 거대했던 터라 내장을 빼내고 털가죽을 벗기는 것이 한계였다. 매서운 겨울의 추위 덕분에 고기는 상하지 않았다. 오늘도 정원에서 해체 작업을 돕기로 했다.

소질이 있다며 세실의 시중이 아닌 화이트 디어 해체에 전념하도록 요리장이 집사에게 부탁을 했기 때문이다. 말투는 퉁명스러웠지만 그게 요리장 나름의 부탁하는 방식이었다.

"역시 소질이 있어. 아가씨 시종이 아니라 요리사나 해라. 세바스한테 말을 해주랴?"

상급자인 집사를 그냥 이름으로 부르는 요리장.

"가, 감사합니다. 하지만 세실 아가씨께서도 잘 대해주시니까요."

알렌은 돌려서 거절했다. 요리장은 아가씨가 진짜 잘 대해주냐며 의문이 섞인 시선을 보낸다.

세실의 시종 노릇이 마냥 편하지는 않으나 심부름 겸 거리에 다녀올 수도 있었고, 수업 중에는 자유 시간이 꽤 생긴다. 어느 쪽이 좋냐고 묻는다면 단연코 시종이었다.

"그건 그렇고, 배우는 게 빠르군. 번스는 배우는 게 느려서 고생이걸랑."

요리장이 감탄하며 말했다.

'아마도 지력 덕분이겠지.'

식사 시중 업무도 마찬가지인데, 최근 들어서 배우고 익히는 것이 빨라졌음을 실감하고 있다. 클레나 마을에서 지내던 시절부터도 그랬지만, 레벨이 오를 때마다 더욱 두드러지는 느낌을 받는다. 켄이치였던 시절과는 비교도 안 될 만큼 무엇이든 잘 기억이 나고 아울러 배운 대로 몸도 잘 움직여준다. 다만 특별히 머리가 좋아진 것 같지는 않았다. 과거와 마찬가지로 특별히 새로운 발상은 떠올리지 못하는 만큼 딱히 지능이 올라 천재가 된 것은 아닌 듯싶다.

'어제도 화이트 디어가 엄청 무거웠잖아. 애당초 후위에 서는 직업이야, 소환사는.'

소환사는 지력 능력치가 S로 매우 높은데 공격력은 C라서 꽤 애매하다. 사냥 도중에 철 구슬을 던지거나 단검을 들고 싸우기도 하는 알렌의 입장에서는 지력 S의 대가로 공격력이 C까지 조정되어 버릴 바에야 모든 능력치 A가 차라리 더 활용하기 좋았을 것이다. 그런 생각을 하는 와중에도 칼을 쥔 손은 무의식중에 막힘없이 해체 작업을 수행하고 있다.

결국 이날도 밤늦게까지 해체를 도왔다. 저택에 돌아오니 집사가 해체를 다 끝냈다면 자기 방에 들르라는 말을 꺼냈다. 요즘 들어서 자주 호출을 받는다고 생각을 하며 해체를 마친 알렌은 집사의 방에 향했다.

똑똑.

"실례하겠습니다. 알렌입니다."

"들어오너라."

집사의 방에 들어갔다. 평소처럼 소파에 앉게 권해줬다.

"어제는 휴일이었는데 늦게까지 일을 시키게 되어 미안하구나."

'응? 사과를 하네.'

"아닙니다."

대답을 했다. 어제 화이트 디어 사냥은 자발적으로 한 일인 데다가 밤늦게까지 도왔던 것도 해체도 마석을 얻기 위해서였다.

"오늘은 무슨 용무로 부르셨을까요?"

"흠, 우선 이것을 받거라."

뭔가 무거워 보이는 내용물이 든 작은 주머니를 마주 앉은 소파 사이의 탁자에 올려놓는다.

“이게 뭔가요?”

“은화 백 닢이란다.”

‘엥? 화이트 디어를 잡은 보수가 겨우 은화 백 닢이야?’

먹을 수 있는 부위가 족히 500킬로그램은 넘는 데다가 깔끔한 털 가죽도 제법 가격이 나가는 화이트 디어였다. 그런 마수 한 마리를 통째로 잡아 왔는데 은화 백 닢이라니 이게 웬일인가.

“이번 달 급료도 더한 금액이다.”

‘얼씨구?! 그럼 이번 사냥의 보수가 겨우 은화 오십 닢이라고? 이제 절대로 안 해!! 하루를 다 쏟아부었는데, 앞으로는 무조건 거절할 테다!!’

매달 급료가 은화 오십 닢이니 이번 화이트 디어 사냥의 보수는 고작 은화 오십 닢이라는 계산이다.

“네에.”

거의 한숨을 쉬다시피 대답을 했다. 허탈감이 입에서 새어 나오는 것 같았다.

“알렌. 넌 무엇이든 곧바로 얼굴에 티가 나는 아이구나. 착각하지 말거라, 이 금액은 이번 달부터 쭉 받게 될 급료란다.”

“네?”

“너는 성실한 데다 일솜씨도 무척 좋지. 다만 이러한 이유로 급료를 올려주겠다는 말은 아니야.”

시종이 매달 백 닢의 은화를 받는 것은 분명히 열두 살이 된 이후부터였다. 그 금액을 알렌에게 주는 이유는 딱히 일솜씨가 좋기 때문은 아니라고 한다. 그렇다면…….

"은화 오십 닢 몫의 다른 업무가 있다는 말씀인가요?"

"눈치가 빠르구나. 맞단다, 알렌 너에게 수렵 담당의 일도 맡기고자 한다."

"수렵 담당이요?"

영국의 귀족 사회에서는 사냥터 관리인이라고 불리는 직종이다. 알렌은 전생의 지식을 떠올리고 있었다. 중세 영국의 사냥터 관리인이 하는 업무는 분명 귀족이 사냥하는 동물의 육성 및 귀족의 소유물인 들짐승을 민중이 멋대로 사냥하지 못하게 지키는 것이었다.

"알렌. 넌 사냥을 무척 좋아할 테지?"

"네."

즉답했다.

"수렵 담당은 말이지—."

세바스가 수렵 담당이 맡는 역할에 대해 이야기한다. 업무의 내용은 마수를 사냥해서 고기를 확보하는 것과 도시 바깥에서 마수에게 공격을 받아 곤경에 처한 주민이 있다면 구해주는 것, 두 가지였다. 백작 등 대귀족의 아래에는 몇 명씩 두는 경우도 있다는데 그란벨 남작가에는 이제까지 없었던 직위라고 한다.

"와아앗!!"

저절로 기쁨의 목소리가 흘러나왔다. 요컨대 귀족 직속의 사냥꾼이라는 뜻이다.

"이것은 다른 고용인들의 희망이기도 하다."

"네?"

복잡한 표정을 지은 채 집사가 입을 열었다.

지난 며칠간 대부분의 고용인들이 집사의 방문을 두드려서 알렌이 더 많이 사냥을 할 수 있도록 조치해달라며 탄원을 하러 왔다고 한다. 뿔토끼를 휴일마다 다섯 마리나 잡아 왔던 만큼 알렌의 실력이 분명하다는 것은 화이트 디어를 사냥하기 전부터 소문이 자자했다.

알렌이 뿔토끼를 잡아 올 때마다 고용인들의 식사가 조금 개선됐어도 평소와 큰 차이가 없었다. 더 자주 사냥을 다녀온다면 고기를 맛볼 기회도 더 많이 늘어날 테지. 개중에는 세실의 시중을 맡겨 잡일을 시킬 바에야 사냥에 전념시키는 것이 오히려 그란벨 가문에 보탬이 되지 않겠냐며 강력히 건의하는 사람도 있었다고 한다. 요 며칠은 쭉 애원하는 고용인들에게 쫓겨 다니는 신세였다던가.

"이러한 사정 때문이란다. 정말 화이트 디어를 잡아 올 줄은 생각하지 못했으니까. 뭐, 솔직히 이야기하면 그란벨 가문의 재정 문제도 있지만 말이다."

이렇게 계속 알렌에게 마수를 매입하는 것보다는 매달 급료를 오십 닢 늘려주는 것이 재정에 타격이 적다. 본래 화이트 디어를 한 마리 매입하려면 금화를 지불하는 것이 당연하니까. 다만 그란벨 가문에는 그다지 여유가 없었다. 얼마 전 신년회용 음식 장만에 난색을 표시했던 시점에서 이미 명백했다.

"그런 사정이 있었군요, 알겠습니다. 은화 오십 닢으로 수렵 담당의 직위를 맡아 수행하겠습니다. 당장 내일부터 시작하면 되겠죠?"

'좋아, 이득이 있어. 급료는 안 늘려줘도 괜찮아. 몇 마리 식자재로 쓸 마수를 사냥하고 남은 시간은 전부 즐거운 고블린 사냥이군. 치, 침이 나온다. 으핫~.'

내일부터 매일매일 즐거운 수렵 생활이다. 웃는 얼굴로 수렵 담당의 일을 받아들였다. 너무 좋아했는지 집사가 못을 박았다.

"음, 잠시만. 수렵 담당의 일**도**라고 말하지 않았더냐."

"네?"

"당연히 세실 아가씨의 시중은 계속 맡아줘야 한다. 식사 시중도 마찬가지. 수렵 담당의 일은 주에 한 번으로 부탁하마."

"으엥?!"

매주 한 번의 사냥이 매주 두 번으로 달랑 하루 늘어난다는 말이었다.

"음? 불만인가? 수렵 담당의 제안은 없었던 이야기로 해도 괜찮다만."

"네?! 아니요, 천만의 말씀입니다. 기꺼이 업무를 맡겠습니다……."

"너무 실망하지 말거라. 너는 금방 배우고 익숙해지지. 세실 아가씨의 시중도 계속 담당하면 언젠가 보좌관이 될 수 있을지도 모른다. 수렵 담당만 하기에는 아깝잖느냐. 그렇지? 알렌."

시종이 더욱 출세할 경우에 맡게 될 보좌관이라는 직위가 튀어나왔다. 알렌이 시종 노릇을 딱히 좋아하지 않는다는 것은 잘 알고 있는 텐데도 훗날을 생각하라며 달래주는 모양새였다.

"윽."

"그래, 매주 한 번의 수렵 담당을 맡아줄 테냐?"

"네, 네엣. 제 장래까지 생각해주셔서 정말 감사드립니다."

그란벨 남작가에 영입된 지 2개월. 이렇게 알렌은 세실의 시종, 식사 보조, 수렵까지 세 가지 업무를 두루 담당하게 되었다.

제4화 미하이와의 만남

해가 바뀌어 3월 초순. 햇살이 따스한 점심 무렵에, 알렌은 마차를 타고 있었다. 작년 말 수렵 담당이 된 덕분에 주 6일 중 이틀은 사냥을 할 수 있게 되었다. 그 결과 고블린 사냥에 매진하며 레벨을 13에서 19까지 올렸다. 예전보다 필요 경험치가 많이 늘었으나 사냥 기회도 늘어난 만큼 레벨은 순조롭게 올라가고 있다.

새해를 맞아 도시의 유력자들을 초대해서 연 신년회는 연말에 알렌이 잡아 왔던 화이트 디어를 대접함으로써 성대하게 치를 수 있었다. 알렌은 그 후에도 매달 한 마리씩 화이트 디어를 사냥했다. 이제껏 겨울 중에는 기껏해야 뿔토끼 고기밖에 얻지 못했었지만, 알렌이 수렵 담당을 맡은 이상 상황이 달라질 수밖에 없다. 다른 고기도 마련하면 좋을 것 같아서 화이트 디어를 매달 한 번의 빈도로 사냥하고 있다.

지난달 세 번째 화이트 디어를 사냥해서 들고 왔더니 정원에 큰 판자가 놓여 있었다. 정원사가 이제부터 마수를 사냥하면 이 위에 놓아달라고 말했다. 1톤에 가까운 화이트 디어가 정원에 놓일 때마다 무게 때문에 정원의 흙이 물결치는지라 뒷수습이 무척 힘들다고 한다. 해체할 때 정원이 피로 지저분해지는 것도 이유 중 하나였다.

3월에 들어서자 날이 따뜻해져서 뿔토끼나 화이트 디어 이외에도 식용 마수가 활동을 개시했다. 이번 달 사냥에서는 봄부터 활동을 개시한 마수를 잡아 올 예정이었다.

"얘가, 왜 자는 거야!"

마차의 맞은편 자리에 앉아 있었던 세실이 화내며 발부리로 정강이를 걷어찼다. 몹시 아프다. 이번 휴일에 사냥할 목표를 생각하던 중 깜빡 잠들어버렸나 보다. 분명히 무척 푸근해진 날씨 때문일 테지.

'흠, 이동할 때 잠을 안 자는 건가. 역시 이세계구나.'

알렌은 시종이라는 자각이 별로 없었다.

"이런, 실례했습니다. 세실 아가씨."

"미하이 오라버니 앞에서 졸면 그냥은 안 넘어갈 거야!"

눈꼬리가 치켜 올라간 심홍색 눈동자로 알렌을 쏘아본다. 마차는 그란벨의 시가지 동쪽에 있는 마도선 승강장으로 향하는 중이었다. 학원 도시에서 돌아오는 그란벨 가문의 장남 미하이를 마중 나가기 위해서다.

이렇듯 가끔 세실에게 동행을 명령받아서 바깥으로 끌려 나오는 경우가 있다. 장 볼 때 짐을 들게 시키는 등 이유는 갖가지인데, 개중에는 왜 굳이 자신을 끌고 나왔냐는 생각이 드는 일도 있었다. 아마도 한창 누군가를 휘둘러서 데리고 다니고 싶은 나이대인가 보다.

마도선의 승강장은 100미터쯤 되는 배가 오르내리는 곳이라서 전생의 공항과 비슷하게 무척이나 넓은 평지였다. 30분 정도 기다리자 하늘의 저편에서 점이 보이더니, 그것이 자꾸자꾸 커지기 시작했다.

"오오!"

굉음을 울려 퍼뜨리며 세실과 알렌의 머리 바로 위쪽을 마도선이

가로질렀고 조금 떨어진 위치에서 호버링을 하다가 천천히 수직으로 착륙했다.

'굉장하네. 어떤 원리로 날아다니는 거야? 부력인가? 마력인가?'

동그란 햄 덩어리처럼 땅딸막하고 통통한 모양새다. 감동하며 구경하던 중 마도선 아래 객실에서 지면을 향하여 계단 비슷한 구조물이 뻗어 나왔다.

'뭔가 꽤 하이테크네. 이세계인데 기술이 꽤 발달됐어.'

평소의 생활 수준은 발전을 이루지 못한 중세와 비슷한데도 이런 훌륭한 마도구를 보면 우수한 문명이 존재하고 있음을 몸소 실감하게 된다.

사람들이 줄줄이 내려왔다. 옆쪽에 선 세실은 안절부절 못하며 마음 졸이는 분위기였다. 아마 세실은 장남을 무척 좋아하는 것 같았다.

저쪽 먼 곳에서 세실과 같은 연보라색 머리카락의 남자가 손을 흔들고 있다. 저 사람이 미하이겠지. 커다란 짐을 가지고 혼자서 이쪽으로 다가온다.

"안녕, 세실. 잘 지냈어?"

"미하이 오라버니, 물론 잘 지냈답니다!"

'남매가 참 사이좋구나. 작년부터 학원에 다니기 시작했다니까 지금 열셋이나 열네 살쯤 됐겠군. 어딘가 어른스러운 분위기야. 이세계는 성장이 빠른건가?'

두 사람을 보고 있으려니까 마쉬와 뮈라를 떠올리게 된다. 남매가 재회 인사를 마친 시기를 가늠하여 알렌은 짐을 잔뜩 옮기며 두 사람을 따라 마차에 올라탔다.

"응? 그나저나, 넌 새로 들어온 고용인이니?"

"네, 작년 가을부터 신세를 지게 되었습니다. 알렌이라고 합니다."

마차 안에서 미하이가 말을 건네기에 막힘없이 답했다.

"알렌은 제 전속 시종이에요."

"흠, 아버님께서 벌써 허락을 하셨구나. 그래, 그런가. 알렌 군도 이 자리는 좋은 기회가 될 테니까 열심히 하렴."

"네, 네에."

이런 상황에 싫다는 말은 도저히 못 꺼낸다.

「벌써 허락을 하셨구나」라는 말은 그란벨 남작이 아직 여덟 살에 불과한 세실에게 시종을 둘 수 있도록 허락했다는 데 놀라서 나온 발언이었다. 확실히 세실의 오빠 토마스에게는 전속 시종이 따로 없어서 매사 다른 여종에게 시중을 받고 있었다.

시종과 귀족 아이의 관계도 시종장 리켈에게 들어서 알고 있었다. 안 물어봤는데도 굳이 들어야 했던 그 이야기는 마치 악몽과 같은 내용이었다.

귀족의 아이는 열 살 전후에 시종을 두는 관례가 있다. 기본적으로 부모가 정해주거나 아이 본인이 지명한다. 보통 열두 살 전후의 시종이 지명을 받는다던가. 또한 시종으로서 경험을 쌓아 나가며 모시는 귀족의 아이와 함께 나이를 먹어 성장한다.

아울러 시종은 열다섯 살이 되었을 즈음 보좌관으로 승격한다. 귀족의 아이가 어른이 된 이후에도 평생 섬긴다는 설명이었다. 귀족 아이를 모시는 시종은 밝은 장래를 약속받아 보좌관 이상의 지위에 오를 가능성도 생긴다. 개중에는 추후 집사나 기사가 되는 사람도 있다고 한다.

반대로 시종으로서 귀족의 고용인이 되어도 누군가의 아래에 전속으로 들어가지 못하면 보좌관이 될 수 없다. 따라서 시종은 몇 년간 열심히 잡무를 수행하고 귀족 아이를 모시면서 신용을 쟁취한 끝에 보좌관이 되는 법이다. 이미 열여덟 살이 된 리켈은 자신은 보좌관이 되긴 글렀다고 말했었다.

시종이 요리사나 마부가 되는 경우는 보좌관이 될 수 없는 시종이라는 이야기도 들었다. 전문 직업을 가지면 보좌관으로 향하는 길은 막힌다. 이미 세실의 전속 시종이라는 자리에 오른 알렌은 이대로 평생 세실을 모셔야 하는 처지였다. 아무래도 알지 못하는 동안에 올라타서는 안 되는 길을 가게 된 것 같다. 돌아갈 방법은 알지 못하지만 어떻게는 방법을 찾아야 했다.

"알렌 군이라고 했지? 너는 굉장히 우수한 인재인가 보구나?"

미하이는 세실과 같은 심홍색 눈동자로 알렌을 똑바로 주시하며 물었다.

"아닙니다, 세실 아가씨의 은혜 덕분이지요."

"겸손하네."

"알렌 이야기는 이제 그만해요."

나랑 이야기해요, 라며 세실이 대화에 끼어들었다.

"맞다, 세실. 이거 왕도에서 산 선물이야."

미하이는 짐 안에서 광택이 있는 나비 모양의 머리 장식을 꺼내 세실에게 건넸다.

"어머나, 고맙습니다!!"

기뻐하며 두 손으로 받아 든다. 반짝이는 눈동자로 각도를 바꿔 가면서 머리 장식을 들여다보고 있다.

"좋아해주니 나도 기쁘구나. 여름방학 때는 집에 돌아오질 못했으니까."

동생을 달래주기 위한 선물이었나 보다.

"맞아요! 여름방학은 기니까 저택에서 느긋하게 지낼 수 있겠다고 말씀하셨잖아요."

"그랬는데 말이야, 방학 중에 던전 공략을 하지 않으면 퇴학이라는 통보가 떨어졌었거든."

미안해하며 말을 꺼낸다.

'던전? 학원에 다니기 위한 조건이 던전 공략이라니 굉장한데? 공략을 못 하면 퇴학이라고?'

"어머! 이야기를 듣고 싶어요!!"

화제가 동경하는 학원 생활로 옮겨 가자 세실이 눈을 반짝이며 이야기를 듣고 싶다고 졸랐다.

듣자 하니까 8월부터 9월까지 두 달은 여름방학이었다. 기본적으로 어떻게 지내든 자기 자유인데 딱 하나, 여름방학 중 과제가 주어진다. 과제의 내용은 학원 도시에 몇 군데 있는 던전 중 어딘가 한 곳을 공략하는 것. 「만약 공략을 못 한다면 더는 학원에 다닐 필요가 없다, 고향으로 돌아가라」라고 교사가 선언했다고 한다.

"어머, 오라버니한테 그런 무례한 태도를 보이다니. 괜찮으셨어요?"

미하이는 남작가의 후계자다. 학원에는 더욱 고귀한 신분의 귀족 아이도 있다. 그런 아이들을 퇴학시켜도 되는 것인가 묻는 말이었다.

“물론이야. 뭐, 학원장님의 방침이니까.”

학원 측에서는 설령 국왕의 지시여도 방침과 어긋나면 따르지 않겠다는 말을 공공연하게 꺼낸다고 했다. 그러고 보니까 학원장이 검성을 시험에서 떨어뜨렸다는 일화를 그란벨 남작에게 들은 기억이 난다.

아마도 학원 도시에서는 강력한 내부 규칙이 적용되는 것 같았다.

“와~ 힘들겠네요.”

학원 생활은 상당히 고된 듯싶다. 세실이 미하이를 걱정했다.

“꽤 힘든 시간도 있기는 하지만 얼마 전에는 있잖아, 검성 드베르그 님한테 직접 검을 지도받았어!”

기뻐하며 허리에서 풀어 세워 둔 검을 어루만진다.

‘오! 검성 드베르그인가. 가끔씩 듣는 이름이었지. 그래, 그런가. 학원 도시에서 학생들 지도도 하고 있었던 건가.’

미하이는 눈을 반짝거리며 학원 생활에 대해 이야기했다. 얼마 전까지는 어른스럽다는 인상을 받았는데 열중해서 이야기를 늘어놓는 모습은 나이와 맞는 아이로 보인다. 그 후에도 저택에 도착할 때까지 미하이와 세실의 대화는 끊임없이 쭉 이어졌다.

* * *

3월에 들어서며 드디어 마수들도 활동을 개시했다. 복귀하며 고기를 챙길 사냥감이 많아지는 계절이었다. 미하이가 봄 방학 동안 귀성한 이후 첫 번째 수렵을 다녀온 날, 알렌은 오후 3시 무렵까지 고블린을 목표치만큼 사냥했다.

알렌은 이날 사냥을 하고 돌아오는 길에 왼쪽 어깨에 막대기를 두 개 둘러메고 있었다. 막대 하나에는 요리장에게 부탁을 받은 빅 토드를, 다른 하나에는 뿔토끼 다섯 마리를 대롱대롱 묶어 놓았다.

'뿔토끼랑 빅 토드는 잡을 만큼 잡았어. 호크, 이 주변에 지면을 뛰어 다니는 「난폭새」가 있어. 가까운 곳에 있는 녀석을 몇 마리든 괜찮으니까 찾아와.'

복귀 중에도 기회가 있으면 사냥을 한다. 알렌이 소환수에게 마수를 찾아오도록 지시하자 네 마리의 새E 소환수가 하늘로 날아올랐다. 최근에는 새E 소환수의 숫자를 여섯 마리에서 네 마리로 줄였다.

'오, 벌써 찾았나.'

새E 소환수 한 마리가 난폭새를 찾아낸 것 같다. 이미 사냥한 수렵물을 짊어진 채 달려 나가다 1킬로미터도 떨어지지 않은 곳에서 난폭새 한 마리가 걸어 다니는 광경이 보였다. 생김새는 근육이 불끈불끈한 닭이다.

'으랴앗!!'

그 자리에서 수렵물을 땅에 내려놓고 알렌은 최대한 힘을 꽉 줘서 난폭새의 관자놀이를 겨냥하여 철 구슬을 냅다 던져버렸다. 철 구슬에 얻어맞은 난폭새가 제자리에서 털썩 쓰러진다. 즉사했나 보다. 레벨 19로 오른 지금은 D랭크 마수라면 대부분 일격으로 잡을 수 있었다.

'오늘은 이 정도면 충분하겠지. 슬슬 더 멀리 가볼까?'

순살한 난폭새의 목을 단검으로 잘라 피를 빼며 이후의 계획을 생각했다. 백룡 산맥과 가까운 곳에 C랭크 마수가 많이 있다고 한다. 사냥터를 바꾸면 경험치 효율도 더 좋아질 테지.

'타마가 너무 맥없이 당하면 마석이 아깝기도 하고 이 주변의 마수는 D랭크 마수가 중심이니까.'

식용으로 잡는 사냥감은 철 구슬로 쓰러뜨리지만, 고블린 등 고기가 필요하지 않은 녀석들은 짐승E 소환수를 시켜 사냥하고 있다. 50미터 범위 안이라면 어디든 소환이 가능하니까 철 구슬 이상으로 편리하고 효율적이었다.

'일단은 강화 레벨이라도 먼저 올릴까. 레벨이 올라가면 C랭크 마수한테 도전해보자.'

사냥할 기회가 적었던 클레나 마을에서는 생성, 합성, 강화를 균등하게 올렸다. 그렇게 하는 게 소환 레벨이 빨리 오르고 고랭크의 소환수 가호를 받아 능력치가 많이 증가했기 때문이다.

그러나 지금은 소환 레벨을 올리기 위해 필요한 스킬 경험치가 너무나 많다. 이런 상황에서는 지금껏 많이 올리지 못했던 본인의 레벨이 더 쉽게 올라간다. 강화 스킬의 레벨 올리기를 우선하면서 먼저 소환수를 강화해주고 더 효율 좋게 마수를 사냥하고 싶었다.

짐승E 소환수는 고블린에게 패배할 때가 있을 만큼 약하다. 이대로 C랭크가 있는 사냥터에 가면 틀림없이 E랭크 마석을 대량으로 소비하게 될 것이다. 그래서 C랭크 마수는 강화 스킬을 5로 만든 다음에 도전하기로 결정한 뒤 난폭새의 상태를 살폈다. 이제 피는 완전히 빠졌다. 수렵물을 묶은 막대 세 개를 두 어깨에 짊어지고 알렌은 도시로 달려 나아갔다.

마수를 막대기에 잔뜩 매달고 도시의 문을 지나간다. 처음 무렵에야 놀라는 반응을 보이곤 했던 문지기도 요즘은 아무런 말을 하지 않았다. 완전히 익숙해져버렸나 보다. 유유히 귀족 거리를 나아가며 저택을 향해 이동했다. 저택 뒷문은 좁은지라 큰 마수를 잡았을 때는 정문으로 들어간다.

봄방학을 맞아 귀성한 미하이를 위하여 많이 잡아달라고 세실이 당부했기 때문에 오늘은 꽤 많은 마수를 잡았다. 세실은 오빠를 무척 좋아한다.

정원사의 지시에 따라서 수렵물을 두는 데 쓰는 전용 판자에 쭉 올려놓았다.

챙, 챙.

문득 검 부딪치는 소리가 들렸다. 소리가 나는 방향을 돌아보니 미하이와 기사단장이 시합을 하고 있었다. 그란벨 남작, 남작 부인, 토마스, 세실이 두 사람을 둘러싸고 견학 중이다. 오랜만에 집에 돌아온 미하이의 성장을 다 같이 확인하고 있는 듯했다. 가만히 서서 시합을 구경하다가 알렌은 클레나와의 기사놀이를 떠올렸다. 요리장 부르는 것도 잊어버린 채 두 사람의 시합에 시선을 빼앗긴다.

'오오! 미하이 씨, 움직임이 제법 좋은데? 기사단장이 검을 쓰는 건 처음 봤어.'

"여기까지 하시죠, 미하이 도련님. 실력이 무척 좋아지셨습니다."

기사단장의 말에 미하이는 기분이 꽤 좋은 듯했다.

"고마워. 하지만 슬슬 도련님이라 부르는 건 그만해주면 안 될까?"

넉살 부리는 한마디가 주위에 웃음을 불러왔다.

벌써 17시가 지났기에 요리장은 지금이 가장 바쁜 시간일 테지. 언제나 조금 더 빨리 돌아와달라는 말을 하지만, 그때마다 되도록 빨리 돌아오겠다며 둘러대기만 하고 넘어갔다. 알렌은 레벨을 올리기 위한 고블린 사냥 목표치가 있는 관계로 어쩔 수 없이 복귀가 자주 늦어지게 된다.

"응? 알렌, 돌아왔구나? 대단하네, 많이 잡았어."

정원의 해체 장소에 마수를 쭉 늘어놓는 알렌을 본 세실이 말을 걸어왔다. 어쩐지 오랜만에 칭찬을 받은 기분이 들어 세실을 바라본다. 정원에 있는 사람들의 시선이 알렌에게 집중됐다.

"네, 지금 막 복귀했습니다."

시선에 응답하여 가볍게 인사를 하고 저택에 돌아가고자 했다.

현관 가까이 해체 현장에 둔 마수를 이제부터 요리장과 함께 처리해야 한다.

"이렇게 많이 잡아 오다니, 대단한걸. 알렌 군도 한 번 어때?"

'응? 나 말이야?'

미하이가 알렌에게 시합을 제안했다. 어떻게 할까 망설이던 때 기사단장이 자신의 검을 건네줬다. 아마도 미하이와 시합을 하라는 뜻이겠지.

'와! 미스릴 검이잖아! 역시 기사단장이야. 멋있어. 음, 시합인가. 지금 능력치는 사냥 모드인데 괜찮으려나?'

신중하게 다시금 스테이터스를 확인했다.

【이　름】 알렌
【연　령】 8
【직　업】 소환사
【레　벨】 20
【체　력】 412(515) +130
【마　력】 30(780) +200
【공격력】 220(276) +130
【내구력】 220(276) +20
【민첩성】 415(519) +60
【지　력】 600(750) +40
【행　운】 415(519) +200
【스　킬】 소환 〈4〉, 생성 〈4〉,
합성 〈4〉, 강화 〈4〉, 확장 〈3〉, 수납,
제거, 검술 〈3〉, 투척 〈3〉
【경험치】 126,470/200,000
· 스킬 레벨
【소　환】 4
【생　성】 4
【합　성】 4
【강　화】 4
· 스킬 경험치
【생　성】 94,730/1,000,000
【합　성】 96,610/1,000,000
【강　화】 310,560/1,000,000
· 획득 가능 소환수
【 벌레 】 EFGH
【 짐승 】 EFGH
【　새　】 EFG
【　풀　】 EF
【　돌　】 E
· 홀더
【벌　레】 F 2매, E 1매
【짐　승】 E 13매
【　새　】 E 4매
【　풀　】 E 20매
【　돌　】

단검이 걸리적거려 건물 벽면에 세워 놓았다. 수렵 담당이 된 이후 사냥을 가는 날에는 검 소지를 허락받아서 이렇듯 수납에 넣지 않은 채 떳떳하게 가지고 다닐 수 있었다. 기사단장에게 빌린 미스릴 검을 꽉 쥐고 미하이와 거리를 두고 마주 섰다.

"어쩐담, 이러다가 미하이가 다치겠어요."

모두 지켜보는 와중에 남작 부인이 걱정하며 말을 꺼낸다. C랭크 마수를 혼자서 잡아 온 알렌이 상대잖은가. 남작 부인은 불안해하며 두 손을 가슴 앞에서 꼭 쥐고 있었다.

남작 부인의 말에는 대답하지 않고 기사단장이 신호를 했다.

"쌍방, 준비를."

알렌과 미하이가 검을 겨눈다.

"시작!"

민첩성 400이 넘는 알렌이 미하이에게 달려든다. 서로의 검이 소리를 내며 부딪쳤다.

'응? 어라? 꽤 강하지 않나? 어라, 엥??'

알렌은 곧 위화감을 느꼈다. 미하이의 참격이 상당히 묵직하고, 속도도 미하이가 더 빨랐다. 아무래도 대충 싸울 상대가 아닌 듯싶다.

알렌은 공격력 370의 힘을 두 손에 실어서 검을 내리찍었다.

'크, 한 손에 막혔어!'

미하이는 한쪽 손으로 알렌의 검을 막았다. 이후에도 알렌의 열세는 이어졌다.

"남작 부인, 안심하십시오."

시합을 지켜보는 남작 부인에게 기사단장이 말을 건넨다.

"네?"

"미하이 님은 학원 도시에서 1년간 버티며 과제를 수행했습니다. 학원을 다니지 않은 인물에게 질 리가 없습니다."

기사단장이 단언했을 때, 마침 검을 놓쳐버린 알렌의 목에 미하이가 검을 바짝 들이밀었다.

"졌습니다."

알렌의 항복 선언에 미하이는 검을 거둔 뒤 웃는 얼굴로 말을 건넸다.

"잘 싸웠어. 어린 나이에 시종이 될 만한 실력은 있구나!"

"아뇨, 미하이 님이야말로 굉장하십니다. 일부러 시간을 내어 대

결해주셔서 감사했습니다."

'으핫! 엄청 세네. 상대가 전혀 안 됐어.'

허리를 푹 굽혀 인사했다.

'그런가, 여름 방학 과제로 던전을 공략했다는 말을 했었지.'

분명 던전을 공략하며 레벨을 올린 것이 분명하다.

'이게 재능 있는 사람이 레벨 올리기에 전념했을 때의 실력인가. 게다가 겨우 1년인데, 어쩌면 여름 방학 중 던전 공략만 해서 이렇게 치고 올라왔을 가능성도 있겠어.'

노말 모드는 헬 모드의 백 배 속도로 레벨이 오른다. 그토록 사냥에 힘을 쏟았던 알렌이 도저히 당해 내지 못했다.

"역시 세실의 시종이야. 앞으로도 동생을 잘 부탁할게."

"네, 네엣."

악수를 청한 미하이에게 알렌도 악수로 응했다. 재능을 가진 노말 모드 상대와의 첫 대전은 이렇듯 알렌의 완패로 끝을 맞이했다.

* * *

3월의 봄 방학이 끝나고 4월 초순이 되었을 때, 미하이는 마도선을 타고 학원 도시로 돌아갔다.

노말 모드의 미하이와 시합을 하며 헬 모드의 성장 속도 차이를 체감한 것은 좋은 경험이었다. 내년 봄에 또 귀성한다기에 미하이에게 재대결을 부탁했다. 자신의 힘이 어느 수준인지 정기적으로 확인하고 싶었다.

"좋은 아침입니다."

"그래, 좋은 아침이다."

평소와 같이 아침에 일어나면 식당에서 시종장 리켈에게 인사를 한다. 알렌이 저택에 오고 약 반년이 지나고, 처음과 바뀐 부분이 있었다.

매일 아침마다 먹는 수프와 빵에 마수 고기로 만든 고기 요리가 하나 추가됐다. 작년 말부터 수렵 담당이 된 알렌은 매주 이틀씩 꾸준하게 마수 고기를 갖고 돌아왔다. 덕분에 말단 하급 고용인을 포함하여 저택에 있는 모두의 식사가 제법 개선되었다.

토마스가 잘 먹는 광경을 보고 흐뭇해지는 이유는 마음만은 서른다섯 살이있기 때문일 테지.

"너, 오늘 만찬은 조심해라."

알렌의 앞에서 식사를 하던 리켈이 불쑥 그런 말을 했다.

"오늘은 카르넬 자작님이 같이 참석하시는 거죠?"

"맞아. 이웃 영지의 자작이 왜 굳이 우리 영지를 들렀다 가나 모르겠어. 너도 딱 필요한 만큼만 시중을 들어주면 되니까 괜히 힘 빼지마."

카르넬 자작이 저택에 방문하기로 결정된 것은 불과 며칠 전이었다. 갑작스러운 사건이다.

알렌은 식사 시중을 맡아 이제껏 많은 내빈을 접해왔다. 저택을 찾아오는 손님은 모험가 길드와 상업 길드의 지부장, 고급 숙소의 지배인 등 대부분이 이곳 그란벨의 유력자들이었다. 가끔은 왕도에서 귀족이 오는 경우도 있었는데, 마도선 덕분에 왕도와 그란벨 영지 사이의 이동은 알렌이 생각했었던 것보다 훨씬 수월한 것 같았다.

"어휴, 여기에 오려고 일부러 마도선까지 세워놨다더라."

왕도와 그란벨을 이어주는 마도선은 다른 지역으로도 항로를 뻗어 날아다닌다. 예컨대 그란벨 남작령의 이웃에 위치하는 카르넬 자작령의 중심 도시도 항로에 포함되어 있다.

각 영지의 중심 도시를 이어주는 항로도 있었다. 이번에 카르넬 자작은 왕도를 떠나 본인이 다스리는 영지로 복귀하는 여정에서 굳이 마도선의 운행에까지 간섭했다는 소리였다. 그란벨과 카르넬은 백룡 산맥의 북쪽 끄트머리를 경유해서 항로가 설정되어 있다. 육로는 산맥을 커다랗게 돌아서 움직여야 하기 때문에 어쩔 수 없이 상당한 거리를 걷게 된다고 한다.

카르넬 자작은 점심시간이 조금 지나서 나타났다. 2층 식당에 안내받은 자작을 대접하기 위하여 평소처럼 식사 시중을 담당한다. 식당에 있는 인원은 그란벨 남작과 카르넬 자작 두 사람뿐이었다. 카르넬 자작은 30대 후반쯤 되었을까, 크고 납작한 얼굴에다가 이마도 무척 넓었다. 등 뒤에는 집사로 짐작되는 남자를 거느리고 있다. 빛나 보이는 까닭은 이마가 넓기 때문은 아닐 것이다. 졸부 취미인지 번쩍번쩍하는 옷을 입고 있었다.

"잘 와주셨소, 카르넬 경."

그란벨 남작이 웃는 얼굴로 환영의 말을 입에 담았는데, 정작 눈은 웃고 있지 않았다. 보통 손님이 오면 남작 부인, 또는 토마스와 세실도 동석한다. 그런데 식당에서 카르넬 자작을 맞이한 사람은 남작뿐이었다. 게다가 긴 탁자의 양 끝에 앉은 두 사람 사이에는 상당한 거리가 있다.

“뭐, 별것 아닐세. 우리 도시는 활기가 가득해서 항상 시끄럽고 떠들썩하니 가끔은 이렇게 아무것도 없는 시골에 오는 것도나쁘진 않군.”

“그래, 그런가. 편하게 쉬다 가시게, 하하하.”

남작은 카르넬 자작의 빈정거리는 말을 못 들은 척 넘겼다.

‘몇 대에 걸쳐서 쭉 사이가 안 좋았다지?’

알렌은 카르넬 자작과 눈을 마주치지 않도록 아래를 보며 계속 식사 시중을 들었다. 그란벨 남작령과 카르넬 자작령은 백룡 산맥을 사이에 둔 이웃 관계이다. 이러한 지리 요소가 서로를 달갑게 여기지 않는 커다란 원인 중 하나라고 말을 들었다.

백룡 산맥에는 미스릴 광맥이 있고, 채굴권은 각 영지의 경계를 따라 나뉜다. 두 영지 모두 미스릴 광맥이 풍부하게 자리 잡고 있지만, 백룡의 거처가 남작령에 위치했기 때문에 실제 채굴이 가능한 곳은 카르넬 자작령뿐이었다. 이러한 사정 때문에 미스릴을 채굴해서 큰 번영을 이룬 카르넬 자작령과 달리 그란벨 영지는 농업으로 근근이 꾸려 나가고 있는 형편이었다.

다만 이것은 어디까지나 지금 현재의 이야기이고, 두 영지의 관계는 곧잘 역전된다. 백룡이 100~200년의 주기로 이동하기 때문이었다. 실제 100년 이상 전에는 자작령 쪽에 백룡이 있었던 터라 남작령이 미스릴 채굴로 번영했었다. 지금도 남작령의 백룡 산맥에는 미스릴 채굴지가 네 군데쯤 당시의 모습을 지닌 채 잠자고 있을 것이다.

백룡의 변덕으로 미스릴 관련 이권이 요동치니 그란벨 가문과 카르넬 가문은 대대로 한쪽이 다른 한쪽을 부러워하는 관계였다. 리켈에게 들은 이야기에 따르면 당대 카르넬 자작은 특히 성격이 고약해서 남작을 사사건건 조롱한다고 했다.

알렌이 카르넬 자작에게 뿔토끼 고기를 쓴 요리를 가져다줬다. 더 좋은 고기가 분명 있음에도 자작에게 맛을 보여줄 뜻은 털끝만큼도 없는 듯하다.

“응? 이것이 소문 자자한 보어 고기인가?”

카르넬 자작의 말에 남작이 얼굴을 실룩거렸다.

“잘 알고 계시는군. 우리 영지에서는 식용육도 생산을 하지.”

적당히 대답해서 넘기려나 보다.

“오오! 이것이 꼭꼭 숨겨 놓았다던 보어 고기였군.”

“아니?! 무슨 말씀이시오. 전혀 숨기지 않았소만.”

‘화가 치밀어도 꾹 참는구나. 왕가에 바쳐야 할 보어 고기가 늘어났던 것도 카르넬 자작 때문이었잖아.’

자작이 저택에 오기 전 알렌은 리켈에게 이런저런 말을 들었다.

어느 날, 카르넬 자작이 국왕이 있는 알현장에서 고발을 했다.

명목은「어떤 영지에서 이익이 발생하고 있는데도 보고를 하지 않는다」라는 것.

어디에 있는 영지냐며 국왕이 반응하자 자작은 불쑥 그란벨이라며 언성을 높이더니「보어 고기가 대량으로 생산되는데도 왕가에 보고하지 않았다. 이것은 왕가를 기만하는 은닉 행위다. 반역 행위다」라며 소란을 부렸다던가. 실제 보고를 소홀히 했던 남작은 알현장에서 무척 난처한 상황에 처했다고 한다.

새삼 과거에 클레나 마을을 방문했던 남작이 만찬 자리에서 비슷한 이야기를 꺼내며 분을 삭였던 모습이 떠올랐다.

"그래서, 오늘은 갑자기 어떤 용무가 있어 오셨는가?"

남작은 곧장 본론을 꺼내며 카르넬 자작을 돌려보내고자 했다.

"오오, 잊을 뻔했군. 보어 고기가 너무 맛있어서 깜빡 잊었다네! 하하하."

"그런가. 그래서 어떤 용무가 있어 이곳을 찾으셨소?"

자작의 조롱을 가볍게 받아넘긴다. 빨리 대화를 마치고 싶은 눈치였다.

"나의 막내딸이 말일세. 얼마 전 치렀던 감정 의식에서 재능 없음으로 판정을 받았다네. 이 소식을 전해주고자 왔지."

"음?"

'감정? 아, 맞다. 4월은 감정 의식이 있는 시기지. 클레나 마을에서는 4월 중순이었는데, 귀족은 조금 더 빠르구나. 그렇군, 이제 곧 마쉬도 감정 의식을 치르겠네. 결과를 알고 싶은데, 편지를 쓸까? 아니야, 부모님은 글자를 못 읽잖아.'

매년 4월이 될 때마다 다섯 살을 맞이한 아이는 왕족부터 귀족까지 모두 재능 감정 의식을 치른다. 카르넬 자작의 이야기를 듣고 알렌은 올해 남동생 마쉬가 감정 의식을 치를 차례임을 떠올렸다.

'그렇군. 자작의 딸은 재능이 없구나. 응? 왜 목소리에서 기뻐하는 티가 나는 거야?'

"그랬던가."

남작은 전혀 관심이 없다는 듯 그 한 마디만 중얼거렸다. 그래서 어쨌냐는 듯한 표정을 짓고 있었다.

"나의 아이 중에도 재능 있는 아이가 나왔잖은가. 설마 막내딸까지 재능이 있을까 하여 내심 염려했건만, 재능이 없다더군. 정말 다행이야."

"그런가."

점점 남작의 표정이 험악해진다. 눈매는 마치 매 같았다.

"그란벨 경은 유감이겠군. 세 아이 중 둘이나 재능을 갖고 태어나 버렸으니까."

학원에 다니는 장남 미하이와 마도사의 재능을 가진 막내딸 세실을 가리키는 말이다.

"귀족의 책무를 다할 뿐 아니겠는가!"

남작이 강한 어조로 쏘아붙이며 결국 분노를 드러냈다.

'응? 뭐야, 뭐야? 농노랑 평민은 재능 있으면 엄청 기뻐했는데 귀족은 재능이 골칫거리인가? 책무라면, 뭔가 역할을 맡아야 해서? 학원에 보내려면 돈이 많이 든다거나? 귀족은 농노나 평민이랑은 사정이 꽤 다르구나. 신기하네.'

드골라에게 도끼잡이 재능이 있음을 알았을 때 부자가 서로 끌어안으며 기뻐했던 것을 기억한다. 촌장과 페롬스 부자도 마찬가지였다. 로단도 알렌에게 재능이 있기를 강하게 바라는 모습을 보여줬다. 그런데 카르넬 자작은 굳이 마도선까지 타고 와 본인의 자식에게 재능이 없다는 것을 자랑했다. 귀족과 평민은 인식이 많이 다르다는 생각이 들었다.

결국 카르넬 자작은 혼자 떠들며 그란벨 남작을 화나게 만든 뒤 의기양양하게 돌아가버렸다.

제5화 C랭크 마수

카르넬 자작이 그란벨을 다녀간 이후 반년쯤 지난 9월 하순. 오늘은 휴일이다. 평소 같았다면 바깥에 나가 마수를 사냥하기 위해 뛰어 다녔을 텐데, 오늘은 휴일임에도 도시에 있었다. 10개월쯤 들여 저축한 돈으로 장비를 살 계획이어서다.

4월 말, 알렌은 집사에게 불려가 마쉬의 감정 결과를 들을 수 있었다. 마쉬에게는 창잡이 재능이 있다고 한다.

카르넬 자작은 자기 자식에게 재능이 없다는 것을 기뻐했었지만, 마쉬가 재능 보유자라는 소식을 들은 알렌은 무척 흐뭇했다. 사절을 통해 알렌이 그란벨에서 잘 지내고 있다며 안부도 전해주었다고 한다. 알렌은 집사에게 허리를 푹 굽혀 인사했다.

알렌이 도시 중심에 있는 광장으로 향하던 중에 불쑥 누군가가 말을 걸어왔다.

"오오! 또 만났군요."

'응?'

"앗, 안녕하세요."

얼마 전 도시 바깥에서 구해준 상인이었다. 요즘 들어서 거리를 걸어 다니면 여기저기에서 말 건네는 사람이 늘었다.

"그때는 정말 감사했습니다."

"에이, 아니에요. 무사해서 다행입니다."

상대가 깊숙이 머리 숙인다. 다 큰 어른이 소년에게 머리 숙이는 지라 길을 오가던 사람들의 시선이 모였다.

수렵 담당이 된 이후부터 사냥 중 몇몇 상인과 여행자를 구출했었다. 봄이 오면 마수가 나타나는지라 모험가도 열심히 활동한다. 그런 모험가들이 위기에 처했을 때도 몇 번인가 도와줬다. 매달 한 번쯤 되는 빈도로 새E 소환수가 색적 중 도움을 요청하고는 한다.

마수에게 습격을 당한 주민을 구하는 것도 수렵 담당의 임무이니 적극 구조에 나서고 있다. 생명의 풀도 필요하면 잎사귀 부분을 꽉 쥐어서 숨긴 채 사용했다. E랭크 마석을 다섯 개 소비해버렸지만, 아깝다는 생각은 들지 않았다.

"오~ 여기 있었구나, 알렌."

상인이 자리를 떠나자 또 누군가가 말을 건넸다. 고개 돌려서 보니까 검을 허리에 찬 모험가였다. 옆에는 두 명의 여성 모험가가 있다. 오늘은 레이븐 파티와 만나기로 약속을 했다.

"레이븐 씨, 리타 씨, 미르시 씨, 안녕하세요."

"그래, 일단 식사부터 하자."

"네."

식사하자는 제안을 따라 움직인다. 큰길 쪽 레스토랑으로 들어갔다.

'그러고 보니 거리에 나와 음식점에 가는 건 처음 아닌가?'

시종 업무와 사냥에 몰두했던 터라 다른 일을 할 짬이 안 나서 놀기 위해 외출했던 적은 한 번도 없었다. 이곳에 오고 벌써 1년 가까이 됐지만, 모르는 가게와 가본 적 없는 장소가 무척 많았다.

"자, 받아라. 아직 더 모아야 하지?"

요리를 기다리는 동안 레이븐이 주머니를 건네줬다.

"주시는 거예요?"

"물론이다."

안에는 E랭크 마석이 산더미처럼 들어 있었다. 만날 때마다 백 개를 꽉 채워서 주니까 분명 이번에도 마찬가지일 테지. 이렇게 벌써 오백 개였다. 덕분에 E랭크 마석이 무척 늘었다.

구출한 모험가 중 누군가를 통해서 그란벨 가문의 시종이라는 것을 들켰지만, 레이븐에게 신원이 알려진 이후에도 변함없이 볼일이 있을 때마다 만나고는 한다.

"그래, 왜 불렀냐?"

아직 용건은 말하지 않았다. 며칠쯤 전 레이븐이 묵는 숙소에 들렀는데 없었던 터라 숙소의 직원에게 부탁해서 오늘 도시의 중심 쪽 광장에 와달라고 말만 남겼다.

"사실은 도시와 조금 더 멀리 떨어진 곳에서 사냥을 해볼 생각이거든요. C랭크 마수의 특징이라든가 이것저것 여쭤보고 싶었어요. 한 번에 나타나는 마수의 숫자도 궁금하고요."

""""앗!""""

레이븐을 비롯하여 세 사람이 모두 놀란다. 맛있는 고기 요리가 탁자에 놓였다. 은화를 몇 닢은 나갈 것이다.

"너, 알고서 하는 말이냐? C랭크 모험가도 운이 나쁘면 죽는 경우가 있다고."

"그렇죠. 그러니까 마수의 정보를 미리 여쭤보는 거예요."

예전에 만났을 때 들은 내용인데 모험가에게도 랭크가 있다. 마수와 똑같이 E랭크부터 시작해서 S랭크까지 있다고 한다. 같은 랭크의 마수와 호각으로 싸울 수 있다는 뜻은 아니고, 오히려 기본적으로 쓰러뜨리는 데 고생을 한다. 여덟 살이라서 아직은 모험가가 될 수 없지만, 알렌도 시종을 관둔 다음에는 아마도 모험가를 하게 되리라 생각 중이다. 급히 필요한 정보는 아니어도 혹시 모르니까 레이븐에게 이것저것 물어서 알아 가고 있었다.

레이븐 파티의 모험가 랭크도 C랭크였다. 작년 12월, 한창 고블린을 사냥하던 중 알렌과 만났던 세 사람은 같은 C랭크 마수인 갑옷 개미에게 공격을 받았었다. 갑옷 개미는 떼를 지어서 행동하는 경우도 있어 무척이나 위험하다고 한다.

어쨌든 이미 알렌은 C랭크 마수가 있는 장소로 사냥터를 변경할 것을 결정했다. 식사를 하며 C랭크 마수에 대해 질문하고 마도서에 메모를 했다. 이유는 산더미처럼 많다.

· 고블린이 매우 줄었다는 것
· 레벨이 올라 고블린 사냥의 경험치로는 레벨 업이 어려워졌다는 것
· 다음 달 아홉 살이 되면 능력치 제한이 조금 풀린다는 것 (본래 능력치의 0.8에서 0.9배로)
· E랭크 마석을 충분히 많이 모아서 획득량이 줄어도 여유가 있다는 것
· 강화 레벨이 4에서 5로 올랐다는 것

얼마 전 만찬에 참가했던 기사단장이 반년 사이에 고블린을 원인으로 하는 피해가 반감했다며 보고하는 말을 들었다. 도시와 백룡 산맥의 사이로 한정하면 알렌은 9개월 동안 1만 마리가 넘는 고블린을 사냥했다. 덕분에 고블린이 대폭 줄어서 발견하는 데도 시간이 제법 걸린다. D랭크 마석도 꽤 쌓였겠다, 다음 랭크에 도전하기에는 좋은 시기라는 생각이 든다.

식사가 끝난 다음은 장비 구입이다. 수렵 담당을 맡은 지 9개월이 지나고서야 처음으로 방어구를 사러 갔다.

"어서 옵쇼."

레이븐에게 추천을 받고자 넷이서 같이 방어구 상점으로 들어갔다. 아이가 있는 일행이기에 가게 주인이 호기심 어린 눈으로 쳐다봤지만, 신경 쓰지 않고 가게 안쪽을 쭉 둘러본다.

"원하는 게 있니?"

"이동하는 데 지장이 없는 장비면 좋겠어요."

'그러고 보니까 처음 만났을 때도 눈 깜짝할 사이에 달려 사라졌었지.'

레이븐은 새삼 그 기억을 떠올렸다.

"그럼 갑옷은 피하는 게 좋겠군. 가볍고 튼튼한 옷 종류를 추천하지."

레이븐에게 상담하던 중 리타가 반바지를 가지고 왔다.

"알렌 군은 이런 게 어울리지 않을까? 어때? 미르시."

"으, 응."

알렌에게 반바지를 가져다 대고서 옷의 사이즈를 확인한다. 조카의 옷을 골라주는 큰어머니 같았다.

'겨울에도 반바지를 입는 유치원이나 초등학교의 교복 같은걸.'

켄이치였던 시절, 온라인 게임에는 장비를 꾸밀 수 있는 시스템이 있었다. 다만 그런 기능을 이용했던 경험은 한 번도 없다. 방어구에 필요한 것은 방어력과 마법 및 디버프를 막아주는 각종 내성뿐이다. 만약 인형 옷이 최강의 장비였다면 망설임 없이 장착했을 것이다.

다만 지금 세상에서는 사정이 달라졌다. 이후에도 계속 먼 거리를 움직이며 사냥해야 하니 경험치 효율을 감안하면 방어력보다 중요한 것은 신속한 이동을 방해하지 않는 기동력이었다. 외관보다 성능을 중시한다. 이 가치관은 켄이치였던 시절과 다르지 않다.

"이건 얼마인가요?"

우선 추천받은 반바지의 가격으로 성능을 가늠하고자 했다.

"금화 두 닢이란다."

비교적 가격이 비싼 이유는 마수의 모피 및 소재를 사용했기 때문인 듯하다.

"이것과 비슷하게 활동성을 중시한 장비를 금화 다섯 닢 정도로 사고 싶어요."

오늘 살 장비에 전 재산의 절반 이상을 쏟아부을 작정이었다.

"우와~ 부자다~."

"그러면 이게 좋겠군."

· 데스 스파이더의 망토, 금화 5닢

색깔은 연갈색, 브레스 내성小, 각종 내성 상승中

· 화이트 배트의 후드, 금화 6닢

색깔은 흰색, 브레스 내성中

'흠흠, 적당한 물건들이네.'

"브레스는 분명 C랭크 마수는 못 쓴다고 했죠?"

알렌은 레스토랑에서 들은 이야기를 떠올리며 레이븐에게 다시 확인했다.

"맞아. 백룡 산맥으로 가는 도중에 있는 마수 중에는 없어. 추위 대책이나 야영을 생각하면 망토가 쓸 만하지 않겠냐?"

레이븐이 적절하게 조언을 해준다. 벌써 내성을 따지기보다 망토가 더 편리하다는 말이었다.

'역시 모험가구나. 이 세계에서 모험가로 살아온 레이븐 씨의 의견을 듣는 게 좋겠지.'

"그럼 이 망토를 살게요."

이렇게 C랭크 마수를 사냥하기 위한 준비가 마침내 다 갖추어졌다.

* * *

10월에 들어서서 알렌은 아홉 살이 되었다. 평소와 같이 아침 6시 전에는 문 앞에 나가 있는다. 오늘은 방어구 상점에서 샀던 망토를 장비했다. 길이를 살짝 줄여서 몸에 딱 맞는다.

"오! 꼬마야. 좋은 망토를 걸쳤구나."

"감사합니다. 얼마 전에 샀어요."

문지기가 평소와 같이 말을 걸어왔다. 작년 11월부터 쭉 말을 주고받는 사이다.

'망토가 참 괜찮네. 겉에 걸치기만 하면 되는 데다가 손도 움직이기 편해.'

팔을 휙휙 움직이며 동작에 위화감이 없는지 확인했다.

때앵, 때앵.

종소리와 함께 문이 열리자마자 밖으로 나아간다. 오늘은 이제껏 사냥을 해왔던 걸어서 하루 정도의 위치보다 더 멀리, 걸어서 사흘이 걸리는 주변에 있는 C랭크 마수를 사냥한다.

'좋아, 달릴 때도 망토가 걸리적거리지 않네. 무기는 안 샀는데, 어떠려나.'

방어구 상점 다음에 무기 상점도 둘러봤지만, 점찍어놓은 검을 구입하기에는 돈이 부족했다. 알렌은 타협해서 싼 장비를 사기보다는 미리 결정한 대로 나중에 사는 성격이다. 다만 오늘 싸워보고 만약 소환수와 단검, 철 구슬로 장비가 빠듯하다면 그때는 타협해서 살 생각도 하고 있었다.

집사가 「이번 달로 저택에 오고 1년이 되는군. 조금 이르지만 이 달부터 시종의 급료를 어른과 똑같이 매달 금화 한 닢씩 주겠다」라고 말했다. 수렵 담당의 급료와 더하면 매달 금화 한 닢에 은화 오십 닢이다.

그 말을 들은 알렌은 벌써 저택에 오고 1년이 되었구나, 시간 흐름이 참 빠르구나, 라고 느꼈다. 올해도 슬슬 보어 사냥을 시작했을까. 가족과 클레나의 얼굴을 떠올려본다.

10월 1일 생일에 오른 능력치를 달려가면서 마도서로 다시 확인했다. 스테이터스는 몇 번을 봐도 기분이 좋다. 스테이터스만 봐도 밥 세 그릇은 먹을 수 있겠다. 스테이터스가 늘어났다면 다섯 그릇은 뚝딱이다.

【이 름】 알렌
【연 령】 9
【직 업】 소환사
【레 벨】 24
【체 력】 554(615) +140
【마 력】 846(940) +200
【공격력】 298(332) +140
【내구력】 298(332) +20
【민첩성】 560(623) +60
【지 력】 855(950) +40
【행 운】 560(623) +200
【스 킬】 소환 〈4〉, 생성 〈4〉, 합성 〈4〉, 강화 〈5〉, 확장 〈3〉, 수납, 제거, 검술 〈3〉, 투척 〈3〉
【경험치】 194,810/600,000
· 스킬 레벨
【소 환】 4
【생 성】 4
【합 성】 4
【강 화】 5
· 스킬 경험치
【생 성】 291,700/1,000,000
【합 성】 281,640/1,000,000
【강 화】 200/10,000,000
· 획득 가능 소환수
【 벌레 】 EFGH
【 짐승 】 EFGH
【 새 】 EFG
【 풀 】 EF
【 돌 】 E
· 홀더
【벌 레】 F 2매
【짐 승】 E 14매
【 새 】 E 4매
【 풀 】 E 20매
【 돌 】

이제껏 했던 고블린 사냥이었다면 조금이라도 스킬 경험치를 올리기 위해 아침에 일어나서 마력을 30쯤 남긴 채 나머지는 전부 소비했을 것이다. 하지만 오늘은 C랭크 마수 사냥에 만전을 기하고자 마력을 소비하지 않아서 가득 찬 상태다. 오늘 사냥에서 마력이 많이 필요하지 않다는 결론이 나온다면 이후는 차차 줄여갈 예정이었다.

강화 스킬 레벨은 5로 올랐다.

효과는 소환수의 능력치 중 가호를 주는 두 개를 200만큼 올려주는 것. 강화 스킬 레벨 4에서 추가치가 100이었으니 곱절의 효과가 됐다. 이것도 C랭크 마수를 사냥하기로 판단한 이유 중 하나였다.

몇 시간쯤 달려서 목적지에 도착했는지 확인했다.

'꽤 오래 달렸는데 이 주변이려나? 호크들, 나와라.'

『『『『삐잇~!』』』』

새E 소환수가 네 마리 나타난다.

'이 주변에 갑옷 개미라고 불리는 둥근 갑옷을 덮어쓴 개미나 오크라고 불리는 이족 보행을 하는 돼지가 있을 거야. 거리는 10제곱킬로미터까지. 만약 없다면 더 멀리 찾아보고, 반드시 한 마리만 있는 녀석으로 부탁할게.'

소환수 네 마리가 한 차례 울음소리를 내고 흩어졌다.

이번 목표는 얼마 전 레이븐 파티와 만나 정보를 얻은 갑옷 개미와 오크다. C랭크 중에는 데스 스파이더 같은 다른 마수도 있었지만, 개체 수가 적거나 독과 마비를 쓰는 등 발견 및 토벌에 시간을 잡아먹을 부류가 많았다.

갑옷 개미와 오크는 두세 마리씩 뭉쳐 다니는 경우가 많다던데 이번에는 한 마리라는 조건을 붙여서 찾는 데 시간이 제법 걸리는 듯싶었다. 지시를 내리고 30분 이상 기다렸다.

'역시나 달랑 한 마리만 다니는 경우는 거의 없는 건가. 아직도 안 돌아오네. 강화까지 해줘서 이동속도 자체는 꽤 빨라졌을 텐데 말이야.'

이것저것 생각하던 중 새E 소환수 한 마리가 돌아왔다. 갑옷 개미를 찾아낸 것 같다. 10킬로미터는 떨어져 있는 먼 곳이라고 한다.

알렌은 소환수가 움직이는 방향을 따라 달렸다. 그곳에는 높이가 3미터쯤 되고 머리는 개미, 몸은 공벌레처럼 생긴 마수가 있었다.

'둥근 껍질, 아니, 이 경우는 갑옷인가? 갑옷으로 몸을 보호할 거라 생각은 했었는데 상상이랑 많이 달라. 개미랑 닮은 부분은 머리뿐인가? 턱에 붙잡히면 위험하겠어. 레이븐 씨가 저 녀석한테 부상을 당했었지?'

상당히 흉악한 턱이 달려 있었다. 몸체는 샐러드 볼을 뒤집어서 덮어쓴 것처럼 보이기도 했다. 몹시 튼튼할 것 같다.

'자, 어떻게 잡아야 하려나. 급소는 갑옷으로 보호를 못 받는 머리겠지. 일단 타마를 전부 돌격시켜볼까. 타마들, 나와라!'

알렌의 호령과 함께 세이버 타이거와 닮은 모습의 짐승E가 열네 마리 나타났다. 갑옷 개미를 둘러싸고 특기 「할퀴기」를 사용한다.

'갑옷에는 흠집도 안 나는구나. 머리도 꽤 단단한 것 같아. 공격이 안 통하잖아.'

알렌은 나무 그늘에서 전투를 분석했다. 짐승E로는 갑옷이 없는 머리도 공격이 안 통하는 모습이다. 단단한 것을 할퀴는 소리가 주위에 울려 퍼졌다.

갑옷 개미도 멍하니 공격을 맞아주기만 하진 않는다. 1미터가 넘는 큰턱으로 짐승E 소환수를 붙잡았다. 공격을 전혀 버티지 못하는 짐승E 소환수는 한 마리, 또 한 마리 숫자가 줄어 갔다.

알렌은 그때마다 마석과 마력을 소비해서 짐승E 소환수를 거듭 소환했지만, 이대로 가면 쓰러뜨릴 수 없을 것이라 판단했다.

'흠, 작전을 바꿔야겠군. 아게하, 나와라! 「인분」을 써.'

짐승E 소환수는 가만히 두고 1미터쯤 되는 나비 형태의 벌레E 소환수를 두 마리 추가했다. E랭크 소환수가 C랭크 마수에게 디버프를 걸기 위해서는 두 마리의 소환수가 필요하다.

벌레E 소환수가 날개를 펄럭이며 갑옷 개미를 목표로 노란색 인분을 흩뿌렸다. 갑옷 개미의 머리를 중심으로 인분이 흩날리자 곧 갑옷 개미는 머리를 숙인 채 움직임을 멈췄다. 잠들어버렸나 보다.

'오오! C랭크 마수한테도 통했다! 유능하구나, 아게하!'

잠들어 있는 갑옷 개미에게 가까이 다가간다. 턱을 피하며 갑옷 개미의 몸 곳곳을 둘러봤다.

'흠, 타마가 할퀸 자국은 있어. 너무 단단해서 공격이 안 통했던 건가.'

짐승E의 공격 효과를 검증한다. 둥근 몸에는 짐승E 소환수의 발톱 자국이 잔뜩 남아 있었지만, 상당히 단단한 것 같았다.

'자, 일어나기 전에 잡아야지.'

알렌은 갑옷의 가장 아래쪽, 지면과 거의 스치도록 가까운 부분에 두 손을 얹었다.

"끙!"

무심코 소리가 나올 만큼 전력을 다해 갑옷 개미를 거꾸로 뒤집었다.

'무겁지만 상상했던 만큼은 아니야. 벌레니까 안쪽은 텅텅 비었나? 가공해서 방어구로 만든 갑옷은 딱히 무겁지는 않다고 했지.'

레이븐의 이야기에 따르면 갑옷 개미의 껍질은 몹시 튼튼하고 가벼운 소재라서 모험가용 방어구로 쓰이기에 몹시 귀중하다고 한다.

균형을 잘 잡아 쏙 뒤집어 놓은 갑옷 개미의 갑옷 끝까지 기어오른다. 안쪽을 살펴보니 평범한 개미 같았다. 가슴 부위에서 자라난 여섯 개의 다리. 통통하게 생긴 복부도 있다. 모양은 거대한 개미였다.

가슴 부위에 올라탄 알렌은 혼신의 힘을 담아서 가슴과 머리를 연결하는 관절에 단검을 찔러 넣었다. 아마 이곳이 가장 연약한 부위일 것이라 판단해서였다.

다만 알렌이 쓴 힘은 고스란히 두 손에 돌아왔다. 갑옷 개미의 몸뚱이를 잘라 내는 데 은화 오십 닢짜리 단검은 위력이 많이 모자란 것 같다.

'꽤 단단한데? 이러다가 드골라한테 받은 검이 망가지겠어. 무기가 너무 약한가. ……앗, 깨어난다.'

알렌의 공격에 눈을 뜬 갑옷 개미가 가시투성이 다리를 버둥거린다. 다리에 얻어맞지 않게 주의하며 알렌은 급소로 점찍은 관절을 계속 내리찍었다.

10분은 훌쩍 지났을 무렵, 드디어 단검이 깊숙이 박혀 들어갔다. 갑옷 개미는 격렬하게 다리를 버둥거렸지만, 그 움직임도 차츰 느릿하게 수그러진다.

『갑옷 개미를 1개체 쓰러뜨렸습니다. 경험치 3000을 획득했습니다.』

'잡았다. 어휴, 이 녀석은 안 되겠어. 시간이 너무 오래 걸려!'

발견 이후 두 시간은 족히 흘렀다. 시급으로 환산하면 고작 1500이었다.

'쳇, 시간을 엄청 잡아먹었군. 마석을 회수하자.'

투덜거리며 갑옷 개미의 가슴 부위에 단검을 찔러 넣는다.

까앙.

"엥?"

당황해서 목소리가 새어 나왔다. 가슴 부위는 살짝 찌그러졌을 뿐, 단검이 박히지 않았다. 몇 번을 다시 힘줘서 찔러봐도 결과는 마찬가지였다.

'망했다. 혹시 이 단검으론 마석 회수를 못 하는 건가?'

아마도 은화 오십 닢짜리 단검으로는 갑옷 개미의 관절은 잘라도 해체까지 할 수는 없는 듯하다. 단검의 날이 망가질 것 같기도 하고 이 이상 시간을 허비할 수는 없었다.

시급 효율이 나쁘고 마석도 회수하지 못한다. 짐승E 소환수가 몇 마리나 당한 데다가 마석도 소모했다.

'이 녀석은 물리 공격으로 잡는 타입이 아니구나. 마법 공격이 필요하겠어. 꼭 물리 공격으로 잡겠다면 양손검처럼 큼지막한 무기를 써야 간신히 가능할 것 같아.'

알렌은 갑옷 개미를 지금 사냥하기에는 어려운 적이라고 판단했다.

하늘을 우러러보는 알렌. 이미 색적을 마쳤는지 세 마리의 호크가 하늘을 날고 있었다.

'호크들, 개미는 안 되겠어. 오크 한 마리를 발견한 호크는 내려와.'

그러자 한 마리의 새E 소환수가 내려왔다. 안내를 받아 이번에는 오크가 있는 위치로 움직인다.

달려가기를 20분, 나무줄기에 기대서 낮잠을 자는 마수가 있었다. 너덜너덜한 옷을 입은 돼지 얼굴의 마수다. 앉은 자세로 잠들어 있어서 전체 크기는 잘 모르겠는데 성인 인간보다 크다는 것은 확실한 듯싶었다. 옆에는 커다란 창을 놓아두었다. 오크는 예전에 세실을 찾아 나섰을 때 호수의 부근에서 본 경험이 있다.

'마수도 잠을 자나? 아니지, 아게하가 특기를 쓰면 개미도 잠들었는데 이제와서 뭘. 이미 잠든 상태라면 마침 잘됐어. 타마들, 나와라!'

나무 그늘에 숨어 훔쳐보다가 열네 마리의 짐승E 소환수를 소환했다.

『『『크르르르르.』』』

오크를 둘러싼 짐승E 소환수들이 강화 레벨 5에 힘입은 특기「할퀴기」를 써서 덮쳐든다.

『취이이잇!』

오크가 비명 질렀다. 선혈이 갈색 낙엽을 물들여 간다.

'오! 역시 강화 레벨 5로 공격력을 250까지 올려준 보람이 있어. 오크한테는「할퀴기」공격이 통하는구나.'

14대1이라서 알렌이 가세하지 않아도 잡을 수 있을 것 같다. 오크와 짐승E 소환수의 싸움을 멀리서 보던 중 떠올린 것은 로단 및 겔다와 했던 팔씨름이었다. 겔다에게는 이겼고, 로단에게는 졌다. 그때 알렌의 공격력은 300이 조금 안됐으니까 로단의 공격력은 대략 300에서 350이라고 추측할 수 있다. 로단은 그레이트 보어의 숨통을 끊을 때 반드시 창을 사용했으니까 그레이트 보어를 쓰러뜨리려면 300에서 350의 공격력과 창이 필요하다는 것을 알 수 있겠다.

'그렇군, 팔씨름을 하길 잘했어.'

알렌이 생각을 하는 동안에도 짐승E 소환수의 공격은 이어졌고 마침내 땅을 울리며 오크가 지면에 퍽 엎어졌다.

『오크를 1개체 쓰러뜨렸습니다. 경험치 1500을 획득했습니다.』

공격력 250짜리 짐승E 소환수가 보어와 같은 C랭크 마수 오크를 상대로 대미지를 넣어 쓰러뜨렸다.

'C랭크 마수를 잡았어. 특기「할퀴기」의 효과는 공격력을 1.5배로 올려주는 걸까?'

팔씨름과 오크가 당한 과정에서 할퀴기 특기의 효과를 추측해봤다. 이번 C랭크 마수 사냥에서 가장 중요한 것은 공격 특화인 짐승E 소환수의 공격이 과연 통하는지였다. 짐승E 소환수의 통상 공격력 250은 아버지 로단이나 그레이트 보어 사냥꾼들과 비교해도 썩 높지 않았다. 오크와 그레이트 보어는 방어력이 다를 테지만, 공격이 과연 통할까 불안했었다. 같은 랭크의 오크와 갑옷 개미에게 공격이 통하지 않는다면 다시 고블린 사냥으로 복귀하려는 생각도 있던 참이었다.

어쨌든 갑옷 개미는 좀 버거웠지만, 공격력 250과 특기「할퀴기」를 더한 방법으로 오크는 무사히 사냥했다.

'타마가 세 마리 당했어. 하지만 아게하가 인분을 쓰고 나도 보조해주면 다음에는 마석 소모를 막을 수 있을 거야.'

쓰러진 오크의 C랭크 마석을 회수해야겠다. 가까운 곳에서 보니 오크의 몸높이는 2.5미터쯤 되는 듯했다. 갑옷 개미와 달리 가슴에 단검을 찔러 넣자 칼날이 쑥 들어갔다. 그리고 탁구공만 한 크기의 보라색 마석이 나왔다.

'1년 만에 C랭크 마수를 잡을 실력을 갖췄어.'

감개무량한 심정이다. 그레이트 보어와 같은 랭크의 마수를 혼자서, 게다가 화이트 디어처럼 함정에 빠뜨리지 않고 사냥하는 데 성공했다. 지난 1년간 일만 마리 이상의 고블린을 잡아 레벨을 올리고, 차근차근 강화 스킬을 성장시켰던 노력의 산물이었다.

'음? 무슨 생각을 하는 거야. 난 아직 멀었잖아.'

감동에 잠기려는 자신을 다잡는다. 겨우 반년 조금 전에 세실의 오빠 미하이에게 속수무책으로 패배하지 않았던가.

8년이나 들여서 스킬과 레벨을 올려왔던 알렌이 고작 1년간 학원도시에서 재능을 연마한 미하이에게 졌다. 불과 2개월의 던전 공략이 알렌의 지난 8년을 아득하게 웃돌았음을 알게 되었다. 노말 모드에 속한 재능 보유자가 발휘하는 성장 속도와 성장의 폭이 헬 모드와는 현격하게 다름을 실감했던 순간이었다.

'여기 이세계에서는 학원 졸업자가 특히 더 강하다지.'

학원에 대한 이야기는 미하이가 친절하게 가르쳐줬다. 요약하면 재능의 유무만이 힘의 차이는 아니라는 내용이었다.

· 첫 번째 강자는 재능이 있고 학원을 졸업한 사람
· 두 번째는 재능이 있고 학원을 졸업하지 않은 사람
· 세 번째는 재능이 없고 체격 및 능력치나 뛰어난 사람
· 네 번째는 재능이 없고 체격 및 능력치가 뛰어나지 않은 사람

첫 번째에 해당하는 인물은 총인구의 1퍼센트 미만에도 못 미치는 데다가 첫 번째와 두 번째를 더해도 불과 총 인구의 1할 정도라고 한다. 학원은 시험도 치러야 하고 비용도 많이 든다. 졸업까지

몇 가지 과제를 수행해야 하는데, 과제를 완수하지 못하면 낙제다. 학원을 졸업했다는 것은 대단한 사회적 지위라는 듯이 들렸다.

기사단은 어디에 들어가는가 묻는다면 대체로 두 번째와 세 번째가 반반이라고 했다. 첫 번째에 속한 인물은 기사 중에서도 간부 후보가 된다. 기사단장 및 부기사단장은 물론 첫 번째에 해당된다.

이 이야기를 들었을 때 다섯 살 클레나에게 흠씬 두들겨 맞은 부기사단장을 떠올렸다. 부기사단장이 미하이보다 훨씬 강하다고는 하는데, 막상 클레나에게 두들겨 맞던 광경을 본 알렌은 좀처럼 믿기 어려운 말이었다. 클레나가 너무 강한 것일까, 아니면 부기사단장이 실력 발휘를 자제했던 것일까.

보험가가 되는 부류는 대부분이 재능을 가지지 못한 세 번째라고 한다. 재능 보유자는 대체로 임관을 하는 경우가 많기에 당연하다는 생각을 했다. 두 번째에서 모험가가 된 자는 B랭크도 바라볼 수 있다. 첫 번째라면 A랭크에 도달할 가능성도 있다는 이야기를 레이븐에게 들었다.

'노말 모드도 이래저래 처지가 다르다는 건가. 자, 헬 모드인 나도 열심히 사냥을 하자. 다음은 오크 두 마리 동시 사냥에 도전해볼까? 호크들, 3킬로미터 이내에 있는 오크를 찾아와.'

마음을 다잡고 다시 사냥에 전념한다. 아직 시간이 있다. 오늘의 사냥은 이제부터다. 알렌의 지시에 따라 네 마리의 새E 소환수가 오크를 찾아 흩어졌다.

그로부터 네 시간. 결국 그 이후로 갑옷 개미 한 마리, 오크 열다섯 마리를 쓰러뜨렸다. 경험치로 환산하면 25500이다.

벌레E의 인분은 오크에게도 통했지만, 고블린처럼 효과가 즉각 나타나지는 않았고 성공률은 대략 6할이었다. 인분과 철 구슬로 짐승E 소환수를 거들어주면 오크 세 마리까지는 동시에 사냥해도 딱히 큰 피해 없이 잡을 수 있음을 확인했다.

'좋아, 슬슬 돌아가자.'

평소보다 더욱 먼 곳까지 나온 데다가 복귀 중 식용 마수를 몇 마리 잡아야 하는지라 조금 일찍 사냥을 마무리했다. 태양의 위치를 확인한다. 시계가 없어 태양의 위치가 방향 및 시각을 파악할 수 있는 몇 안 되는 방법이었다.

'고블린 때는 열심히 사냥해도 경험치 25000쯤이 한계였는데 오크만 노려서 아침부터 사냥하면 5만 경험치 정도를 올릴 수 있으려나? 목표치는 하루에 마흔 마리 정도 잡아야겠다.'

오크 사냥에 집중하는 레벨 올리기가 충분히 현실적이라고 판단했다. 이날부터 알렌은 C랭크 마수 사냥으로 레벨을 올리는 데 힘쓰기 시작했다.

제6화 마더 가르쉬와의 싸움

“선생님께 실례되는 말을 하면 그냥은 안 넘어갈 거야!”

“물론입니다, 세실 아가씨.”

11월 초순, 알렌은 지금 2층 응접실에서 세실과 대화 중이다.

사건의 발단은 10월 말. 그날도 알렌은 세실에게 호출을 받았다. 평소처럼 심부름을 시키려나 생각했는데 「1년간 내 시종 역할을 열심히 해줬잖아, 뭔가 원하는 게 있어?」라는 말이 나왔다. 아마 세실은 누군가에게 포상을 줘 보고 싶었을 것이다. 시종 1주년이라는 명분으로 포상을 준다고 한다.

「시종 1주년」이라는 의미를 알 수 없는 말이 머리를 가득 채운 와중에 무엇을 요청해볼까 고민했다. 세실이 평소에 먹는 과자라도 달라고 할까 떠올리다가 문득 생각이 나서 「교사에게 마법에 대해 배워보고 싶고, 가능하다면 그냥 견학이 아니라 자신을 위해 수업을 해주면 좋겠다」고 부탁했다.

세실은 수업을 잔뜩 듣고 있어서 교사가 매주 몇 사람씩 찾아온다. 역사와 수학, 어학 등 종류도 다양하고 개중 하나로 마법 수업이 있었다. 세실에게 마도사 재능이 있기 때문일 테지. 별 기대는 하지 않고 부탁했더니 세실은 「어머, 겨우 그런 게 부탁이야?」라며 흔쾌히 요청을 들어주었다.

그렇게 맞이하게 된 오늘은 알렌이 마법에 대해 배우는 날이었다.

점심이 조금 지났을 때 지팡이를 든 로브 차림의 나이 지긋한 남성이 방문했다. 알렌도 몇 번인가 만난 적 있었다. 세실의 마법 강사다.

"오늘 학생은 자네인가?"

"네, 모쪼록 잘 부탁드립니다."

마법 강사가 지팡이와 반대쪽 손에 든 가방은 평소보다 커다랗게 부풀어 있다. 저번 수업에서 세실이 「이번에는 알렌에게 수업을 해 주세요」라고 부탁했을 때 준비를 해서 오겠다며 답을 했었는데 알렌을 위해 뭔가를 준비해준 것 같았다.

응접실 중앙에 앉은 알렌과 세실. 강사도 두 사람의 정면에 앉았다.

"그래, 알렌 군이라고 했던가?"

마법 강사가 후드를 벗고 말을 건넨다. 입과 턱에 하얀 수염을 길렀고 주름이 깊게 파인 일흔 살에 가까운 남자다.

"하루뿐이라기에 이것저것 준비는 해서 왔네만, 먼저 궁금한 것이 무언가 있는가?"

그렇게 말하며 가방에서 두꺼운 책이며 수정 따위를 꺼낸다. 상당히 무거워 보였는데 강사는 외모와 달리 힘이 꽤 좋은 듯했다.

'오?! 뭐든 괜찮다면 가장 궁금했던 걸 물어보자.'

수업이 끝날 때 질문하고자 했던 내용을 마법 강사에게 곧바로 쏟아 냈다.

"그럼 선생님. 마법을 사용할 수 있는 조건은 무엇인가요?"

흠, 소리 내더니 수염을 문지른다.

"조건은 단 하나. 재능이란다."

"마법사라거나 마도사 같은 재능 말인가요?"

“잘 아는구나. 그 밖에도 대마도사, 현자, 대현자 같은 재능을 가진 사람이어야 마법을 쓸 수 있단다.”

“그리고 승려라든가 성녀도 마법을 쓸 수 있죠?”

“흐흠, 알렌 군은 박식하구나. 승려와 성녀가 쓰는 마법은 회복 마법, 마법사가 쓰는 마법은 공격 마법이지.”

“어라? 보조 마법은 없는 겁니까?”

“음? 자네는 정말 박식하군. 보조 마법을 쓸 수 있는 재능은 현자와 대현자이니라. 뭐, 세세하게 말하자면 마법을 사용 가능한 직업이 더 있네만, 어쨌든 전부 재능의 보유를 전제로 하지.”

지나치게 아는 티를 낸지라 마법 강사가 의아해하며 알렌의 얼굴을 빤히 들여다본다. 알렌 옆에서 세실도 어리둥절하는 반응이었다.

‘아차, 질문이 너무 깊이 들어갔구나. 가지고 있는 지식을 너무 드러내면 부자연스럽겠지.’

알렌은 강사에게 배운 내용을 마도서에 쭉 메모했다.

“알겠습니다. 가르쳐주셔서 감사합니다. 다음 질문을 드려도 될까요?”

“물론이지.”

“마법은 어떻게 쓸 수 있습니까?”

감탄의 소리를 낸 강사가 두꺼운 책 가운데 한 권을 손에 들었다.

“이러한 책의 내용을 쭉 암기해야 한단다.”

이것은 세실 아가씨도 배우고 계신 초급의 책이란다, 라고 말하며 알렌에게 건네준다. 꽤 많이 낡았다. 책장을 훌훌 넘겨서 내용을 봤다.

“모, 못 읽겠어요.”

'일본어가 아닌 문자는 처음 봤어. 한 번도 못 본 기호야.'

책을 쓱쓱 훑어보니 글자로 짐작되는 기호가 빼곡하게 쓰여 있었다. 일본어도, 전생에서 본 다른 언어도 아니다. 처음으로 보는 복잡한 기하학 문양 비슷한 기호인 데다가 하나하나의 문양은 통일감이 전혀 없었다.

"그렇단다. 이것을 다 외어야 하지. 이 글자 덩어리 하나가 마법 하나를 구성하느니라."

강사가 가르쳐준다. 마법을 쓰기 위해서는 이것을 꼭 통째로 암기해야 하는 것 같다.

'이걸 다 외우라니, 마법사도 많이 힘들겠구나.'

"외우기만 하면 되는 겁니까?"

"그렇단다, 머릿속에서 그릴 수 있을 만큼 구석구석까지 다 외어야 하지."

우선 머릿속으로 이 복잡한 기호를 전부 그릴 수 있도록 암기한다. 또한 머릿속에 그린 뒤 마력을 소비해서 마법을 발동한다는 흐름이다.

"다 외우면 어떤 마법이든 쓸 수 있습니까?"

"물론 단순하게 암기만 해서 다 해결되는 것은 아니지."

마법을 익히는 데는 순서가 있다. 일단 책에 쓰여 있는 기호를 암기한다. 그리고 마법을 잔뜩 사용한다. 아울러 신의 시련을 거듭 극복한 사람만이 어려운 주문을 쓸 수 있다고 설명해줬다.

'아하, 잔뜩 사용해서 레벨을 먼저 올려야 한단 말인가.'

알렌은 자기 방식대로 이해하고자 궁리했다.

“혹시요, 제가 마법을 쓸 수 있는지 확인이 가능할까요?”

“얘가! 알렌 넌 재능이 아예 없잖아!! 아까 뭘 들은 거야! 재능이 없으면 마법은 못 쓴단 말이야!!”

세실에 불쑥 끼어들었다. 어째서 다 아는 뻔한 질문을 하냐는 말투였다. 알렌은 일단 재능이 없는 것으로 처리되어 있다.

“흠, 뭐, 수업을 받고 싶다는 말이었으니 일단 수정을 가져왔다. 이 도구로 마법을 쓸 수 있는지 확인이 가능하단다.”

마법을 쓸 수 있느냐는 질문은 다른 학생들도 자주 하는 것 같다. 이것은 감정 의식 때 사용하는 수정의 간이판이라고 설명해줬다. 마법을 사용 가능한 직업의 재능을 판별하는 데 특화된 수정이라고 한다.

“오오!!”

‘뭔가 그럴싸한 도구가 튀어나왔어! 이제 소환사도 마법을 쓸 수 있는지 확인해볼 수 있겠다.’

직경은 10센티미터쯤 되려나. 옛날에 감정 의식에서 봤던 수정보다 상당히 작다. 알렌의 앞에 수정이 놓였다.

“이제 손을 가져다 대보거라.”

“네!”

알렌이 힘차게 두 손을 내밀었다.

하지만 아무런 반응이 일어나지 않는다. 한동안 두 손을 가져다 대고 있었는데도 투명한 수정은 전혀 변화가 없었다.

“흠, 역시 알렌 군은 마법을 못 쓰는구나.”

“네?”

'진짜? 이대로는…….'

지금껏 외면하고 싶었던 악몽이 불쑥 현실감을 띤다.

"포기하렴. 재능 없이는 마법을 못 쓰는걸."

알렌이 너무 충격을 받은 모습인지라 세실이 다정하게 타일러줬다.

"혹시 세실 아가씨께서 수정에 손을 가져다 대면 어떤 반응이 나타나나요?"

"얘가?! 선생님을 의심하는 거야?!"

수정의 성능에 의문을 갖는 알렌에게 세실이 화내며 목을 붙잡아 흔들었다. 시끌벅적한 와중에 마법 강사가 나서서 둘을 말린다.

"이런. 진정하십시오, 세실 아가씨. 손을 거두세요. 자, 드문 기회이니 세실 아가씨께서도 손을 얹어서 보여주시지요. 그래주시면 알렌 군도 납득을 할 테니 말입니다."

'납득할 테니까 마도사가 손을 댄 모습을 보여줘. 숨 막힌다고.'

알렌은 목을 졸리며 간절하게 수정에 손을 가져다 얹어달라고 눈빛으로 호소했다.

"어쩔 수 없네."

강사의 말을 듣고서 세실이 곧바로 손을 수정에 올려놓았다.

그러자 수정이 반응하며 노란색으로 빛나기 시작했다. 태양처럼 따스한 빛을 발하고 있다. 강사가 보고 고개를 끄덕거렸다.

"노란색은 마도사의 재능이란다."

'비, 빛났다…….'

알렌은 너무 큰 충격에 망연자실하며 빛을 쳐다봤다. 강사가 수업을 해주기로 결정된 날부터 어떤 질문을 할까 이것저것 생각했었는데, 그 생각들이 모조리 날아갔다. 가능하면 마법도 보여달라고 부탁하고 싶었지만, 이제는 아무 의미가 없어지고 말았다.

'아, 망했다. 소환사는 완전히 변태 직업이야.'

소환사 직업을 가진 알렌의 능력치는 아래와 같다.

· 체력A, 마력S, 공격력C, 내구력C, 민첩성A, 지력S, 행운A

능력치는 S가 최고이고, 그다음은 A부터 E의 순서로 상승률이 높다. 알렌은 하필 지력이 S였다.

'마법도 못쓰는데 지력이 왜 S냐고. 이 자식 때문에 공격력이랑 내구력은 C밖에 안 되잖아.'

알렌은 지력이 높은 만큼 조정을 받아서 다른 능력치가 낮아졌다고 생각하고 있다. 하지만 지력이 높다고 해서 마법을 사용할 수 있는 것도 아닐뿐더러 소환수의 능력치가 알렌의 지력과 연동되어 올라가는 것도 아니다.

이래서는 지력이 아무리 높아도 기억력이나 배우는 재주만 좋아질 뿐 딱히 쓸모가 없지 않은가. 이런 쓸데없는 능력치 때문에 다른 능력치들이 희생돼야 한다니.

알렌이 생각하기에 지금 능력치로 검을 들고 싸우는 것은 마법사에게 대뜸 검술을 알려주는 것 같이 비효율적인 행동이다.

'직업 설계가 잘못됐어. 소환수가 가호로 올려주니까 기본 능력치는 낮게 설정한 건가. 어쩌자고 이렇게 만들어 놓은 거야?'

수정이 빛나지 않은 이유가 몇 가지 머릿속에 떠오른다.

· 감정 의식 후 반년쯤 이의 제기를 반복했던 탓에 신의 분노를 사서 소환사의 직업 설계가 요상하게 변경되었다

· 수정이 고장 났을 뿐 사실은 레벨 또는 스킬 레벨이 올라가면 마법을 습득할 수 있다

· 지력 능력치 「S」에는 터무니없는 비밀이 숨겨져 있다.

'호, 혹시, 예전에 이의 제기를 왕창 보내서 이렇게 된 건가? 에르메아 님, 너무하셔라.'

알렌은 멍하니 먼 곳을 쳐다볼 뿐 도무지 정신을 차리지 못했다. 이렇게 시종 1주년 기념 포상으로 세실이 주선해준 마법 강사의 수업은 조용하게 끝을 맞이했다.

* * *

마법 수업을 받고 1개월쯤 지나 12월에 접어들었다. 얼마 전에 첫눈을 맞이했었는데 슬슬 본격적으로 쌓일 것 같다.

오늘은 알렌이 식사 시중을 맡는 날이었다. 점심 식사인 이유도 있어 할 일은 썩 많진 않았다. 아침과 점심 식사는 남작가 전원이 모이지 않는 날도 있었지만, 이날은 학원 도시에서 지내는 미하이를 제외하고 남작가 전원이 모여 있었다.

"어머, 토마스. 너무 과식을 하면 안 된단다."

남작 부인은 세실의 오빠 토마스를 타일렀다. 탁자 중앙에 담아 둔 빵을 한가득 가져가려고 했기 때문이었다.

알렌은 작년 12월 말 수렵 담당이 된 이후 매주 두 번의 사냥을 거의 거르지 않고 수행해왔다. 겨울이 되어 식용육으로 쓸만한 마수는 기껏해야 뿔토끼밖에 눈에 띄는 것이 없었지만, 그럼에도 주마다 약 100킬로그램이나 되는 마수를 사냥해서 가져왔다. 1년 전 알렌이 수렵 담당을 맡을 때까지는 절약과 검소의 견본 같았던 남작가의 식사도 이제는 고용인들의 몫까지 대폭 개선되었다.

새로 발생한 문제라면 토마스가 식사 때마다 잔뜩 먹는 걸 남작부인이 걱정하는 것이었다. 요리장에게도 토마스 몫의 식사를 줄여 달라며 부인이 주방까지 직접 말하러 가는 광경도 자주 보았다.

토마스는 요리의 양이 줄었기 때문에 빵을 더 먹으려다 주의를 듣게 된 셈이었다. 토마스는 부인에게 사과하고도 끝내 빵을 바구니에 다시 집어넣으려 하지는 않았다.

'뭐, 열한 살이니 한창 자랄 때인데 좀 든든하게 먹어도 괜찮겠지. 낮 동안에 검술 훈련도 해서 배고플 텐데.'

알렌은 풀 죽은 토마스를 보고 조금 불쌍하게 여겼다. 토마스는 올해부터 검술을 배우고 있다. 가끔 정원에서 하는 연습을 볼 때면 재능의 유무와 관계없이 검을 수련하는 것은 귀족의 책무이기 때문일까 라는 생각이 든다.

"있잖아, 알렌. 화이트 디어는 언제 잡아줄 거야?"

가만히 생각을 하던 때, 토마스가 말을 걸어왔다.

"음, 글쎄요. 곧 눈이 쌓일 테니까 슬슬 찾아볼 때가 된 것 같습니다."

"기대하고 있을게."

평소와 다를 바 없는 남작가의 점심 식사였다.

땡 땡 땡 땡.

땡 땡 땡 땡.

땡 땡 땡 땡.

도시의 종이 거듭거듭 울려 퍼졌다. 온 저택에 울려 퍼지는 종소리는 아무래도 멎을 낌새가 없는 것 같다. 정오를 알리는 종은 얼마 전 막 울렸던지라 지금은 분명 종을 칠 시간대가 아니었다.

"무, 무슨 일이냐?!"

그란벨 남작이 몸을 일으켰다. 남작 부인도 토마스도 불안한 표정을 짓는다. 끊이지 않는 종소리가 이곳에 있는 모두를 불안하게 만들었다.

"확인하고 오겠습니다."

남작의 곁에 있던 집사가 재빨리 식당 바깥으로 나갔다. 집사가 돌아오기를 모두 식당에서 기다린다. 알렌도 그중 한 사람이었다.

15분쯤 지나서 집사가 돌아왔다. 옆에 기사도 같이 데리고 왔다.

"이제 왔는가. 그래, 어찌 된 사태인가!"

"도시에 마더 가르쉬가 접근 중이라고 합니다!"

집사가 대답했다. 옆에 있는 기사가 숨을 헐떡거리며 힘주어 고개를 끄덕였다.

'마더 가르쉬라고?!'

마더 가르쉬의 이름에 알렌이 반응한다. 동생 마쉬에게 이름을 지어줄 때 유래가 된 마수다. 대형 늑대의 모습을 가진 B랭크 마수라고 들었다.

"뭣?! 어째서 더 빨리 알리지 않았나!! 언제쯤 온다던가?!"

남작이 잇따라 캐묻는다. 기사가 제자리에서 한쪽 무릎을 꿇고 질문에 대답했다.

최초로 마더 가르쉬를 발견한 것은 순찰을 돌던 기사단이었다. 남쪽에서 그란벨을 향해 똑바로 이동 중이었기에 진로를 변경시키고자 유도를 시도했지만, 실패하여 몇 명의 기사가 희생되었다. 이대로 방치하면 도시의 남문까지 다가올 우려가 있다.

또한 이대로 그란벨에 도착한다면 15시가 조금 지난 무렵이 될 것이라고 한다. 겨우 두 시간쯤 남았다.

"영주님, 어찌하시겠습니까?"

"제노프는 어디에 있지? 아직 복귀하지 않았나?"

"영주님, 기사단장 및 부기사단장은 현재 마수 토벌을 나가 부재 중입니다. 빨라도 이틀은 지나야 복귀할 겁니다."

남작도 기사단장이 자리를 비웠다는 것을 뻔히 알 테지만, 그럼에도 물어볼 수밖에 없었을 테지.

"그럼 모험가 길드에 긴급 의뢰를 요청해라. 지금은 마수가 적은 계절이잖나, 도시에 많은 모험가가 있을 터. ……질풍의 은아가 있어주어야 할 텐데."

'질풍의 은아라면, 이 도시에 딱 하나 있는 A랭크 모험가 파티였지.'

모험가의 집합을 파티라고 부른다. 레이븐, 리타, 미르시 세 사람도 파티다. 리더는 레이븐이며 전원이 C랭크. 레이븐에게 들은 이야기인데 이 도시에 있는 모험가 대부분은 C랭크 이하라고 했다. B랭크 모험가 파티가 조금, A랭크는 질풍의 은아뿐이라던가.

추운 12월부터 눈이 녹는 3월경까지 모험가는 도시에서 느긋하게 지낸다. 어지간히 사는 게 팍팍하지 않는 한 무리해서 사냥은 하지 않는다. 겨울에도 변함없이 사냥을 하는 사람은 알렌 정도였다.

"네, 말씀대로 시행하지요. 문은 어찌하시겠습니까?"

알렌이 레이븐에게 들은 모험가의 사정을 떠올리고 있는 동안에 집사가 남작에게 거듭 지시를 요청한다.

"도시로 향하고 있는 주민들 가운데는 마더 가르쉬의 접근을 알지 못하는 자가 많을 것이다. 문을 닫아서 어쩌자는 말인가!"

"하오나, 마수의 침입을 허용하게 되지 않겠습니까?"

"문은 절대로 닫아서는 안 된다. 기사단과 모험가는 남문으로 향하여 마더 가르쉬를 쫓아내도록 지금 당장 지시를 내려라."

"분부 받듭니다."

집사는 급한 사안에 대하여 전부 확인을 마친 뒤 함께 왔었던 기사와 함께 식당에서 나갔다. 이제부터 관계 부서에 서둘러 지시를 전하러 갈 테지.

'내가 나서야 할 일이야.'

남작과 집사의 대화가 마무리되기를 묵묵히 기다렸던 알렌은 마침내 입을 열었다.

"가주님. 저 또한 토벌에 참가하는 것을 허락해주시겠습니까?"

"음?"

알렌이 아주 당연하다는 듯이 말하는지라 남작이 당황한 표정을 짓는다.

"얘가?! 너 대체 무슨 소리를 하니? 지금 이야기 못 들었어? 마더 가르쉬가 나타났단 말이야! 토벌에 참가해서 뭐하려고!!"

"세실 아가씨."

"뭐, 뭐야?!"

"저는 그란벨 남작님께 수렵 담당으로 임명받았습니다. 마땅히 저 또한 나서야 할 사태라는 판단을 내렸을 따름입니다."

"뭐?!"

세실은 알렌의 발언에 놀랐으나 수렵 담당의 임무에는 도시 바깥에서 마수에게 공격을 받은 주민이 있을 경우 구해준다는 항목이 포함되어 있었다. 알렌은 지난 1년간 수렵 담당으로서 쭉 자기 역할을 완수해왔다. 마수를 사냥해서 충분한 양의 고기를 확보했고, 마수의 공격을 받아 위기에 처한 주민이나 모험가를 만나면 구출했다. 오늘이 만약 수렵 담당으로 활동하는 날이었다면 알렌은 뒤도 돌아보지 않은 채 도시 바깥으로 뛰쳐나갔을 것이다. 오늘은 수렵 담당으로 활동하는 날이 아니기 때문에 절차상 남작에게 허가를 구했을 뿐이다.

세실이 아무런 말도 못 꺼내는 이때, 알렌은 다시금 남작을 마주 바라봤다. 남작은 아무런 말도 하지 않는다. 어서 허락해달라. 눈빛으로 거듭 피력을 했다.

"……흠, 그런가. 알렌, 넌 그란벨 가문에 이름을 올린 인재다. 내가 임명한 직책에 따라 책임을 완수하겠다면 막을 이유는 없구나."

세실이 뭔가 말을 꺼내려다가 결국에 입을 다물었다. 남작의 목소리가 평소보다 무거웠기 때문이었다.

알렌의 발언도 앞뒤가 맞고 타당했기에 안 된다는 말은 못 하겠지.

"네, 바로 다녀오겠습니다. 급한 사태이니 이대로 움직이겠습니다."

알렌은 시종 차림 그대로 가보겠다는 뜻을 전했다.

"그래, 마더 가르쉬를 상대할 생각은 말고 주민들의 피난을 우선하거라."

"분부 받듭니다."

알렌은 대답과 함께 식당에서 나와 쭉 달음박질쳤다.

'시간이 없어. 이런 상황이니까 도시 전체가 혼란에 빠졌다면 달려가기는 어려울 것 같군. 북문으로 나가서 남문까지 돌아 들어가자.'

알렌의 현 위치, 저택은 도시의 북쪽이다. 남쪽으로 향하려면 도시를 세로로 가로지르는 큰길을 따라 쭉 달리는 것이 가깝다. 다만 이런 상황에서는 도시 중앙이나 남쪽 일대가 혼란에 빠졌을 우려가 있다. 일단 북문으로 바깥에 나간 뒤 남문까지 돌아 들어가는 것이 오히려 빠르리라 판단했다.

'마력이 모자라. 마력아, 빨리 회복해줘.'

이런 사태는 예상할 수 없었다. 사냥을 안 하는 날은 예비 마력이 필요 없으니 세 시간쯤 전에 마력을 다 소비해서 스킬 경험치를 올렸다. 현재 알렌의 마력은 0이었다.

시종의 검은 제복을 입은 알렌은 벌써 북문을 빠져나가 더 속도를 올려 남쪽으로 쭉 달렸다. 두 시간을 빠듯하게 달려 바깥을 돌아 남문 부근에 도달했을 때, 성문 앞쪽에는 행렬을 이룬 여행자들이 넘쳐나고 있었다. 모두가 죽기 살기로 남문을 통과하고자 애쓴다. 주위에는 모험가와 기사 집단도 보였다. 가득 행렬을 이룬 사람들을 마수로부터 지키기 위함일 테지.

저 인파와 조금 떨어진 곳에는 5미터가 넘는 거대한 마수가 있었다. 뭔가 꽉 쥐고 있는 모습이다. 잘 살펴보니 저것은 이미 상반신을 잃은 말이었다. 어적어적 소리를 내며 지금도 말을 뜯어 먹고 있었다.

'마더 가르쉬다!'

늑대와 닮은 마수라는 말은 들었지만, 저 모습은 도저히 늑대라고 부를 만한 형태가 아니었다. 인면견 같은 얼굴. 말을 움켜쥘 만큼 큰 손가락이 달린 사람과 비슷한 손. 팔도 마치 인간과 비슷했다. 대지를 굳게 디디고 있는 두꺼운 두 다리 사이에서는 흔들흔들 꼬리가 뻗어 나왔다. 하반신은 확실히 늑대였다.

말을 잡아먹는 마더 가르쉬의 옆쪽에는 바퀴가 빠져 기우뚱 주저앉은 마차가 있다. 마더 가르쉬가 온 방향에서는 말이며 사람들의 처참한 시체가 먼 곳부터 점점이 나뒹굴며 피의 길을 그려 놓았다. 마더(murder)는 살육이라는 의미가 있는 단어인데 이 광경을 보면 어쩌다가 붙은 이름인지 이유를 잘 알 수 있었다.

"이런, 꼬마야! 거기서 뭘 하는 거냐! 빨리 피난해라!!"

가만히 서 있던 알렌을 발견하고 기사단 중 한 사람이 급히 경고의 말을 외쳤지만, 알렌은 마더 가르쉬의 움직임을 쭉 관찰했다. 마더 가르쉬가 잡아먹고 있는 것은 옆쪽의 마차를 끌어왔을 말일 테지. 문득 주저앉은 마차 안쪽에서 인영이 움직이는 광경이 보였다. 몇 명은 안쪽에 있나 보다.

그때, 마더 가르쉬가 빈손으로 마차 덮개를 잡아 뜯었다.

""""아!""""

이미 마부의 시체가 바닥을 나뒹굴었고, 마차 안쪽의 부모와 자식

두 사람은 덜덜 떨면서 서로를 끌어안고 있을 뿐이다. 너무나 큰 공포 때문에 비명도 못 지르는 것 같았다. 어머니는 필사적으로 아이를 꽉 부둥켜안고 있다. 마더 가르쉬가 얼굴을 비뚤어뜨리며 소름 끼치는 웃음을 흘렸다. 인면견 같은 얼굴은 표정이 잘 보인다. 말을 뜯어먹다가 새빨갛게 물든 입에서 송곳니를 타고 피가 뚝뚝 맺혀 떨어졌다.

기사도 모험가도 성문을 지나 들어오는 상인과 여행자들을 호위하는데 전념하는지라 멀리서 벌벌 떨고 있는 모녀의 상황을 지켜볼 수밖에 없다. 아무도 마차 안 모녀를 구하려 하지 않았지만, 알렌은 전혀 아랑곳하지 않고 나섰다. 수납에서 철 구슬을 하나 꺼낸다. 누군가에게 수납 스킬이 알려지게 되더라도 상관없다는 심정이었다.

더욱 큰 공포를 주려고 하는 의도일까, 마더 가르쉬는 인간의 팔처럼 소름 끼치는 앞다리를 모녀를 향해 천천히 뻗었다.

'죽어라!!'

그때, 알렌이 철 구슬을 꽉 쥐고 마더 가르쉬에게 전력을 다해 던졌다. 철 구슬은 빨려 들어가듯이 일직선으로 마더 가르쉬의 한쪽 눈에 적중했다. 안구를 함몰시키는 철 구슬. 마더 가르쉬의 눈을 박살 낸 것 같다.

『아으아아아아아아아아아아!!!』

소름 끼치도록 부르짖는 마더 가르쉬.

"이놈! 여기다!! 이쪽으로 와라, 쳐 죽여주마!!!"

두 번째 구슬을 재차 전력으로 던진다. 하지만 이미 알렌의 존재를 감지한 마더 가르쉬는 앞다리를 써서 간단하게 철 구슬을 튕겨

냈다.

“꼬, 꼬마야, 무슨 짓이냐!!!”

“당장 도망쳐라!!!”

뒤쪽에서 목소리가 들린다. 알렌은 걱정해서 외치는 충고에도 전혀 반응을 보이지 않은 채 도시를 등지고 달렸다. 마더 가르쉬의 주의를 끈 다음은 마차 반대편으로 위치를 바꿔 도시로부터 멀어지는 경로를 선택해서 움직인다. 백룡 산맥을 등진 모양새로 도발을 되풀이했다. 시야 저 너머에는 불안해하며 알렌을 지켜보는 사람들의 모습이 보였다.

“뭐 하냐! 얼른 덤벼라!! 똥강아지야!!!”

또다시 철 구슬을 던졌지만 마더 가르쉬는 간단히 튕겨 냈다. 한쪽 눈이 망가졌는데도 더 이상 철 구슬로 대미지를 주기는 어려울 듯싶다.

그럼에도 주의를 끌기 위해서 재차 철 구슬을…… 그때, 그 순간 이제껏 얼굴만 알렌에게 향하고 있던 마더 가르쉬가 천천히 몸을 일으켰다.

『아으아아아아아!!!』

한 차례 포효를 지르는가 싶더니 뒷다리만 써서 유유히 일어난다. 두 다리로 일어선 마더 가르쉬의 높이는 7미터에 달했다. 먹다만 말을 내던지자 마치 하늘에서 말이 떨어지는 것 같았다.

~~쿠우우우우우우웅~~!!!

앞다리도 지면을 딛고 온몸으로 알렌과 마주 본다.

“와라!!!”

마더 가르쉬가 알렌의 말에 반응하듯이 걸음을 떼고 사납게 달리기 시작했다. 알렌을 향하여 쭉쭉 속도를 높여 들이닥친다.

'좋아, 마수의 표적이 이쪽으로 넘어왔다.'

"마더 가르쉬를 백룡 산맥 방향으로 데려가겠습니다!!"

기사와 모험가들에게 큰 목소리로 외친 뒤 알렌은 몸을 돌려서 전력으로 달렸다. 마도서를 허공에 꺼내 스테이터스를 확인한다. 마력이 회복되지 않아 아직도 0이다.

'아직이냐! 회복될 때가 지나지 않았어?!'

그렇게 투덜거리며 알렌은 전력을 다해 질주했다. 등 뒤에는 마더 가르쉬가 딱 달라붙어서 쫓아온다. 차이가 점점 더 좁혀지고 있었다.

"으앗!"

마더 가르쉬가 민첩성 600쯤 되는 알렌을 따라잡아서 등에 앞다리를 휘둘렀다. 공격은 아슬아슬하게 피했으나 자세가 무너져서 바닥을 구른다. 허둥지둥 자세를 바로잡은 알렌이 일순간 시야에서 놓친 마더 가르쉬의 위치를 서둘러 확인했다.

곧장 추가타가 날아왔어야 했는데 마더 가르쉬는 히죽히죽 웃을 뿐 공격을 하지 않는다. 아무래도 넘어진 알렌을 보고 즐거워하는 것 같다. 한쪽 눈이 망가졌는데도 개의치 않고 히죽거리는 모습은 한층 더 소름 끼쳤다.

'이따금 적이 『히죽히죽 웃고 있다』라는 메시지만 나오고 아무 행동을 안 하는 턴이 있었는데, 이런 경우였구나.'

알렌은 켄이치였던 시절에 턴제 전투로 적과 번갈아 공격하는 게임에서 비슷한 상황을 겪은 경험이 있다. 적 턴에서 『히죽히죽 웃고 있다』라는 표시가 나올 뿐 아무런 행동을 안 하는 패턴이다. 그때는 적이 공격을 안 하니까 운이 좋다는 생각밖에 들지 않았는데 현실에서 마수가 같은 행동을 하니 어째서 저런 상황이 있었는지가 잘 이해됐다. 마더 가르쉬는 알렌을 장난감 취급하며 노는 듯하다.

'뭐, 지금도 운이 좋다는 생각은 들지만 말야! 좋아, 마력이 다 회복됐다!!'

알렌이 마도서의 스테이터스 화면을 확인하니 지금 막 마력이 전부 회복됐다.

'민첩이 부족한데. 더 올릴까? 아니, 지금은 내구력도 필요할 거야. 벌레로 하자.'

· 소환수에게 받을 수 있는가호
· 새 계통, 민첩성과 지력이 UP
· 벌레 계통, 내구력과 민첩성이 UP

알렌은 천천히 뒷걸음을 했다. 마더 가르쉬의 방심을 유도하기 위하여 심혈을 기울여서 절망한 듯 연기를 했다. 몸을 덜덜 떨고 얼굴을 공포에 사로잡힌 듯 일그러뜨린다.

『아으아으아아아!!』

알렌이 절망감을 드러내자 마더 가르쉬의 인면견 같은 얼굴이 환희로 비뚤어졌다.

'진짜 성질머리 한번 고약하네. 마쉬한테 이 얘기는 하지 말아야겠다. 아버지, 작명 센스가 최악이야.'

마쉬는 마더 가르쉬에서 유래된 이름인데 이 녀석은 도저히 아이의 이름으로 붙여줄 만한 마수라는 생각이 들지 않았다. 만약 어머니에게 아이가 또 하나 생긴다면 테레시아가 이름을 붙일 수 있는 여자아이가 태어나기를 바라고 싶다.

알렌은 겁먹은 시늉을 하며 마도서를 써서 소환수의 카드 구성을 단숨에 변경했다. 마석을 수납에 넣어 두면 알렌이 일일이 손을 안 써도 그냥 의식만 해서 생성이든 합성이든 전부 진행할 수 있다.

최대 마력을 올리기 위해 풀E 카드를 스무 장 갖고 있었지만, 서둘러 전부 다 벌레E 소환수로 변경했다. 마도서가 엄청난 기세로 휙휙 넘어가며 제거와 생성을 되풀이한다. 공격력을 올리기 위해 써왔던 짐승E와 짐승F 소환수도 전부 벌레E 소환수로 교체했다.

변경해서 구성이 바뀐 카드의 각각 매수는 아래와 같다.

· 벌레E 카드 36매
· 새E 카드 4매

마더 가르쉬가 알렌보다 더 빠른 것은 확인했기에 카드를 전부 민첩성이 올라가는 종류로 변경했다. 마더 가르쉬의 공격력은 아직 미지수였다. 절대 붙잡혀서는 안 된다.

알렌은 더욱 후퇴한 뒤 마더 가르쉬가 금방은 따라잡지 못하리라는 판단이 서자 또 힘껏 도망치기 시작했다. 뒤쪽에서 땅이 울리는 소리가 난다. 무시무시한 발소리다. 소리로 마더 가르쉬와의 거리를 추측하며 따라잡히지 않기 위해서 죽기 살기로 달린다.

'더 멀리 가자. 더 멀리 도시에서 떨어져야 해.'

도시에서 마더 가르쉬를 떼어 놓는 것은 물론이고 혹시나 가능하다면 알렌은 마수를 아예 잡아버리고 싶었다. 아직 이곳은 방금 전 마차로부터 수백 미터밖에 떨어지지 않았다. 기사와 모험가들의 모습은 꽤 작아졌지만, 소환수를 꺼내야 하니 더 떨어진 위치에서 싸우고 싶다.

도시에서 1킬로미터 이상 떨어진 뒤에 나무가 드문드문 자라난 주변까지 목숨을 건 술래잡기가 이어졌다. 거듭해서 수백 미터를 달린다. 이곳이라면 도시에서 알렌과 마더 가르쉬의 모습을 확인할 수는 없을 것이다.

'좋아. 아게하들, 잠재워라.'

알렌은 계속 달리며 후방에다가 벌레E 소환수를 세 마리 소환했다. 마더 가르쉬는 B랭크의 마수이니 벌레E의 특기 「인분」은 세 마리가 같이 나서야 통한다.

벌레E 소환수의 노란색 인분이 마더 가르쉬에게 내리쏟아졌다. 마더 가르쉬의 걸음이 잠시 멈췄기에 효과를 확인하고자 알렌도 다리를 멈춰서 고개 돌렸다.

『아으아아아아아!!!』

마더 가르쉬가 한 차례 울음소리를 내고 앞다리로 세 마리의 벌레E 소환수를 후려치니 벌레E 소환수는 세 마리 모두 빛나는 거품이 되어 허망하게 사라졌다.

'엑! 효과가 없잖아! 내성이 있는 건가? 우연히 안 통한 건가?'

벌레 계통 소환수의 특기인 디버프는 꼭 100퍼센트 확률로 성공하지는 않는다. 우연히 안 통한 것인가, 아예 안 통하는 것인가. 한 번으로는 판단이 되지 않았다.

'큰일 났다, 또 쫓아오네.'

벌레E 소환수가 사라지고 술래잡기가 재개된다. 사라진 만큼 소환수를 다시 생성하며 알렌은 죽기 살기로 도망쳤다.

그로부터 세 시간, 알렌은 나무 그늘에 숨어 있었다. 마더 가르쉬의 기척은 없다.

'제기랄, 겨우 따돌렸나. 인분이 전혀 안 통하잖아…… 답답해. 디버프가 하나도 안 통할 줄이야.'

수납에서 망토를 꺼내 시종의 옷 위쪽에 걸쳐 입었다.

벌레G, F, E 소환수의 특기를 전부 시험해봤는데 전혀 통하지 않았다. 그래서 일단 쓰러뜨리는 것은 포기하고 도망치기로 결정을 했다. 디버프 없이는 도저히 잡을 가망이 안 생긴다.

'도시로 돌아가자. 제기랄! 마석을 상당히 많이 써버렸어.'

마석이 꽤 많이 줄어서 투덜거렸던 순간.

뚜둑뚜둑.

불쑥 알렌이 등을 기대고 있던 나무가 흔들렸다. 짐승의 악취가 코를 찌른다.

"으앗?!"

알렌이 놀라서 나무 뒤쪽을 보니 그곳에는 히죽히죽 웃는 마더 가르쉬가 있었다. 인간처럼 손을 써서 마치 잡초를 뽑듯 능숙하게 나무를 잡아 뽑았다. 그것을 신호로 술래잡기가 재개되었다.

*　*　*

도시에 마더 가르쉬가 나타난 지 사흘이 지나갔다.

도시 북문에서 경비를 서고 있었던 문지기가 저 멀리 망토를 걸친 차림의 알렌을 발견했다. 흑색을 기조로 하는 제복은 흙투성이다.

“오! 꼬마구나.”

‘해냈다, 무사히 돌아왔어.’

“다녀와…….”

비틀비틀 문까지 걸어온 알렌은 평소와 같이 인사말을 끝까지 다 건네지도 못한 채 의식을 잃고 바닥에 쓰러졌다.

“꼬, 꼬마야, 괜찮니!!”

문지기가 놀라서 달려온다. 그 모습을 본 알렌은 실이 끊어진 인형처럼 잠에 빠져들었다.

이것이 알렌과 마더 가르쉬의 첫 번째 대면이었다.

*　*　*

“여긴, 어디지?”

알렌은 눈을 떴다.

‘저택 안인가? 응? 객실인가? 어라? 내가 뭘 했더라? 마더 가르쉬는?’

마더 가르쉬의 소름 끼치는 얼굴을 떠올리고 허둥지둥 침대에서 몸을 일으켰다. 아직 기억이 혼란스럽다. 옷을 살펴보니 제복이 아

닌 잠옷이었다. 누군가가 갈아 입혀준 것일까.

"이제 정신이 드나?"

집사의 목소리가 들렸다. 아마도 줄곧 곁을 지켜준 것 같았다.

"안녕하세요, 제가 왜 여깄죠?"

"어디까지 기억하고 있느냐?"

알렌이 혼란에 빠진 상태임을 알아본 집사는 나긋나긋 물었다. 집사의 물음을 계기 삼아서 알렌은 기억을 더듬어 간다. 마더 가르쉬에게 사흘 밤낮을 쫓겨 다녔다. 어떻게든 따돌려서 도시로 돌아오고자 했다.

"도시에 돌아온 중간 과정이 기억나지 않습니다."

"북문에서 쓰러져 있던 너를 문지기가 데려왔단다. 이틀 선 일이었지만 말이다."

"그랬었군요."

"곧 기사단장을 부를 것이다. 같이 가주님께 마더 가르쉬 관련의 보고를 올려주었으면 좋겠는데, 문제는 없겠나?"

"아, 네."

"그런가, 아직 시간은 넉넉하니 그동안 푹 쉬거라."

"감사합니다."

집사가 객실에서 나간 뒤 보통은 저택의 내빈이 써야 했을 폭신폭신한 침대에서 세 시간쯤 잠들었다. 다시 깨어났을 때는 침대 옆쪽에 식사가 놓여 있었다. 정신없이 식사를 다 먹었을 즈음 기사단장이 저택에 도착했다며 3층 회의실로 가라고 다른 고용인이 방에 들어와서 말해줬다.

'회의실인가. 들어가본 적 없는데, 이쪽이 맞나?'

1년 이상 이 저택에서 일을 해왔는데 남작의 침실, 서재, 회의실은 이제껏 한 번도 못 들어가봤다.

3층으로 올라가자 회의실 앞에 서 있는 기사단장과 눈이 마주쳤다.

"알렌, 이제 움직일 수 있나?"

"네. 괜찮습니다."

"그런가, 무사해서 다행이다. 지금 길드 지부장이 방문을 하신 참이다. 잠시 여기에서 기다리자꾸나."

"다른 손님이 계셨군요."

'마더 가르쉬 사건 때문이려나. 긴급 의뢰라는 말도 있었고, 아무튼 진짜 큰일이었어.'

북문 부근을 출발점으로 도시 바깥까지 술래잡기를 했던 경위를 떠올린다. 이번에 마더 가르쉬에게 쫓겨 다녔던 경험 덕분에 B랭크 마수의 강력함은 충분히 알았다. 아무래도 지금 알렌의 힘으로는 C랭크 마수를 잡는 것이 한계인가 보다. 레벨과 소환 레벨을 더 올려야 다소 가망이 생기겠지.

마더 가르쉬에게 마차가 습격당하는 동안에도 가만히 지켜봤던 모험가와 기사들을 떠올렸다. 그들에게 사람을 구하고 싶은 마음이 없었던 것은 아니다. 마음이 있어도 실행이 불가능했을 뿐이다. 지금 알렌은 그들의 심정을 뼈저리게 알 수 있었다.

재능을 보유하여 B랭크의 마수와 싸울 만한 실력을 가진 기사와 모험가는 거의 없었다. 애당초 모험가 대부분이 재능 없음이다. 이 영지에서 B랭크 마수와 싸울 수 있는 모험가를 꼽자면 그 필두는 질풍의 은아라는 파티의 리더라고 레이븐에게 말을 들었다.

아울러 지금 질풍의 은아의 리더보다 더욱 강하다며 영내 최강으로 명성 높은 남자가 알렌의 곁에 있었다. 실제 싸우는 광경은 못 봤지만, 터무니없이 강하다고 소문이 자자하다. 모험가와 기사단장을 잘 아는 사람은 전귀 제노프라는 별칭으로 부른다던가. 마더 가르쉬가 나타났을 때도 남작이 가장 먼저 부르고자 한 인물이 기사단장이었다.

기사단장의 재능은 검호라고 한다. 들어본 적 없는 재능이었는데, 아마도 직업 난이도 별 한 개 검사와 별 세 개 검성의 사이의 별 두 개짜리 직업이 아닐까 생각하고 있다.

'기사단장이 영내에서 가장 강한 사람이었구나.'

기사단장의 무력에 대해 생각하던 때 집사와 함께 근육질 스킨헤드의 남자가 회의실에서 나왔다. 이 남자가 그란벨의 모험가 길드 지부장이다. 알렌도 식사 시중을 들며 몇 번인가 얼굴을 마주했던 적이 있었다.

"이만 실례하지. 어우, 힘들다, 힘들어."

무슨 이유인지 투덜거리는데 긴급 의뢰와 관련하여 문제가 있었던 걸까. 알렌과 지부장의 눈이 마주쳤다.

"안녕하세요."

"응? 오, 알렌이냐."

지부장이 자신을 알 줄은 생각하지 못했기에 이름을 불러준 것은 의외였다. 지부장이 거듭 말을 붙인다.

"알레……."

"그란벨 가문의 시종에게 뭔가 용무가 있으십니까? 바로 가주님께 보고를 올리러 가야 합니다만?"

"음? 아무것도 아니다. 무사해서 다행이구나."

지부장은 알렌의 머리를 톡톡 두드려주더니 순순히 집사에게 안내를 받아 저택에서 나갔다.

'응? 지금 뭐였지? 무슨 일이야?'

어째서일까. 알렌에게는 모험가 길드 지부장이 자신에게 말 붙이려 했을 때 집사가 가로막은 것처럼 보였다.

지부장을 배웅한 집사가 다시 3층에 올라왔다. 집사, 기사단장, 알렌이 같이 회의실로 들어간다. 중앙에는 손때 묻은 동그란 탁자가 있었는데, 알렌은 남작의 정면 자리에 앉게 되었다.

"이제 일어나도 되느냐? 큰일이 생기지 않아 다행이구나."

"네, 가주님께 폐를 끼쳤습니다."

"음? 사과를 할 일은 아니지. 추후 대책 마련에 필요하니 마더 가르쉬와 대면하여 겪은 일들을 이야기해주겠느냐?"

알렌은 알겠다고 답한 뒤 사태의 전말을 설명했다. 알렌이 서둘러 남문에 도착했을 때 이미 마더 가르쉬는 상당히 가까운 곳까지 들이닥친 상황이었고 마차를 공격했다는 것. 마차 안쪽에 있던 모녀를 구하기 위해 철 구슬을 던져서 마수의 관심을 끌었던 것. 그리고 백룡 산맥의 방향으로 유도하여 도시로부터 마더 가르쉬를 멀리 떼어 놓았다는 것.

남작이 복잡한 얼굴로 알렌의 이야기를 듣고 있다. 이따금 남작이 기사단장의 얼굴을 볼 때마다 기사단장은 고개를 끄덕거렸다. 아마도 알렌이 한 이야기의 진위를 확인하는 것 같았다.

"마더 가르쉬는 성격이 무척 집요하더군요. 몇 번을 따돌려도 쫓아왔습니다."

"그 탓에 사흘이나 못 돌아왔던 건가? 고용인의 제복을 입은 소년이 마더 가르쉬에게 쫓기며 도시에서 멀리 달려갔다는 보고는 이미 받았단다. 이미 잡아먹혔으면 어쩌나 걱정을 했다."

남문 앞에서 벌인 행동은 많은 기사와 모험가가 목격했다. 당연히 남작의 귀에도 전달되었다.

"네. 잘 기억은 안 납니다만, 아마 상당히 멀리 이동해서 겨우 따돌렸을 겁니다."

어디까지 데려갔는지는 이 자리에서 증명이 불가능한지라 애매하게 설명했다. 알렌은 쫓기고 쫓겨 백룡 산맥의 기슭까지 갔었다. 도중에 화이트 디어나 갑옷 개미를 발견하면 달리는 경로를 바꿔 마더 가르쉬와 부딪히게 만들었는데, 효과는 전혀 없었다. 그때마다 마더 가르쉬는 마수를 박살 내며 곧바로 알렌을 표적 삼아서 쫓아왔더랬다.

"그랬군. 사정은 잘 알았다. 먼저 말해주마, 이번 사건으로 시종 및 다른 업무에 구멍이 생겼다고 해서 알렌을 탓할 생각은 전혀 없다. 주민들을 구해주었잖느냐. 오히려 포상을 내려야지."

"저, 정말인가요!"

'포상이다. 오랜만에 받는 포상이다!!'

"포상은 이것이다."

작은 주머니를 두 개 탁자에 올려놓는다. 짤랑 소리가 나서 주화임을 직감한 알렌은 가슴이 두근 뛰었다.

'자루가 두 개네?'

어째서 두 개일까. 알렌이 의문을 표시하며 작은 주머니를 바라본다.

"이번에 네 활약에 대한 포상은 금화 열 닢이다. 보고가 들어본 바로 긴급 의뢰는 이제 끝난 셈이지. 주민, 모험가, 기사들의 희생도 최소한으로 억제되었다는 생각이 든다."

희생이 0은 아니었기에 최소한이라고 표현한 것 같다.

"네."

'금화 열 닢인가, 인심 좀 썼네.'

알렌이 이 저택에 오고 1년 조금 될 동안에 한 가지 안 사실이 있다. 그란벨 남작가가 무척이나 가난하다는 것. 심지어 시종이 된 치음 무렵에는 농노를 계속하는 것이 좋았겠다는 생각을 했을 정도다. 로단과 겔다, 가족들을 평민 신분으로 올려준 것도 돈을 줄 여유가 없었기 때문일 테지. 지금 돌이켜보면 드는 생각이다. 농노를 평민으로 만드는 것은 돈이 들지 않는다.

왕가의 사절이 지난 1년간 두 번 정도 찾아왔었다. 용건은 항상 인두세를 더 올리라는 내용이었다. 남작은 이웃에 있는 카르넬 자작 영지만큼은 아닐지언정 아직 더 올릴 여지가 있다는 왕가의 주장을 주민들의 생활이 어려워진다며 항상 거절했다. 그 결과, 주민들의 인두세 인상을 막은 몫만큼 국고에 바쳐야 할 세금의 차액은 남작가에서 따로 마련하여 보내고 있다. 결국 남작 일가는 지금도 귀족답지 않은 검소한 생활을 감수해야 했다. 이러한 남작가의 청

빈함을 나쁘게 생각하지는 않는다.

그런 생각을 하던 때 남작이 다시 입을 열었다.

“아울러 또 하나의 주머니. 이쪽도 금화 열 닢이다. 더하면 금화가 스무 닢이군. 알렌, 이것은 네가 구출한 마차의 주인이 보낸 사례란다.”

“마차의 주인 말씀입니까?”

마차의 주인에 대해 남작이 설명해줬다. 듣자 하니 마차 주인은 대로에 있는 고급 숙소의 지배인이었다. 아내와 딸을 구출해준 감사의 마음을 담아 본인이 직접 가져왔다고 한다.

‘오오! 뜻밖의 횡재를 했어. 미스릴 검을 살 수 있겠다!!’

금화 다섯 닢 정도 나가는 강철 검을 구입할까 고려하던 차에 뜻밖에도 많은 금화를 받았다. 이제 미스릴 검을 살 예산이 마련됐다.

이 회의가 끝나는 대로 한시라도 빨리 무기 상점에 달려가고 싶었다. 다만 이후에도 몇 가지 확인해야 할 사안이 있다며 이야기를 나눠야 했던지라 결국 하루가 다 지나버리고 말았다.

제7화 소환 레벨 5

"으흐흐, 미스릴 검은 잘 잘리는구나!"

오늘은 휴일이다. 그란벨에서 꽤 멀리 떨어진 곳까지 나와 기쁨의 목소리를 높인다.

얼마 전 마더 가르쉬를 도시에서 멀리 떼어 놓았던 포상금과 그때 위협에 처했던 숙소의 모녀를 구한 사례금으로 금화 스무 닢을 받았다. 여기에 저금해서 모은 금화 다섯 닢을 보탠 스물다섯 닢으로 미스릴 검을 구입했다.

아직 아홉 살이라 몸이 덜 자라서 긴 검은 다루기가 힘들다. 그래서 무기 상점의 주인이 숏 소드와 단검의 중간 정도로 길이를 조정해줬다. 원래 길이의 미스릴 검이라면 금화 서른 닢은 나갔을 테니 미스릴의 양이 줄어서 가격을 조금 깎아준 것도 운이 좋았다.

'흠흠, 갑옷은 상당히 단단하니까 여전히 푹푹 뚫지는 못하네. 그래도 갑옷 안에 있는 본체는 잘 잘려서 좋아.'

단단한 갑옷으로 온몸을 보호하는 갑옷 개미로 미스릴 검을 시험해보고 드골라에게 받은 단검과는 절삭력이 다름을 확인했다.

'이제 마석도 회수할 수 있어.'

예전에 갑옷 개미를 처치했을 때는 꺼내지 못했던 마석 회수가 가능하다.

높이 3미터쯤 되는 갑옷 개미의 위에 올라탔다.

'여전히 큼지막하네.'

갑옷 개미를 살펴보다가 떠올린다. 마수에 대해 처음으로 의문을 가졌던 때는 여섯 살 무렵이었다.

익룡이냐는 생각까지 들었던 큰 마수, 몸높이가 2미터는 되는 알바헤론은 외형과 달리 D랭크라는 낮은 랭크의 마수였다. 몸높이가 3미터나 되는 그레이트 보어는 10년간 쭉 사냥을 하며 레벨을 제법 올렸던 로단에게 일격으로 치명상을 입혔다.

그란벨에 온 이후 의문은 더욱 확대되었다.

근육이 불끈불끈하고 광폭한 고블린은 D랭크의 마수. 높이가 3미터나 되며 어지간한 공격은 통하지도 않는 갑옷 개미는 C랭크의 마수다. 오크도 2.5미터나 되는 데다가 창을 무기로 쓰는 지성을 지닌 강적이다.

그리고 B랭크 마수 마더 가르쉬는 기사와 모험가도 주춤거리게 할 만큼 무시무시한지라 강적이라는 표현으로도 부족한 마수였다. 토벌 보수가 금화 이백 닢이라는 것이 납득된다.

'뭘까, 이 세계에 오기 전 다른 곳에서 마수를 봤던 게 아니니까 표현은 잘 못하겠는데, 아무튼 항상 예상보다 훨씬 강했다는 생각이 자꾸 들어.'

표현이 잘 안 되는 것을 억지로 말로 옮기려니까 역시나 잘 표현이 되지 않았다.

'아차, 정신 차리자. 오늘은 꼭 검증해야 할 가설이 있었지. 목숨을 걸고 마더 가르쉬한테 쫓겨 다니면서 얻은 깨달음이잖아.'

한 가지 검증을 위하여 오늘 사냥은 일찍 마치자고 생각을 했다.

마더 가르쉬에게 사흘 밤낮을 이리저리 쫓겨 다니던 중에 발견했던 한 가지 사실—.

알렌은 하늘을 올려다봤다. 새E 소환수가 원을 그리며 날고 있었다. 특정 마수나 모험가를 발견하면 바로 알리도록 지시를 내렸는데, 지금은 경계 대상에 마더 가르쉬도 포함됐다. 마더 가르쉬가 백룡 산맥의 기슭에서 어디로 갔는지 알 수 없기 때문이다. 알렌이 사냥을 하는 틈에 또 도시를 공격하러 올 가능성이 있었다.

또한 마더 가르쉬의 생태를 짚고 넘어가자면 레이븐이 말하기를 기본적으로 마을이나 도시를 공격하지 않고 가도와 같은 필드상에 나타나는 마물이라고 했다. 이 말을 들었을 때 알렌은 게임에서 약한 적뿐인 곳에 불쑥 나타나는 필드 보스라는 식으로 이해했다.

필드 보스란 이벤트 및 스토리와 관계없이 필드에 드문드문 존재하는 강적을 가리키는 말이다. 쓰러뜨려도 또 나타난다. 약한 적밖에 없는 지역에 불쑥 나타나서 아직 성장을 못다 한 플레이어를 닥치는 대로 잡아버리는 것이 보통이었다. 제작진의 장난과 심술에 의해 만들어진 존재다.

알렌은 하늘 위를 날아다니는 새E 소환수를 봤다.

'호크들, 두 마리는 내려와. 한 마리는 5분쯤 멀리 날아갔다가 다시 이곳으로 돌아와.'

알렌은 땅에 내려온 두 마리 중 한 마리의 소환수를 카드로 되돌렸다. 아직 공중에 있던 호크 한 마리는 지시에 따라 어딘가로 날아갔다.

알렌은 실험을 시작한다.

'호크, 이걸 봐.'

그 자리에 남은 카드로 되돌리지 않은 새E 소환수 앞에서 마대를 꺼내 안쪽에 아무것도 없다는 것을 확인시켜준다. 다음은 모르모 열매를 하나 꺼내서 마대에 넣었다.

마대를 지면에 놓고 앞쪽에 모르모 열매, 마른고기, 고구마 말랭이를 늘어놓았다.

'자, 호크. 여기에 있는 세 가지 가운데 마대에 넣은 게 뭔지 알겠어? 부리로 골라봐.'

눈앞에서 모르모 열매를 넣는 광경을 봤던 새E 소환수는 곧장 모르모 열매를 선택했다.

'좋아, 잘 맞혔어. 자, 호크, 나와라.'

카드로 돌려놓았던 새E 소환수를 소환한다. 이 소환수는 모르모 열매를 마대에 넣는 광경을 보지 못했다.

'무엇이 이 마대 안쪽에 들어 있는지 맞혀봐. 감으로 찍으면 안 돼. 모르겠으면 고르지 마.'

그러자 카드가 되어 있었던 새E 소환수도 즉각 모르모 열매를 선택했다.

'역시 맞히는구나.'

결과는 지금까지 알렌의 예상대로다.

이것저것 하는 동안에 5분쯤 멀리 보냈던 새E 소환수가 돌아왔다.

'이리 내려와.'

멀리 다녀온 새E 소환수를 지면에 불러들여서 똑같이 마대에 무엇이 들어 있는지 맞혀보도록 시켰다.

'여기 세 가지 중 무엇이 들어 있는지 맞혀봐. 모르겠으면 고개를 흔들어.'

지시를 받은 새E 소환수는 고개를 흔들었다. 모르겠나 보다.

'좋아, 좋아. 모르는구나. 다음은 생성이군.'

마석을 한 개 써서 새E 소환수를 생성한 뒤 소환했다. 말을 이해할 수 있도록 강화로 지력을 올려주고 똑같이 마대 안쪽에 무엇이 들어 있는지 맞혀보라고 한다.

그러자 이번에는 모르모 열매를 바로 선택했다.

'역시, 새로 생성한 소환수도 안에 무엇이 들어 있는지 아는구나. 다음은 뽓포, 나와라.'

새F 소환수를 소환했다. 강화로 지력을 올려주고 똑같이 무엇이 들어 있는지 맞혀보도록 시킨다.

방금 전 생성했던 새E와는 달리 고개를 흔들었다. 모르겠나 보다.

'역시 이렇게 되나. 마더 가르쉬에게 쫓겨 다녔던 보람이 있어.'

알렌은 사흘 밤낮을 잠들 틈조차 없이 쭉 쫓겨 다녔다. 그때 새E 소환수의 특기「매의 눈」을 써서 마더 가르쉬의 위치를 파악하며 행동했었다. 술래잡기의 술래 역할을 맡은 마더 가르쉬는 어떻게든 사냥감을 찾아내고자 집요하게 알렌을 쫓는 동안에 새E 소환수가 목표물의 곁으로 돌아간다는 것을 학습하고 소환수로 표적을 바꿔 쫓아오기까지 했다.

따라서 알렌은 고육지책으로 새E 소환수가 마더 가르쉬를 발견해도 자신이 있는 위치로 돌아오지는 않게 지시했다. 또한 새롭게 생성한 새E 소환수에게 마더 가르쉬를 찾도록 시켰을 때 처음부터 위치를 알고 있다는 듯이 망설이지 않고 날아오른다는 것을 깨달았다.

놀란 알렌은 소환수끼리 지식 및 정보가 어떻게 공유되고 계승되는지를 차근차근 검증할 필요성을 느꼈다.

'자, 실험 결과를 정리해볼까.'

먼저 모르모 열매를 마대에 넣는 모습을 새E 소환수에게 보여줬다. 그다음 다른 소환수들 중 마대의 내용물을 맞힌 경우, 맞히지 못한 경우를 정리한다.

●내용물을 맞힌 소환수
· 카드 상태에서 소환한 새E 소환수
· 새롭게 생성한 새E 소환수

●내용물을 맞히지 못한 소환수
· 이미 소환해 놓은 새E 소환수
· 새롭게 생성한 새F 소환수

'이렇게 정리는 끝났고.'

고찰을 진행한다.

· 소환수가 얻은 정보는 생성 및 소환을 할 때 전부 동기화되며 최신 자료로 갱신된다
· 정보의 동기화와 갱신이 이루어지는 것은 같은 소환수로 한정된다

'만약 50미터라는 제한이 없었다면 더 편리할 텐데…….'

50미터 제한의 내용은 아래와 같다.

· 소환수를 소환 및 카드화 가능한 범위는 알렌으로부터 50미터 이내

· 특기 사용을 지시할 수 있는 범위도 알렌으로부터 50미터 이내

알렌의 지시를 기다리는 새E 소환수를 본다.

'너희들 소환수는 항상 성장하고 있구나. 소환사와 함께 사냥하며 익힌 정보를 모두 계승해서 꾸준히 성장하는 존재였던 거야.'

목숨을 건 술래잡기는 금화 이외에도 알렌에게 큰 발견을 대가로 가져다줬다.

소환수는 자아가 있고, 지식은 끊임없이 갱신을 거듭한다.

소환사가 있는 한 죽음조차 초월한 성장을 거듭할 수 있음을 알게 된 순간이었다.

* * *

해가 바뀌어 3월에 들어섰다. 알렌은 오전 중 정원에서 검술 시합을 하고 있었다.

챙, 챙.

'뭐지? 전혀 상대가 안 되는데?'

3월이 되어 세실의 오빠 미하이가 학원 도시에서 그란벨로 돌아

왔다. 작년에는 미하이에게 대패를 겪었던 터라 재대결을 요청했더니 흔쾌히 받아주었다.

알렌은 노말 모드의 성장 속도에 대해서도 알아 둘 필요가 있다고 생각했다. 정보는 무기가 된다. 작년 10월부터 마수 사냥의 대상을 C랭크로 변경했다. 지난 반년간 이천 마리의 C랭크 마수를 사냥해서 레벨을 28까지 올렸다. 능력치도 제법 성장했는데, 그럼에도 검술 실력은 미하이가 우위에 있었다. 알렌이 휘두르는 검은 모조리 간파되어 거뜬히 회피하거나 방어했다.

미하이는 아직 여유가 넘치는지 평소처럼 미소를 짓고 있었다.

'졌네, 레벨이랑 검술 스킬의 레벨도 꽤 올랐구나. 끄응, 못 이기겠어. 역시 풀 카드 스무 장 들고는 어렵네.'

노말 모드는 헬 모드와 비교하여 100분의 1의 경험치로 성장할 수 있다. 학원의 교육이 레벨과 스킬을 올리는 데 집중하는 과목으로 짜여 있는 것인지, 작년보다 차이가 더 벌어졌다는 것을 뼈저리게 느낀다.

미하이는 검사의 재능이 있다고 말을 들었다. 어떤 교육 과정인지는 잘 알지 못해도 압도적인 성장 속도였다. 미하이보다 백 배의 경험치를 필요로 하는 알렌과는 자꾸 실력 차이가 벌어진다.

정원에서는 그란벨 남작을 필두로 남작 부인, 토마스, 세실이 관전 중이었다. 알렌이 먼저 시합을 요청했는데도 금방 결판이 났다. 저번과 마찬가지로 알렌은 미하이의 공격에 검을 놓쳐버렸고, 그렇게 시합은 종료되었다.

"훌륭합니다! 미하이 님, 아주 훌륭하게 성장하셨습니다."

기사단장은 작년 미하이에게 당부를 들은 대로 도련님을 떼고 미하이 님이라고 호칭을 바꿨다.

"고마워. 그나저나 알렌 군, 정말 강해졌구나."

"아뇨, 미하이 님과 비교하면 한참 멀었습니다."

미하이의 칭찬에 겸손하게 답한다. 그러자 미하이가 알렌에게 손을 내밀어서 악수를 청했다.

'작년에도 똑같았지. 학원의 관습 비슷한 건가?'

알렌은 학원에서 시합을 하면 마지막에는 악수로 끝내는 건가, 그런 상상을 하며 자신도 손을 내밀었다.

"과연 세실의 시종다워. 동생을 잘 부탁할게."

"네, 있는 힘껏 지켜드리겠습니다."

그 대답이 기뻤던 걸까, 미하이는 웃는 표정을 지어줬다.

"그러고 보니까 알렌 군, 마더 가르쉬와 싸웠다며? 어땠는지 가르쳐줄래?"

'싸운 게 아니라 그냥 쫓겨 다니는 거였는데. 술래 역할을 안 바꿔줘서 힘들었지.'

가족 중 누군가에게 소식을 들었을까. 이미 점심때이니 식사 중 설명드리겠다고 답하고 다 같이 저택에 돌아가고자 한 때였다.

"시, 실례합니다!!"

한 명의 기사가 허둥지둥 저택에 들어왔다.

'엑, 또냐.'

불길한 예감이 든다. 저번에는 기사가 보고를 하러 왔을 때 마더 가르쉬가 나타났다. 또 죽음의 술래잡기가 시작될까 봐 불안해진다.

“음, 무슨 일인가?”

기사가 상대인지라 같이 자리에 있던 기사단장이 말을 꺼냈다.

“배, 백룡이 이동했습니다!!”

“뭐라?! 정말인가! 어디냐, 어디로 이동했다더냐?!”

기사가 말을 다 마치기 전에 남작이 흥분하면서 질문했다. 목소리가 환희로 가득 차 있었다.

“가주님, 이런 시간이잖습니까. 일단 안에서 말씀 나누시죠.”

‘엥? 나도 백룡이 이동한 이야기를 듣고 싶다고.’

회의실에 가는 것인가 생각했는데 모두들 식당으로 향하기에 알렌은 내심 기뻐했다. 아마도 이 이야기는 알렌이 같이 들어도 되는 듯싶다.

그란벨 남작가에 오고 1년 반 정도 되었는데, 영지를 다스리는 남작에게는 많은 정보가 들어온다. 정보의 기밀성에 따라서는 주위 사람을 물리는 경우도 있었다.

기밀성이 더욱 높아지면 이야기를 듣는 사람은 남작가와 혈연이 있는 가족으로 제한된다. 이 경우 알렌은 자리를 피하도록 지시를 받아 물러난다. 실제로 식사를 시중드는 도중이어도 가끔은 식당 바깥으로 쫓겨날 때가 있었다. 기밀성이 높은 정보는 식당에서 이야기하지 않는다. 남작의 서재 옆쪽에 있는 회의실에서 남작, 집사, 기사단장까지 세 명이서 대화 나눈다. 그때는 방은 물론이고 복도에 접근하는 것도 용납되지 않았다.

남작은 식당에서 식사를 하며 기사에게 보고를 들었다.

“그래, 백룡이 이동했다지. 자세히 말해봐라.”

"넷! 질풍의 은아가 올린 보고에 따르면 백룡 산맥의 잠자리에서 홀연히 사라졌다고 합니다. 그 후 사흘을 들여 종적을 추적했으나 소재를 파악하지 못했기에 일단 보고를 위해 도시로 복귀한 참입니다!"

"오오오오! 드디어 이동했는가. 기, 길었구나!!"

식사 중인데도 환희를 주체하지 못하고 남작은 자리에서 벌떡 일어섰다. 꽉 부르쥔 두 손은 후들후들 떨리고 있었다. 몹시 감격에 찬 모습이었다.

"현재 질풍의 은아에게 재조사를 의뢰할 예정입니다. 보고는 이상으로 마치겠습니다."

"물러가도 좋다."

기사단장이 그렇게 말하자 기사는 식당을 뒤로했다. 남작과 기사단장이 추후 방침에 대해 상의를 시작했다.

"그런가, 드디어 이동했는가. 미스릴 채굴지의 상황이 어떠한지도 곧 조사를 진행해야겠군."

"네! 다만 백룡이 어디에서 다시 나타날지는 모릅니다. 우선 새로운 잠자리가 어디인지 서둘러 확인하겠습니다."

"알고 있다네. 다만 미스릴 채굴은 우리 영지의 책무이기도 하지 않은가. 가능한 한 빨리 채굴지의 상황을 확인해야 하네."

뭔가 이야기가 맞물리지 않았다. 기사단장은 백룡의 위치를 확인하는 것이 우선이라고 말하지만, 남작의 입장에서는 100년 이상 손을 못 댔던 미스릴 채굴을 가능한 한 빨리 재개하고 싶은가 보다. 미하이가 흥미를 가득 드러내며 대화에 참가했다.

"그럼 채굴지까지 가는 경로에 있는 마수를 사냥해야 된다는 말이구나?"

"맞습니다, 미하이 님. 만약 백룡이 완전히 남작령을 벗어났음이 확인되면 조속히 네 군데 있는 채굴지 전부와 주변의 안전을 확보해야 할 필요가 있습니다."

"나, 아직 방학이 남아 있으니까 조금은 도와줄게."

"안 됩니다. 백룡과 맞닥뜨릴 위험이 있사온지라, 미하이 님의 안전이 가장 중요합니다."

기사단장은 미하이의 조사 참가를 허가하지 않았다. 백룡과 혹시 맞닥뜨린다면 미하이의 지금 실력으로도 위험하리라 판단했기 때문일 테지.

'분명히 백룡 산맥의 기슭에는 고블린과 오크 마을이 있다고 했었지?'

곁에서 대화를 들으며 알렌은 모험가 레이븐이 가르쳐줬던 이야기를 떠올렸다. 백룡 산맥의 기슭에는 울창한 숲이 자리 잡고 있다. 실제 알렌은 마더 가르쉬에게 쫓기던 때 비슷한 장소를 본 기억이 있었다. 그 숲에 고블린과 오크 마을이 있다고 한다.

레이븐의 이야기에 따르면 D랭크 고블린의 소굴에는 상위 개체인 C랭크 고블린이 있었다. 또한 C랭크 오크의 소굴에도 비슷하게 상위 개체인 B랭크 오크가 있다.

상위 개체는 번식력이 강하기 때문에 고블린과 오크 마을에서는 떠돌이도 발생한다. 그런 개체들이 백룡 산맥의 기슭에서 그란벨 방향으로 이동한다던가. 마을에서 나온 고블린과 오크가 마을 주민이나 여행자를 공격하는 경우가 있다. 너무 숫자가 많은 상황에는 구조를 위해 모험가뿐 아니라 기사단까지 파견해서 대응한다.

또한 숲을 지나간 곳의 산기슭에는 갑옷 개미의 굴이 잔뜩 있다고 했다. 각각의 굴에 수많은 갑옷 개미가 있고, 마찬가지로 상위 개체인 여왕 갑옷 개미가 있다.

'아하, 좋은 정보군. 고블린이랑 오크 마을을 기사단이 먼저 토벌해버릴지도 몰라. 선수를 빼앗길 순 없지.'

알렌은 귀중한 경험치를 기사단에 빼앗기지 않겠다고 굳게 다짐했다.

그로부터 몇 개월에 걸친 조사의 결과, 백룡이 이동한 곳은 같은 백룡 산맥의 카르넬 자작령 부근이라는 사실이 판명됐다.

* * *

세실의 오빠 미하이가 학원 도시로 복귀한 뒤 시간이 더욱 흘러서 지금은 7월 초순. 알렌은 혼자 도시로부터 걸어서 하루 이상 걸리는 멀리 떨어진 곳에 나왔다.

'좋아, 좋아. 도시에서 꽤 멀리 나왔군. 오늘은 마력도 가득 채워 왔겠다, 실컷 검증을 하는 날이다.'

알렌은 드디어 소환 레벨 5를 달성하는 데 성공했다. 오늘은 매일 아침의 일과였던 스킬 경험치용 마력 소비를 하지 않았다. 하루를 들여 새롭게 얻은 스킬과 소환수를 검증하기 위해서였다.

마도서의 메모를 확인한다. 마도서의 표지에 출력된 레벨 업 정보는 일정 기간이 지나면 사라져버리는 터라 서둘러 메모에 옮겨 썼다.

『합성 스킬의 경험치가 1000000/1000000을 달성했습니다. 합성의 레벨이 5로 올랐습니다. 소환의 레벨이 5로 올랐습니다. 마도서의 확장 기능이 레벨 4로 올랐습니다. 공유 스킬을 획득했습니다.』

알렌은 스테이터스를 확인했다.

'소환 레벨 5로 새롭게 획득한 스킬은 「공유」인가.'

【이 름】 알렌
【연 령】 9
【직 업】 소환사
【레 벨】 30
【체 력】 688(765) +150
【마 력】 1062(1180) +200
【공격력】 374(416) +140
【내구력】 374(416) +20
【민첩성】 701(779) +60
【지 력】 1071(1190) +40
【행 운】 609(779) +200
【스 킬】 소환 〈5〉, 생성 〈5〉, 합성 〈5〉, 강화 〈5〉, 확장 〈4〉, 수납, 공유, 제거, 검술 〈3〉, 투척 〈3〉
【경험치】 2,516,810/3,000,000
· 스킬 레벨
【소 환】 5
【생 성】 5
【합 성】 5
【강 화】 5
· 스킬 경험치
【생 성】 10/10,000,000
【합 성】 0/10,000,000
【강 화】 680/10,000,000
· 획득 가능 소환수
【 벌레 】 DEFGH
【 짐승 】 DEFGH
【 새 】 DEFG
【 풀 】 DEF
【 돌 】 DE
【 ― 】 D
· 홀더
【벌 레】 E 2매
【짐 승】 E 14매
【 새 】 E 4매
【 풀 】 E 20매
【 돌 】
【 ― 】

'소환 레벨을 하나 올리는 데 2년이 넘게 걸렸어. 소환 레벨을 6으로 만들려면 3천만이나 경험치가 필요한 건가. 한숨 나오게 만드는 숫자구나.'

· 1살 0개월: 마도서 획득, 소환 레벨 1, 소환수 H랭크
· 1살 10개월: 소환 레벨 2, 합성 스킬 획득
· 3살 0개월: 소환수 G랭크
· 5살 11개월: 소환 레벨 3, 강화 스킬 획득, 소환수 E
· 7살 9개월: 소환 레벨 4, 수납 스킬 획득, 소환수 E
· 9살 10개월: 소환 레벨 5, 공유 스킬 획득, 소환수 D

소환 레벨이 오를 때마다 매번 마도서에 기록을 남겨 놓았다. 자신이 이 세계에서 살아온 앨범 비슷한 기록이다.

'자, 우선 홀더부터 확인하자. 확장이 됐다니까 이번에는 오십 장이려나.'

확장 레벨이 오르면 매번 소유 가능한 소환수의 카드 매수가 열 장씩 늘어났다. 지난번은 사십 장으로 확장되었으니까 이번에는 오십 장이라고 예상해본다.

'역시 오십 장인가. 가호로 받는 능력치가 꽤 늘겠어.'

소환 레벨이 올라갈 때마다 확장되니까 감동이 아주 크지는 않다. 어쨌든 D랭크 카드를 오십 장 소지하면 가호로 받는 능력치가 상당히 증가되리라 기대할 수 있다.

'D랭크 소환수의 분석은 시간이 좀 걸릴 테니까 신규 스킬을 먼저 확인하자.'

소환수는 여섯 마리나 새로 추가됐다. 쭉 시간을 들여 여섯 마리의 소환수를 다 확인하기보다는 우선 「공유」 스킬의 효과를 확인하자.

'강화처럼 소환수를 강하게 만들어주는 스킬은 아닌 건가.'

사냥하는 마수의 랭크는 천천히 오르고 있다. 지금은 C랭크 마수를 주로 사냥하고 있지만, 가능한 한 빨리 B랭크 마수를 사냥할 수 있도록 강해지고 싶다.

왜냐하면 레벨이 많이 오름에 따라서 자연스럽게 필요 경험치도 몹시 높아졌기 때문이다. 레벨 30에서는 경험치 3백만이 필요하다. 레벨을 하나 올리는 데 오크 이천 마리를 사냥해야 한다. 하루를 쭉 찾아다녀도 기껏해야 사십에서 오십 마리밖에 못 잡으니까 경험치를 많이 올리기 위해 고랭크 마수를 사냥할 필요가 있다는 것은 진즉에 나온 결론이었다. 이 주변을 돌아다니는 오크도 거의 모조리 다 잡아버렸는지 눈에 띄게 줄어들었다.

『수납』도 엄청난 스킬이었으니 이번에도 기대가 되는걸? 「공유」인가, 이름으로 짐작하자면 소환수와 뭔가를 공유하는 능력이겠지? 호크, 나와라.'

『삐잇.』

검증을 위해 눈앞에 새E 소환수를 소환했다.

'좋아, 「공유」!'

공유 스킬을 발동해본다.

"어?! 나잖아??"

그러자 눈앞에 알렌이 나타났다. 그란벨 가문의 저택에는 거울이 많이 있었다. 고용인용 식당에도 차림새를 단정히 하는 용도로 쓰는 큼지막한 전신 거울이 비치되어 있어서 알렌도 시종이 된 이후 자신의 몸 전체를 점검하는 습관이 생겼다. 지금 보이는 광경이 그야말로 거울을 볼 때와 같다.

'오오오오! 이거, 호크의 시야구나!! 그렇군, 시야 공유인가!'

아마도「공유」스킬을 쓰면 소환수의 시야를 공유할 수 있는 것 같다.

'뭐지? 나랑 호크의 시야가 양쪽 다 전혀 위화감 없이 보이잖아. 호크, 잠깐 저쪽을 봐봐.'

새E 소환수의 시야를 인식할 수 있는 대신에 알렌의 본래 시야가 안 보이게 된 것도 아니다. 알렌은 위화감이 없다는 것에서 위화감을 느꼈다. 호크가 지시받은 대로 고개를 움직여서 주변을 둘러본다.

'흠, 호크의 시야가 휙휙 움직이는데도 나와 호크의 시야를 동시에 볼 수 있어.'

시야가 둘로 늘었는데도 부담이 없고 어지럽기는커녕 위화감조차 없다. 다른 시야를 동시에 보면서 다른 세계를 동시에 인식할 수 있었다.

'좋아, 호크. 하늘을 날아!'

호크는 하늘로 날아올랐다. 알렌도 상공으로 올라가는 호크의 시야를 공유하며 하늘에서 세계를 내려다볼 수 있었다. 저 너머에는 지금껏 나무에 가려져서 볼 수 없었던 지평선이 보인다.

'머, 멋지다! 뭔가 감동스럽네. 좋아, 조금 이동해보자.'

알렌의 지시에 따라 새E 소환수는 상공에서 천천히 앞으로 날아갔다. 알렌도 똑같은 시야로 주변 광경을 파악한다.

'끝내준다. 진짜 뭐지. 호크, 특기를 써, 오오오오오!!! 진짜냐! 매의 눈 특기를 쓰는 감각까지 공유할 수 있구나.'

새E 소환수의 특기「매의 눈」을 발동하자 시야가 확대되며 수 킬로미터 너머까지 보이게 됐다. 수 킬로미터 범위의 원 모양 영역에 무엇이 있는지 감지하는 새E 소환수의 감각이 직접 알렌에게 전달된다. 시각뿐 아니라 특기의 효과도 공유가 가능했다.

'마치 호크의 몸에 들어간 것 같아. 혹시 50미터가 떨어져도 지시를 내릴 수 있나?'

한 가지 사실이 분명해지자 새로운 의문이 솟아난다.

이제껏 소환수에게 지시 가능한 범위는 알렌을 중심으로 50미터 이내라는 제한이 있었다. 공유 스킬을 발동한 상황에서 얼마나 멀리 지시가 먹힐지 확인하고 싶다.

새E 소환수에게 더 멀리 가도록 지시를 했다. 새E 소환수는 알렌에게서 50미터 이상 떨어진 곳까지 날아가버렸다.

'좋아, 지시 가능한 범위를 벗어났다. 지금 사용하고 있는 매의 눈을 멈춰봐.'

그러자 새E 소환수는 매의 눈 발동을 멈춘다. 50미터 이상 떨어졌어도 지시가 가능해졌다. 시야 공유는 여전히 지속되고 있는 상태다. 알렌은 경악하면서도 잇따라 새E 소환수에게 지시 내렸다. 50미터 이상 떨어져 있는데도 상공을 선회시키거나 저공비행을 시키는 등 무엇이든 지시가 가능하다.

감각 공유 덕분에 거리를 무시하고 지시가 직접 전달되는 것 같았다.

"이거 완전히 다중 기동이잖아! 아니, 더 좋은가?"

너무 흥분해서 목소리가 덜컥 커졌다. 이 같은 특기의 공유에서 기시감을 느꼈기 때문이다.

켄이치였던 시절, 게임을 할 때 두 명의 캐릭터를 조작해서 플레이하는 경우가 있었다. 이것을 다중 기동이라고 불렀다. 플레이어가 조작하는 계정이 늘어나는 만큼 월정액 이용료도 늘어나기에 이런 스타일을 권장하는 게임 회사도 있었다.

어째서 월정액 이용료를 추가 지불하고 게임기나 컴퓨터를 여러 개 구입하면서까지 다중 기동을 하는가. 그 이유는 혼자 사냥을 하면 획득하는 아이템을 독점할 수 있기 때문이다. 복수의 캐릭터 전부가 자기 계정이니까 아이템도 전부 자신의 것. 게다가 동료를 모집하는 과정이 없어서 시간 효율도 좋다.

그런 환경을 갖추기 위해 텔레비전 게임이라면 게임기와 텔레비전을 복수 준비했다. 다른 화면에서 움직이는 두 명의 캐릭터를 번갈아 살피며 두 개의 컨트롤러를 아등바등 조작했던 기억이 있다.

하지만 지금 이 상황은 훨씬 더 끝내준다.

새E 소환수와 자신의 시야 양쪽을 손바닥 보듯 일순간에 파악할 수 있다. 하늘과 지상은 보는 광경이 전혀 다른데도 불구하고 위화감이 일절 없었다.

“이게 「공유」의 효과인가. 이거 혹시 터무니없는 능력 아니야?”

모종의 가능성을 깨달은 알렌이 소환사로서 활동 방식이 크게 변하리라는 예감을 받은 순간이었다.

공유 스킬의 가능성을 생각한다.

‘어쩌면 소환수와 멀리 떨어진 장소에서도 계속 사냥을 시킬 수 있는 소환수 부대를 만들 수 있지 않을까?’

지금은 넓은 공간을 열심히 달려 다니며 사냥을 한다. 새E 소환수를 써서 마수를 발견하면 그곳까지 달려간 다음 쓰러뜨려야 했다. 이동하는 시간이 더 많다. 공유 스킬로 50미터 이상 떨어져도 소환수에게 지시를 내릴 수 있다면? 자신이 구태여 매번 이동을 하지 않아도 된다. 즉, 원격 사냥의 가능성이 생긴다. 게다가 소환수는 한번 소환하면 연속으로 30일 동안 가동할 수 있잖은가. 소환수가 멀리 떨어져서도 행동할 수 있다면 알렌이 저택에서 일하는 동안에도 줄곧 사냥이 가능하다. 사냥 효율이 막대하게 올라갈 것이라는 예감이 든다.

'일단 몇 마리까지 공유를 할 수 있는지 확인해봐야겠어. 호크들, 나와라.'

눈앞에 추가로 세 마리의 새E 소환수가 나타난다. 각각에게 공유를 사용했다. 알렌의 눈앞에는 자신의 것도 포함해서 다섯 개의 시야가 펼쳐졌다.

'좋아, 호크 네 마리와 공유에 성공했어. 시야가 다섯 개로 늘었는데도 위화감이 없네.'

전세에는 다중 기동을 활용해서 혼자 캐릭터 넷을 조작하는 강자가 있었다. 자신은 캐릭터 둘이 한계였다는 것을 떠올린다. 하지만 공유 스킬을 쓰면 시야에 부담이 전혀 없었다. 아주 자연스럽게 다섯 개의 시야를 동시에 받아들일 수 있었다.

'다중 기동이 아니라 병행 사고에 가깝구나. 호크는 다 꺼냈으니까 이번엔 타마 녀석들을 꺼내볼까.'

한 마리씩 꺼내며 공유를 써보고자 했다. 그때였다.

"켁! 아야야아아아아!!"

여섯 번째 소환수와 감각을 공유하자 갑자기 머리에 격통이 치달렸다. 너무나 심한 통중에 머리를 감싸 쥐며 바닥을 구른다. 허둥지둥 여섯 번째의 공유를 중지했다.

'통증이 사라졌다? 죽는 줄 알았네……. 그나저나, 공유는 평범하게 중단할 수 있구나. 여섯 번째에서 격통이 치솟았었지. 여섯 마리부터는 공유가 안되는 건가?'

의식하면 공유는 언제든 중단할 수 있다는 것을 새롭게 깨달았다. 남은 문제는 새E 소환수 네 마리 다음에 새로운 짐승E 소환수를 두 번, 합계 여섯 번째의 소환수와 공유했을 때 머리에 격통이 치달렸다는 것이다. 너무나 심한 통증이라서 도저히 공유를 유지할 수 없었다.

'혹시 같은 랭크의 소환수는 다섯 마리가 한계인가?'

아픈 것은 무섭지만 어떻게든 공유 가능한 소환수의 수를 조사해야만 한다. 흠칫흠칫하며 벌레E 소환수 카드를 제거하고 랭크가 낮은 벌레G 소환수를 생성, 소환했다.

'좋아, 그럼 뽕타와 공유한다! 켁!'

공유의 제한을 알아보고자 여섯 번째로 벌레G를 소환해서 공유를 하자마자 지독한 격통이 덮쳐들었다.

'랭크와 관계없이 다섯 마리밖에 공유가 안 되는 건가? 끙, 어째서지?'

알렌은 소환 레벨이 올라서 소환수를 오십 마리까지 소환할 수 있게 되었다. 다만 그중에서 공유 가능한 소환수가 고작 다섯 마리에 불과하다는 것은 대단히 유감이다. 어째서 「공유」의 제한이 다섯 마리인지 고찰을 했다.

정보가 부족한지라 스테이터스를 다시 한 번 확인한다.

‘「공유」는 「수납」과 마찬가지로 스킬 레벨의 개념이 없어. 이 부분만 보면 스킬에 성장성이 없어서 상한은 다섯 마리에서 안 바뀐다는 가설이 나와. 아니, 이유도 없이 겨우 다섯 마리로 제한되는 건 너무 이상하잖아. 왜 하필 다섯 마리야?’

알렌은 생각했다. 이유도 없이 다섯 마리가 끝인가, 뭔가 조건이 있어서 지금은 다섯 마리가 한계인가, 조건이 있다면 대체 무엇인가.

‘레벨이 올라가면 더 늘어나려나? 지금 레벨이 31이니까 레벨 6마다 공유 가능한 소환수의 숫자가 하나 늘어난다거나. 아니면, 어라, 혹시 지력인가.’

지력 수치를 본 순간 알렌의 머리에 한 차례 강렬한 번뜩임이 발생한다.

지력은 현재 가호의 추가 수치도 포함해서 1075이다. 혹시 지력에 일정 기준이 있어 공유되는 소환수의 수가 달라질지도 모른다. 그렇다면 레벨을 올리지 않아도 검증이 가능할 테지.

‘만약 지력이 조건이라면 지력 200마다 한 마리를 공유할 수 있다는 가설이 나와. 지력을 올려보자. 소환수는 D랭크면 되겠지.’

때마침 소환수의 레벨 범위가 늘어나서 D랭크 소환수를 불러낼 수 있게 된 만큼 새D 소환수를 늘려봤다. 목표는 지력 1200이다. 고찰이 올바르다면 지력 1200에서 여섯 번째 소환수와도 공유를 할 수 있을 것이다.

‘좋아, 지력 1200까지 올렸다.’

새D의 가호를 받아 지력이 목표치에 도달했다. 벌레G 소환수는 소환한 채 놓아두었기에 아직 알렌의 옆에 있었다.

'좋아. 뿅타, 「공유」.'

두통이 생기면 곧장 공유를 중지해서 아픈 시간을 최소한으로 줄이고자 대비한다. 다만 걱정은 기우로 끝났다. 이제껏 경험했던 가장 낮은 위치에서 지면과 닿을락 말락 하게 시야가 펼쳐졌다.

"오오오오!! 여섯 번째로 공유가 성공했다. 지력이다! 「공유」는 지력을 쓰는 스킬이었어!! 지력 200당 한 마리인가."

검증이 잘 이루어져서 감동이 솟아난다. 알렌은 혼자 환희에 차서 소리를 높였다.

그로부터 한 시간이 경과했을 무렵에는 「공유」의 검증이 대강 다 완료되었다.

· 소비 마력 없음
· 지력 200마다 공유할 수 있는 소환수의 수가 늘어난다
· 의식을 소환수와 공유하고 특기를 포함하여 지시할 수 있다
· 공유한 소환수를 경유해서 다른 소환수에게 지시할 수는 없다
· 공유되는 것은 시각과 청각(미각은 검증하지 않았다)
· 처음 공유할 때는 50미터 이내에 소환수가 있어야 한다
· 공유 해제는 50미터 이상 떨어진 위치에서도 가능하다.
· 지력이 100보다 낮은 소환수는 공유해도 지시를 이해하지 못한다
· 공유 상태에서는 50미터 이상 떨어져도 소환수를 카드화할 수 있다
· 50미터 이상 떨어져서 카드화하면 자동적으로 홀더에 들어온다

'뭐, 이 정도인가. 조작이 아닌 어디까지나 지시이고, 딱히 내가 소환수 속에 들어가는 건 아니군.'

공유를 하면 알렌이 소환수에게 지시를 내릴 수 있지만, 그렇다고 직접 소환수를 조작하는 것은 아니다. 따라서 지시 후 소환수의 움직임에는 약간의 지연이 발생한다. 알렌의 생각과 가까운 움직임이 가능한 까닭은 아마 이미지를 의식 수준에서 공유할 수 있기 때문이라고 예상한다.

'그리고 50미터 이상 떨어진 위치에서 마수를 잡아도 나한테 경험치가 들어온단 말이지.'

소환수 부대를 운용했을 때 50미터 이상 떨어진 곳에서 마수를 잡은 경우에도 평범하게 경험치가 들어왔다. 원격 경험치 획득은 문제없겠다.

'그런가, 이게 소환사가 지력을 활용하는 방법이구나.'

작년 11월에 시종 1주년 기념으로 받았던 마법 수업을 떠올린다.

그때는 마법을 못 쓴다는 사실에 충격을 받았지만, 지력 S에는 뜻밖의 의미가 있었다.

'마법사나 마도사도 지력이 높아. 높은 지력을 활용해서 어려운 기호를 암기하고 마법을 발동하지.'

마법 수업 때 무수히 많은 기하학적이고 복잡한 기호를 암기해서 마법을 발동한다는 것을 배웠다. 알렌이 켄이치였던 시절에 한 게임에서 마법을 쓰는 직업은 지력이나 지혜의 레벨이 높은 경우가 많았다. 복잡한 기호를 암기하거나 복잡한 상황을 순식간에 파악하는 등 이런 신기한 재주는 평범한 사람이라면 도저히 불가능하다.

그것을 가능케 하기 위해서 높은 지력이 필요했던 것이다. 이 세계의 지력에는 제대로 된 의미가 있음을 처음으로 알게 되었다.

'「공유」로 가능한 것은 확인해놔야지. 자, D랭크 소환수 검증을 시작하자. D랭크 마석은 넘쳐나니까 쭉쭉 확인해보자고.'

공유 덕분에 소환사의 활동 영역이 대폭 넓어졌음을 느낀다. 알렌은 이어서 D랭크 소환수의 검증에 착수했다.

제8화 D랭크 소환수

아침부터 공유 스킬 검증을 시작했지만, 모든 검증을 마칠 때까지 상당한 시간이 걸렸다. 문득 깨달았을 때는 점심이 훌쩍 지나가버렸기에 고구마 말랭이와 모르모 열매를 베어먹으며 대강 끼니를 때웠다.

알렌은 마더 가르쉬에게 쫓겨 다녔던 경험으로 사냥할 때는 고구마 말랭이, 마른고기, 모르모 열매 등 1개월 분량의 식량, 모포 등 야영 도구, 불 피우기용 마도구, 횃불 따위를 상비하고 있다. 도시에 며칠씩 복귀하지 못할 경우를 대비하기 위해서였다. 수납 안쪽에서는 시간이 흐르지 않기 때문에 식량을 넣어두어도 썩지 않는다. 횃불도 불을 붙인 채 수납이 가능해서 불이 꺼질 상황도 대비해서 불붙인 횃불을 넣어 두었으니까 불 피우기용 마도구는 준비가 조금 과했던 것 같기도 하다.

'D랭크 마석은 만 개는 가지고 있으니 D랭크 소환수는 이번에 다 파악할 수 있겠다.'

식사를 마친 알렌은 즉시 D랭크 소환수를 차례차례 소환했다. 그렇게 알아낸 것은 아래의 정보였다.

· 벌레D(거미)의 스테이터스
【종　류】 벌레
【랭　크】 D
【이　름】 스파이더
【체　력】 120
【마　력】 0
【공격력】 140
【내구력】 200
【민첩성】 200
【지　력】 125
【행　운】 60
【가　호】 내구력 20, 민첩성 20
【특　기】 거미줄

· 짐승D(곰)의 스테이터스
【종　류】 짐승
【랭　크】 D
【이　름】 베어
【체　력】 200
【마　력】 0
【공격력】 200
【내구력】 128
【민첩성】 80
【지　력】 130
【행　운】 60
【가　호】 체력 20, 공격력 20
【특　기】 물어뜯기

· 새D(올빼미)의 스테이터스
【종　류】 새
【랭　크】 D
【이　름】 호로우
【체　력】 76
【마　력】 0
【공격력】 83
【내구력】 67
【민첩성】 200
【지　력】 200
【행　운】 160
【가　호】 민첩성 20, 지력 20
【특　기】 밤눈

· 풀D(감자)의 스테이터스
【종　류】 풀
【랭　크】 D
【이　름】 감자버터
【체　력】 50
【마　력】 200
【공격력】 40
【내구력】 35
【민첩성】 40
【지　력】 60
【행　운】 200
【가　호】 마력 20, 행운 20
【특　기】 마력의 열매

· 돌D(동상)의 스테이터스
【종 류】 돌
【랭 크】 D
【이 름】 브론
【체 력】 200
【마 력】 0
【공격력】 180
【내구력】 200
【민첩성】 100
【지 력】 140
【행 운】 108
【가 호】 체력 20, 내구력 20
【특 기】 보호하기

· 물고기D(연어)의 스테이터스
【종 류】 물고기
【랭 크】 D
【이 름】 하라미
【체 력】 80
【마 력】 200
【공격력】 54
【내구력】 34
【민첩성】 160
【지 력】 200
【행 운】 170
【가 호】 마력 20, 지력 20
【특 기】 흩날리기

소환수 검증을 마친 알렌의 눈앞에는 두 마리의 갑옷 개미가 쓰러져있다. 샐러드 볼을 뒤집어 놓은 모양새의 장갑에 크게 균열이 났고, 파괴된 부위에서는 체액이 흘러나온다. 그 앞에는 몸길이가 2.5미터쯤 되는 그리즐리와 닮은 갈색의 소환수가 서 있었다. 갑옷 개미와 싸워 승리한 것이 은근히 자랑스러운가 보다. 이 곰이 바로 짐승D 소환수였다.

다시, 옆에는 몸길이 1.5미터, 몸높이 0.6미터쯤 되는 거대한 거미가 있다. 온몸이 새까만 이 거미는 두 개의 앞다리를 치켜든 채 갑옷 개미가 이미 쓰러졌는데도 계속 위협하고 있었다. 이 녀석이 벌레D 소환수다.

'좋아. 베어의 특기 「물어뜯기」로 갑옷 개미의 갑옷을 부술 수 있어. 일격 필살까지는 못 되니까 스파이더를 잘 써서 보조해주면 될 거야.'

부서진 갑옷 개미에는 끈적끈적한 하얀색 실이 달라붙어 있다. 벌레D 소환수의 특기 「거미줄」을 사용했다. 점착성 높은 실을 복부의 끝으로 분사해서 그 실로 적을 옭아매고 움직임을 늦추거나 아예 막아버리는 효과를 발휘한다.

짐승D 소환수는 변함없이 공격 특화의 소환수이고 벌레D 소환수도 변함없이 디버프 담당의 소환수였다. 짐승 계통과 벌레 계통의 소환수는 사냥의 주요 멤버다. 양쪽 다 초기치로 지력이 100을 넘긴다는 것이 무척 기뻤다.

알렌은 나뭇가지에 앉아있는 대형 올빼미를 본다. 날개를 펼치면 1.5미터는 족히 될듯한 새D 소환수다. 알렌을 커다란 눈으로 빤히 내려다보고 있었다.

'호로우의 밤눈은 검증을 못 했어. 이름처럼 밤에 주변을 잘 볼 수 있다면 호크가 낮에만 색적을 할 수 있는 약점을 보완할 수 있을거야. 낮에는 매의 눈, 해가 떨어지면 밤눈인가.'

새D의 특기가 이름과 같은 효과이기를 바라며 해가 떨어진 이후 진행할 검증을 계획한다.

그다음 이번에는 발밑에 있는 소환수, 감자에 손발이 달린 신기한 생물을 봤다. 이 녀석이 풀D 소환수다.

풀 계통 소환수는 F, E랭크와 마찬가지로 한 번 특기를 쓰면 회복 아이템이 되어버린다. 풀D에서 변화한 마력의 열매는 이름으로 마력 회복약이라고 예상했다. 효과를 확인하기 위해 마력을 0으로 만든 다음 써보니 매실만 한 열매가 손안에서 훽 사라지더니 마력이 1000 회복됐다.

드디어 마력 회복약을 손에 넣은 순간이었다.

스킬 레벨을 올리기 위해서는 마력 소비가 필수적이다. 소환 레벨을 또 6으로 올리려면 3천만의 스킬 경험치를 필요로 하는지라 시간 경과로 회복되는 마력은 전부 스킬 경험치를 위해서 쓰고, 마력이 필요한 전투에 대비하여 마력의 열매를 휴대하는 것이 좋을 듯 싶었다. D랭크 마석은 1만 개 이상 있으니까 마력 회복은 당분간 문제없다. 강적의 기습에도 충분히 대응 가능하다.

'이제 마더 가르쉬가 들이닥쳐도 마력 때문에 난감할 일은 없겠어.'

알렌의 곁에는 높이가 2미터쯤 되는 서양식 갑옷 모양의 동철 소환수가 있다. 큰 덩치를 가진 이 소환수는 역시 가로세로가 2미터나 되는 커다란 방패를 들고 있었다.

'남은 것은 돌 계통 브론인가. E랭크 카베오는 결국 쓸 기회가 전혀 없었네. 그건 그렇고 동철로 된 몸인데 속성이 돌이라니. 이세계의 신은 마음이 넓구나.'

알렌의 사냥은 색적과 이동을 동시에 하는 방식이다. 전생의 말로 표현하자면 이동 사냥이었다. 상대를 가만 기다리면서 사냥하는 스타일이 아닌지라 이제껏 돌E 소환수를 활용할 기회는 전무했다. 홀더에 넣어 둔 적조차 없다. 사냥 방식을 바꾸지 않고 돌E를 쓸 방법이 있으려나. 추후 고민해볼 과제다.

'좋아, 이걸로 소환수 다섯 마리는 검증이 다 끝났다. 마지막은 하라미. 가호는 마력과 지력 상승인가. 지력이 올라가면 공유 가능한 소환수가 늘어나니까 고맙지.'

마지막은 새로 추가된 물고기 계통 소환수를 분석할 차례였다.

'흠, 물고기인가. 한 마리 만드는 데 생성과 합성으로 마석을 열다섯 개나 썼어. 이 부분만 보면 벌레랑 짐승은 마석을 달랑 하나만 소비하니까 훌륭하군. 공격력, 민첩성, 체력 능력치가 올라가니까 초반에 확보하길 잘했어.'

E랭크 이상은 소환수를 생성하는 데 마석이 필요하다. 마석은 합성에도 필요하고, 복잡한 합성을 필요로 하는 소환수에는 더욱더 많은 마석을 소비한다. 물고기 계통 소환수는 생성과 합성을 반복하는 관계로 한 마리 만드는 데 결국 열다섯 개나 마석이 필요해졌다.

필요한 마석의 수

· 벌래 계통, 1개

· 짐승 계통, 1개

· 새 계통, 3개

· 풀 계통, 5개

· 돌 계통, 9개

· 물고기 계통, 15개

'어디, 꺼내볼까. 하라미, 나와라.'

검증을 위해 물고기D 소환수를 한 마리 소환하자 눈앞에 카드의 그림과 같은 연어가 나타났다. 크기는 1미터에 가까운 것 같다. 지면 위에서 펄떡펄떡하고 있다.

"뭔가 지금까지 봤던 녀석들 중 가장 쓸모없을 것 같네. 덴카랑 좋은 승부가 되겠어."

저절로 푸념이 나온다. 2년 이상을 들여 새롭게 추가된 소환수가 이동도 못 하는 물고기였다. 도마에 오른 생선이 이런 모양이겠지.

'일단 특기를 써볼까. 하라미, 흩날리기를 써.'

그러자 물고기D 소환수는 빛나는 물방울을 흩뿌리며 지면에서 몸을 펄떡거렸다.

"오오! 땅속에 들어가는구나!! 응? 몸이 빛났는데?"

물고기D 소환수는 「흩날리기」를 쓰자 땅속에 잠겨서 눈 깜짝할 사이에 녹아 들어갔다. 등지느러미와 등 부분만 살짝 지면의 위로 보이고 있다. 물고기D 소환수는 땅속을 여유롭게 헤엄치기 시작했다. 물고기D 소환수가 몸을 펄쩍거릴 때 튀어오른 물보라는 알렌의 몸을 적셔서 잠시 은은하게 빛나다가 이윽고 사그라들었다.

'몸의 빛은 사그라졌어. 뭔가 변화가 있나?'

마도서로 스테이터스를 확인했다.

"회피율이 붙어 있구나!!"

【이　름】알렌, 물리 및 마법 회피율 상승

이름 칸 옆에 지금까지 본 적이 없었던 표시가 생겼다. 그곳에는 물리와 마법 회피율이 상승했다는 설명이 적혀 있었다.

'물고기는 버프를 쓰는 건가. 아까 다른 소환수들한테도 물보라가 튀었지. 혹시 나 혼자만이 아니라 50미터 이내에 있는 소환수 전부에게 효과가 있는 건가?'

알렌이 물보라에 닿았을 때 주위에 있던 소환수도 빛나는 듯 보였었다. 나무에 앉아 있는 새D 소환수도 빛이 났으니까 상당히 먼 범

위까지 효과를 발휘하는 것 같다. 소환수에게 내리는 지시를 포함해서 이래저래 50미터 범위로 효과를 주는 경우가 많은지라 이번에도 마찬가지이리라 예상을 했다.

'큰 도움이 되겠어. 마수한테 맞아서 소환수가 쓰러지는 때도 있었는데, 이 녀석을 잘 활용하면 소환수를 생성할 때 쓰는 마석 소모도 어느 정도는 억제할 수 있겠군. 효과의 지속 시간도 조사해야겠다.'

알렌은 새로 추가된 D랭크 소환수를 더욱 철저히 분석해서 전술의 폭을 넓히겠다고 굳게 다짐했다.

* * *

"후, 오늘도 즐거운 사냥이었어."

오늘은 사냥을 하는 날. 16시를 지난 무렵이기에 마지막으로 식용육으로 쓸 마수를 사냥해서 돌아가려는 참이다.

알렌의 앞에는 짐승D 소환수에게 당해 머리가 으스러진 마수의 주검이 하나 있었다. 갑옷 개미다. 저번 사냥에서 D랭크 소환수를 쓰면 갑옷 개미도 안정적으로 사냥할 수 있음을 알게 된 덕분에 지금껏 줄곧 오크만 노려야 했던 사냥 대상에다가 갑옷 개미를 추가했다. 새E 소환수의 「매의 눈」을 공유해서 색적했더니 아마 오크보다 갑옷 개미의 숫자가 더 많다는 것도 파악됐다. 돼지보다 개미가 더 번식력이 좋은 것은 지당하다. 색적 정보가 직접 전해지는 「공유」는 상당히 뛰어난 스킬이라고 느낀다.

'자, 집사한테 허락도 받았겠다, 이 녀석도 갖고 돌아갈까.'

머리를 부순 갑옷 개미를 뒤집어서 미스릴 검으로 싹둑싹둑 잘라 몸체로부터 떼어낸다. 가슴 부위에 있는 마석 회수도 잊지 않았다.

최근까지는 사냥을 우선한 터라 소재를 굳이 챙기는 경우는 거의 없었다. 상점에 가져가서 판매를 하는 데만 두세 시간은 걸리기 때문이다. 저택에서 상점까지 상당한 거리가 있는 만큼 차라리 사냥에 시간을 쓰고 싶었다. 돈벌이보다 경험치가 중요했다.

하지만 소환 레벨이 5로 올라 갑옷 개미를 안정적으로 잡을 수 있게 되면서 조금 생각이 달라졌다. 처음에 알렌이 떠올린 생각은 고기 확보를 위해 마수를 잡아 가져갈 때 바구니 대신 갑옷 개미의 껍질을 쓰는 것이었다. 그 이후는 소환수에게도 갑옷 개미의 갑옷을 부수지 말고 머리부터 노리도록 지시 내렸다. 게다가 이 껍질이 금화 한 닢에 팔린다는 것을 알았다. 단가가 무척 좋은 데다가 고기를 옮기는 데도 편리하다. 사냥 후 복귀할 때 하나 정도는 챙기자는 생각을 했다.

집사에게도 갑옷 개미의 껍질을 사냥 때마다 챙겨 가져올 테니 방어구 상점에 팔아도 되겠냐고 상담을 했다. 남작가에 넘길 수 있다면 좋겠으나 남작가는 매입할 이유가 없었다. 집사는 문제없다고 대답했다.

또한 내친김에 껍질을 방어구 상점에 팔러 가는 일을 고용인 중 누군가에게 의뢰하고 싶다고 말을 덧붙였다. 도움을 주는 고용인에게는 열 개 옮길 때마다 껍질을 하나 주겠다고 조건을 달자 집사는 분명 모두들 기뻐하리라며 이것도 승낙해줬다. 이제 방어구 상점에 가는 시간도 절약할 수 있다.

'좋아, 해체는 종료. 다시 시작할까.'

알렌의 사냥은 아직 끝나지 않았다.

물고기D 소환수를 서른 마리 홀더에 넣어 두었기에 알렌의 지력은 1600쯤 된다. 지력 200당 한 마리의 소환수와 공유 가능하니 지금은 여덟 마리의 소환수와 공유를 사용할 수 있다. 아울러 D랭크 소환수는 첫날 이후로도 추가 검증을 마쳤다. 새D 소환수의 특기 「밤눈」은 예상한 대로 야간에 효과를 발휘하는 색적 스킬이었다. 다만 장해물 너머까지 뚫어서 보진 못한다. 물고기D 소환수의 특기 「흩날리기」는 지속 시간이 24시간이었다. D랭크 소환수의 파악은 대강 끝난지라 오늘은 이제부터 소환수에게 「공유」로 지시를 하며 사냥을 속행할 수 있는지 시험해볼 생각이다.

'가능하면 두 부대를 만들고 싶은데 이러면 한 부대에 네 마리니까 너무 적잖아. 여덟 마리를 한 부대로 움직이는 게 낫겠어.'

여덟 마리의 구성은 아래와 같다.

· 벌레D 소환수 1마리
· 짐승D 소환수 4마리
· 새E 소환수 1마리
· 새D 소환수 1마리
· 물고기D 소환수 1마리

소환수 별동대로 사냥을 할 때, 관건은 피해를 받지 않는 것이다. 소환사가 곁에 없기 때문에 죽어버리면 소환수 보충이 불가능하다.

그만큼 전력이 대폭 떨어지기에 벌레D와 물고기D 소환수의 지원은 빼놓을 수 없었다. 낮 동안은 새E의 「매의 눈」, 밤은 새D의 「밤눈」을 써서 색적을 한다. 당연히 마수를 쓰러뜨리는 것은 짐승D의 역할이었다. 짐승D는 벌레D와 물고기D를 지키는 역할도 같이 담당한다.

C랭크 마수를 사냥하는 데는 넘치도록 충분한 편성이라고 생각하고 있다.

'그럼 뒷일은 잘 부탁할게. 다른 모험가를 공격하면 안 된다?'

이번 소환수 부대의 활동에서 가장 중요한 것은 얼마나 많은 마수를 쓰러뜨리느냐가 아니라 다른 모험가를 절대 다치게 하지 않는 통제력이다. 지시 내용은 물론 지켜줄 터이나 모험가에게 공격을 당하더라도 반격하지 말도록 철저히 주입시켰다.

새E와 새D 소환수에게는 다른 모험가에게 접근하면 안된다고 당부했다. 왜 이래야 할 필요가 있는가 묻는다면 알렌은 지시를 마친 뒤 잠을 자야 하기 때문이다. 잠든 동안에도 「공유」는 중단되지 않지만, 잠들어 있는 동안에 뭔가 사건이 발생해도 곧장 대응하기는 어렵다. 알렌이 잠든 사이에 소환수의 행동은 각자의 판단에 맡겨지는 만큼 주의해야 할 문제는 잘 알려줄 필요가 있었다.

아직은 검증 도중인데, 「공유」 효과는 아마도 소환 한계인 30일 동안 이어지는 것 같았다. 잠든 동안의 공유는 전생에서 게임을 하던 중 픽 잠에 빠질 때와 비슷한 감각이다. 외부에서 나는 소리는 귀에 제대로 들어온다.

알렌이 도시로 복귀하는 도중에도 「공유」를 쓴 여덟 마리의 소환수에게 지시를 한다. 지시를 각각 한 마리가 아니라 여덟 마리에게 동시에 내리고 있다. 여덟 마리의 시야를 다 확인하고 저마다 체격 및 특기의 특징을 이해해서 동시 명령을 내리는 판단력은 지력 1600의 산물일 테지.

새E 소환수가 색적을 수행했다. 조금 더 어두워지면 새D 소환수가 나설 차례다.

'우선 마수부터 찾아내야지. 처음에는 적은 숫자가 좋겠어.'

새E 소환수의 「매의 눈」 스킬로 주위를 둘러본다. 「매의 눈」도 「밤눈」과 마찬가지로 차폐물 너머는 색적이 되지 않았다. 공유해서 알게 된 사실도 잔뜩 있었다.

3킬로미터 저편에서 오크를 두 마리 발견했다.

'오, 마침 적당하네.'

이때 나머지 일곱 마리의 소환수는 새E가 마수를 발견한 것을 즉각 알아차리고 곧장 이동을 개시한다.

「공유」를 쓰게 되면서 정보 전달 속도가 현격하게 올라갔다. 시각 및 특기를 공유할 수 있는 덕분에 소통이 빨리 이루어진다. 시간 손실도 대폭 줄어들었다.

새E 소환수가 포착한 오크 두 마리의 위치로 일곱 마리의 소환수가 이동한다. 주위는 나무가 드문드문 자라나 있을 뿐인 시야가 좋은 곳이라서 오크들도 일곱 마리의 소환수 무리를 잘 볼 수 있었다. 서로 거리를 좁히며 임전 태세에 들어갔다.

돌진하는 오크를 겨냥하여 벌레D 소환수가 특기 「거미줄」을 발사했다. 실의 점착력에 오크의 움직임이 봉인된다. 게다가 짐승D의 특기 「물어뜯기」까지 더해지자 두 마리의 오크는 속절없이 나가떨어졌다.

『오크를 1개체 쓰러뜨렸습니다. 경험치 1500을 획득했습니다.』

『오크를 1개체 쓰러뜨렸습니다. 경험치 1500을 획득했습니다.』

'좋아, 여유롭군. 이동 속도가 좀 느리지만, 뭐, 별수 있나. 참아야지.'

알렌의 민첩성은 D랭크 소환수보다 높다. 이동속도에 다소 불만이 있지만 사냥을 속행했다.

'이제 소환수도 경험을 쌓을 수 있게 신경 써주자.'

새로 소환된 소환수는 같은 계통, 같은 랭크의 소환수가 쓰러지기 이전 기억과 경험을 계승해서 생성된다. 소환수 부대의 멤버에게 사냥 방법을 학습시키는 것도 중요한 목적이었다.

소환수 부대에게 사냥을 맡긴 다음 날, 마도서로 경험치 상승량을 확인했는데, 알렌의 경험치는 전혀 늘어나지 않았다. 하룻밤 내내 마수를 잡았던 이력은 로그에도 남아 있고, 사냥을 나간 소환수들은 많은 경험을 쌓아 능숙해졌다. 아마 잠든 동안에 소환사 알렌에게는 경험치가 안 들어오는 듯하다. 하기야 그런 방치형 게임은 좋아하지 않으니 가슴속에 뜨거운 감정이 넘쳐 솟아났다.

알렌은 다시 경험치 획득 조건을 여러모로 확인했다.

* * *

그로부터 며칠 뒤. 알렌은 「공유」를 써서 또 다른 시도를 하는 중이었다.

오늘 검증의 무대는 클레나 마을이다. 알렌은 새G 소환수 잉꼬의 시야를 통해 클레나 마을의 그리운 풍경을 보고 있었다. 인간의 발로 걸어가면 편도 닷새의 거리도 강화된 새G 소환수는 몇 시간 만에 날아갈 수 있다.

"나의 이름은 기사 클레나! 간다!!"

"와라!!"

2년 가까운 세월이 지나 성장한 클레나와 드골라가 시합을 하고 있다. 이제 두 친구의 시합은 기사놀이의 수준이 아니었다. 무기 상점을 하는 드골라의 아버지에게 철제 검과 도끼를 주문한 것 같다. 무기끼리 맞부딪치는 소리가 이전보다 격하게 울려 퍼지는 듯 여겨졌다.

클레나와 드골라가 대결하는 곁에서는 마쉬와 페롬스가 목검으로 기사놀이를 하고 있었다. 오랜만에 클레나 마을로 돌아온지라 잉꼬 모습의 알렌은 가까운 나무에 앉은 채 홀린 듯이 쳐다보고 말았다.

'가자, 선물을 줘야지.'

친구들과 동생의 성장을 확인한 알렌은 클레나의 집 마당에서 자신의 집으로 향했다.

흙마루에는 테레시아가 있었다.

'어머니다. 뭐라도 참 많이 자랐구나.'

흙마루에 진입한 새G 소환수를 테레시아는 알아차리지 못한 것 같았다. 오랜만에 어머니를 보자 시야를 같이 공유하고 있는 알렌의 가슴이 뜨거워졌다. 아직 2년도 채 지나지 않았는데 마치 10년 만에 만나는 심정이다.

짤랑.

"어?"

뒤에서 쇳소리가 들리는 것을 깨닫고 테레시아가 고개 돌린다.

그곳에는 이미 새G 소환수의 모습은 없고, 바닥에는 한 닢의 금화가 반짝이고 있었다.

* * *

10월에 들어서며 알렌은 열 살이 되었다. 이 저택에서 2년을 꽉 채워 일한 셈이다. 이곳에 왔던 당초에는 시종으로 2, 3년쯤 일하고 역시 자신에게 이 일은 안 맞는다며 집사와 대화를 나눈 뒤 후다닥 떠날 작정이었다. 지금도 열두 살이 되면 그만둘 작정이지만, 지난 2년간 생각했던 것 이상으로 그란벨 가문과 깊이 연관되어버린 것 같다. 이제 2년 반이면 작별이라고 생각하니까 하루하루 시종의 일을 더 빈틈없이 처리하자는 생각이 자꾸만 드는 요즘이다. 아침마다 시종장 리켈과 잡담을 하며 식사를 한다. 알렌이 열 살이라면 리켈은 이제 스무 살이다. 자신이 이 저택에 오고 2년이 되었다는 이야기를 꺼내자 자신은 12년째라면서 가슴을 쭉 편다. 시종이 되기 전에는 심부름꾼을 몇 년씩 했던 대단한 베테랑이었다. 언제나 알렌의 이야기에 잘 대꾸해준다.

세실의 시종으로서 하는 일에도 조금씩 변화가 나타났다. 세실도 열 살이 되어 어린아이 특유의 투정이 줄어든 것 같다. 심부름으로 물건을 사러 거리에 나갈 기회도 꽤 줄어들었다. 뭐, 성격은 변함없다만.

달리 바뀐 부분을 말하자면 오늘부터 수렵 담당의 급료도 매월 금화 한 닢으로 쳐주겠다며 집사가 통지를 했다. 이제 급료는 이번 달부터 시종의 몫 금화 한 닢을 더해서 매월 금화 두 닢이다. 시종장의 급료를 앞질러버렸다.

오늘은 기사단장이 미스릴 채굴지의 조사를 마치고 백룡 산맥에서 돌아오는 날이었다. 회의실이 아닌 식당에서 보고가 이루어지기를 간절하게 바랐는데, 그 바람이 이루어진 것인지 보고를 듣는 장소가 식당으로 결정되었다. 식당이라면 알렌도 기사단의 조사 상황을 엿들을 수 있기에 무척 행복했다.

알렌은 점심 식사 자리에서 보고 내용에 귀를 기울이며 식사 시중을 들었다.

"그래, 미스릴 채굴지는 어떤 상황이던가?"

곧장 남작이 기사단장에게 확인한다. 3월에 백룡이 카르넬 자작령으로 이동했다는 사실이 알려진 뒤 즉각 조사를 지시했다.

아마도 남작은 한시라도 빨리 미스릴 채굴에 착수하고 싶은 것 같았다. 가난한 영주라서 조금이라도 미스릴 채굴로 이익을 내고 싶은 게 아닐까 알렌은 생각하고 있다.

"그럼 현지의 상황부터 말씀드리지요."

의자에서 몸이 들썩거리는 남작이 이제나저제나 하며 애타게 기다리는 와중에 보고가 시작됐다.

역시 100년 이상 예전에 사용됐던 채굴지는 마수의 소굴이 되어버렸다. 남작이 미간을 찌푸리며 기사단장의 보고에 귀를 기울인다. 백룡 산맥의 기슭에는 고블린 마을, 오크 마을이 다수 존재하며 백룡 산맥에서는 갑옷 개미의 굴이 잔뜩 발견되었다고 한다.

"이어서 운송 경로에 대해 말씀드리자면……."

채굴지의 주변만 마수를 처리하면 되는 것이 아니다. 채굴한 미스릴 광물을 가공하는 용광로 따위가 있는 정제소, 운송을 위한 길 등등 안전을 확보해야 할 영역은 상당히 넓은 범위이다. 따라서 반년 이상의 시간이 조사에 소모되었다.

기사단장의 말에 따르면 채굴지에서 미스릴 가공을 담당했었던 마을의 옛 위치까지 연결하는 길, 그 마을에서 그란벨까지 미스릴을 운반하기 위한 경로의 도중에도 수많은 마수 소굴이 발견되었다고 한다.

"그래, 실제로 모든 마수를 소탕하고 미스릴 채굴을 개시하려면 얼마나 시간이 걸리겠나?"

과연 채굴은 언제부터 가능한가. 이야기의 핵심을 묻는다.

"최소한 5년, 탄광 노동자 및 용광로에서 일할 인원을 모을 필요도 있사온지라 더욱 긴 시간이 걸릴지도 모릅니다."

최소 5년. 탄광 및 마을의 재개척까지 감안하면 10년 가까이 걸릴지도 모른다고 기사단장은 설명을 했다. 집사도 저 의견에 동의했다.

"어, 어찌 5년이나 기다리란 말인가. 단계적으로 채굴을 시작하는 방법도 있지 않겠나? 가령 그란벨과 가장 가까운 장소부터 한 곳씩 채굴을 개시하는 방식도 가능할 텐데?"

백룡 산맥은 북쪽에서 남쪽으로 뻗어 나간다. 최북단에 있는 채굴지가 그란벨과 거의 동일한 위도니까 도시에서 가장 가까운 채굴지부터 남쪽을 향해 천천히 정비를 진행하면 된다. 꼭 네 군데 있는 채굴장 전부를 동시에 개척할 필요는 전혀 없잖은가. 이것이 남작의 생각이었다.

"확실히 맞는 말씀입니다. 그렇다 한들 최소한 3년은 걸리겠지요."

"으음, 3년인가. 어려운 줄은 잘 아네. 가능한 한 빨리 부탁하세."

그럼에도 3년은 걸린다. 결국 남작은 위를 우러러보며 눈을 감았다. 어떻게든 최대한 빨리 채굴을 시작하고 싶은가 보다.

'흠흠, 역시나 북쪽부터 치고 들어가는 건가.'

알렌은 식사 시중을 드는 한편으로 「공유」를 써서 산맥의 채굴지를 상공으로부터 내다보며 이야기를 듣고 있었다. 새E 소환수에게는 「매의 눈」을 쓰고 산맥의 상공을 비행하도록 지시했다. 백룡 산맥의 최북단에 위치하는 채굴지의 위치를 확인한 뒤 이번에는 새E 소환수를 선회시켜서 주변의 고블린 마을 및 오크 마을, 갑옷 개미의 굴을 찾기 시작한다.

집사가 「그럼 채굴지 등 현지에서 일할 인원을 모집하겠습니다」라고 이야기하고 있다. 미스릴 채굴 안건은 대강 마무리되었기에 남작은 다음 질문을 했다.

"그래, 카르넬 자작령의 상황은 어떠한가?"

"네! 백룡이 영내에 있음에도 불구하고 무리하게 채굴을 강행한 터라 백룡의 분노를 샀다는 소식을 들었습니다."

근처를 기웃기웃 돌아다니는 인간에게 격노한 백룡이 불을 뿜어서 노동자들을 싹 쓸어버렸다는 이야기였다.

'끔찍하네, 역시 백룡은 색적 범위가 상당히 넓구나. 「매의 눈」 상

위판이야. 백룡이 어떻게 생겼나 보러 가지는 않길 잘했어.'

알렌은 백룡을 아직 본 적이 없었다. 새E, 새D 소환수와 공유를 활용하면 직접 볼 수도 있겠으나 이제껏 자제해왔다. 「매의 눈」의 성능과 백룡의 행동 패턴을 감안했을 때 상당히 위험하리라 판단했던 까닭이다.

「매의 눈」의 범위는 반경 수 킬로미터에 달한다. 알렌은 이미 그란벨 영지의 채굴장 일부가 카르넬 영지의 채굴지보다도 백룡의 거주지와 가깝다는 것을 파악했다.

백룡의 거주지에서 봤을 때 산맥 앞쪽에 있는 카르넬 영지의 채굴장은 전혀 채굴을 할 수 없고, 반대편의 그란벨 영지에서는 백룡의 거주지와 오히려 가까워도 채굴이 가능하다. 백룡은 어째서 자기 거주지와의 거리를 무시한 채 그란벨 영지 쪽 채굴만을 허락하는가.

어쩌면 백룡의 색적 능력은 「매의 눈」과 마찬가지로 차폐물 건너편을 감지하지 못하는 것이 아닐까? 산맥 자체가 커다란 차폐물 역할을 해서 반대편에는 백룡의 색적 능력이 발휘되지 못하는 것일 수도 있다. 다만 범위는 「매의 눈」을 아득하게 능가할 테지. 만약 백룡의 색적 범위 안쪽에 들어간 새E 소환수를 쫓아서 백룡이 다시 남작령으로 돌아온다면 난감하다. 백룡의 모습을 보고 싶다는 대책 없는 호기심만으로 모험을 해서는 안 된다.

"흠, 역시 무리하게 채굴을 진행시켰는가."

남작이 복잡한 얼굴로 이야기를 듣고 있다.

"네."

"카르넬 경은 미스릴 채굴을 하는 까닭에 새로운 마을은 손댈 여력이 없다며 영내 개척령을 쭉 무시했으니까 말이지."

미스릴 이권 배분을 미끼 삼아서 줄곧 왕가의 명령을 무시해왔다고 한다. 돈을 함부로 써서 상당히 악랄한 짓을 저질렀다는 말도 나돈다.

"카르넬 자작령 쪽 미스릴 채굴 재개는 절망적이라고 합니다."

'역시 이웃 영지니까 항상 상황을 확인하고 있구나.'

"뭐, 지금은 쌓아 둔 재산이 있을 테지만 그것을 탕진하게 될 내년 이후는 예측을 할 수 없지. 어떤 이상한 수작을 부리려 할지 모르네. 앞으로도 확인을 게을리하지 말도록."

"알겠습니다."

남작은 집사에게 척척 지시했다.

"그리고 잘 알고 있을 터이나 이후 카르넬 경과 만날 생각은 없네. 구태여 대화를 나눈들 시간 낭비일 테니."

"그렇게 알아두겠습니다."

대담 요청이 들어와도 거절하라는 남작의 말에 집사가 머리 숙이며 대답했다.

아마도 식당의 보고회는 이제 끝인가 보다. 기사단은 추후 백룡산맥의 북쪽부터 차근차근 마수 토벌에 나설 것이다. 집사는 새로운 탄광 노동자 모집과 카르넬 자작령의 정세 확인을 담당하게 되었다.

'북쪽부터 개척하기로 결정이 됐군. 그러면 나도 북쪽부터 마수를 토벌하겠어.'

알렌의 추후 예정이 결정됐다. 「매의 눈」으로 살펴본 바 고블린 마을, 오크 마을, 갑옷 개미의 굴은 합쳐서 백을 넘을 듯싶다.

'마침 잘됐군, 내가 앞으로 2년간 할 일은 이거야.'

알렌의 마음속에 한 가지 목표가 생겼다. 2년 후 모험가가 되어 저택을 떠나기 전 남작가에 가능한 한 성의를 표시하기 위해 영내의 백룡 산맥에 둥지를 튼 마수를 퇴치해야겠다. 남작이 한시라도 빨리 미스릴 채굴을 하고 싶다니 당장에라도 시작하자. 미스릴 채굴에 방해가 되는 마수의 거점을 소탕해주도록 하자.

'우선은 가장 약한 고블린 마을부터 시작할까.'

기사단에게 경험치를 빼앗길 수는 없는 노릇이다. 알렌은 서둘러 마수 토벌을 시작하겠다고 굳게 결의했다.

제9화 미하이와의 약속

10월에 들어서고 처음 맞이한 휴일이었다. 얼마 전 기사단장의 보고를 들은 알렌은 지금 백룡 산맥 기슭에 있다. 엄밀하게 말하면 이 주변은 이미 산맥의 산자락에 속한 곳이다. 이곳 주변의 숲에서 며칠 더 걸어가면 점점 경사가 심해지며 황량한 풍경으로 바뀌어 간다. 숲의 도처에는 고블린 마을과 오크 마을이 있다. 갑옷 개미의 굴은 조금 더 나아간 곳의 경사면에 위치하고, 커다란 굴을 만들어서 살아가고 있다.

오늘은 고블린 마을을 한 군데 토벌할 예정이었다. 불과 며칠만 더 지나면 기사단 토벌할만한 고블린 마을을 골라서 선수를 쳤다. 기사단에 경험치를 양보할 생각은 없었다. 당분간 고블린 마을 토벌을 중심으로 사냥할 계획이다.

고블린 마을의 보스는 고블린 킹이라고 불리는 C랭크 마수다. C랭크인지라 여유롭게 쓰러뜨릴 수 있을 거 같다. 반면에 오크 마을의 보스 오크 킹은 B랭크의 마수다. 마더 가르쉬와는 술래잡기가 고작이었던 만큼 알렌이 상대하기에는 아직 무리겠지. 고블린 마을을 토벌하며 경험을 쌓은 다음에 도전해볼 생각이다.

그리고 갑옷 개미의 굴. 이쪽도 상당히 까다롭다. 굴에는 1천을 넘는 갑옷 개미와 여왕이 있다고 한다. 여왕 갑옷 개미는 B랭크의 마수라는 말을 들었다. 여왕 갑옷 개미를 쓰러뜨리고 갑옷 개미를 소탕하면 굴 전체를 확보할 수 있다. 적의 숫자가 매우 많다는 것과 굴속에 들어가야 하는 위험을 생각하면 오크 마을 이상으로 난이도가 높겠지만, 갑옷 개미의 굴 토벌에는 큰 메리트가 있었다. 그 큼직한 몸뚱이로 지나다니는 거대 개미굴은 미스릴 광맥까지 이어져 있을 가능성도 높다고 한다. 갑옷 개미를 섬멸하면 미스릴 광맥까지 연결되는 이상적인 갱도 확보도 기대할 수 있다는 뜻이다. 실제로 지금 네 군데 있는 채굴지 중 두 곳은 따지고 보면 갑옷 개미의 굴이었다.

알렌은 「공유」를 쓴 새E 소환수가 포착한 고블린 마을 앞쪽에 서 있었다. 하늘에서는 복수의 새E 소환수가 선회하며 고블린 마을 전체를 구석구석 관찰하고 있다.

'한 마리도 남김없이 섬멸해주지.'

고블린 마을은 조잡하게 엮은 울타리로 둘러싸여 있었다. 문 앞에서는 두 마리의 고블린이 경비를 서는 중이다.

'좋아, 가라! 베어들!!'

네 마리의 짐승D 소환수가 문으로 향한다. 당연히 강화 완료에 물고기D의 특기 「흩날리기」를 걸어주었다. 두 마리의 고블린은 소환수를 발견한 순간 숨통이 끊어졌다. 이미 D랭크의 마수는 상대가 아니다.

이변을 감지한 마을 안 고블린 한 마리가 망루에 올라가서 종을 울린다. 요란한 종소리를 신호로 네 마리의 소환수가 마을 내부에 뛰어들었다.

나무 막대를 짜 맞춘 골조와 낡은 천으로 만든 집에서 고블린들이 우글우글 튀어나왔다. 소환수는 마구 들이닥치는 고블린들을 특기 「물어뜯기」로 차례차례 해치웠다.

그러자 이번에는 담장이며 망루 위쪽에 활을 든 고블린이 나타났다. 근거리가 안된다면 원거리 공격을 시도할 테지. 다만 원거리 고블린의 대응은 벌레D 소환수들이 특기 「거미줄」로 봉쇄했다. 고블린 상대라면 디버프가 잘 통한다.

'원거리 공격, 좋겠다. 내 소환수들은 아직까지 원거리 공격 수단이 아무것도 없잖아. 원거리 공격이나 범위 공격을 가지고 싶어.'

거미줄에 감겨서 새하얘진 망루 위 고블린이 가지고 있는 활이 부러웠다. 버프가 가능한 소환수가 확보된 것은 기쁘지만, 역시 원거리 공격이나 범위 공격이 사냥 효율을 압도적으로 향상시켜준다.

소환수들에 이어서 알렌도 마을 내부로 들어갔다. 이 마을에는 이백에서 삼백 마리의 고블린이 있는 것 같다. 마을의 문 앞에 선 알렌은 소환수와 고블린들의 전투 양상을 멀찌감치 지켜봤다.

'흠. 역시 이렇게 많으면 조금은 놓치게 되나.'

첫 번째 고블린 마을 토벌. 「공유」를 쓰는 소환수 부대만으로 마을 안 고블린을 전부 섬멸할 수 있을까 검토해봤는데 아무래도 어려울 듯싶었다. 가능하면 전부 쓰러뜨려버리고 싶지만, 이렇게 많으면 절반 정도는 놓치게 되지 않으려나. 고블린 마을 제압은 소환수를 계속 보충할 수 있는 자신이 동행 가능할 때 해야겠다는 생각이 든다.

'좋아, 빨리 정리하자고. 베어들, 나와라.'

추가로 여섯 마리의 짐승D 소환수가 나타나서 본래 있었던 네 마리의 짐승D 소환수에게 가세했다. 고블린들은 점점 압도적인 열세에 몰린다. 일부 고블린이 후방에서 철수를 시작했다.

그런데 고블린이 도망친 방향에서 열 마리의 짐승D 소환수가 새로 달려왔다. 저 소환수들은 마을 반대편에 대기시킨 뒤 종이 울리면 마을에 들어오도록 미리 지시를 내려 놓은지라 고블린은 협공을 당하게 된 셈이다. 고블린의 입장에서는 최대급의 긴급 사태일 테지. 종은 멈추지 않고 끊임없이 울려 퍼졌다.

협공으로 쭉쭉 숫자를 줄여 나가던 중에 유난히 덩치가 큰 고블린이 나타났다. 평범한 고블린은 대략 1.5미터인데, 2미터를 넘기는데다 체격도 우락부락하다. 손에는 큰 배틀 액스를 들고 있다.

'오! 고블린 킹이다.'

고블린 킹은 다른 고블린들을 밀어내고 알렌을 향해 걸음을 내디뎠다.

『크가아아!!!』

그러나 그 순간, 벌레F 소환수의 특기와 짐승D 소환수의 강습에 의해 고블린 킹은 맥없이 나자빠진다.

'역시 쉽게 사냥할 수 있네.'

짐승D들의 맹공을 지켜보며 알렌은 승리를 확신했다. C랭크 마수는 이제까지 몇천 마리나 쓰러뜨려왔다. 고블린 킹도 똑같은 C랭크 마수이니 딱히 문제없었다. 결국은 배틀 액스를 손에서 놓치고 움직임이 멈췄다.

『고블린 킹을 1개체 쓰러뜨렸습니다. 경험치 4200을 획득했습니다.』

고블린 킹을 쓰러뜨리고 곧이어 나머지 잔당을 정리했다. 한 군데로 몰린 고블린들을 짐승D 소환수가 둘러싸고, 그 원을 서서히 좁혀서 마지막에는 다 처치했다.

'좋아, 다 잡았다! 혹시, 건물 안쪽에 더 남아 있으려나?'

악취가 나는 고블린의 집에 들어간다.

'베어들은 두 마리만 나를 따라오고, 나머지는 마을 중앙에 고블린들 시체를 모아줘.'

소환수에게 지시 내리며 고블린의 집을 뒤진다.

'음, 겁먹은 고블린 새끼라도 튀어나올까봐 대비했는데 아무런 일도 없네.'

집에 어린 고블린이 있지 않을까 생각을 했고, 겁먹은 상태라면 어떻게 해야 할까 생각도 했었다. 실제는 작은 고블린도 나이를 먹은 고블린도 전력으로 들이닥쳤기 때문에 생각할 틈도 없이 다른 고블린들과 마찬가지로 다 잡아버린 것 같았다. 인간을 본 고블린은 반사적으로 살의를 품게 되는가 보다.

가만히 생각에 잠기던 중 다른 집에서 뜻밖에도 미간을 찌푸리게 되는 광경을 목격했다. 어딘가에서 납치했을 인간의 시체가 몇 구나 있었다. 대부분 백골화되었고 살아있는 사람은 없다.

'역시 모조리 잡아야겠어.'

고블린은 귀중한 경험치다. 게이머였던 전생의 자신이라면 고블린의 숫자를 너무 줄여버리면 아깝다는 심정도 분명 느끼지 않았을까. 다만 예전의 방식대로 고블린 마을을 방치하면 더 많은 희생이 발생한다. 새삼 고블린 마을을 섬멸하겠다고 가슴속으로 다짐했다. 인간의 시체도 소환수에게 지시해서 마을 중앙에 모아 두었다.

고블린에게서 마석을 회수한다. D랭크 마석은 풀 소환수의 특기 「마력의 열매」 등 귀중하게 쓰이는 물건이었다. 고블린 킹의 C랭크 마석도 꺼내고, 두 시간쯤 들여서 간신히 모든 마석의 회수 작업을 끝냈다.

'베어들, 집에 쓴 자재를 가져와.'

성큼성큼 걸어서 짐승D 소환수들이 기둥이며 헝겊 따위를 들고 온다. 산더미 같은 고블린의 시체 위에 쌓도록 지시했다.

소환수가 자재를 다 쌓아 올리자 알렌은 수납으로 불을 붙여 놓았던 횃불을 꺼내 들었다. 수납에는 불붙은 물건도 안전하게 보관할 수 있다.

고블린의 시체 위쪽에 쌓인 자재에다가 횃불로 불을 붙인다. 시체를 가만히 방치하면 나중에 도착한 기사단에게 감염병이 발생할지도 모르기 때문이다. 점점 불길이 커지다가 이윽고 거대한 불기둥이 되었다.

'납치당했던 사람들은 어떻게 해야 하려나. 화장해서 묻어줄 수도 있기는 한데 기사단의 방식은 다를지도 모르잖아. 깔끔하게 정리해 두고 기사단한테 맡길까?'

괜히 쓸데없는 짓 해서 오히려 민폐 끼치면 미안하다는 생각이 든다.

'고블린 마을은 여유로우니까 빨리 섬멸하자. 그다음 오크 마을에도 도전해야지.'

고블린 마을 섬멸은 문제없음을 실감할 수 있었다. 백룡 산맥의 기슭을 정리하는 고블린 마을 토벌은 이제 막 시작되었을 뿐이다.

*　*　*

해가 바뀌어 3월의 어느 날. 알렌은 마지막 장비 점검을 하는 중이었다. 미스릴제 애검을 꽉 쥐어본다. 마더 가르쉬와 술래잡기 이후 구입했던 이 검은 1년 이상 지났는데도 지금껏 전혀 날이 상하지 않았다. 움직이기 불편하다는 이유로 망토는 장비하지 않았고 평소의 시종의 제복만 입은 채 임하기로 했다. 이것이 이제 곧 시작될 대결을 위한 최선의 장비이다.

알렌은 눈앞에 있는 미하이와 마주 섰다. 어딘가 예전과 분위기가 다른 것 같은데 어째서일까.

미하이는 3년에 걸친 학원 생활을 끝내고 무사히 졸업했다. 오빠 바라기 소녀 세실이 몹시 기뻐했음은 말할 필요도 없다. 그런데 마도선을 타고 돌아온 미하이의 첫 행보는 알렌을 호출하는 것이었다.

"나와 전력을 다해 싸워주면 좋겠어."

언제나 미소를 머금고 있던 미하이의 얼굴이 유난히 딱딱했다.

"알겠습니다. 전력을 다해 싸우겠습니다."

알렌은 대답했다. 어째서 전력을 다한 대결을 바라는지는 알지 못하나 지금 이 정원에서 미하이와 알렌은 대치하고 있다. 작년에도 재작년에도 미하이와 시합을 했었는데, 올해는 어딘가 분위기가 다르다. 미하이에게서 뭔가 심상치 않은 각오가 느껴졌다.

마도서를 꺼내서 스테이터스를 확인했다. 작년에 알렌이 열 살 생일을 맞이했을 때 연령에 따른 능력치 감산이 사라졌다. 덕분에 스테이터스가 꽤 깔끔해졌다는 생각이 든다.

【이　름】 알렌
【연　령】 10
【직　업】 소환사
【레　벨】 34
【체　력】 865 +400
【마　력】 1340
【공격력】 472 +400
【내구력】 472 +600
【민첩성】 883 +600
【지　력】 1350
【행　운】 883
【스　킬】 소환 〈5〉, 생성 〈5〉, 합성 〈5〉, 강화 〈5〉, 확장 〈4〉, 수납, 공유, 제거, 검술 〈3〉, 투척 〈3〉
【경험치】 1,490,410/7,000,000
· 스킬 레벨
【소　환】 5
【생　성】 5
【합　성】 5
【강　화】 5
· 스킬 경험치
【생　성】 1,256/10,000,000
【합　성】 1,820/10,000,000
【강　화】 2,455,180/10,000,000
· 획득 가능 소환수
【 벌레 】 DEFGH
【 짐승 】 DEFGH
【　새　】 DEFG
【　풀　】 DEF
【　돌　】 DE
【물고기】 D
· 홀더
【벌　레】 D 30매
【짐　승】 D 20매
【　새　】
【　풀　】
【　돌　】
【물고기】

과거 두 번의 시합은 노말 모드와 헬 모드의 성장 차이를 가늠하는 데 주안을 두었지만, 이번에는 반드시 이길 작정으로 카드 구성을 변경했다. 풀 카드를 한 장도 소지하지 않는다. 「공유」로 사냥을 시켜야 했을 소환수도 전부 회수해서 능력치 상승을 우선시했다.

"고마워."

"네?"

불쑥 미하이가 고맙다는 말을 꺼냈다. 알렌이 전력을 다하여 싸울 작정임을 알아차린 듯하다. 말은 그 한 마디뿐, 곧 미하이도 검을 뽑아서 알렌과 마주 섰다.

“자, 알렌. 미하이 님도, 준비는 되셨는지?”

두 사람의 한가운데에서 심판을 맡은 기사단장이 확인한다. 알렌도 미하이도 「네」라고 대답했다. 평소와 같이 남작가의 사람들이 나란히 서서 마른침을 삼키며 시합 개시의 신호를 기다리고 있다.

“자, 시작!”

그 순간, 민첩성 1400을 넘긴 알렌이 몸을 날려서 단번에 거리를 좁혔다. 처음 한순간에 끝낼 작정이었다. 미하이는 찰나에 꽤 놀란 표정을 지었지만, 알렌이 휘두른 검을 막아 냈다.

‘끙, 막혔어. 아니, 이 움직임은…… 민첩은 내가 더 높은데!!’

미하이의 움직임에서 자신이 민첩성은 오히려 더 높음을 확인했다. 알렌이 거듭 공세에 나서도 미하이의 얼굴에서는 조바심을 찾아볼 수 없다. 하나하나 방어를 성공시킨다. 마치 수업에서 다 배웠다고 말하는 듯이 담담한 방어였다. 알렌이 더 빠른데도 힘은 미하이가 강한 것 같았다. 검과 검이 맞부딪칠 때마다 알렌이 오히려 뒤로 밀린다. 다만 아랑곳않고 거듭 검을 휘둘렀다.

남작은 차분한 표정으로 두 사람의 시합을 관전하고 있었다. 남작부인, 토마스, 세실 세 사람은 놀란 표정으로 시합을 보고 있다.

‘끄응, 뭔가 꼬이는 느낌인데. 왜 이러지, 검의 움직임을 읽히는 건가? 내 검술 스킬 레벨이 너무 낮아서인가?’

미하이의 교본과 같은 움직임에 휘둘리고 있다. 민첩성을 살려서 선제 공격에 나선 알렌이 미하이의 반격에 조금씩 밀리고 있는 모양새였다. 마치 속도만 빠를 뿐 단조로운 움직임은 전부 예측할 수 있다는 것 같다. 스킬 레벨의 차이로 간파당하는 것일까. 공방이 거듭되는 동안에 숨이 차오른 알렌의 목 앞으로 미하이의 검이 바짝 다가들었다.

"그만!"

기사단장이 시합을 종료시켰다. 미하이의 승리다.

'끄으, 졌다. 민첩은 분명 더 높았는데도 결국 공격을 성공시키지 못했어. 혹시 스킬 레벨에 따른 명중률 보너스가 있기 때문인가? 조금 더 민첩성을 올릴까? 아니, 상대가 공격력은 더 높잖아, 힘에서 많이 밀리니까 더는 못 줄여.'

미하이와의 능력치 및 스킬 레벨의 격차에 따른 공격의 위력 차이, 명중률 보정에 대해 이것저것 생각하던 때였다.

"대단하네. 역시 세실의 시종이야."

미하이가 말을 걸어왔다. 미하이 또한 숨을 헐떡이고 있었다.

"네, 감사합니다."

'어라? 악수는 안 하나?'

이제까지 시합 뒤에는 악수하는 것이 상례였는데 이번에는 안 하려나 보다. 관전하던 남작가의 인원들과 함께 미하이가 저택 안으로 돌아간다.

그날 저녁. 알렌은 남작가의 만찬 자리에서 식사 시중을 들고 있었다.

"알렌은 정말 강하네요."

시합 직후는 말도 못 꺼내는 모습이었던 남작 부인이 알렌에게 칭찬의 말을 선사한다.

"감사합니다. 미하이 님과 비교하면 한참 멀었습니다."

"맞아, 미하이 오라버니한테 내일부터 검술을 배우는 게 어때?"

세실은 해죽해죽하며 말했다. 미하이가 저택에 돌아온 것도, 자신의 시종이 강하다는 것도 기뻐서 몸이 들썩거리는 듯한 모습이다.

"그렇군요, 시간에 여유 있으실 때 검법 지도를 꼭 부탁드리고 싶습니다."

알렌은 그렇게 말한 뒤 미하이에게 머리를 수그렸다. 세실이 내일부터 어떠냐며 꺼내는 말을 듣고서 고개 숙였던 미하이가 얼굴을 들어 올리더니 입을 열었다.

"사실은, 세실."

"뭔가요? 미하이 오라버니."

"앞으로 3년 정도, 왕가의 부름으로 귀족의 책무를 위해 떠나야 해."

"네?"

오늘부터 미하이가 쭉 저택에 있을 것이라 생각했던 세실은 뜻밖의 말을 듣고서 충격으로 굳어버렸다.

"미안해, 미리 말 못 해줘서."

"세상에, 언제부터요?"

"바로 내일부터야."

"……."

더욱 충격을 받는다. 더 이상 말도 꺼내지 못했다.

"괜찮아, 자주 편지를 써서 보낼 테니까."

너무나 큰 충격에 더 이상 무슨 소리를 해도 세실은 미하이의 말을 듣지 못하는 것 같았다.

'내일부터 왕가의 부름을 받아 떠나는 건가. 카르넬 자작의 말이 생각나는군.'

예전에 카르넬 자작이 자기 자식은 재능 없음이라며 기뻐했었던 것을 떠올린다. 학원을 졸업한 뒤 뭔가 귀찮은 의무가 있는 것일까 생각했었는데 그게 맞았나 보다. 학원을 졸업하고도 또 3년이나 집을 떠나서 임무를 수행해야 하는 것인가.

다음 날 아침, 알렌이 아침 식사를 먹던 중 집사가 고용인용 식당에 들어왔다. 9시에 미하이가 저택을 떠날 테니까 다 같이 배웅을 나오라고 했다. 8시부터는 세실의 신변 시중을 들어야 한다. 미하이가 출발하기 전 모든 업무를 마치려면 부지런히 움직여야겠다.

방을 정리하며 옷 갈아입기를 마친 세실을 보니 아직껏 기운이 없는 모습이었다. 3년이라는 시간은 무척이나 길다. 왕가의 임무에는 봄 방학 같은 장기 휴가도 없는지라 편지만 주고받을 수 있다. 어제 저녁 미하이가 한 말을 떠올린다.

9시 가까이 되자 고용인들이 현관홀에 모여들었다. 현관 앞에는 이미 마차가 서 있었고, 정문은 활짝 개방되었다.

정면의 계단에서 뻗어 나오는 통로가 좁아서 고용인들은 둘로 나뉘어 줄지어 섰다. 시종 중 가장 말단인 알렌도 고용인들 대열의 말석, 현관문 바로 앞쪽에 섰다.

계단 위 복도에서 철컥이는 묵직한 소리가 울려 퍼지며 갑옷을 몸에 두르고 허리에 검을 찬 미하이가 내려온다. 그 뒤쪽을 남작 일가가 천천히 따라왔다.

'갑옷을 입고 있네. 저 차림으로 왕가의 임무를 받아 떠나는 건가?'

세실은 줄곧 얼굴을 푹 숙이고 있는 모습이었다. 계단을 내려오며 미하이가 세실의 머리를 톡톡 두드려준다.

"미하이 오라버니, 무사히 귀환하시기를 기다릴게요."

"응. 다시 만나자, 세실."

그렇게 말한 뒤 미하이는 현관으로 향했다.

'잘 다녀오세요. 어라, 응?'

그대로 나가려나 생각했는데 미하이가 알렌에게 쭉 다가온다. 무슨 일일까 의아해하며 알렌은 다가오는 미하이를 바라봤다.

불쑥 미하이가 알렌을 끌어안았다.

'어?'

"알렌, 세실을 잘 부탁할게. 네가 지켜주렴."

"네, 네에."

자신보다 머리 하나는 큰 미하이의 행동에 놀라면서도 어떻게든 대답을 했다.

포옹하던 알렌의 몸을 놓아준 미하이는 곧장 현관을 향해 몇 걸음 움직였다가 몸을 돌리더니 마차를 등지고 소리 높였다.

"저는, 그란벨 가문의 책무를 완수하고 오겠습니다."

남작가 전원의 배웅을 받으며 미하이는 마차에 올라탔다.

'어라? 떨지 않았나?'

갑옷을 입은 상태라 확실하지는 않은데 미하이에게 끌어안겼을 때 알렌은 분명 떨림을 느꼈다. 이렇게 미하이는 왕가의 부름을 받아 또다시 저택을 뒤로하게 되었다.

＊ ＊ ＊

미하이가 저택을 떠난 지 2개월이 지나 지금은 5월. 알렌은 백룡 산맥의 기슭에 있었다.

작년 10월부터 시작한 고블린 마을 소탕은 이후에도 쭉 이어졌고, 길게 뻗어 나가는 백룡 산맥의 기슭에서 고블린 마을은 완전히 자취를 감췄다. 그동안 알렌은 쉰두 군데의 고블린 마을을 제압했다. 마을 하나당 약 이백 마리의 고블린이 있었으니까 대략 1만 마리를 넘는 고블린을 쓰러뜨린 셈이다. 기사단도 고블린 마을에 출동했었지만, 전체의 8할 이상은 알렌이 처리했다.

고블린 마을은 사라졌기에 오늘부터 오크 마을 소탕을 시작한다. 고블린 마을의 보스는 C랭크짜리 고블린 킹이었으니 여유를 갖고 쓰러뜨릴 수 있었다. 하지만 오크 마을에 있는 오크 킹은 아직 잡아본 경험이 없는 B랭크였다. 오늘은 B랭크 마수에게 처음으로 정면 도전을 하는 중요한 날이기도 했다.

새E 소환수의 특기 「매의 눈」으로 살펴보니 기사단은 아직 저 멀리 후방에 있었다. 인원수가 많은 만큼 이동도 느리다. 이 마을에 도착하려면 내일이 되어야 할 테지. 가능하면 오늘 중으로 소탕을 끝내고 싶다.

이번에도 고블린 사냥으로 익힌 방법을 활용했다. 마을 뒤편에 다섯 마리의 짐승D 소환수와 한 마리의 벌레D 소환수를 대기시킨다. 정문에서 알렌이 공격하고 10분쯤 지나면 마을 뒤쪽에서도 대기 중이던 소환수가 들어와 협공을 하는 작전이다.

'자, 시작해볼까. 베어, 스파이더, 하라미, 브론, 나와라.'

짐승D 여섯 마리, 벌레D 한 마리, 물고기D 한 마리, 돌D 두 마리의 소환수가 나타났다. 고블린 마을 때와는 작전을 달리하여 이번에는 돌D 소환수를 둘 준비했다. 고블린은 활과 투창을 사용했었는데 아마 오크도 마찬가지일 테지. 게다가 오크가 상대라면 고블린 이상으로 고전할 것이 예상된다. 전투 시간이 자꾸 지연될수록 적의 원거리 공격이 알렌에게 날아올 가능성도 더욱 높아진다.

따라서 돌D 소환수를 알렌의 전방에 배치해서 단단히 수비하려는 심산이다. 2미터에 달하는 거대한 방패를 든 데다가 온몸이 철로 된 소환수는 어떤 활약을 보여줄까. 이번 전투는 돌D 소환수의 시범 운용도 겸하고 있다. 신규 소환수의 가능성은 언제나 확인해보고 싶다.

물고기D 소환수가 특기 「흩날리기」를 써서 전원에게 버프를 걸었다. 소환수들은 정문의 사각에 숨은 채 나타나도록 손을 썼지만, 숫자가 제법 많아서 마을의 담장에 진 치고 경계를 서는 보초에게 금방 발견될 것 같았다. 들키기 전에 재빨리 움직이자.

'오크 마을 첫 사냥, 시작해볼까!'

알렌의 지시에 따라서 오크 마을 소탕의 첫걸음이 내디뎌졌다.

고블린 마을과 마찬가지로 오크 마을에서도 창을 든 오크 두 마리가 문을 지키고 있다. 소환수 부대가 우렁차게 고함을 지르며 정문에서 모습을 드러내자 보초가 있는 망루 및 담장 위쪽에 긴장이 치달렸다. 긴급 사태임을 알리는 종소리가 온 마을에 요란하게 울려 퍼진다.

최전선에 있는 짐승D 소환수들이 문지기 오크 두 마리를 물어뜯어서 처단해 나아간다. 강화된 짐승D 소환수는 1대1로도 오크에게 지지 않는다.

'음, 화살이 엄청 날아오는군.'

돌D 소환수가 방패를 위로 치켜들어서 알렌을 화살로부터 지켜준다. 다만 짐승D 소환수에게는 잇따라 화살이 박혀 들어갔다. 소환수의 체력을 확인할 방법은 아직껏 없다. 피해 상황을 잘 살펴봐주지 않으면 불쑥 쓰러져서 빛나는 거품이 되어버린다.

'소환수 한 마리 한 마리의 남은 체력을 모른다는 게 아쉽네. 사냥을 하는 도중인데 불쑥 쓰러져버리잖아. 스파이더를 조금 더 늘릴까? 나와라.'

이 이상 짐승D의 체력이 깎여나가지 않도록 벌레D 소환수를 두 마리 더 늘려서 대응했다. 이러한 조정, 대응도 기록으로 남김으로써 이후의 오크 마을 토벌에 참고할 계획이다.

거미의 모습을 한 세 마리의 벌레D 소환수가 담장 및 감시탑을 향하여 특기 「거미줄」을 마구 흩뿌린다. 틈을 노려서 문을 지나가자 그곳에는 대략 이백 마리쯤 되는 오크가 무리를 짓고 있었다.

'좋아, 좋아. 경험치가 잔뜩 있구나. 전부 잘 먹겠습니다.'

알렌은 기뻐서 신바람을 내며 전진하고자 했지만, 오크의 수가 너무 많아서 좀처럼 나아가지 못했다. 귀찮게 앞길을 막는 오크들을 짐승D 소환수가 물어뜯는다. 그 즈음에 오크들의 후방에서 알렌이 미리 준비했던 증원 부대가 나타났다. 협공하는 위치에서 짐승D와 벌레D 소환수가 오크 무리를 기습한다.

30분쯤 공격해서 오크가 대강 절반쯤 남았을 때.

전방을 확인하던 알렌의 눈이 오크 집단의 뒤쪽에서 뭔가 빛나는 것을 포착했다.

'응? 불인가, 보호해라!!'

다음 순간, 새빨간 불꽃이 몇 미터 상공에 나타나더니 곧 불덩이가 되어서 알렌을 향해 날아왔다. 알렌은 즉각 돌D 소환수의 방패에 숨어「보호하기」를 발동시켰다.

쿠우우우우웅.

'마, 마법이냐?! 한 방 먹었네. 아니, 아직은 괜찮아. 앗, 켁! 엄청 날아오잖아!'

오크 무리의 후방에서 몇 마리인가 팔랑팔랑한 옷을 두르고 지팡이를 든 오크가 있었다. 복수의 화염구가 상공에 나타나서 가차 없이 알렌의 진영으로 쏟아진다. 마법을 쓰는 마수를 보는 것은 이 세계에 오고 처음이었다.

'마법을 쓸 줄 아는 녀석도 있었던 건가. 음, 반대편에 있던 소환수들이 당했군. 소환수를 더 꺼내야겠어.'

협공을 위해 준비했던 소환수는 전부 당해버렸다. 소환수의 수가 이번 사냥의 생명선이라고 판단한 알렌은 스테이터스 화면의 카드 매수를 보고 남은 소환수 숫자를 확인하면서 짐승D 소환수의 생성, 강화, 소환을 반복했다. 공중에 뜬 마도서가 스킬 사용에 따라 어지럽게 휙휙 넘어간다.

'브론도 더 많이 늘리는 게 좋을까? 아무튼 너는 죽어라!'

소환을 반복하며 철 구슬을 하나 수납으로 꺼낸다. 혼신의 힘을 담아서 자꾸 마법을 쓰는 오크 한 마리에게 냅다 던지자 적의 안면이 분쇄되었다.

'좋았어, 한 마리 줄였다. 수비를 보강하면서 마법 쓰는 녀석을 우선적으로 섬멸하자. 어라, 숨어버렸군.'

동료가 당하는 것을 보자마자 옆쪽에 있던 다른 마법을 쓰는 오크들이 알렌이 소환한 돌D 소환수의 너머로 몸을 피했다.

'제길, 숨었잖아. 영악한 놈들! 호크, 뒤쪽에 마법을 쓰는 녀석을 찾아내.'

상공에 있는 호크의 시야를 공유해서 전황 전체를 상시 확인하는지라 마법을 쓰는 오크가 숨은 위치는 파악이 가능하다. 다만 알렌이 그곳을 노려 철 구슬을 던지려 해도 돌D 소환수가 중간에 있어 막혀버린다. 짐승D 소환수에게 지시를 내려 쓰러뜨리고자 해도 오크 무리가 방해를 하니 접근할 수 없었다.

알렌을 표적으로 날아오는 불덩이를 돌D가 방패로 튕겨서 날려버려 사방으로 흩어진 화염이 주위에 불길을 일으켰다. 담장과 감시탑이 이글이글 타오르는 모습이 마치 지옥도의 광경과 비슷할 지경이다.

'제길, 망했다. 작전은 실패했어. 그래도 물량전이라면 안 지니까 각오해라!'

마법을 쓰는 오크의 존재는 고려하지 않았기 때문에 자꾸 선수를 빼앗겨서 상황이 꼬였다. 마법을 쓰는 오크의 지략이 뛰어나다는 것도 예상외였다. 하지만 2년 반가량 사냥을 한 알렌은 이만을 넘는 D랭크 마석을 소유하고 있었다. 즉, 짐승D 소환수를 이만 마리 이상을 투입할 수 있다. 다소 틀어졌어도 이쪽의 승리는 시간문제다. 마법을 버티며 눈앞에 있는 오크를 한 마리씩 쓰러뜨리기로 했다.

교착 상태가 이어지며 수십 마리의 오크를 더 쓰러뜨렸을 때였다. 마법을 쓰는 오크의 더 멀리 후방에서 한 마리의 오크가 기세 좋게 들이닥쳤다. 동료 오크들을 밀어젖히며 돌진을 감행한다.

'오크 킹이다.'

명백하게 격이 달랐다. 다른 오크보다 곱절은 덩치가 좋은 저 마수는 갑옷을 장비한 데다 손에는 커다란 할버드를 들었다. 처음 기세로 쭉 몰아쳐서 곧장 최전선에 뛰어들었다.

『쿠워어어어!!!』

한 차례 소리를 내지르는가 싶더니 할버드를 붕 휘두른다. 한 번 휘둘러서 두 마리의 짐승D 소환수를 빛나는 거품으로 만들어 놓았다. 알렌은 급히 재소환을 거듭했지만, 오크 킹의 공격을 쫓아가지 못했다. 지구전을 예상해서 서른 마리 이상까지 늘려 놓았던 짐승D 소환수가 조금씩 줄어들어 간다.

'지금은 일단 후퇴인가.'

후퇴 지시를 내리려고 했을 때, 화염구가 또 알렌을 덮쳤다. 돌D 소환수가 방패로 막은 순간에 결국 빛나는 거품이 되어 사라졌다.

'큰일 났다, 브론이 당해버렸어.'

또 화염구가 날아온다. 짐승D 소환수들이 즉각 몸을 던져서 알렌을 지켜줬지만, 폭풍에 휩쓸려서 결국 알렌은 날아가버리고 말았다.

'아야야, 여기서 전황이 더 나빠지기 전에 철수해야겠군.'

몸을 지면에 세차게 부딪친 알렌이 몸을 일으켰을 때 뒤쪽에서 익숙한 목소리가 들렸다.

"흠, 고전하고 있는가 보군."

"엥?"

고개 돌리자 그곳에는 기사단장이 서 있었다.

"불길이 치솟았다는 보고를 받아 와봤더니, 이게 어찌 된 일인가?"

수염을 기른 얼굴, 팔에는 무수히 많은 상처가 있는 기사단장이 알렌의 눈앞에 나타났다. 질문을 하는 한편 기사단장은 허리에서 검을 뽑더니 천천히 알렌의 옆을 지나쳐 나아간다.

'기사단장이다. 도착은 내일 이후로 예상했는데 혹시 달려온 건가?'

"그냥 좀, 오크 마을을 제압할 생각이었습니다."

솔직하게 답했다. 눈앞에 나동그러진 일백을 넘는 오크의 시체를 보면 어째서 이곳에 왔는지는 한눈에 알아볼 수 있다. 기사단장이 소환수를 표적 삼아서 공격하면 안 되니까 소환수들을 카드도 되돌렸다. 돌D 소환수 정도는 수비를 위해 남겨 놓을까 생각했지만, 마치 산책을 하듯이 오크 무리 쪽으로 태연하게 걸어가는 기사단장을 보면 그것조차도 필요 없음을 느낀다.

'소환수를 제대로 들켜버렸네.'

소환수가 싸우고 있는 광경을 기사단장이 목격한 것은 틀림없겠다. 나중에 이것저것 질문 세례를 받게 되려나.

『쿠어?』

오크 킹은 기사단장의 등장을 인식한 뒤 뜻밖의 새로운 적의 출현에 경계심을 잔뜩 드러냈다.

"오크 킹인가. 이 녀석은 내가 쓰러뜨리지. 레이브랜드 부기사단장, 나머지 잡졸들은 네가 맡아라."

"넷!! 단장님."

'어라, 부기사단장도 같이 왔구나.'

창을 든 부기사단장이 기사단장과 마찬가지로 알렌의 옆을 지나간다. 기사단장이 보여주는 여유가 거슬렸을까, 오크 킹이 힘을 꽉 줘서 할버드를 내리 휘두른다.

『쿠워어어어어어어어어!!!』

신장이 족히 4미터에 달하지 않을까 싶은 오크 킹이 5미터는 되는 할버드를 내리 휘둘러서 펼치는 혼신의 일격. 그것을 기사단장은 검으로 간단히 막아 내더니 가볍게 튕겨 냈다. 힘에서 밀린 4미터의 거구가 일순간 공중에 떠올랐다. 열이 확 올랐을까, 오크 킹은 알렌마저 잠시 몸을 움찔거렸을 만큼 서슬이 시퍼런 기세로 할버드를 휘두른다. 기사단장과 오크의 격렬한 대결이 시작되었다.

한편 부기사단장은 창을 어깨에 짊어지며 오크 무리를 향해 나아가고 있다. 표정에서 공포는 전혀 찾아볼 수 없었다. 거리를 두고 지켜보던 마법사 오크들이 마법을 발동했다. 상공에 세 개의 화염구가 나타난다.

"마법인가."

그렇게 중얼거린 부기사단장의 윤곽이 아지랑이처럼 일렁였다. 순간, 오크 무리를 향해 제대로 보이지도 않을 만큼 신속하게 창이 날아든다.

아울러 창끝에서 충격파가 튀어나와 직선상에 있던 오크들 대여섯 마리의 배에 커다란 원형 구멍을 뚫어 놓았다. 조금 뒤늦게 피가 뿜어져 나온다. 털썩털썩 쓰러지는 오크 중 한 마리는 마법을 쓰는 오크였다. 아마도 마법을 쓰는 오크를 우선해서 노린 것 같다.

화염구 하나가 마력을 잃고 사방으로 흩어졌다. 다른 각도에서 두 개의 화염구가 부기사단장을 노리고 날아들었다.

"흡!"

부기사단장이 창을 가로로 휘둘러서 두 개의 화염구를 베어 가르자 형태가 무너지며 흩어져버린다. 그동안에도 부기사단장은 눈살 한 번 꿈틀거리지 않고 걸음도 멈추지 않는다.

마법이 부기사단장에 의해 무산되자 일순간 겁먹은 듯 보였던 오크들이 일제히 공격을 개시했다. 천천히 걷고 있었던 부기사단장이 적의 행동에 호응하듯이 돌진하는 오크 무리를 목표로 달려 나아간다. 부기사단장은 오크들을 버터처럼 베어 가르며 눈 깜짝할 새에 섬멸했다.

동시에 기사단장과 오크 킹의 대결도 결판이 났다. 상단에서 휘두른 기사단장의 검이 공격을 막고자 했던 할버드에도, 튼튼한 갑옷에도 전혀 막히지 않고 오크 킹을 세로로 두 동강이 냈다. 오크 킹은 기사단장의 상대가 못 되는가 보다. 불과 몇 분 동안에 기사단장과 부기사단장은 오크의 잔당, 오크 킹을 정리해버렸다.

'엄청나게 강해. 역시 영내 최강의 남자야. 부기사단장도 진짜로 강한 사람이었구나.'

「기사단장이 싸우는 모습을 본 사람은 그를 전귀 제노프라고 부른다.」

알렌은 언젠가 레이븐에게서 들은 이야기를 떠올리고 있었다. 부기사단장 또한 어린 클레나에게 잔뜩 두들겨 맞았던 남자와 동일 인물이라는 생각이 들지 않는다. 예전부터 미하이가 부기사단장은 강하다고 말했었는데 아마도 거짓말은 아니었나 보다.

'부기사단장이 사용했던 게 혹시 엑스트라 스킬인가? 그렇군, 딱히 검성한테만 있는 것이 아니라 모든 직업에 엑스트라 스킬이 있는 건가. 그러고 보니까 기사단장은 엑스트라 스킬을 쓰지도 않았구나.'

방금 전 전투를 분석하던 중 기사단장이 알렌에게 가까이 다가왔다.

"기사단이 늦저녁 즈음 이곳에 올 것이다. 그때까지 뒷정리를 하지."

아무래도 알렌이 이곳에 있는 이유는 추궁하지 않으려는가 보다. 기사단장, 부기사단장, 알렌 세 명이서 이백 마리가 넘는 오크를 마을 중심으로 모아 왔다. 굳이 소환수를 보여줄 필요도 없는지라 알렌은 자기 힘으로 오크를 옮겼다. 알렌이 고블린 마을에서 했던 작업과 마찬가지로 불태우려는 것 같았다.

"기사단장님, 마석의 절반은 제가 갖겠습니다."

"음? 뭐, 그렇게 해라. 상관없다."

마수를 절반 이상 쓰러뜨린 사람은 알렌이니 자기 권리는 스스로 요구한다. 사실은 B랭크 마석도 갖고 싶었는데 기사단장이 숨통을 끊은 마수이니 과한 요구를 할 수는 없었다. 오크 시체의 산에서 마석을 쓱쓱 회수한다. 알렌이 문득 기사단장을 돌아봤더니 뭔가를 말하고 싶어 하는 표정이었다. 소환수의 정체를 물으려 했는지도 모르겠다.

오크를 한곳에 모은 뒤 주변 상태를 확인했다. 마을을 이대로 남겨

두면 또 오크가 들어와서 여러 시설을 이용할지도 모르기에 반드시 소각할 필요가 있다고 했다. 인간의 유해는 귀족이 유품을 찾고 있을지도 모르는 터라 한곳에 모아 두는 것으로 충분하다는 말을 들었다.

세 사람이 마을 한곳에다가 유해 및 유품을 정리하던 때 기사단이 도착했다. 기사단도 기사단장과 부기사단장을 쫓아 본래의 일정을 앞당겨서 이동한 듯했다.

'슬슬 돌아가지 않으면 늦겠구나.'

해가 꽤 기울어졌음을 깨닫고 알렌은 태양의 위치를 확인했다. 이곳은 도시에서 상당히 멀리 떨어진 위치라서 이곳에 오래 머물렀다가는 오늘 중으로 도시에 복귀할 수 없다. 일단 도시로 돌아가겠다고 말을 꺼내자 기사단장이 「나중에 남작님께 말씀드릴 테니 오늘은 야영지에서 묵도록 해라」라고 대답했다. 그렇다면 굳이 서두를 필요도 없었기에 알렌은 기사단의 야영지에서 같이 숙박하기로 했다.

오크 마을은 악취가 풍기는지라 마을에서 조금 떨어진 곳에 이동하여 기사들이 야영 및 저녁 식사를 준비하기 시작했다. 새E 소환수로 상공에서 확인한 결과 기사단의 규모는 대략 백 명쯤 되었다. 오크 마을의 소탕에 필요한 인원수가 이 정도일 테지. 솔직히 기사단장만 나서도 충분하지 않을까 생각은 드는데 각각 역할이 분명히 있을 것이다. 개인의 힘만 가지고 무슨 일이든 해결할 순 없는 법이니까.

기사들이 익숙한 몸놀림으로 야영 준비를 수행한다.

"알렌, 이리 와 식사를 들거라."

"네."

기사들의 활동을 구석 쪽에서 지켜보던 때 함께 식사를 하자며 기사단장이 권해줬다. 모닥불을 쬐며 건네받은 들새 모모의 고기를 우걱우걱 먹는다.

"고블린 마을이 이미 습격을 받았던데 그것도 알렌 너였구나."

"맞습니다."

기사단장이 눈살을 찌푸렸다.

"기사단의 수장으로서 상황을 파악하고 싶구나. 산맥 앞에 고블린 마을은 얼마나 남아 있느냐?"

"더는 없을지도 모릅니다. 쉰두 군데를 처리했으니까요."

'최근에 새로 마을을 지었다면 얘기가 달라지겠지만 백룡 산맥의 기슭에는 더 이상 없겠지.'

고블린 마을은 새E 소환수를 써서 꼼꼼하게 조사한 다음 이 잡듯이 공략했다. 대답을 들은 기사단장은 더욱 눈살을 찌푸리며 복잡한 표정을 지었다.

"들었던 대로 대단하군. 아니, 더 대단하구나"

중얼중얼 뭔가 혼잣말을 한다.

"예? 들었다고요? 무슨 말씀을 들으셨던 겁니까?"

알렌의 질문에 기사단장이 대답한다. 기사단장이 들은 이야기의 내용은 이제까지 알렌이 했던 사냥의 행적이었다. 알렌은 들새 모모의 고기를 먹다가 말고 귀를 기울였다.

클레나 마을에 불과 여섯 살 나이로 처음 알바헤론을 사냥했던 소년이 있었고, 일곱 살 시점에서 사냥한 숫자가 오십 마리를 넘겼다. 이 기간에 그란벨에는 알바헤론의 깃털이 대량으로 공급되었다.

그리고 소년은 역시 일곱 살 나이에 보어 사냥을 선도하기 시작한다. 그 결과 지금까지 해마다 열 마리가 고작이었던 보어의 토벌 숫자는 곱절 이상으로 늘어났다—.

'엥? 왜 아는 거야? 뭐, 클레나 마을을 조사하면 알만한 사실이지만, 그런데 왜? 엄청 자세히 알아봤네.'

알렌의 머리에 물음표가 떠오르는 와중에 기사단장을 말을 계속했다.

소년이 저택에 오고 곧 그란벨과 백룡 산맥의 사이에서 이변이 발생하기 시작했다. 무엇인가에 베이고 잘린 상처가 있는 고블린 시체가 이곳저곳에서 발견됐고, 또한 하나같이 마석이 적출된 상태였다. 숫자가 점점 늘어나면서 보고가 올라온 것만 최종적으로는 1천 마리를 넘겼다고 한다.

1년 후에는 오크 관련으로도 비슷한 보고가 들어왔다. 작년부터는 갑옷 개미까지 같은 모양새로 마석이 빠진 시체가 발견되었다. 또한 보고가 올라오는 날은 알렌이 쉬는 날이며, 수렵 담당으로 활동하는 날과 항상 겹쳤다. 게다가 최근 들어서는 기사단의 목적지였던 고블린 마을 곳곳이 먼저 공격을 당해 싹 불타버린 상태였다는 것—.

'내 행동 패턴을 전부 알고 있잖아?! 음, 잘 생각하면 당연한 건가. 마석을 빼낸 마수의 시체가 여기저기 굴러다니는데 그냥 넘어갈 리 없잖아. 나도 구태여 마수를 땅속에 묻어주는 짓은 안 하기도 했고. 기사단장이라면 당연히 보고를 받아봤겠지.'

이러한 보고를 쭉 받았던 기사단장은 알렌이 치렀을 감정 의식에 의문을 품었다. 도저히 재능이 없거나 능력치가 낮다는 생각은 들지 않았다. 3년 연속 봄마다 미하이와 했던 시합에 입회하여 본 바로도 상당한 실력이었다.

따라서 알렌의 감정 의식을 담당했던 신관들을 전원 소집해서 당시 상황을 자세하게 물었다. 신관들은 저마다 재능은 없었다고 말했다. 그 말에 더한 의문이 솟아났다.

감정 의식을 주관하는 단체는 왕도부터 시작하여 각 영지의 중심 도시, 마을 곳곳을 이동한다. 그동안 감정을 하는 아이의 수는 헤아릴 수 없도록 많다. 그럼에도 불구하고 신관들은 어째서 몇 년이나 전에 치렀던 알렌의 감정 결과를 기억하고 있단 말인가.

기사단장이 의문을 표시하자 분명 일리가 있다며 신관들도 스스로의 발언에 의문을 느꼈다. 그렇게 신관들은 당시의 기억을 되새겼다. 재능에 따라 수정은 다른 방식으로 빛나는데, 알렌의 감정 때 쏟아진 빛은 눈을 못 뜰 만큼 몹시도 찬란했었다. 흑발 흑안의 드문 외모도 거들어서 당시 광경은 신관들의 마음에 깊이 각인됐을 테지. 서로 답안지를 채점하는 것처럼 옛 상황을 선명하게 떠올리면서 같이 고개를 끄덕였다.

이렇게 모든 기억이 다시 검토되었다. 감정 의식의 책임자였던 신관은 수정에 표시된 칠흑색의 금속판을 떠올리고 「재능은 있었다」라며 앞서 한 말을 뒤집었다.

단지 해독이 안 되는 글자로 쓰여 있어서 읽지 못했을 따름이다. 전체 능력치도 낮았던 터라 당시는 재능 없음으로 판정한 뒤 넘겨버렸었다.

"수많은 마수들을 사냥한 성과는 네 재능 덕분에 가능했구나."

"뭐, 맞습니다."

"흠."

그 말에 기사단장은 확신한다. 알렌은 재능 없음이라고 감정을 받았는데도 불구하고 본인이 재능 보유자임을 잘 알고 있었다. 전부 알면서 쭉 입을 다물었던 셈이다.

'재능이 있다는 것을 알아차린 건가. 소환사에 대해서 이것저것 물어보려나? 대답해줄 생각은 없지만 말야.'

혹시 재능에 대해 물어보면 어떻게든 얼버무릴 생각이었는데 결국 기사단장은 아무것도 묻지 않았다. 모닥불을 바라보며 들새 고기구이를 우물우물 먹고 있다.

"……."

긴 침묵이 이어져서 알렌은 무심코 기사단장의 얼굴을 빤히 쳐다봤다.

"가주님께서는 전부 다 알고 계신다."

불쑥 기사단장이 그렇게 중얼거렸다. 알렌이 그란벨에 오고 곧 3년이 되는데, 남작은 이미 모든 것을 알고 있었다고 한다. 그렇다면 다 알면서 이제까지 자유를 허락해주었다는 뜻이다. 저택에 받아들인 뒤 얼마 지나지 않아 알렌에게 수렵 담당이라는 지위를 준 것도 사냥을 좋아하는 알렌의 희망을 짐작해서 손을 쓴 조치였다는 말인가.

"예? 어째서 이렇게까지 해주시는 겁니까?"

의문을 솔직하게 기사단장에게 드러냈다.

"……뭐, 궁금할 테지. 다만 내 입으로 할 말은 아니군. 조만간 가주님께서 얘기를 해주실 테니 잘 들어주면 좋겠구나."

'들어주라고? 뭔가 표현이 좀 이상한데. 마치 남작이 시종인 나한테 뭔가 부탁을 하는 것 같은 말투잖아.'

이후로는 자신이 저택을 방문할 때 알렌의 사냥 표적 및 진척 상황에 대해 보고해달라며 당부한 뒤 기사단장은 또 입을 다물어버렸다. 기사단장의 입장에서 생각해보면 정성껏 준비를 갖추고 고블린 토벌에 나섰는데 가는 곳마다 고블린 마을은 이미 불타서 사라지고 없었던 것이다. 이런 식으로 헛수고가 되풀이되면 사기도 떨어질 테지. 상대가 이렇게까지 자신에게 자유를 허락해주고 있는 상황에서 보고를 거절할 이유도 딱히 없었기에 알렌은 그렇게 하겠다고 대답했다. 기사단장은 고개를 끄덕인 뒤에 또 입을 다물어버렸다. 소환수의 정체도, 평소 활동에 대해서도 아무것도 캐묻지 않았다.

* * *

저녁 식사를 마치고 불을 쬐던 중 기사 한 사람이 다가와서 목욕 준비가 끝났다고 말했다. 말이 좋아서 목욕이지 통에 온수를 담아 땀과 먼지만 닦는 내는 간소한 방식이다. 기사단장이 일어난 뒤 제자리에서 갑옷을 벗기 시작했다.

도움을 받은 답례를 아직 못했기에 「등을 닦아드릴까요?」라고 제안했다. 반라가 된 쉰을 지난 기사단장의 몸은 과연 역전의 용사답게 온통 상처투성이였다. 알렌은 무심코 숨을 멈췄다. 얼굴이나 팔에 상처가 많다는 생각은 했었는데 갑옷 안쪽도 이렇게나 흉터가 많았을 줄이야.

얼마나 많은 격전을 헤쳐 살아남았을까 감탄하며 알렌은 기사단장의 등을 닦기 위해서 쪼그려 앉았다. 그리고 다시 또 숨을 멈췄다. 가까운 곳에서 본 기사단장의 등은 피부가 잔뜩 벗겨지고 살점이 떨어져 나간 상태였다. 치명상에 가까웠음이 저절로 짐작되는 오래된 상처가 잔뜩 새겨져 있다.

"음? 왜 가만히 있나?"

"아, 죄송합니다. 지금 닦아드리겠습니다. 저기, 그런데요."

'흉터인가, 이렇게 보니까 많이 심하네.'

"할 말이 있나?"

"회복약을 좀 갖고 있는데 써드릴까요?"

알렌은 선의를 베풀어서 생명의 풀로 회복시켜주고자 했다.

"괜찮다."

"그러지 마시고요, 약은 충분히 있으니 써보시죠."

"아니, 안 써도 괜찮다는 말이다. 이대로가 좋다."

"그, 그렇습니까."

설마 거절당할 줄은 생각도 하지 못했다. 뭔가 이유가 있어 상처를 이대로 두고 싶은가 보다. 알렌은 말없이 등을 닦았다.

'그나저나 오늘 사냥은 완전 허탕이었네. 뻔하게 문부터 차근차근 들어가봤자 수비를 못 뚫으면 결국 망하는 거야. 내가 문 안에 들어갔던 것도 치명적인 실수였지.'

등을 부지런히 닦아주며 오늘의 사냥 과정을 반성한다.

"사냥이 즐거운가?"

불쑥 기사단장이 입을 열었다. 마음을 읽힌 듯한 기분이었다.

"네. 무척 즐겁습니다."

기사단장은 그런가, 하고 대꾸하고는 아무 이야기도 하지 않았다. 살짝 씁쓸함이 묻어 나오는 표정을 짓고 있었는데, 알렌의 위치에서는 잘 보이지 않았다. 다음 날, 하루 늦게 저택에 복귀해서 집사에게 사정을 설명했더니 아무 질책도 받지 않았다. 단지 무사해서 다행이라는 말을 해주었을 뿐이다. 이 같은 대응에서도 알렌은 지금까지 자신이 무척 자유롭게 사냥을 할 수 있었다는 것을 새삼 깨달았다. 다만 이유까지는 알 수 없었다.

* * *

그로부터 2주가 지나 5월 말.

『꾸워어어어어어어어어어어어어어어!!!』

오크 킹이 피를 흘리며 고함지르고 바닥에 엎어졌다.

『오크 킹을 1개체 쓰러뜨렸습니다. 경험치 25000을 획득했습니다.』

'이 방식이 정답인가? D랭크 마석을 백이십 개나 소모했지만, B랭크 마석은 처음 얻어보네.'

알렌은 시행착오를 끝에 드디어 오크 마을을 제압하는 데 성공했다.

애당초 입구부터 차근차근 뚫고 들어가자는 것이 실수였다. 이 방법은 오크가 진형을 짜서 대응했을 때 돌파하지 못하고 밀려버린다. 지난 실수를 반성하며 작전을 변경했다.

우선 사십 마리쯤 되는 짐승D 소환수를 열 마리씩 편제해서 오크 마을을 사방으로부터 일제히 공격했다. 소환수 한 마리가 오크를 두 마리 쓰러뜨리면 팔십 마리의 오크를 쓰러뜨릴 수 있다. 오크가 진형을 못 짜도록 막기 위해서는 우선 단숨에 쭉 숫자를 줄일 필요가 있었다.

짐승D 소환수 중 네 마리에게 원격으로 지시가 가능하도록 「공유」를 써서 먼저 마법사 오크부터 잡았다. 마법을 쓰는 오크를 최우선으로 쓰러뜨리라는 지시는 다른 소환수에게도 전달했다. 그다음은 소환수가 얼마나 많이 쓰러지든 말든 오크 킹이 나오든 말든 할 일은 단순하다. 오로지 소환수를 계속 소환하며 물량전으로 몰고 가면 끝이다. 본체인 알렌이 공격을 안 받는 위치만 잘 사수할 수 있다면 다른 부분은 시간문제였다.

아니나 다를까, 오크 킹은 알렌이 거듭 보내는 소환수의 공세를 버티지 못하고 쓰러져버렸다.

'마석을 조금 많이 소모했어도 작정하면 잡을 순 있네. 처음에는 실수를 했지만, 다 이렇게 느는 거 아니겠어.'

예비지식이 없는 상태로 게임에 도전하는 것을 전생에서는 초견 플레이라고 불렀다. 오크 마을 제압 실패는 초견 플레이의 전형적인 실수라고 생각하며 넘겼다. 게이머라면 스스로 쌓은 경험을 다음 도전에 활용하는 것이 중요하다.

'자, 일단 오크 마을 자력 제압은 완료했어. 이제 조금 더 효율을 생각하면서 진행해보자.'

알렌은 이번 오크 마을 제압을 시작으로 백룡 산맥의 기슭에 있는 오크 마을을 모두 섬멸하겠다는 목표를 세웠다.

제10화 세실, 가출하다

10월에 들어서며 알렌은 열한 살이 되었다. 5월 말 처음 오크 마을을 제압한 이후 이래저래 대략 스무 군데의 오크 마을을 박살 냈다. 차근차근 모든 오크 마을을 제압할 작정이었다. 당연히 미스릴 광석 채굴을 염두에 두고 백룡 산맥의 북쪽부터 공격하고 있다.

열심히 사냥한 보람이 있어 네 군데 있는 백룡 산맥의 채굴지 중 최북단에 위치한 곳은 상당히 빠른 속도로 채굴 준비가 진행 중이다. 본래는 채굴 재개까지 최소한 3년은 걸릴 전망이었지만, 기간을 2년으로 단축할 수 있을 것 같다. 채굴 관련의 여러 일자리 알선도 진행 중이며 내년부터는 채굴지와 미스릴 광석을 정련할 마을 정비가 개시된다.

'전부 순조롭워. 이대로 오크 마을을 전부 없애고 가능하면 갑옷개미의 굴도 싹 없애버리자. 내년부터는 마음 편하게 모험가를 하는 거야.'

여덟 살 때, 열두 살이 되면 시종을 관두고 저택을 떠나자고 결심했었다. 그로부터 벌써 3년이 지났다. 꽤 오래 저택에 있었다는 생각이 든다.

『알렌, 세실을 잘 부탁할게. 네가 지켜주렴.』

저택을 떠나기로 결정한 날이 다가옴에 따라 미하이의 말을 떠올릴 때가 많아졌다. 대체 미하이는 세실을 무엇으로부터 지켜달라고 말했던 걸까. 만약에 평생 세실의 곁에서 수행해달라는 의미였다면 들어줄 수 없다. 달리 어떠한 의미가 있는 것인지 여러모로 생각해 봐도 답은 찾을 수 없었다.

"왕가의 사절이 온다더라."

"그렇다더군요."

알렌이 아침 식사를 먹던 때 평소와 같이 시종장 리켈이 말을 걸어왔다. 리켈과의 아침 대화도 이제 3년이 된다. 리켈이 이야기한 대로 오늘은 왕가의 사절이 찾아오는 날이었다. 오늘 정오가 지나서 내빈이 올 것이라고 고용인 모두에게 어제 전달이 이루어졌다. 시종과 보좌관은 2층 식장에 모이도록 지시를 받았다.

'또 인두세를 올리라고 돈 얘기를 하려나.'

무슨 용건으로 오는 것일까. 이유는 다들 모른다고 한다. 왕가의 사절은 대부분이 거만한지라 별로 기분이 좋은 만남은 아니다.

정오가 지나 왕가의 사절이 방문했다. 집사가 현관홀부터 2층 식당까지 안내를 한다. 식당에서 미리 대기하고 있는 알렌의 위치는 남작가 측 말석에 앉아 있는 세실의 뒤쪽이다. 다른 보좌관 및 시종도 마찬가지로 각각 전속으로 모시는 남작가의 인원들 뒤쪽에 서 있었다. 식사 시중을 분부받지는 않았기에 딱히 점심 식사 자리를 가지는 것 같지는 않다.

식당에 들어온 사절은 세 명이었다. 맨 처음 들어온 사절은 다른 두 명보다 복장이 고급스러웠다. 뒤따라 들어온 사람들은 아마 측근쯤 되는 듯싶다. 상석에 가장 복장이 고급스러운 사절이 앉았고, 양옆에는 두 명의 측근이 늘어섰다. 집사가 사절의 바로 정면에 앉아 있는 남작의 뒤쪽에 섰다.

“반갑습니다, 방문을 환영하는 바입니다. 오늘은 어떠한 용건이 있어 오셨습니까?”

“흠, 그란벨 남작은 평소부터 왕가를 위해 애써주시고 있지. 국왕 폐하께서도 그란벨 남작의 헌신은 귀족의 모범이라는 말씀을 자주 하신다네.”

“그, 그러한 칭찬의 말씀을. 그란벨 영지를 맡은 몸으로서 감사히 받아들이도록 하겠습니다.”

왕가의 사절은 적어도 남작보다는 꽤 높은 지위에 있었다. 국왕의 이름을 빌려서 말할 수 있다는 것도 왕가의 사절이 가진 특권이다. 남작은 왕가의 사절이 이런 공치사로 말문을 여는 것을 보기는 처음이었던 터라 명백하게 동요했다.

그다음은 잠시 침묵이 감돌았다. 남작은 곧 이어질 말을 기다린다. 토마스가 「뭐야?」라고 말하는 듯이 왕가의 사절을 응시했다.

“흠…… 그란벨 남작에게 이것을 건네자니 몹시 마음이 아프오만.”

왕가의 사절이 무겁게 닫고 있었던 입을 열었다. 곧이어 사절의 말을 신호로 측근 중 한 명이 긴 탁자 중앙으로 걸음을 내디딘다. 가만히 지켜보던 집사가 똑같이 다리를 움직여서 측근과 마주 섰다. 집사가 측근에게 봉투를 받아 든다. 집사는 봉투를 공손하게 남작의 앞에 놓았다.

“편지?”

“그렇다네. 아드님께서 남긴 편지지.”

남작의 질문에 왕가의 사절이 대답한다. 미하이의 편지라는 말을 듣고서 세실의 의식이 탁자에 놓인 편지로 집중됐다.

"미, 미하이에게서?"

"……."

이번에는 아무 대답도 하지 않는다. 이 이상 아무것도 말하지 않는 왕가의 사절을 마주 바라보다가 남작은 봉납이 되어 있지 않은 봉투를 열고 안쪽에서 양피지를 한 장 빼냈다.

그때 연보라색의 실 비슷한 것이 몇 가닥 탁자에 스르르 떨어졌다. 그것을 본 남작의 표정이 급변한다. 불안감을 미처 숨기지 못한 태도로 손에 든 양피지를 읽기 시작했다.

"아니?! 이, 이럴 수가!!"

남작이 비탄에 잠겨서 소리 높였다.

"아, 아버님, 미하이 오라버니가 뭐라 편지를 쓰셨어요?"

보통 내빈이 있을 때 남작 이외의 인물은 나서서 발언하지 않는다. 뭔가 이야기하는 경우는 내빈이 먼저 말을 걸었을 때로 제한된다. 다만 이러한 관습도 무시한 채 세실은 남작에게 말을 붙였다. 다만 세실의 말에도 미처 반응하지 못한 채 어깨를 부들거리며 편지를 읽는다.

"이, 이것은 언제 쓰인 편지입니까?"

"정기적으로 쓰는 서신이니 3개월쯤 이전일 테지."

"뭐라?! 어떻게, 어찌 이리될 수 있단 말인가! 어, 어째서 고작 반년에 이러한 일이!!"

왕가의 사절이 취하는 담담한 태도가 마음에 들지 않았는지 남작은 폭언을 쏟아 냈다. 감정을 모두 드러내는 저 태도는 평소의 남작을 아는 사람이라면 도저히 상상할 수 없을 만큼 동떨어졌다.

"아드님은 책무를 완수했다네."

"헛소리. 어, 어차피, 우, 우리가 하급 귀족이라고, 위험한 곳에 배치했을 것이 뻔하다!! 미하이는 이제 막 학원을 졸업한 아이였는데도!!"

남작은 격앙하여 벌떡 일어서더니 왕가의 사절을 노려보며 거듭 폭언을 퍼부었다.

"그 말을 왕가에 대한 발언이라 전해드려도 되겠는가?"

"큭!"

왕가의 사절이 보이는 거만한 태도는 식당 안에 들어왔을 때부터 전혀 달라지지 않았다. 같은 말투, 같은 음색으로 경고 비슷한 말을 꺼내는 통에 남작은 더 이상 입을 열지 못했다.

"뭐예요…… 저도 읽어봐야겠어요!"

남작 부인이 더는 못 견디고 일어서더니 남작의 손에서 편지를 빼앗듯이 가져가 읽기 시작한다.

"세상에, 미, 미하이……."

남작 부인은 너무나 큰 충격으로 정신을 잃고 말았다. 남작 부인 전속의 보좌관이 바닥에 충돌하기 전 급히 안아서 받아주고 곧장 부인의 방으로 데려간다.

"책무를 완수한 분들 각각의 명부를 상세하게 조사 중이니 위로금은 추후에 보내드리도록 하겠소."

"……."

머리가 새하얗게 물든 남작은 사무적으로 대화를 진행하는 왕가의 사절이 뭐라 말하든 따라가지 못하고 있다.

"이만, 편지는 분명히 건네드렸소. 곧바로 다음 영지에 들러야 하니 일찌감치 실례하도록 하지. 아울러, 그란벨 남작."

"예, 예?"

자리에서 일어난 왕가의 사절이 말한다.

"앞으로도 그란벨 영지를 맡은 남작답게, 책무를 잘 부탁드리겠소."

"……."

남작은 완전히 마음을 놓아버렸는지 도저히 대답을 할 만한 상태가 아니었다. 그럼에도 아랑곳 않고 세 명의 사절은 차례차례 식당에서 떠나갔다. 집사가 배웅을 하기 위하여 뒤를 따랐으나 「배웅은 되었네」라며 쌀쌀맞게 거절당했다.

왕가의 사절이 퇴장한 뒤 남작 부인도 사라진 식당에 침묵이 감돌았다.

"아버님, 어, 어떻게 된 일인가요?"

세실이 침묵을 깨고 남작에게 질문했다. 대화의 흐름은 분명하다. 미하이가 사망했다는 것은 왕가의 사절과 나눈 이야기로 짐작할 수 있었다. 다만 어떻게 된 경위냐고, 세실은 설명을 요구하고 있는 셈이다.

"그래…… 다들 자리를 비워주겠나? 토마스, 너도."

남작이 모든 사람에게 나가도록 지시를 했다. 남작가의 일원인 토마스도 못 듣는 이야기인가 보다. 남작과 세실과 집사, 세 사람만 식당에 남았고, 알렌도 어쩔 수 없이 나와야 했다.

점심이 지나면 다른 여종들과 함께 저택 안 청소를 한다. 청소를 하며 알렌은 미하이가 저택을 떠날 때 남겼던 말을 회상하고 있었다.

『알렌, 세실을 잘 부탁할게. 네가 지켜주렴.』

'혹시 미하이 씨가 하려던 말은, 부탁하고 싶었던 것은.'

알렌도 왕가의 사절과 남작이 나눈 대화에서 미하이가 사망했다는 것은 짐작할 수 있었다. 저 편지는 분명 유서였을 테지. 오늘과 같은 사태가 벌어질 것을 미하이는 이미 알고 있지 않았을까.

갑자기 2층 식당에서 온 저택에 울려 퍼지도록 큰 노호가 들려왔다.

"그, 그러면 아버님은 미하이 오라버니를 죽을 위험이 있는 곳으로 보내셨던 건가요! 죽을 줄 알면서도 쫓아냈다는 말씀인가요!!"

"얘야?! 그, 그러한 뜻이 아니다. 귀, 귀족의 책무 때문이란다."

"그, 그런 책무를 위해 저도 죽으라는 말씀이시죠! 저는 죽기 위해서 태어난 아이였나요!!"

"얘야?! 그런 게 아니다. 기, 기다리거라. 세, 세실!!"

식당의 문이 난폭하게 닫히고 이번에는 그 소리가 온 저택에 울려 퍼진다. 세실이 화내며 뛰쳐나온 것 같다. 세실의 주위에 있던 고용인들이 어찌 된 일이냐고 놀라며 술렁거렸다. 그날 만찬 자리에 세실의 모습은 없었다.

그리고 다음 날.

"알렌, 어제 고함소리는 들었냐?"

"들었죠, 상당히 큰 목소리였으니까요."

저택에 있는 전원이 남작과 세실의 대화를 들었다.

"그나저나 정말이었구나."

"뭐가요?"

탁자 건너편에서 이야기를 하던 리켈이 몸을 내밀어 알렌에게 바짝 붙더니 작은 목소리로 입을 열었다.

"옛날에 들은 소문인데 말이다. 그란벨 가문 사람들은 다들 단명한다더라고. 아마 가주님의 부모님께서도, 그리고 가주님의 형님도 젊은 나이에 돌아가셨다는 말이 있었어."

이런 얘기는 공공연하게 하지 말라는 주의와 함께 가르쳐준다. 리켈이 심부름꾼으로 일을 시작했던 때보다 더 옛날부터 전해지는 소문 같았다. 리켈과 이야기를 하는 동안에 세실의 시중을 들 시간이 찾아왔다. 여종과 함께 어제 만찬에는 나오지 않았던 세실의 방에 향한다. 평소처럼 세실의 옷을 갈아입혀주기 위하여 여종이 문을 두드린 뒤 안에 들어갔다. 그동안 문 앞에서 대기하는 것이 알렌의 일과이다.

"세, 세실 님!!"

방에 들어가자마자 여종이 소리 질렀다. 무슨 일인가 싶어 알렌이 방에 뛰어들었을 때는 바닥에 주저앉은 여종이 입을 두 손으로 막고 있었다.

세실이 없었으니까.

'창문이 열려 있잖아! 여기로 나간 건가?!'

세실의 방은 3층이다. 정말 뛰어내릴 수 있을까 싶어 창밖에 얼굴을 내밀었다. 이곳에서 보이는 정원 어디에도 세실을 찾아볼 수 없었다.

"무, 무슨 일입니까?!"

여종의 비명소리를 우연히 들은 집사가 허둥지둥 달려 들어왔다.

여종이 상황을 설명하자 즉각 집사가 전원에게 세실을 찾아 나서도록 지시 내렸다. 남작과 남작 부인까지 같이 바깥에 나와 주위를 찾았는데 끝내 세실은 나타나지 않았다. 알렌도 마구간 구석구석까지 온 저택의 부지를 찾아봤으나 역시 세실은 발견하지 못했다. 일단 세실의 방에 돌아와서 어찌할 바를 모르는 집사에게 말을 건넨다.

"집사님, 어쩌면 저택 바깥에 계실지도 모릅니다. 찾으러 가봐도 되겠습니까?"

"그렇군. 부탁하마!"

"네!"

알렌은 대답을 하고 저택에서 뛰쳐나갔다.

'어디냐!'

알렌은 세실의 방 창문으로 바깥을 봤을 때 새E 소환수를 여덟 마리 하늘로 날려 보냈었다. 소환수를 하늘에 소환하고 싶을 때는 꼭 하늘이 보이는 곳이어야 하기 때문이다. 얼마 전부터 새E 소환수의 특기 「매의 눈」을 공유하며 도시 전체를 쭉 수색하고 있었다.

'이 도시는 진짜 쓸데없이 크다니까. 건물 안쪽에 들어가지만 마라.'

과거에 미스릴로 번영을 이룬 내력이 있기 때문일까, 그란벨의 시가지는 상당히 넓다. 게다가 「매의 눈」으로는 건물 안을 들여다볼 수 없어서 그저 바깥에 있기를 바랄 뿐이었다.

'찾았다!'

알렌은 세실을 발견했다. 번화가의 큰길에서 굽이굽이 안쪽으로 더 들어간 골목길이다. 골목길 한쪽 구석에 연보라색 머리카락의 소녀가 무릎을 끌어안은 채 앉아 있었다. 아무리 봐도 치안이 좋은 장소는 아니다. 서둘러 달려갔는데, 역시 그곳은 빈민가와 가까운 장소였다. 공기가 탁하고 어딘가 축축한 분위기다. 알렌이 세실에게 가까이 가자 일순간 어깨를 움찔 떨더니 얼굴을 들어 올렸다.

"알렌?"

"네, 맞습니다."

대답을 한 알렌은 실례합니다, 라고 말한 뒤 세실의 곁에 앉았다. 잠시간 아무런 말 없이 시간만 흘러갔다. 세실이 알렌에게 묻는다.

"나를 데려가려고 온 거야?"

"아니요."

"뭐? 그럼?"

"저는 세실 아가씨의 시종이니까요. 아가씨께서 외출하셨으니 평소와 같이 동행하고자 왔을 뿐입니다."

알렌은 세실의 시종으로서 이제껏 도시의 여러 장소에 함께 동행했었다. 물건을 사러 나온다거나 남작가의 딸로서 행사에 참석하거나 이렇다 할 볼일은 없이 내키는 대로 산책을 할 때 따라다닌 경험도 있었다. 지금 상황도 마찬가지라고 말한다.

"……."

이런 대답을 듣게 될 줄은 생각하지 못했던 세실은 아무런 말도 꺼내지 않았다.

"세실 아가씨, 다리를 다치셨군요. 제가 약초를 갖고 있으니 치료하겠습니다."

아마도 저택에서 뛰어내릴 때 다쳤을 테지. 알렌은 생명의 풀을 써서 회복시켰다.

"아……."

눈 깜짝할 사이에 상처가 낫는 약초의 효과를 보고 놀란다. 잠시 아무 말도 꺼내지 않은 채 앉아 있으니 세실의 배에서 꼬르륵 소리가 났다. 부끄러워하며 세실이 배를 붙잡는다. 어제부터 아무것도 먹지 않았을 테지.

"세실 아가씨, 간식뿐입니다만 우선 드시죠."

모르모 열매나 마른고기, 고구마 말랭이를 수납으로 꺼냈다. 「어디에서 꺼낸 거야?」라며 세실이 신기해하지만, 배고픔이 앞섰는지 더 깊이 캐묻지는 않았다. 세실이 정신없이 먹는 동안에도 알렌은 묵묵히 골목길의 상황을 살폈다.

'자, 이런 곳에서 시비라도 붙으면 난감하니까. 응?'

불한당과 시비가 붙으면 난처하니 알렌이 「매의 눈」으로 주변을 경계하던 때 세실이 훌쩍훌쩍 흐느끼기 시작했다. 배가 불러서 마음에 여유가 생겼을 테지. 어제 식당에서 겪었던 일을 떠올리는 것 같았다. 작은 목소리로 「죽고 싶지 않아」라며 되풀이하고 있다.

'흠, 열한 살짜리 소녀를 격려하는 건 처음인데 어쩔 수 없군.'

"세실 아가씨."

"왜?"

"저택에 돌아가지 마시고 저와 함께 이 도시를 떠나시겠습니까? 아마 내일이면 마도선도 올 테고요, 걸어서 다른 영지로 가능 방법도 있답니다."

"뭐?!"

설마 가출을 제안받을 줄은 생각하지 못한 것 같다. 살짝 수그리고 있었던 얼굴을 들어 알렌을 빤히 바라본다.

"집안일은 다 잊어버리고 함께 많은 나라를 다니며 많은 도시를 보러 가시는 건 어떨까요?"

'보는 건 도시보다 마수가 메인이지만. 지금 딱 후위 직업이 부족한 상황이거든.'

마수라는 표현은 죽음을 연상시킬 테니까 도시로 말을 바꿨다. 알렌의 소환수에 원거리 공격이 가능한 부류는 없는 만큼 세실의 공격 마법은 믿음직하다.

"갑자기 웬 뚱딴지같은 소리를 하니!"

"그렇지 않습니다. 보세요."

도주 자금은 충분합니다, 라며 짤랑짤랑 금화를 꺼내 보여준다.

"이?"

"뭐, 일단 저택에 돌아가서 내년까지 기다릴 수도 있겠죠. 열두 살이면 모험가 등록이 가능하니까요. 그다음 떠나는 것도 괜찮지 않을까요."

"그치만, 학원에 가야……."

세실은 이제까지 열두 살이 되면 학원 도시에 가게 될 것이라는 말을 들으며 자라왔다.

"학원에 억지로 갈 필요는 없지요."

"필요가 없어?"

"네, 누가 가라고 시켜도 가고 싶지 않다면 갈 필요는 없습니다. 세실 아가씨는 어떻게 하고 싶으십니까? 모든 것은 세실 아가씨가 결정하시기 나름입니다."

"내가 하고 싶은 것……."

알렌은 세실에게 인생에는 선택지가 있다는 것만은 알려주고 싶었다. 말을 듣고서 세실이 생각에 잠겼기에 묵묵히 기다린다. 어쩌면 본인이 무엇을 하고 싶은지 고민하는 경험 자체가 처음인지도 모른다. 그렇게 한 시간쯤 경과했을 때 큰길이 갑자기 소란스러워졌다. 아마도 결국 대규모 수색단이 편성되었는지 구석진 뒷골목의 모퉁이까지 세실을 부르는 목소리가 들려온다.

"알렌."

"예."

"나, 저택에 돌아갈래."

"알겠습니다."

"알렌, 업어줘."

"예이, 예이."

알렌이 등을 보이며 쪼그려 앉자 세실이 몸을 얹는다. 알렌은 큰길 방향으로 걸음을 뗐다.

"알렌."

"네, 부르셨습니까?"

"고마워……."

세실은 부끄러워하며 알렌의 어깨에 얼굴을 묻고 고마움을 표시했다.

"아닙니다."

큰길에 나오자 기사와 눈이 마주쳤다.

"세실 아가씨를 발견했습니다."

보고한 뒤 세실을 업은 채 저택으로 복귀했다. 이미 세실을 발견했다는 소식이 전달되어서 수색은 중단된 것 같다. 바삐 뛰어다니던 기사들은 도중에 모두 사라졌다.

걸어서 복귀했기에 상당한 시간이 걸린지라 이제야 겨우 저택이 눈에 들어왔다. 저택 앞에서는 남작가의 사람들이 줄지어 기다리고 있었다. 세실은 부모님이 서 있는 장소의 조금 앞에서 「이제 내려줘」라고 말했다.

"세실……."

알렌의 등에서 내린 세실에게 남작이 달려와 힘껏 끌어안는다.

"아, 아버님. 폐를 끼쳤습니다……."

"괜찮다, 정말 괜찮다."

"그래, 세실. 세실이 혼자 짊어질 일이 아니란다."

옆쪽에 있는 남작 부인도 세실의 무사함을 기뻐하고 눈물을 글썽이며 말을 건넨다.

남작이 세실의 두 어깨를 붙잡아서 눈동자를 마주 바라봤다.

"얼마 안 남았다. 얼마 안 남았단다."

"네?"

"머지않아 미스릴 채굴이 시작된다. 채굴권 일부를 왕가에 헌상하면 충분히 너의 책무를 면제받을 수 있을 것이다. 내가 전력을 다해 왕가와 협상하마. 그러니 세실, 넌 아무런 걱정도 하지 말거라."

사실은 어제 남작이 세실에게 하고 싶었던 말이 이것이었는지도 모르겠다.

'그런가, 그래서 서둘렀던 거야.'

백룡이 거주지를 옮겼다는 보고를 받은 이후부터 남작은 하루라도 빨리 채굴을 개시하고 싶어 하며 어딘가 조바심에 찬 느낌이었다. 사랑하는 자식의 생명을 구하기 위해 미스릴 채굴에 매달렸던 것 같다.

"아니요."

"음?"

그러나 남작의 말을 세실이 거절한다.

"저는, 저 세실 그란벨은 그란벨 가문의 책무를 완수하겠습니다. 미하이 오라버니가 앞서 나아갔던 것처럼, 더는 도망치지 않겠어요."

치켜 올라간 눈매 속 심홍색 눈동자를 가진 소녀는 떨리는 목소리로 자신의 의지를 소리 내어 선언했다.

* * *

세실의 가출 소동 후 며칠이 지난 어느 날. 알렌은 새G 소환수와 「공유」를 해서 클레나 마을을 방문했다. 오늘도 생활비로 쓸 금화를 가지고 왔다. 작년 7월부터 시작한 송금은 이미 열 번을 훌쩍 넘겼다.

짤랑.

새G가 금화를 흙마루에 떨어뜨리자 소리를 듣고 테레시아가 고개 돌렸다.

"어머. 삐삐야, 안녕. 또 가져와준 거야? 오늘은 편지도 있구나."

'짜삐인데 말이지.'

『삣!』

새G 소환수의 발 주변에는 금화 한 닢과 양피지에 쓴 편지가 있다. 금화를 부리로 물고 편지를 두 다리로 잡아서 가져왔다. 테레시아가 금화와 편지를 줍는다.

새G 소환수는 세 번째 송금 때 테레시아에게 발견됐다. 물론 일부러 발견되도록 흙마루에 들어갔던 결과다. 그날 송금 이후는 금화에 편지를 덧붙였다. 처음 쓴 편지에는 달랑 한 마디뿐이었다.

『알렌.』

왜냐하면 거의 글자를 읽지 못하는 부모님도 가족의 이름은 알아볼 수 있을 테니까. 부모님은 돈을 보낸 사람이 누구인지 금방 깨달아줬다.

"삐삐야!"

네 살이 된 뮈라가 새G를 잡으려고 흙마루에 나온다. 알렌이 붙인 이름은『짜삐』인데 가족들 사이에서는『삐삐』라고 정착되어버렸다.

'안되지, 벌써 붙잡혀주지는 않을 거야.'

새G 소환수는 민첩성 200을 넘겼다. 좁은 흙마루를 잽싸게 날아다니며 여동생 뮈라의 손을 화려하게 빠져나간다.

"어휴, 뮈라, 가만있으렴~."

"네~."

"오! 또 왔구나. 알렌 녀석, 잘 지내나?"

마침 바깥에 나갔다가 돌아온 로단이 흙마루에서 물독의 물을 퍼담아 목을 축인다.

이제부터 가족끼리 점심 식사다. 로단, 테레시아, 마쉬, 뮈라가 탁자에 둘러앉았다. 평민 신분으로 올라간 지금도 집은 농노 시절

그대로이고 식탁의 풍경도 예전과 다를 바 없었다.

"편지 왔어? 보여줘."

삐삐가 가져다준 편지를 마쉬가 손에 든다.

'오? 이제 글자 읽을 수 있나?'

이렇게 편지를 보내기로 한 이유는 금화가 자꾸 날아와서 가족들이 이상하게 여기기 때문이었지만, 저것 하나만 이유는 아니었다. 작년부터 마쉬가 글자를 배우기 시작해서였다.

작년, 마을에 강사가 와서 클레나는 수험 대비 공부를 시작했다. 학원 도시에 가기 위해서 2년간 클레나는 공부에 열중해야 하는 처지가 됐는데 촌장의 조치 덕분에 마쉬도 같이 수업을 들을 수 있도록 허락받았다. 또한 드골라와 페롬스 등 다른 학생도 몇 명 클레나와 함께 공부하고 있다. 수업을 본 적은 없는데 아마도 글자와 산수를 가르치는 것 같다. 강사가 글자를 써준 양피지를 갖고 돌아온 마쉬는 매일 소리를 내어 읽으며 무척 열심히 익히고 있다.

『아버지, 어머니, 마쉬, 뮈라, 잘 지내고 있나요?

알렌은 잘 지내고 있습니다.

아버지는 술 많이 마시지 마세요.

뮈라는 밤에 투정 부리지 말고 일찍 자자.

또 편지 보낼게요.』

마쉬는 서툴게나마 마지막까지 편지를 다 읽었다.

'오호, 글자를 꽤 많이 익혔구나. 공부는 순조로운 것 같아. 솔직히 아버지도 마음만 먹는다면 금방 배울 텐데.'

레벨 업으로 지력이 상승함에 따라 배우고 익히는 속도가 올라가는 세계다. 로단의 지력 능력치가 D나 E쯤 되었더라도 보어 사냥으로 레벨을 올린 만큼 평범한 사람보다는 학습이 빠를 것이다. 1년쯤 진지하게 임하면 읽고 쓰는 정도는 가능할 것 같다는 생각이 든다.

"뮈라, 형아가 일찍 자라고 써 놨어."

"난 일찍 자는데!"

뮈라가 찐 고구마를 꼭 쥐고 입안 가득 먹으며 마쉬에게 말한다.

"그나저나 알렌은 이렇게 자꾸 돈을 보내도 괜찮은 건가?"

몇 번인가 이쪽 생활은 괜찮다고 편지에 써서 보냈지만, 그럼에도 로단은 못내 걱정되나 보다. 금화 한 닢은 농노와 평민에게 상당히 큰돈이다.

알렌은 갑옷 개미의 껍질을 팔기 시작한 이후 급료와 더해서 매달 금화 열 닢을 넘게 벌어들이고 있다. 금화 한 닢쯤이야 알렌에게 별 부담이 되지 않는다. 너무 걱정하지 않도록 금화 한 닢으로 자제했을 정도다. 시종이 되고 1년 반이 넘도록 줄곧 가족에게 아무것도 못해줬는데 「공유」 덕분에 송금이 수월해졌다. 이세계에는 생활 보장 제도가 아무것도 없지 않은가. 유사시에도 우선은 버틸 수 있도록 송금은 계속할 작정이다.

* * *

「공유」로 새G 소환수에게 지시를 하며 가족의 안부를 확인하던 중 세실이 말을 걸어왔다. 지금은 남작가의 점심시간이며 알렌은 식사 시중을 드는 중이다.

"알렌, 이따가 내 방에 오세요."

"네, 세실 아가씨."

세실은 요 며칠 동안에 어떻게든 마음을 다잡은 것 같다. 완전히 다 회복되지는 않았을지언정 더이상 어딘가로 훌쩍 떠나갈 듯한 불안정한 느낌은 없다. 그날 이후로 알렌을 대할 때 조금은 친절해진 것 같기도 하다. 말투는 변함없는데 눈매가 예전보다 부드러워졌다.

식사 시중 업무를 마친 뒤 늦어지지 않게 세실의 방에 향했다. 노크를 하자 방 안에서 들어오라는 대답이 들렸다. 방금 전까지 본가의 풍경을 보고 있었던 탓에 세실의 방이 무척이나 호화롭게 보인다. 세실은 방에 놓아둔 둥근 탁자 자리에 앉아 있었다. 두 명이서 차를 마시기에 딱 알맞은 작은 탁자다.

"알렌, 저번에는 나를 빨리 찾아와줘서 고마워."

"감사합니다."

방에 들어가자 다시금 얼마 전 가출과 관련하여 감사의 말을 들을 수 있었다.

"이리 와."

"네."

탁자 앞에 와 섰더니 앉으라고 한다. 알렌은 세실의 맞은편에 있는 의자에 앉았다.

탁자 위에는 차와 과자가 놓여 있었다. 평소 세실이 먹는 과자보다 더 호사스러웠다.

"알렌, 내 시종이 되고 3년을 꽉 채웠죠. 며칠 전에는 나를 구해줬고요. 이건 포상이에요."

'오! 과자다! 포상이야! 그나저나 작년에 시종 2주년 기념은 그냥 넘겼는데 3주년은 또 챙기는 건가.'

알렌이 시종이 되고 1년이 지났을 때 세실은 포상을 주겠다는 말을 꺼냈었다. 명목은 시종 1주년 기념이었는데, 그때는 세실이 주선해서 마법 수업을 받을 수 있었다. 덕분에 이 세계에서 마법사와 지력의 관계를 알게 되었더랬다.

작년에는 1주년 기념 때 처음 요청하고자 했던 과자를 부탁할까 미리 생각을 했었는데 애당초 2주년 기념 포상 자체가 없었다. 알렌은 세실이 주년 포상을 잊어버렸거나 혹은 1주년 한 번으로 질렸기 때문이라고 생각했었다. 그런데 3주년은 지난번 답례도 포함해서 제대로 된 포상을 주려나 보다.

"자, 먹어요."

"네."

먹어도 된다는 허락이 떨어졌기에 오독오독 먹으며 구운 과자의 달콤한 맛을 즐긴다.

'엄청 맛있어!'

원래 단것을 무척 좋아했던 알렌은 세실 앞에서 아무 주저함 없이 눈앞의 과자를 차례차례 먹어 치웠다. 그런 알렌을 지켜보다가 세실이 과자에 대해 이야기하기 시작했다. 듣자 하니까 남작에게 부탁해서 용돈을 받아 요리장의 솜씨를 빌렸다고 한다. 이 과자에는 남작 본인이 전하는 감사의 마음도 들어 있는 것 같다.

'오오! 요리장이 이렇게 맛있는 과자도 만들 줄 알았구나. 역시 전직 궁정 요리사야!!'

호화로운 과자를 만든 인물이 요리장임을 알고 알렌은 리켈에게 예전에 들었던 이야기를 떠올렸다. 이 저택에는 왕성에서 일한 경력을 가진 인물이 두 명 있는데 그중 한 명이 요리장이라고 한다.

쉰 살을 넘길 때까지 왕성에서 궁정 요리사로 일했고 은퇴한 뒤 고향 그란벨 영지에 돌아온 내력이 있다. 리켈의 이야기를 들으며 그런 말투로도 궁정 요리사로 일할 수 있구나 생각했던 기억이 난다.

다른 한 사람은 세실의 마법 강사다. 알렌에게 마법에 대해 이것저것 가르쳐줬던 상당히 나이가 든 강사도 왕성에서 맡은 직위를 은퇴한 뒤 남작가에 발걸음을 하게 되었다. 다만 요리장과 다른 부분은 그란벨 영지가 강사의 고향은 아니라는 점이다. 왜 지금 이 저택에서 강사를 하고 있는가 묻는다면 모든 것은 세실을 위해서라고 한다. 귀족 중 마법을 사용할 수 있는 재능 보유자가 확인되면 강사를 고용해서 마법을 가르치는 것이 상례인데, 마법사 정도의 재능이라면 굳이 왕성에 소속된 강사가 찾아와주지는 않는다. 하지만 세실은 마도사라는 상당히 귀중한 재능을 보유했다. 좋은 강사가 없는지 수소문한 끝에 마도사의 재능을 보유했으며 은퇴를 고려하는 연령에 접어들었던 강사의 존재를 알게 되어서 이렇게 발탁을 한 셈이다. 지금은 매주 한 번 세실에게 수업을 하며 평소에는 귀족 거리의 한 모퉁이에 마련해준 주택에서 은거 생활을 하고 있다던가.

"알렌, 알렌은 걱정하지 않아도 돼요."

"예?"

'무슨 소리야?'

세실은 아직 할 이야기가 더 남았나 보다. 알렌은 과자로 뻗던 손을 잠시 멈추고 이야기를 들었다.

"알렌은 장래 문제를 고민하다가 모험가 얘기를 꺼내준 것 같은데, 걱정하지 마요."

'모험가? 아, 골목에서 한 이야기인가.'

세실이 가출해서 골목길에 주저앉아 있었을 때 격려해주기 위해 집안일 따위 다 잊고 모험가가 되자고 이야기했던 것을 떠올렸다.

"알렌은 정말 잘해주고 있어요. 되도록 빨리 보좌관이 될 수 있도록 아버님께도 말씀드렸어요."

'켁!!'

세실은 구김살 없는 웃는 얼굴로 말했지만, 알렌은「과분한 말씀이십니다」라고 대꾸할 수밖에 없었다.

제11화 갑옷 개미 소굴에 도전

해가 바뀌어 3월이 되었다. 미하이가 사망한 지 반년쯤 지났고 세실은 제법 기운을 차렸다. 그럼에도 역시 미하이의 빈자리 때문인지 예전보다 더욱 수련에 힘쓰고 있다.

『알렌, 사냥할 때 나도 데려가.』

이런 명령도 받은 적 있었다. 아마 세실은 강해지고 싶은 듯하다. 다만 남작이 절대 허락해줄 리 없었던 터라 결국은 거절했다.

이제 반년 뒤에는 열두 살이다. 저택에 오고 벌써 3년 반, 시간의 흐름이 빠르다는 것을 느낀다. 미하이가 이 세상을 떠난 결과가 된 그란벨 가문의 책무가 무엇인지는 지금도 알지 못한다. 예전에 리켈에게 왕국은 어느 나라와도 전쟁을 하고 있지 않다고 들었다. 미하이의 죽음 때문에라도 다시 한번 리켈에게 확인했는데 답은 같았다.

이 왕국의 북부에는 몇십 배나 큰 국토를 자랑하는 거대 제국이 있다. 몇십 년 전에는 전쟁을 했던 시기도 있었다던데 지금은 평화협정을 체결했다. 리켈은 이왕에 같이 알아두라며 이 세계의 현대사를 요약해서 가르쳐줬다.

사냥의 진척 상황에 대해 말하자면 2월 말에 오크 마을을 전부 없애버렸다. 고블린 마을보다 섬멸하는 데 시간은 조금 걸렸지만, 애쓴 보람이 있어 백룡 산맥의 기슭에서 오크 마을은 싹 자취를 감췄다. 다만 오크 마을이 그란벨 남작의 영지 쪽에만 있지는 않아서 언젠가 또 어디에서 흘러들어 온 오크가 마을을 세울지도 모른다. 그때는 또 퇴치하면 그만이다.

알렌과 기사단의 활약으로 다음 달 4월부터 시작되는 미스릴 채굴에 대비하여 예정대로 인원도 확보할 수 있었다. 고블린과 오크가 사라져서 모험가에서 직업을 바꾼 사람도 꽤 있다고 한다. 고블린 마을과 오크 마을을 모두 없애서 모험가가 할 일까지 없애버린 터라 미안한 마음도 들었지만, 실제 희생된 사람들의 주검을 잔뜩 봐왔던 알렌은 역시 마수의 마을은 없애는 것이 정답이라는 생각을 가지고 있다.

미스릴 광석을 미스릴로 재련하는 용광로가 놓일 마을은 봄부터 이주가 시작된다. 여름이 지날 무렵에는 채굴을 개시할 예정이었다.

초기 투자에 비용이 드는지라 처음 몇 년은 적자를 볼 전망이지만, 시작하는 것이 중요하다는 생각이 든다. 한 가지 걱정거리가 있다면 카르넬 자작이었다. 백룡이 카르넬 영지로 이동한 뒤 2년이 훌쩍 지났는데 전혀 움직임이 없다. 미스릴에 의지하지 않고서 영지 운영이 가능할 리 없을 텐데 그란벨 가문에 울며불며 매달리지도 않는다. 이 같은 침묵이 섬뜩했다. 남작도 못내 걱정되는지 자주 집사를 시켜 카르넬 영지의 상황을 확인하고 있다.

고블린 마을과 오크 마을을 전멸시킨 지금도 알렌은 백룡 산맥을 사냥의 거점으로 쓰고 있었다. 백룡 산맥의 기슭에서 위로 올라가 숲을 빠져나간 곳에 위치한 곳, 식물이 거의 자라나지 않은 황량한 장소에 서면 백룡 산맥의 전모를 바라볼 수 있다. 산맥은 길게, 아울러 광범위하게 뻗어 나간다. 지금 보는 광경은 산맥 경사면의 일부였다. 다만 소환수와 「공유」를 쓰고 상공에서 보는 광경과 깎아지른 벼랑에서 직접 보는 산자락은 박력이 전혀 달랐다.

'갑옷 개미의 굴은 저곳이군.'

알렌이 있는 장소에서 조금 떨어진 경사면에 큰 움집 모양으로 부푼 지형이 있다. 갑옷 개미의 개미굴이다. 3미터나 되는 수많은 갑옷 개미가 굴 입구를 들락거리는 광경이 보였다.

'입구는 꽤 작네. 아니, 갑옷 개미가 큰 건가? 이러면 갑옷 개미한테 막혀서 안에 못 들어가지 않나?'

굴 입구의 폭은 갑옷 개미 한 마리가 드나들 만한 크기밖에 안 된다. 사람이 들어가기에는 충분한 크기이지만, 침입을 시도한들 갑옷 개미가 길을 막으며 버틸 것은 쉽게 상상할 수 있었다.

갑옷 개미의 토벌 방법은 레이븐에게 들었다. 일단 굴에는 대략 천 마리를 넘는 갑옷 개미가 있다고 한다. 또한 안에는 반드시 여왕 갑옷 개미라는 B랭크 마수가 있고, 여왕은 숨통을 끊지 않는 한 끊임없이 갑옷 개미를 낳는다. 다만 레이븐도 다른 사람에게 전해 들었던 소문에 불과한지라 알렌이 이것저것 자세히 물어봐도 평소처럼 명확하게 답해주지는 못했다.

'분명 내부는 일방통행의 터널일 거야. 굴이 작아서 불편하지 않을까? 전부 다는 아니더라도 상당수의 갑옷 개미를 바깥으로 꺼내서 잡은 다음에야 침입을 시도할 수 있겠지?'

두목인 여왕 갑옷 개미를 사냥하기 위해서는 먼저 굴 안에서 대량의 갑옷 개미를 유인해서 잡을 필요가 있겠다. 알렌은 짐승D 소환수 네 마리, 벌레D 소환수 한 마리, 물고기D 소환수를 한 마리 소환해서 「공유」를 썼다.

'무슨 일이든 도전해봐야지.'

이곳에는 공략본도 게시판도 없다. 이렇게 여섯 마리를 편성해서 갑옷 개미 무리를 과연 얼마나 상대할 수 있을까. 알렌은 오크 마을에서 궁지에 몰린 교훈을 되새기며 조금 거리가 있는 곳에서 공격하기로 했다.

훤히 노출된 바위와 돌을 누비고 나아가며 여섯 마리의 소환수가 개미굴로 향한다. 짐승D 소환수는 제법 덩치가 커서 금세 발각당했다. 그럼에도 아랑곳 않고 쭉 전진한다.

『끼깃끼깃!』

『『『끼깃끼깃!』』』

소환수들이 개미굴에 몰려들더니 갑옷 개미 한 마리가 큰 턱으로 경계음 같은 소리를 냈다. 그러자 굴 바깥에 있던 갑옷 개미들이 같이 호응해서 일제히 경계음을 내기 시작한다. 갑옷 개미의 대합창에 맞춰 굴에서도 수십 마리의 갑옷 개미가 줄줄이 기어 나오더니 개밋둑을 둘러쌌다.

'좋아! 계속 쏟아져 나와라. 무한히 쏟아져라. 이러면 소환수 여섯 마리로는 부족하겠지. 더 늘려야겠군.'

상황 파악을 마친 알렌은 스무 마리의 짐승D 소환수를 추가 소환했다. 이미 강화를 마친 짐승D 소환수가 알렌의 지시에 따라 갑옷 개미의 굴로 향한다.

주변은 즉각 전장으로 변화했다. 갑옷 개미는 갑옷보다 머리를 보호하는 외골격이 약간이나마 더 무르기 때문에 짐승D 소환수는 다들 하나같이 갑옷 개미의 머리를 노린다. 평소 사냥에서도 이렇게 하도록 지시 내렸기에 새삼 지시를 하지 않아도 머리를 노리는 것이 교육되어 있다. 맞부딪치자마자 머리를 노리고 공격을 한다.

'음, 역시 움직임이 안 좋아.'

사냥을 할 때 가장 중요한 것은 어떻게 마수를 단시간에 잡느냐이다. 사냥 효율은 쓰러뜨린 마수의 숫자에 비례한다. 알렌은 갑옷 개미의 굴과 50미터 이상 떨어진 곳에서 새E 소환수의 매의 눈을 통하여 전황을 보고 있었다. 짐승D 소환수의 맹공에 의하여 갑옷 개미의 숫자가 잇따라 줄어드는 중이나 아무 문제도 없이 선전하는 것은 아니었다. 짐승D 소환수의 약점도 이렇듯 많은 숫자의 갑옷 개미를 쓰러뜨리는 와중에 두드러지고 있다.

짐승D 소환수는 일단 외골격으로 감싸인 갑옷 개미의 머리를 일격에 깨부수지 못한다. 보다 효율적으로 사냥을 하기 위해서는 다 같이 연계해서 한 마리의 갑옷 개미를 공격하며 한 마리씩 확실하게 처리해야 피해를 억제할 수 있는데 그게 잘되질 않는다.

알렌은 짐승D 소환수가 마수를 공격하는 것을 볼 때마다 다른 짐승D 소환수에게도 같은 표적을 집중 공격하도록 지시 내린다. 다만 지시를 내린 이후에도 스스로 판단해야 하는 장기전에서는 어쩔 수 없이 지시에 구멍이 생기는지라 소환수의 행동에서 자꾸 비효율적인 행동이 발생한다. 딱 한 방이면 나가떨어질 갑옷 개미가 있는데도 갑자기 다른 개미를 공격한 탓에 살아난 갑옷 개미한테 공격받아서 피해를 받는 실수가 종종 보였다.

'지력 100을 넘긴 정도로는 소환수의 판단에 실수가 많고 다른 녀

석들과 잘 연계하지도 못하는군.'

일정 확률로 잘못된 판단을 하는 구조인지 장기전을 수행할수록 행동에서 실수가 눈에 띈다. 이런 문제도 훈련하면 개선되리라고 장기적인 과제로 보고 있지만, 아무래도 지력과 관계가 있는 것 같았다. 실제 강화를 마쳐 지력이 400에 달한 새D와 물고기D 사이에서는 제대로 된 의사소통이 이루어지고 있다. 새D 소환수는 『호~』라는 말밖에 못 하는데, 물고기D 소환수는 심지어 소리를 아예 못 낸다. 하지만 그럼에도 의사소통이 이루어지며 연계하고 있다는 것은 명확했다.

'일단은 이런 느낌인가. 지력 300대 소환수가 없어서 아직은 가설 단계구나.'

●다양한 지력 수치를 가진 소환수가 늘어나서 검증한 결과

· 지력 100 미만 …… 특기를 쓰라는 말만 따른다
· 지력 100 이상 …… 특기 이외의 지시를 이해할 수 있다. 판단에 실수가 있다. 다른 소환수와 의사소통은 불가능하다
· 지력 200 이상 …… 판단에 실수가 적어진다
· 지력 300 이상 …… 해당되는 소환수가 없어서 검증 불가능
· 지력 400 이상 …… 소환수끼리도 의사소통이 가능하다. 공유로 알렌과 의사소통해서 지시를 내릴 수 있다.

검증 결과 지력 400짜리 새D를 소환수 부대의 대장으로 쓸 경우 대장에게 「공유」로 지시를 하면 공유하지 않은 짐승D 소환수에게도

원격으로 지시 내릴 수 있다는 것을 알았다. 다만 이 경우는 알렌에게서 새D 소환수에게, 새D 소환수에게서 짐승D 소환수에게 말 전하기 게임을 하는 격이다. 단순한 내용이 아니면 지시가 잘 전달되지 않는 경우도 많았다.

갑옷 개미의 굴에서 펼쳐지는 공방을 지켜보며 알렌은 소환수의 새로운 가능성에 대해 모색해 나갔다.

*　*　*

갑옷 개미의 굴을 공략한 지 2개월이 지났지만, 아직 맨 처음 굴조차 함락하지 못했다. 알렌은 지금 미스릴 정련을 위하여 백룡 산맥의 기슭에 만든 마을에 있었다. 4월에 개척이 막 시작된 이 마을은 아직 곳곳이 살풍경하다. 함께 목재를 운반하고 있던 남자가 말을 걸어왔다.

"꼬마는 힘이 좋구나."

"감사합니다."

알렌이 이곳에 있는 목적은 물론 개척을 돕기 위해서가 아니라 갑옷 개미굴의 제압이다. 지난 2개월 동안 최근 5주는 주마다 두 번 빠짐없이 하루에 이백 마리 이상을 쓰러뜨렸으니까 이 기간 동안만도 이천 마리 이상의 갑옷 개미를 잡았다는 계산이 나온다. 레이븐에게 들었던 이야기에 따르면 한 곳의 굴에는 천 마리 정도의 갑옷 개미가 있다고 했으니 본래는 이미 전멸했을 시기가 지나갔는데도 아직껏 다 사냥하지 못한 까닭은 무엇 때문일까.

그냥 처음에 노렸던 굴이 우연히 규모가 큰 곳이었다면 삼천 마리든 오천 마리든 잡으면 언젠가 결판이 날 테니 문제없다. 다만 알렌에게는 한 가지 신경 쓰이는 요소가 있었다. 이백 마리 가까이 잡은 갑옷 개미의 시체가 다시 굴에 찾아왔을 때는 깔끔하게 사라졌다는 것이다. 어쩌면 여왕 갑옷 개미는 이제껏 쭉 죽은 부하 개미를 영양분 삼아 새로운 개미를 낳아왔는지도 모른다.

그러면 쓰러뜨린 갑옷 개미의 시체를 회수해서 해결할 수 있지 않은가 생각이 들었다만 막상 너무나 비현실적이었다. 굴에서 무한히 쏟아져 나오는 갑옷 개미가 방해를 해서 마석조차 제대로 회수를 못하고 있는 상황이니까. 경험치는 지금껏 했던 어떤 사냥보다도 효율이 좋았지만, 이 전투에 금전적인 이득은 전혀 없었다.

고민한 끝에 알렌은 밑져야 본전이니 집사에게 상담을 했다. 기사단장에게 이야기를 들어서 집사가 이제까지 알렌의 뜻을 존중하여 이것저것 편의를 봐줬다는 것을 알고 있다.

알렌의 상담이란 수렵 담당으로 일하는 날과 휴일을 이틀 연속으로 조정해서 그때는 외박을 허락해달라는 내용이었다. 그란벨 남작의 저택에서 백룡 산맥에 있는 갑옷 개미의 굴까지는 레벨 및 가호에 의해 민첩성을 올린 알렌도 상당히 멀게 느껴지는 거리다. 이동에 시간을 할애하는 만큼 사냥 시간을 충분하게 확보할 수 없었다.

「외박」이라는 말에 집사가 반응하며 난처한 표정을 지었다. 거절할 것 같아서 미스릴을 정련하는 마을의 일도 거들겠다며 부탁을 하자 꼭 필요한 일인가 보구나, 라며 허락해줬다. 승낙을 받은 뒤 시종장 리켈에게 보고하자 용케 허가를 받아냈다며 의외라는 표정을 지었더랬다. 외박은 기본적으로 안된다고 한다. 아마 이번에도 알렌은 상당히 무리가 있는 요청을 한 듯싶다.

변경 전 …… 업무/업무/수렵 담당/업무/업무/휴일
변경 후 …… 업무/업무/업무/업무/휴일/수렵 담당

몇 시간쯤 백룡 산맥의 기슭 마을에서 개척을 거들어도 쏠쏠하다는 기분이 들만큼 이틀 연속으로 갑옷 개미의 굴을 공략하는 데는 큰 의미가 있었다. 이동 시간이 준 만큼 하루에 이백 마리였던 갑옷 개미의 토벌 숫자를 삼백 마리로 늘릴 수 있었기 때문이다. 이날도 작업을 거든 뒤 평소와 같이 갑옷 개미를 사냥하던 중 갑옷 개미의 굴에서 변화가 발생했다. 드디어 굴에서 나오는 갑옷 개미가 사라진 것이다.

'드디어! 내 끈기가 이겼다!! 봤냐 개미 녀석들아!!!'

4월 중간부터 이틀 연속으로 공략을 계속했던 보람이 있던 셈이었다. 가로세로가 3미터나 되는 출입구는 입을 떡 벌린 모습이 마치 알렌을 맞아들이는 것처럼 보였다.

'지금이 몰아칠 때야. 횃불이랑 조명용 마도구도 가져왔지만, 일단 소환수를 보내는 게 안전하겠지.'

쳐들어가기 전에 내부의 상태를 알고 싶었던 데다가 굴의 어디에 여왕 갑옷 개미가 있는지도 조사해야 한다. 우선은 굴 내부를 조사할 필요가 있다.

'굴 안에 짜삐를 보낼까? 아니, 어두울 테니 호로우가 적임인가.'

어느 소환수를 잠입시킬까 판단한다. 어둠 대책을 위해 새G 소환수가 아니라 밤눈 특기를 보유하고 있는 새D 소환수를 보내기로 했다.

'흠, 짜삐는 아직도 딱히 역할이 없네.'

소환 레벨이 올라서 「공유」 등 편리한 스킬이 늘어났다. 모든 소환수에게 어떤 활약의 무대가 있을지 가능한 한 검증은 진행하고 싶었다. 새G 소환수의 「성대모사」는 상당히 유용하리라 생각하고 있다. 특히 「공유」를 조합하면 활용의 폭은 상당히 넓어진다.

●성대모사의 검증

· 사람의 목소리를 흉내 낼 수 있다

●성대모사의 조건

· 대상의 목소리를 미리 들어야 한다

· 대상의 이름을 꼭 알아야 한다

「공유」가 없던 시절은 누구 목소리를 흉내 내라, 어떠한 말을 꺼내라 등 이것저것 자잘한 내용을 50미터 안쪽에서 전부 일일이 지정해줘야 했다. 불편한 점이 꽤 있었는데 「공유」 덕분에 문제가 해결되면서 특기의 유용성이 쭉 상승했다. 성대모사의 대상 및 말하는 내용을 상시 제어할 수 있을 뿐 아니라 지시의 유효 범위에 얽매이지 않고 자유롭게 이동할 수 있다. 가능성은 상당히 넓어졌는데도 아직 지금껏 사용처를 발견하지 못했다는 것이 유감스럽다.

알렌이 이런 생각을 하고있는 동안에도 새D 소환수는 굴 안쪽을 쭉쭉 나아간다.

'안이 상당히 넓어. 이러면 한 마리로는 탐색을 제때 못 끝내겠어.'

더욱 깊이 안쪽으로 나아간다. 거대한 갑옷 개미가 천 마리 넘게 사는 소굴은 대형 미궁과 비슷했다. 거듭거듭 길이 갈라지며 끝없이 터널이 이어진다. 여왕 갑옷 개미를 토벌할 절호의 기회를 놓칠 순 없는지라 새D 소환수를 세 마리 늘려서 굴속에 추가 투입했다. 알렌은 도합 네 마리의 소환수가 조사한 굴 내부 구조를 모조리 마도서에 베껴 쓰며 공략 지도를 작성한다.

'아하, 여기는 방이구나. 으엑, 당했다!'

굴속에 갑옷 개미가 없지는 않았다. 새D 소환수 한 마리가 막다른 곳의 조그만 방에 들어갔을 때 느닷없이 큰 턱이 덮쳐들어서 당해버렸다. 당하기 전에 세 마리 정도의 갑옷 개미를 확인했는데 아직은 꽤 많은 숫자가 숨어 있는 것 같았다.

'끄응, 포기하지 않을 거야.'

개미굴 공략을 위한 작전을 궁리한다. 아직 남아있는 새D 소환수 세 마리에게는 계속해서 탐색을 시키는 한편 이미 소환을 마친 짐승D 소환수를 포함하여 합계 네 마리와 공유를 했다. 새D 소환수는 당하면 당하는 만큼 추가로 소환한다. 완만하게 아래로 내려가는 터널을 쭉 전진하며 굴의 전모부터 완전히 파악하는 것을 우선시했다. 동시에 소환수가 당한 장소를 지도에 표시하고, 그곳에 짐승D 세 마리와 새D 한 마리로 편제한 부대를 돌입시킨다. 이렇게 표시를 한 장소에 있는 갑옷 개미는 모두 처리했다. 가끔 방에서 발견되는 유충도 똑같이 마무리했다.

터널에는 빛이 전혀 비치지 않기 때문에 짐승D 소환수는 내부 상황을 눈으로 보지 못한다. 알렌이 공유하고 있는 시야도 새카맸다. 함께 다니는 새D 소환수의 「밤눈」으로 상황을 확인하며 짐승D 소환수에게 지시를 내리고 있다.

아침부터 시작된 개미굴 탐색은 처음만 잠시 순조로웠을 뿐 갑옷 개미도 잠자코 있지는 않았다. 점심이 지날 무렵부터는 조우율이 높아지기 시작했다.

'크, 또 막다른 곳에 몰렸어.'

갑옷 개미는 굴의 통로와 거의 같은 크기인지라 출현할 때마다 터널을 싹 막아버리니 앞으로 나아갈 수가 없었다. 길이 막혀서 되돌아올 때 갑옷 개미와 조우하면 새D 소환수 혼자서는 사냥을 못하니까 일단 다시 카드로 회수했다. 카드로 만든 소환수는 홀더에 자동 수납되니 재차 소환해서 개미굴로 보낸다.

짐승D 소환수는 통로나 방에서 갑옷 개미와 마주치면 무조건 적을 쓰러뜨렸다. 다만 뒤처리가 큰일이었다. 갑옷 개미의 시체가 길을 막아서 전진할 수 없기 때문이다. 깨부순 머리를 물어서 밀든 잡아당기든 방이나 막다른 곳까지 끙끙 옮김으로써 소환수의 진로를 확보해야 했다.

'뭔가 퍼즐을 푸는 기분이야. 개미굴 공략은 원래 이런가?'

알렌이 켄이치였던 시절, 게임 안에 미니 게임이 있기도 했다. 메인은 모험 판타지인데, 어딘가에서는 엉뚱하게도 퀴즈 대회나 주사위 게임를 한다. 갑옷 개미의 굴 공략을 하는 도중에 그때와 비슷하다는 느낌을 받았다.

차근차근 퍼즐을 푸는 시간이 얼마나 이어졌을까. 해가 저물어졌을 무렵에 결국 새D 소환수가 이제껏 봤던 가장 큰 갑옷 개미를 굴 깊숙한 바닥에서 발견했다.

한층 더 커다란 방에는 갑옷 개미가 열 마리쯤 모여 있었다. 또한 중심에 있는 갑옷 개미는 명백하게 다른 갑옷 개미와는 형태가 달랐다. 갑옷에서 삐져나온 배추벌레 형태의 동체가 규칙적으로 신축을 반복하고 있다. 길이는 대략 평범한 갑옷 개미의 세배는 될 테지. 여왕 갑옷 개미로 추측되는 특수 개체였다.

'오오! 틀림없어, 여왕 갑옷 개미다!!'

아마 이곳이 갑옷 개미 소굴의 종착점인 것 같다. 여왕 갑옷 개미의 방을 마도서에 기록한 뒤 굴속에 들어가 있던 모든 소환수를 우선 카드로 회수했다.

'편제는 일단 똑같이 할까. 봐서 버거울 것 같으면 지력을 더 올리고 「공유」 가능한 소환수를 늘리도록 하자.'

· 짐승D 소환수 여섯 마리
· 새D 소환수 한 마리
· 벌레D 소환수 한 마리

여덟 마리의 소환수에게 물고기D의 「흩날리기」 버프를 걸어주고 「공유」를 써서 여왕 갑옷 개미 토벌을 위해 출발시킨다. 이어서 짐승D 소환수를 몇 마리 추가로 소환하고 공유를 쓴 소환수들과 동행하도록 지시 내렸는데, 안쪽은 아무것도 보이지 않아 따라가지 못하는 듯했다. 어쩔 수 없이 이번 토벌은 「공유」를 쓴 소환수만 데리고 진행해야겠다.

꾸불꾸불 복잡한 갈림길이 잔뜩 이어지는 개미굴을 전진하며 5킬로미터쯤 내려간 곳에 있는 최심부가 목적지다.

도착한 방에서는 변함없이 여왕 갑옷 개미와 갑옷 개미가 단단히 수비 중이었다.

'보스전은 언제나 졸병부터 잡는 게 정석이지. 레이드의 진리야.'

우선은 일반 갑옷 개미부터 싹 잡아준다. 여왕 갑옷 개미가 있는 큰 방은 당연히 새카맸지만, 새D 소환수의 밤눈 덕분에 시야 확보는 가능했다. 짐승D 소환수가 세 마리 당했을 때 알렌은 곧바로 추가 소환해서 방으로 투입했다. 오크 킹을 잡았을 때와 똑같이 적을 압도하는 물량으로 쓰러뜨린다. 그저 쭉 밀어붙인다.

'졸병은 다 잡았으니까 나도 내려가야겠다. 굴 안에서 대량 소환을 하자.'

오크 킹을 쓰러뜨렸을 때는 백 마리 이상의 짐승D 소환수가 필요했었다. 사방에서 포위한 채 소환수가 몇 마리 당하든 살아있는 한 공격을 쏟아붓는 전법이다. 이번에도 같은 작전을 쓸 계획인데, 소환하는 곳이 지하 깊숙이 5킬로미터나 떨어진 위치라서 알렌이 직접 갈 필요가 있다. 시간이 아까우니 새D 소환수 한 마리와 짐승D 소환수 두 마리를 데리고 개미굴에 뛰어들었다. 안쪽에서는 앞에 전혀 안 보이기에 쓴 새D 소환수의「밤눈」에 의지해야 했다. 횃불이나 마도구의 조명을 뛰어넘는 선명한 시야가 확보된다.

'뭔가 위에서 자기 자신을 조작하는 기분이 드는걸.'

그런 생각을 하며 전진하는 동안에도 최심부에서는 나머지 짐승D

소환수가 여왕 갑옷 개미를 공격하고 있다.

'움직임은 느려도 머리를 노리는 건 위험하겠어.'

커다란 외골격에 감싸인 머리 부분은 흉악한 큰 턱이 눈에 띈다. 차라리 통통하고 말랑말랑해 보이는 배 부분을 때려야겠다. 세 마리의 짐승D 소환수가 특기 「물어뜯기」를 써서 집중적으로 배 부분을 공격한다. 그러자 배를 물어뜯긴 여왕 갑옷 개미가 몸을 뒤흔들며 짐승D 소환수들을 날려버렸다. 개미굴 벽에 몸을 부딪힌 짐승D 소환수는 직후에 여왕 갑옷 개미의 큰 턱에 물려 빛나는 거품이 되어 사라졌다.

'또 당했나. 아니, 잡을 수 있어. 피해 누적이 굉장히 느릴 뿐이야.'

날렵하게 할버드를 휘둘러 댔던 오크 킹과 비교하면 여왕 갑옷 개미의 공격은 매우 느렸다. 알렌이 여왕 갑옷 개미의 큰 방으로 뛰어들어간다.

'적의 움직임이 둔해졌다!! 베어들, 쭉 몰아쳐!'

『『『크르아아아아아!!!』』』

알렌이 재빨리 소환한 스무 마리 이상의 짐승D 소환수가 일제히 부르짖으며 여왕 갑옷 개미에게 덮쳐든다. 고랭크 마수를 상대하며 아군의 절반 이상은 앞도 제대로 못 보는 상황이지만, 그럼에도 적의 몸체가 커다랗기에 일단 목표를 포착하면 공격이 쭉쭉 들어간다. 여왕 갑옷 개미가 몸을 요동칠 때마다 휙 날아가면서도 끝내 기죽지 않고 달려들었다.

'움직임이 안 좋은데, 어쩔 수 없나.'

예상보다 반격이 거세지 않은 느낌이다. 그런 생각을 떠올리던 중 짐승D 소환수의 일격이 치명상을 가한 것 같았다. 여왕의 긴 몸체 일부가 찢어지며 하얀 체액이 바닥에 쏟아졌다.

『끼기이이잇!!!』

머리를 쳐든 여왕 갑옷 개미가 비명 지르더니 바닥에 털썩 쓰러졌다. 몸을 꿈틀거리며 경련하고 있다. 그 움직임 때문에 하얀 체액이 바깥에 더 많이 흘러나온다.

『여왕 갑옷 개미를 1개체 쓰러뜨렸습니다. 경험치 45000을 획득했습니다.』

'무난하게 잡았네.'

토벌은 의외로 쉽게 끝났는데, 갑옷 개미굴을 공략하는 데 하루 온종일 시간을 써버렸다. 이러면 그란벨에 돌아가도 문이 닫혀 있을 테니까 복귀는 이미 늦은 셈이다. 별수 없이 오늘도 외박이다.

'무단 외박은 피할 수 없나. 집사한테 혼나겠네. 리켈 씨를 본받아서 사죄할 수밖에 없겠어.'

오늘 알렌이 어중간하게 공략을 멈췄다면 또 갑옷 개미가 부활해버릴 우려가 있었다. 그런 불상사를 피하기 위하여 여왕 갑옷 개미 토벌을 우선했던 결과였으나 규칙 위반은 규칙 위반이다. 알렌은 과거에 목격했던 리켈의 사죄 솜씨를 떠올리며 집사에게 사과하는 광경을 상상했다.

'우선은 여왕 갑옷 개미의 갑옷만이라도 회수한 다음 돌아가서 사과하자.'

고민해봤자 해결되는 것은 없었다. 수납으로 마도구를 꺼낸 뒤 꼭지를 돌려서 불빛을 켰다. 새D 소환수의 「밤눈」 덕분에 안은 잘 보이는데, 삼인칭 시점이라서 작업을 하기는 불편하다. 회수 작업은 직접 보면서 해야 가장 편하다.

여왕 갑옷 개미의 상태를 확인하기 위하여 접근했더니 강렬한 악취가 코를 찔렀다.

'독해!'

여왕 갑옷 개미의 체액에서 뭔지 모르겠는데 시큼한 냄새가 난다. 냄새만 맡아도 몸 어딘가에 이상이 발생하는 기분이었다.

'그나저나 움직임이 좋지 않았지. 상태가 나빴던 걸까.'

B랭크 마수이니까 마더 가르쉬와 같은 랭크의 강적이어야 할 텐데도 무슨 까닭인지 여왕 갑옷 개미는 순살할 수 있었다. 이번에 만난 개체가 우연히 약했던 걸까, 애당초 약한 마수였던 걸까.

'어쩌면 알을 지나치게 많이 낳아서 약해졌는지도 몰라.'

알렌은 지난 2개월 사이에 오천 마리가 넘는 갑옷 개미를 사냥했다. 본래 개미굴에 있던 갑옷 개미가 천 마리였다면 여왕 갑옷 개미는 불과 2개월 동안 사천 마리 이상의 갑옷 개미를 더 낳은 셈이다. 알을 지나치게 많이 낳아서 본래 상태보다 상당히 약해졌는지도 모른다.

'마수한테는 식사랑 수면이 필요하고, 약해지는 경우도 있구나. 번데기랑 알도 있었잖아. 상대가 만전의 상태를 유지하지 못하게 방해하는 게 중요하군.'

그런 식으로 고찰을 마무리했다.

'여왕 갑옷 개미를 해체해서 빨리 돌아가자.'

별로 오래 머무를 만한 곳은 아니니 미스릴제 애검을 들고 해체에 착수했다. 미스릴 검을 쓰니 여왕 갑옷 개미 해체도 전혀 문제없었다. 갑옷과 마석을 챙겨 귀환하자.

'아, 깜빡할 뻔했네, 미스릴 광석.'

중요한 것을 떠올렸다. 갑옷 개미의 굴은 미스릴 광맥과 연결되어 있을 가능성이 높다는 것. 어쩌면 이 넓은 공간에도 미스릴 광석이 있을지도 모른다.

'이 정도면 되나?'

미스릴 광석 따위야 본 적이 없는지라 마도구의 불빛을 잘 반사하는 돌을 열 개쯤 주워서 수납 안쪽에 집어넣었다. 이것도 집사에게 보고해야겠다.

'자, 돌아가자.'

할 일을 다 마쳤기에 여왕 갑옷 개미의 껍질을 질질 끌면서 터널 바깥으로 나간다. 백룡 산맥의 기슭에 세운 마을에서 하룻밤 더 머무른 뒤 다음 날 아침 그란벨로 복귀했다.

결국 저택에 도착한 시간은 점심때가 되고 말았다. 저택에 들어가기 전 수납에 넣어 두었던 광석 비슷한 것들을 꺼내 마대에 다시 넣은 뒤 어깨에 걸쳤다.

'우선 집사한테 사과부터 해야지.'

무단 외박의 건을 사과하고자 집사와 면담을 하고 싶었는데 이미 2층의 식당에 있다고 했다. 3미터나 되는 여왕 갑옷 개미의 갑옷은 정원에 놓아두었다.

"실례합니다."

그렇게 말한 뒤 식당에 들어가자 안에 있었던 전원의 시선이 알렌에게 모여들었다.

“뭐, 뭐야!! 왜 이제야 돌아온 거야!!”

세실이 맨 먼저 소리 높였다.

“대단히 죄송합니다. 지금 막 복귀했습니다.”

그러자 집사가 아닌 남작이 말을 꺼낸다.

“알렌. 어제는 복귀를 하지 않았다지? 어째서 복귀하지 않았는가 이유를 말해보거라.”

“네, 백룡 산맥에 있는 갑옷 개미의 굴을 2개월 동안 공략했습니다. 어제는 지난 노력이 결실을 맺어 드디어 여왕 갑옷 개미를 사냥할 수 있는 단계까지 이르렀습니다. 지금 여왕 갑옷 개미를 잡지 않으면 개미들이 또 숫자를 불려 부활하리라는 생각이 들어 토벌을 우선했던 결과, 저택에 복귀할 수 있는 시간이 지나버렸습니다. 대단히 죄송합니다.”

사정을 설명하고 상반신을 90도로 푹 굽혀서 사죄를 했다. 이것이 알렌이 자주 보았던 리켈 특유의 사죄 방법이다.

“음? 여왕 갑옷 개미?”

“예, 여왕 갑옷 개미입니다. 껍질은 정원에 놓아두었습니다.”

남작이 알렌에게 거듭 질문한 뒤 집사에게 눈길을 준다. 기묘하게도 아무 표정이 없었다. 집사는 남작을 마주 바라본다. 역시 무표정이다. 남작과 집사가 무표정으로 서로를 마주 바라보는 모양새였다.

“미안하군, 알렌. 조금 말뜻이 이해되지 않으니 다시 한번 설명해주겠나?”

남작이 알렌을 똑바로 바라보며 이해할 수 없었다고 말한다.

'꽤 자세하게 설명했는데, 혹시 화내는 건가? 잘 모르겠지만 더 꼼꼼히 설명하는 게 좋겠구나.'

어째서인지 이해를 못했다고 해서 다시 한번 설명했더니 이번에는 남작이 이야기의 내용에 확인을 요구했다.

"그러면, 여왕 갑옷 개미를 사냥해서 갑옷 개미의 굴을 확보했다는 말이더냐?"

'오! 이번에는 알아들었군.'

"네, 그렇습니다."

남작이 집사를 본다.

"지금 바로 기사단장을 불러오게. 어젯밤 막 복귀한 참이니 피곤할 터이나 곧장 오도록 전하게나."

"넷!!"

'응? 기사단장을 부르는 건가? 기사난장한데는 갑옷 개미 토벌 계획을 이미 말했는데.'

오크 마을을 토벌할 때 기사단장이 이제부터 토벌 계획은 미리 보고해달라고 당부했었다. 그날 이후 알렌은 꼬박꼬박 보고를 올리고 있다. 기사단장은 자리를 비우는 때가 많았지만, 오크 마을을 섬멸한 소식과 다음은 갑옷 개미의 굴을 공격하겠다는 말은 2개월 전에 분명 전달했다.

"그래서, 여왕 갑옷 개미의 껍질을 가져왔다고?"

"네."

"그럼 기사단장이 올 때까지 그 껍질을 살펴보도록 하지."

'벌써 용서를 받은 느낌인데? 역시 리켈 씨의 사죄 방법은 대단해.'

남작이 무단 외박의 건을 전혀 언급하지 않는다는 게 고맙다. 사람들을 선도해서 알렌은 정원으로 향했다. 정원에는 알렌의 말처럼 핑크골드색으로 빛나는 거대한 여왕 갑옷 개미의 갑옷이 놓여 있었다. 일반적인 갑옷 개미의 껍질은 은색이니까 한눈에 차이를 알 수 있다.

남작이 뭐라 중얼거리며 여왕 갑옷 개미의 껍질을 연신 더듬거리고 있다. 토마스도 흥미진진하게 함께 손을 가져다 대서 만지던 중 기사단장을 부르러 갔던 집사가 돌아왔다.

"곧 도착한다고 합니다."

"그런가. 한데 세바스, 알렌은 이것이 여왕 갑옷 개미의 껍질이라고 말하는데 실물을 본 적이 있나?"

"죄, 죄송합니다. 마수에 대해서는 해박하지 못합니다."

'응? 뭐, B랭크인 데다가 개미굴 안에서 지내니까 꽤 희귀한 마수겠지. 진짜 여왕 갑옷 개미의 껍질인지 확신을 못 하는 건가. 그래서 기사단장을 불렀고?'

모르겠다고 답한 집사도 같이 신기해하며 여왕 갑옷 개미의 껍질을 더듬더듬 만지고 있던 중 기사단장이 저택의 정원으로 달려 들어왔다.

"급히 찾으셨다고 들었습니다."

점심이 지나 느긋하게 지내던 때에 갑자기 호출을 받은 사람이라기에는 복장도 머리 모양도 빈틈없다는 생각이 든다.

"미안하네, 쉬던 중이었을 텐데. 제노프, 자네에게 확인을 구하고 싶은 게 있다네. 이것은 여왕 갑옷 개미의 껍질이 맞나?"

"여왕 갑옷 개미…… 말씀입니까?"

기사단장이 걸음을 내디뎌서 여왕 갑옷 개미의 껍질을 살펴보다가 결국 판단이 안 되는지 머뭇거렸다.

"죄송합니다. 여왕 갑옷 개미는 본 적이 없사온지라."

아마도 기사단장도 본 적이 없었나 보다.

"알렌이 이 갑옷을 여왕 갑옷 개미의 껍질이라고 말하더군. 나도 옛날에 들은 이야기라서 분명하게 기억은 안 나네만, 분명히 갑옷 개미의 굴은 토벌 불가능이 아니었던가?"

'엥? 토벌 불가능? 어려운 게 아니라 토벌을 못 한다고?'

"예, 불가능합니다. 기사단을 파견해도 무리겠지요. 질풍의 은아가 나서도 무리라고 생각됩니다."

눈앞에 있는 여왕 갑옷 개미의 갑옷을 바라보며 기사단장은 단언했다.

"예? 갑옷 개미 자체는 기껏해야 C랭크의 마수이지 않습니까?"

질풍의 은아라면 A랭크 모험가 파티였던가. 갑옷 개미의 굴은 토벌이 불가능하다고 잘라 말하기에 알렌은 이유를 물었다. 기사단이나 A랭크 모험가 파티도 불가능하다는 말은 과연 진짜인가.

"흠, 그게 말이다."

기사단장이 설명을 해준다. 갑옷 개미의 굴을 제압하겠다면 천 마리를 넘는 갑옷 개미를 다 쓰러뜨려야 한다. 게다가 쓰러뜨리자마자 자꾸자꾸 솟아나기에 끝이 안 난다.

'그랬지, 그런 느낌이었어. 그리고 난 오천 마리나 잡았고.'

기사단장이 계속 말을 이었다.

수천 마리의 C랭크 마수 소굴에 기사단을 파견하겠다면 막대한 희생을 감수해야 한다.

게다가 개미굴 가장 밑바닥에 있는 여왕 갑옷 개미를 토벌하려면 여왕 갑옷 개미가 있는 방까지 복잡하게 갈라지는 미궁을 돌파해야 한다. 굴 안쪽 갑옷 개미는 자신의 몸을 방패로 써서 미궁에 있는 작은 방이며 길목을 봉쇄하고자 한다. 갑옷 개미를 죽여도 시체가 남는 까닭에 결국 갇혀서 목숨을 잃는 사람도 많다던가.

'몇 번이나 갇혔었지.'

알렌은 소환수가 갇힐 때마다 카드로 회수해서 다시 소환한 뒤 개미굴에 투입하기를 반복했었다.

"따라서 개미굴의 토벌은 사실상 불가능하다. 진정 공략을 하겠다면 얼마나 큰 희생을 감수해야 할지 모른다. 결국은 탁상공론이지. 적어도 갑옷 개미의 굴을 공략했다는 이야기는 전혀 들어본 바가 없구나."

갑옷 개미의 굴을 공략하자면 많은 기사와 모험가가 희생되어야 한다. 아무도 갑옷 개미의 굴에 들어가려고 하지 않는다. 이번 기사단의 원정에서도 목표는 고블린 마을 및 오크 마을의 토벌이었고 갑옷 개미의 굴은 토벌 대상이 아니었다.

"예? 하지만 지금 있는 미스릴 채굴지는 갑옷 개미의 굴이었던 장소가 다수 있다고 들었습니다."

"그곳은 우연히 여왕 갑옷 개미가 죽어서 빈껍데기만 남은 곳이었다."

여기까지 듣고 나서야 남작과 집사가 무표정이 된 이유를 깨달았다. 애당초 공략하려는 사람이 없기 때문에 공략했다는 이야기를 들어보지 못했던 게 당연하다. 공전절후의 보고 내용을 미처 받아들일 수 없었던 모양이다.

"그런 사정이 있었군요. 아, 여왕 갑옷 개미의 껍질뿐 아니라 이것도 주워 왔습니다."

줄곧 어깨에 메고 있다가 깜빡했던 마대에서 돌을 꺼내 들었다.

"이게 무엇이냐?"

"여왕 갑옷 개미가 있던 장소에서 주워 온 돌입니다. 혹시 미스릴 광석일까 싶어서요."

""""뭐라고!!""""

"나, 남작님!"

돌멩이를 본 모두가 반응했다. 여왕 갑옷 개미의 껍질보다 상당히 좋은 반응이 나타나는 것을 보면 이쪽이 훨씬 더 현실감 있는 물건이었나 보다.

남작과 기사단장이 바짝 다가와서 알렌이 갖고 돌아온 돌멩이를 뚫어져라 쳐다본다.

"알렌. 다음 이야기는 회의실에서 듣도록 하마."

남작, 집사, 기사단장, 세 사람의 뒤를 따라서 알렌은 3층 회의실로 향했다.

"그래, 마대의 안쪽 내용물은 전부 책상에 꺼내거라."

"네."

손때가 묻어 중후한 느낌이 있는 탁자에다가 여왕 갑옷 개미의 체액이 묻었을지도 모르는 돌멩이를 올려놓자니까 떨떠름했지만, 명령에 따라 돌을 쭉 올려놓았다.

남작은 돌멩이들을 보고 잠시 회의실에서 나가 무언가 무거워 보이는 덩어리를 갖고 돌아왔다.

"이것은 미스릴 광석이다."

'오! 과연 옛날에는 미스릴 덕에 번영했던 영지의 영주구나. 실물이 있었어.'

남작이 돌멩이의 옆에 미스릴 광석을 같이 올려놓는다. 두 물체는 거의 비슷한 광택과 질감을 갖고 있었다.

"똑같군요."

"그렇구나. 세바스, 지도를 가져오게."

집사가 다른 방에서 영내 지도를 가져온다. 알렌은 기사단장의 지시로 오크 마을을 제압하러 갔을 때 영내의 지도를 보며 설명을 들었던 경험이 있다. 따라서 이 세계의 지도를 보는 것은 처음이 아니었다. 갑옷 개미의 굴이 어느 주변에 있었는지를 묻기에 네 군데 있는 갱도 중 위쪽에서 첫 번째와 두 번째 사이 부근을 가리키며 「이곳 주변입니다」라고 대답했다.

"그렇군, 개척 중인 마을에서도 가깝구나."

남작의 말에 집사와 기사단장이 맞다며 대답했다.

"이곳은 다른 마수가 들어앉기 전에 기사단을 보낼 필요가 있겠습니다."

복귀한 지 얼마 안된 기사단장이 벌써 갑옷 개미의 굴에 가겠다고 말한다.

"아, 깜빡했습니다."

알렌은 아직 보고하지 않은 내용을 떠올렸다.

"더 할 이야기가 있나?"

"예. 종이를 주시면 간략하게나마 개미굴의 전체 구조를 그려드릴 수 있습니다."

마도서에 기록한 공략 지도를 베껴 쓰기만 하면 되니까 지도를 만드는 것은 매우 쉽다. 전체 길이가 5킬로미터나 되는 미궁이다. 간략하게나마 지도가 있는 것과 없는 것은 추후 관리에서 매우 큰 차이가 발생한다.

"그, 그게 정말인가! 당장 양피지를 준비시키도록 하마."

"가주님, 채굴권에서 대해서도 설명해주시지요."

"음, 알고 있다네."

남작은 집사가 말을 꺼내지 않아도 이미 알고 있었다고 대답을 했다.

"알렌, 이번 활약은 정말 훌륭했다. 무단 외박의 건은 불문에 부치도록 하마."

"감사합니다."

"그리고 이번 미스릴 광맥의 제1 발견자는 알렌, 네가 된다만."

"네."

"왕국의 관행으로 꼭 미스릴뿐 아니라 자원 채굴지를 발견한 인물에게는 권리의 3할을 주도록 되어있단다."

"그렇게 많이 받을 수 있습니까?"

"그래, 알렌. 채굴권의 3할은 너의 소유다."

'진짜냐, 갑자기 부자가 되어버렸어. 미스릴 채굴권이라니.'

자세하게 설명을 듣고 알게 된 사실인데, 비율이 3할이어도 실제 수중에 들어오는 금액은 훨씬 적다고 한다. 우선 미스릴의 판매 이

익에서 채굴지의 정비비, 용광로의 건설비 및 관리비, 기사단과 탄광 노동자의 인건비 등 여러 비용이 공제된다. 그다음 6할이 또 왕가에 바칠 세금으로 빠진다. 그렇게 남은 이익을 채굴권이라고 한다. 이 금액을 영주인 남작이 7, 알렌이 3의 비율로 나눠 가진다.

이렇게 알렌은 불과 열한 살에 미스릴 채굴권의 3할을 손에 넣었다.

제12화 습격

10월에 들어서며 알렌은 드디어 열두 살이 되었다. 이번 달로 저택에 온 지 4년을 꽉 채웠다. 지난 5개월 동안 알렌이 토벌했던 갑옷 개미의 굴은 기사단이 관리하기로 했다. 9월부터는 백룡 산맥의 최북단에 위치하는 채굴소가 막 가동을 시작한 참이다. 알렌이 확보한 신규 광맥까지는 아직 손을 못 쓰고 있다. 알렌이 여왕 갑옷개미를 잡은 굴에서 채굴이 가능해지는 시기는 내년 이후라고 한다. 전문 광부에게 조사를 맡겨 이 갱도가 이제껏 아무에게도 발견된 적 없는 새로운 곳임이 확실해졌다. 조사 결과로 이 광맥에는 미스릴 광석이 상당히 풍부하게 묻혀 있다는 사실도 판명됐다.

「공유」 스킬을 손에 넣으며 사냥을 하는 시간이 늘어났다. 오크 마을에서 기사단장에게 도움을 받았을 때 자신이 상당히 자유로운 환경을 누려왔다는 것을 알았다. 내년이 오면 미스릴 채굴권이 불로 소득을 보장해주니 금전 면에서 제법 자유로운 생활을 누릴 수 있을 것이다.

클레나 마을에 있던 시절에는 명확하게 부족한 것이 있었다. 그것은 신분이다. 가족을 평민으로 만들기 위해 죽기 살기로 알바헤론을 사냥했고, 보어 사냥을 선도했다. 마을 바깥에는 나갈 수 없었으나 무척 충실한 시간이었다.

지금은 어떠한가. 어쩌면 지금 상황은 성 주변에서 필사적으로 슬라임을 사냥하는 것과 비슷하지 않을까. 충분한 돈이 있고 적에게 불안감을 느낄 상황도 없는 와중에 이렇다 할 목표도 없이 레벨이 최대치에 달할 때까지 담담하게 슬라임 사냥을 되풀이한다—.

'채굴권이라. 쓸데없는 군살이 붙은 셈인가.'

딱히 평온한 생활을 누리고 싶은 것은 아니었다. 이제껏 한 번도 경험하지 못했던 파고들기를 하고 싶어서 이 세계에 왔다. 자신이 원하는 것은 돈이나 지위가 아니었다.

이런 마음이 있었기 때문일까. 그 후 갑옷 개미굴을 두 군데 더 소탕하고 미스릴 광석을 발견하지 못했을 때도 알렌은 딱히 유감스럽게 생각하지 않았다.

여덟 살 나이에 저택에 왔을 때는 모험가가 되자는 생각을 했다. 그 후 미하이에게 세실을 지켜달라는 부탁을 받았고 알렌은 「네」라고 대답했다. 약속을 지키고 싶은 마음은 변함없다. 다만 열두 살이 된 지금은 슬슬 다음 한 걸음을 내디뎌야 할 시기가 아닐까. 성 주변에서 편하게 슬라임이나 사냥하는 생활은 분명 정답이 아닐 것이다.

"이 녀석아, 고민이라도 있냐?"

리켈이 말을 건네기에 정신을 차렸다.

"아뇨."

4년간 계속됐던 시종장 리켈과의 아침 식사 중 잡담. 리켈은 내년부터는 시종장을 그만두고 마부나 요리사가 될 예정이다. 시종장은 몇십 년 넘게 계속 맡을 수 있는 직책이 아니라 일정 기간을 담당했다면 후임 시종에게 자리를 넘겨줘야 하는 것 같다. 마부와 요리사 중 무엇이 더 편할까, 평소처럼 가벼운 말투로 상담을 한다.

저런 생각도 리켈다웠다. 리켈을 보고 있으면 자신은 생각이 지나치게 많은 게 아닐까 반성하게 된다.

"또 왕가의 사절이 온다더라. 미스릴, 미스릴, 정말 시끄럽다니까."

"그러게요. 지난달에 들렀다 갔던 참인데 말이죠."

이제까지도 왕가에서 보낸 사절이 여러 번 찾아왔었다. 다만 지난 1년 정도의 기간은 빈도가 특히 늘어났던 것 같다. 용건은 미스릴 채굴 일정과 현재 진척 상황의 확인이 많았다. 백룡 산맥의 카르넬 자작령에서 미스릴 채굴이 중단됐기에 왕국 내에 미스릴이 부족해진 것일까. 독촉에 가까운 태도로 저택을 찾아온다.

얼마 전 받았던 예고장에서는 날짜 및 시각을 전달했을 뿐 어떠한 이야기를 나눌 예정인지 상세한 내용은 알려주지 않았다. 알렌은 집사에게서 오후에 왕가의 사절이 올 테니 남작가의 점심 식사 뒤에도 2층 식당에 남아 있도록 지시받았다.

남작가의 가족들이 점심 식사를 마치고 13시가 지났을 때 두 명의 남자가 저택을 찾아왔다. 집사가 식당 안으로 안내하자 남작이 숨을 죽인다.

한 명은 왕가의 사절이었다. 저택에 오는 사람은 대체로 매번 같았기에 이 남자는 알렌도 거듭 만났던 경험이 있다. 남작에게 의외였던 것은 다른 한 명의 인물이다. 거듭 얼굴을 마주했는데도 알고 있다, 만난 적 있다는 말로는 도저히 다 설명할 수 없는 남자다.

왕가의 사절과 함께 온 인물은 바로 카르넬 자작이었다.

"잘, 찾아와주셨소."

남작이 평정을 가장하며 말을 꺼냈다. 오늘도 미스릴 관련 이야기를 나눌 것이라 생각했기에 아내와 아이들을 식당 안에 동석시켰다. 카르넬 자작이 올 줄을 알았더라면 남작이 혼자 대응했을 것이다.

"그란벨 남작은 영지의 발전을 위해 정력적으로 임하고 있다 들었지. 귀족의 모범이군."

거들먹거리며 몸을 쭉 젖힌 왕가의 사절이 남작과 상대하는 자리에서 마치 아랫사람을 대하듯 말을 꺼낸다. 그 광경을 보고 알렌은 변함없이 왕가의 사절은 무척 거만하다는 생각을 했다.

카르넬 자작은 자리에 앉지도 않고 측근이라도 되는 양 왕가의 사절 뒤쪽에 붙어서 서 있다. 마치 남작의 뒤에 선 집사처럼.

"그래, 오늘은 어떠한 용무가 있어 걸음을 하신 겁니까?"

그러자 왕가의 사설은「흠」소리를 내고 침묵한 뒤에 입을 열었다.

"오늘은 그란벨 남작에게 한 가지 제안을 가져왔다네."

"제안이라 하심은?"

"그렇지. 왕국 내 귀족 사회에서 유명한 분쟁이 있지 않은가. 그것을 해결하기 위한 제안이라네."

"분쟁?"

남작은 자신이 귀족 사회에서 무엇인가 말썽을 일으킨 적이 있었던가 지난날을 쭉 되새긴다. 아무것도 떠오르지 않았다.

"그렇다네. 그란벨 남작가와 카르넬 자작가의 사이에 있는 커다란 분쟁이지. 왕가로서도 더는 간과할 수 없는 이 문제를 해결할 필요가 있다 여겨서 온 것이라네."

"그, 그 말씀은……."

그란벨 남작가와 카르넬 자작가 사이의 분쟁이라면 단 하나뿐이다. 백룡 산맥의 미스릴이다. 분명 두 가문은 몇 대나 이전부터 줄곧 문제를 품고 있었다. 두 영지는 백룡에게 농락당하며 번영과 쇠퇴를 반복해왔다.

"그래서 말일세, 오늘은 이것을 가져왔다네."

카르넬 자작이 왕가의 사절이 꺼내는 말에 반응하여 둥글게 만 양피지를 남작의 자리로 가져간다. 집사가 두 손으로 받아서 남작의 자리 앞쪽에 놓았다.

"이, 이것은?"

"읽어보게나."

일단은 읽으라고 한다. 남작은 끈을 풀어서 양피지를 펼치고 읽기 시작했다. 그리고 곧장 표정이 확 달라져서 아연실색했다.

"어, 어찌 이럴 수가……."

"음? 뭔가 문제가 있나? 분쟁을 해결하기 위하여 나도 애썼네만?"

"아니, 백룡 산맥을 공동 관리하라니. 도대체, 어찌……."

"도대체 뭐가 문제인가? 애당초 백룡 산맥의 정상을 경계 삼아서 영토를 나눴기에 이러한 사태가 일어났잖나. 백룡 산맥을 양측이 공동 관리하게. 물론 발생하는 이익도 절반씩 나눠야겠지."

'공동 관리? 백룡 산맥을 남작과 자작이 공동 관리하라고? 진짜냐. 어쩐지 자작이 히죽히죽하더라니.'

왕가의 사절이 가지고 온 것은 백룡 산맥을 남작과 자작이 공동 관리하기 위한 계약서였다. 새삼 왕가의 사절이 내용을 낭독했는데 요컨대 부담도 이익도 두 가문이 절반씩 나누라는 골자로 쓰여 있었다. 사절의 뒤쪽에 선 카르넬 자작이 실실거리며 웃음을 짓고 있다. 어깨까지 들썩대는 꼴이 너털웃음을 꾹 참고 있는 것 같다.

“아니, 하지만.”

“뭔가 불만이 있는 건가? 내가 너희의 문제를 해결해주기 위해 법무부대신에게 부탁해서 계약서까지 만들어 왔거늘.”

“그러나…….”

“군소리 말게. 카르넬 자작의 서명은 이미 받아 두었지.”

혼란에 빠져 당황하는 남작에게 왕가의 사절이 눈을 부라리며 닦달하고 있다. 이러쿵저러쿵 떠들지 말고 잠자코 서명하라며 겁박을 하는 것 모양새다.

“……대단히 죄송합니다. 느닷없이 이런 계약서에 서명을 할 수는 없습니다. 일단 왕가에 확인을 구해도 되겠습니까?”

긴 침묵을 깨뜨리고 남작은 가까스로 말을 쥐어짰다.

“뭐라? 내가 일부러 법무부대신에게 수고를 끼쳐 가면서까지 만든 계약서에 서명을 못 하겠다? 남작 따위가 아주 대단하시군그래.”

“아, 아닙니다. 딱 한 번이면 됩니다. 왕도에 가서 확인을 하고 싶습니다.”

“오호, 나를 신용할 수 없다? 미스릴을 채굴하게 되었다고 사람이 아주 오만해졌군. 알아서 하게!”

그렇게 말한 뒤 왕가의 사절은 벌떡 일어나서 빠른 걸음으로 식당의 문으로 향했다. 카르넬 자작이 측근처럼 따라나서기에 집사가 쫓아가자 사절은 배웅 따위 불필요하다며 있는 힘껏 문을 닫아버렸다.

왕가의 사절이 사라진 식당. 남작의 눈앞에는 계약서가 굴러다니고 있다.

"이따위 말도 안 되는 계약이 어디 있단 말인가. 세바스, 일단 왕도에 가봐야겠네. 기사단장이 돌아오는 날은 이틀 뒤였던가?"

"예, 백룡 산맥에서 귀환하는 중이니 도시에 복귀하려면 아마 이틀은 더 걸릴 겁니다."

멈춰있었던 시간이 다시 전진하는 것처럼 남작이 상황의 확인을 시작했다. 기사단장이 돌아오는 대로 함께 마도선을 타고 왕도에 가려는 것 같다. 그렇게 식당에 모였던 남작가의 인원도 고용인도 일단 해산했다.

그로부터 몇 시간 후, 알렌은 오후 업무에 종사하고 있었다. 이 시간에 식사 시중을 들지는 않기에 손이 모자란 다른 사람들을 거들어주는 것이 보통이었다. 요리도 하고, 정원 기꾸기도 거늘고, 빨래도 돕고 뭐든지 다 한다. 오늘은 남작가에서 쓰는 은 식기를 헝겊으로 깨끗하게 닦아 내고 있었다.

'공동 관리인가. 명분은 좋은 만큼 까다롭구나.'

방금 전 계약서의 내용을 떠올린다.

공동 관리, 평화로운 운용, 다툼이 없는 평등한 분배…….

분명 이러한 내용이었다. 그럴싸한 말을 늘어놓은 만큼 더더욱 거절하기가 어렵지 않을까. 거절하면 미스릴을 독점한다는 구실로 비난을 쏟아부을 것이다. 왕도에 간들 남작이 어떻게 손을 쓸 수 있겠는가. 알렌이 가만히 상황을 분석하던 중에 위층에서 비명이 울려 퍼졌다.

쨍그라아앙.

"꺄아아아아아아!!!"

유리 깨지는 소리가 나고 3층에서 뭔가 시끌벅적 요란한 소리가 이어졌다.

1층에 있던 알렌은 은 식기를 내동댕이치고 3층을 향하여 계단을 달려 올라갔다. 갑작스러운 사고라서 뭐가 어떻게 된 일인지 알 수 없었다. 비명 소리를 낸 사람은 세실이 아닌 아마도 여종이리라. 다른 고용인들과 집사가 시야에 들어왔다. 부딪치지 않게 아슬아슬 피하며 엄청난 기세로 쭉 달려 나아간다.

알렌의 눈에 들어온 것은 복도에서 부들거리며 멈춰 서 있는 여종과 세실의 방에서 복도까지 휭 날아 부딪쳤다가 쓰러지는 보좌관이었다. 보좌관은 복도의 벽에 파묻힐 만큼 강력한 힘에 복부를 맞아서 피를 흘리며 죽어가고 있다.

'진짜냐, 창문을 깨고 들어왔어!!!'

여종을 피해 세실의 방에 들어갔더니 창문 주변을 도려낸 것처럼 벽에 커다란 구멍이 뚫려 있었다. 아마도 벽을 깨부수고 억지로 침입한 것 같다. 방 안에는 가죽 갑옷을 입은 남자가 세 명 서 있었다. 어떻게 봐도 기사는 아니다. 가벼운 장비를 골라 착용했기에 잠깐 모험가인가 생각도 떠올렸는데 분위기는 깡패나 도적 같았다.

남자 한 명이 팔로 세실을 안아 들고 있다. 그 광경만 봐도 알렌이 할 일은 결정되었다. 수납에서 미스릴 검을 꺼내 꽉 붙잡고 세실을 안아 든 남자에게 몸을 날렸다. 그러자 검을 쥔 가장 체격이 좋은 거한이 앞을 가로막으며 대검으로 알렌의 검을 막아 냈다.

"이 망할 꼬맹이는 또 뭐냐!"

욕설을 퍼부으며 알렌이 잇따라 휘둘러 대는 검을 모조리 막아 낸다.

'제길. 이 자식들 뭐야! 강하잖아! 빨리 카드를 교환해야겠다. 아, 그리고.'

한두 번 검을 부딪쳐보고 침입자의 실력이 상당한 수준임을 파악했다. 다른 두 명도 비슷하게 강하지 않을까 세 사람의 실력을 추측해본다.

현재 알렌은 오십 마리의 소환수 중 삼십 장을 물고기D 카드로 가지고 있다. 알렌은 검을 휘두르며 동시에 수납에서 마력의 열매를 꺼내 마력을 회복했다. 생성 및 합성에 쓸 마력이 부족하기 때문이다. 마력을 회복한 뒤 마도서를 일단 없애고 고개를 돌려서 당장에라도 죽을 것 같은 보좌관의 위에다가 다시 출현시켰다. 마도서를 아래 방향으로 펼치고 수납으로 생명의 풀을 하나 꺼낸다. 생명의 풀이 팔랑팔랑 공중을 날며 보좌관의 위에 떨어졌다.

중상을 입은 보좌관이 회복되는 것을 눈으로 직접 확인한 알렌은 다시 정면을 보고 섰다. 계속 후방을 살필 여유는 없었다. 침입자는 아마 상당한 실력자다. 침입자와 검을 맞부딪치는 와중에도 마도서를 공중에 띄워 반전시키고 휙휙 넘기며 제거와 생성을 반복함으로써 카드 구성을 변경한다. 능력치가 올라가면서 몸속에 힘이 넘쳐흘렀다.

"헤르게이! 겨우 꼬맹이 하나다, 빨리 죽여버려라!!"

"알았다, 재촉하지 마라. 뒈져버려!!"

열 살이 될까 말까 한 아이에게 이렇게까지 애먹을 줄은 생각하지 못한 듯싶다. 시간이 없는 것일까, 조바심을 내는 듯 보이기도 했다.

"도적이 나타났다! 보좌관들은 무기를 들어라! 기사를 불러와라!!"

복도에서는 막 상황을 파악한 집사가 큰 목소리로 도적의 습격을 전달하고 있다. 남작도 지시를 내리고 있다. 보좌관들은 여종의 비명을 듣고 무구를 장비한 뒤 이미 복도로 모여들기 시작했다.

“정원에 기사들이 늘어났다! 이봐, 헤르게이. 그만해라, 계집은 확보했다. 얼른 튀자고.”

“놓칠까보냐!!”

침입자들은 알렌을 죽이는 것은 포기한 듯싶으나 알렌은 세실을 되찾고자 달려들었다. 그러자 단검을 들고 있었던 남자가 허리 주머니에서 뭔가를 꺼내 바닥에 내던졌고 주위에 연기가 가득 차올랐다.

‘독인가?’

숨을 멈추고자 했지만 판단이 약간 늦었다. 순식간에 차오른 연기를 들이마신 알렌은 의식을 잃고 제자리에서 쓰러져버렸다.

* * *

‘여긴 어디지? 의식을 잃었던 건가?’

얼마나 시간이 흘러갔을까. 의식을 되찾은 알렌은 기절하기 전 기억을 떠올리고자 했다.

‘혹시 세실과 같이 아까 본 도적들한테 납치당한 건가? 제길, 아까 연기는 수면이나 마비였겠지. 상태 이상 대책을 아직 마련하지 못했잖아. 지금 묶여 있는 건가?’

의식이 또렷해지자 알렌은 자신이 납치당했음을 분명하게 깨달았다. 주위에 도적들이 있을지도 모르는 터라 눈을 감고서 계속 의식을 잃은 시늉을 하며 몸 상태를 확인한다. 어딘가를 잘리거나 뼈가 부러지거나 하진 않았는데 손발이 안 움직인다. 밧줄 따위로 묶인 상태인 데다 입가도 뭔가 칭칭 감겨 있었다. 꽉 구속되어 벌레처럼 몸만 꿈틀거리는 상태다.

'누군가 가까운 곳에 있군?'

의식을 집중하자 인기척이 다수 느껴졌다. 어쩌면 바로 곁에 도적들이 있는지도 모르겠다.

'세실의 상황을 확인하기 위해서라도 내가 힘을 내야지.'

아직 세실의 안위를 알지 못한다. 다만 죽이려는 의도가 있었다면 저택에서 곧장 칼을 휘두르지 않았을까 하는 생각은 든다. 아마도 같이 납치되었을 세실이 어떤 상황에 처했는지를 확인하는 것이 최우선이었다.

'도적놈들, 실수를 했군. 아니지, 운이 좋았어. 눈까지 묶어서 가려 놨다면 난감했을 거야.'

손발을 움직이지 못하고 입도 막혀서 소리를 못 내지만, 눈 주변에는 아무 압박감도 없었다. 아마도 눈을 뜨면 주위를 볼 수 있을 듯싶다.

소환사에게는 한 가지 커다란 약점이 있다. 바로 눈이다.

소환수를 소환하려는 장소를 꼭 눈으로 보고 지정해야 한다. 따라서 차폐물이 있으면 그 너머에는 소환이 불가능하다. 당연히 눈을 감고 있어도 소환은 하지 못한다. 보일락 말락 아주 가늘게 살짝만 눈을 떴다.

'뭐지? 창고인가?'

알렌이 실눈을 뜨고 주위를 둘러보니 커다란 나무 상자가 잔뜩 놓여 있는 광경이 보였다. 아마도 창고 비슷한 곳 같은데 제법 널찍하다. 나무 상자 위쪽에 새G 소환수를 소환했다. 곧장 「공유」를 쓰며 날갯짓하지 않도록 지시하는 것도 잊지 않았다.

'좋아, 좋아. 많이 소환하면 좀 부자연스럽지만, 시야는 다수 확보해야 하니 한 마리만 더 소환하자.'

새G 소환수 두 마리의 시야에는 제각각 앉아서 쉬고 있는 남자들이 비쳤다. 저택을 습격했던 세 명의 도적들이다. 그리고 알렌의 조금 뒤쪽에는 세실이 조용히 누워 있었다.

'세실이다. 일단 무사하다고 봐도 될 것 같네.'

새G 소환수의 시야에 알렌도 세실도 팔다리를 꽁꽁 묶인 채 재갈을 물고 있는 광경이 보였다. 몸을 구속했다는 것은 세실이 살아 있다는 증거가 아닐까 추측해본다.

"이봐!"

'아차, 들켰나!'

의식을 되찾아 탐색하던 중 들켰나 싶어 간담이 서늘해진다. 소환수의 시야에 창고 안으로 들어오는 다른 남자가 비쳤다. 알렌은 만난 적 없는 네 번째 남자다. 저택을 습격했던 도적이 아니었다.

아마 마흔은 넘겼을 테고, 홀쭉하게 파인 뺨과 험상궂은 눈매가 두드러지는 남자. 차림새는 다른 도적들과 마찬가지로 도저히 건실한 사람 같지가 않았다. 다만 어딘가 분위기가 다른 세 명과는 다른 느낌을 받는다.

"뭡니까? 더글라하 형씨."

방에 있었던 세 사람 중 한 명이 대답했다.

'오? 소환수를 들킨 건 아니었구나.'

"뭐 하는 짓이냐? 꼬맹이는 한 명 납치한다고 들었는데 왜 둘이나 있어? 다른 한 명은 일꾼 아니냐?"

"예, 뭐. 꼬마 주제에 검을 제법 쓸 줄 알더군요. 노예로 팔면 꽤 짭짤할 테니, 꺼흑!!"

마지막까지 말을 다 마치기 전에 네 번째 남자가 옆구리를 노려서 주먹을 때려 박았다. 주먹에 맞은 남자는 가죽 갑옷을 입고 있었는데도 방어력이 별 역할을 못 하는 위력이었나 보다.

"이 자식 봐라, 제멋대로 행동하지 마라. 이미 통보를 받았을 텐데. 이번에는 내가 대장이다. 명령에 복종해라. 또 쓸데없는 짓을 저질렀다간 콱 죽여버릴 테다."

"예, 예에. 죄송합니다……."

옆구리를 붙든 채 양쪽 무릎을 바닥에 찧고 신음하며 남자가 용서를 구한다. 다른 두 사람은 못 본 시늉을 할 뿐이다.

"또 나대지 마라."

경고를 남긴 뒤 빰이 홀쭉하게 파인 남자는 바깥으로 나갔다. 아마 유괴의 상황만 확인하러 잠시 들렀나 보다.

"마커스, 괜찮냐?"

더글라하가 떠나자 헤르게이와 다른 한 명의 남자가 구타를 당한 마커스에게 가까이 다가갔다.

"그래, 괜찮다. 보스는 왜 저따위 살인 청부업자를 고용한 거냐. 진짜 젠장맞을 놈이군."

복부를 얻어맞은 남자는 분노가 수그러들지 않는지 이번에는 욕설을 내뱉기 시작했다.

"그게, 아마 제노프를 막으려고 고용한 청부업자라더군."

대꾸하면서 얻어맞은 복부를 문지른다.

'일단 여기가 어딘지부터 알아봐야겠군.'

새G 소환수와의 「공유」로 저택에 침입했던 도적들에게서 정보 수집을 시도했다. 도시 어딘가의 창고 같다는 생각은 드는데 바깥이 안 보이는지라 위치를 확인할 수 없다. 도적들을 제압하든 세실을 데리고 도망치든 이곳이 어디인지는 알아 두고 싶었다.

「공유」를 쓴 새G 소환수의 시야 안에서는 방금 얻어맞았던 남자가 아직도 배를 부여잡고 있었다.

"진짜 괜찮냐? 마커스, 아직 아프냐?"

"그래, 진짜 열 받는군. 뼈까지 상한 것 같다. 왜 저따위 놈이 대장인 거야?"

마커스는 아직도 투덜거리고 있다. 도적들의 대화가 계속 이어졌기에 알렌은 기절한 척하며 귀를 기울였다.

"어쩔 수 없잖냐. 보스가 내린 명령인데."

"제노프 대책인지 뭔지 모르겠는데 전쟁터 출신이라고 아주 시건방진 자식이야. 너희들, 아냐? 더글라하 저 자식, 고작 1년 만에 전장에서 도망쳤다더라. 왜 저따위 태도로 거들먹거리는 거야?"

"이, 인마. 슬슬 입조심해라. 암블라가 말이지, 그 소리를 본인에게 꺼냈다가 목이 잘려서 덜커덕 죽었다더라."

"진짜냐?! 그래서 요즘 암블라가 안 보였던 거야?"

"그래. 그나저나 제노프는 10년이나 요새를 지켰다잖냐. 더글라하가 제노프를 상대할 수 있겠어?"

"죽이면 죽지 않겠냐? 10년이 뭔 대수라고. 그 요새가 10년 지나서 어떻게 됐는지 알아?"

"너, 전쟁터 소식을 잘 아는구나. 어떻게 됐는데?"

"크큭, 결국 10년 들여서 지켰는데도 마지막에는 요새가 허망하게 함락돼서 수비를 맡은 녀석들 모조리 죽어버렸다더군. 그 자식들 피도 눈물도 없잖냐. 제노프는 어떻게 살아 돌아왔는지 모르겠는데 용케 지금도 기사단장이라는 요직에 붙어 있더군. 아주 뻔뻔한 놈이야."

"진짜냐. 검의 재능이 있어도 객지에서 픽 죽으면 의미 없잖냐."

"그러니까 말이다. 1년이든 10년이든 다 똑같아. 전쟁터 따위 바보나 가는 곳이라고."

'전쟁터? 전쟁은 안 한다고 리켈 씨가 말했었는데, 역시 전쟁하는 곳이 있었던 건가?'

리켈의 이야기와 도적들의 이야기에 엇갈리는 부분이 있어서 신경 쓰였지만, 지금은 이 상황을 타파하는 것을 우선해야겠다. 계속해서 잠든 척하며 대화가 이어지기를 기다렸다.

그로부터 한 시간쯤 귀를 기울였는데 유익한 정보를 확보하기는 어려울 것 같았다. 지금도 알렌을 판 돈으로 도박을 하자는 이야기를 나누며 떠들고 있을 뿐이다.

'음, 더 이상 정보는 없나. 여기가 어딘지는 결국 못 알아냈군. 소지하고 있는 무기를 확인하고, 그리고 먼저 도주 경로를 확인해 둘까.'

도적들과 전투 중 의식을 잃어 미스릴 검은 저택에 놓고 와버린 것 같다. 지금 있는 무기는 드골라에게 받은 단검과 수납에 넣어 둔 철 구슬뿐이다. 만약 전투를 하더라도 세실과 함께 도망치는 것을 전제로 대응해야겠다.

도적 하나가 볼일을 보러 간다며 일어섰다.

'오! 나가는 건가. 그러면 나도 나가볼까.'

알렌의 지시에 따라서 나무 상자 구석에 숨어 있었던 새G 소환수 중 한 마리가 날아오른다. 볼일을 보러 가겠다는 도적이 문을 열어 주기에 같이 바깥으로 나가게 지시 내렸다.

'수상하게 여기려나? 뭐, 바깥에 나가면 위치도 알 수 있을 테니까 딱히 상관없겠지.'

조금 수상쩍게 여기더라도 괜찮으니 바깥 상황을 파악하는 것이 급했다.

"엉? 왜 이런 데 새가 있어?"

창고 안쪽을 파닥파닥 날아가다가 나머지 도적 두 명의 눈길이 모인다. 불쑥 튀어나온 새를 수상하게 여기는 도적들의 시선을 무시한 채 새G 소환수는 막 열린 문으로 미끄러지듯 바깥에 나갔다.

"그거 아니냐? 어딘가 부자가 기르고 있는 새를 배에 실었다거나? 팔자도 좋은 녀석이군."

"진짜냐. 지금 도망쳤고? 헹, 꼴좋군."

'응? 배? 여기가 배 안이었어?'

알렌은 도적들 두 명의 대화를 들으며 새G 소환수의 시야를 확인했다. 이곳은 도시의 창고이고 문 너머는 바깥이리라 생각했었는데

정작 나타난 것은 긴 통로였다. 2미터쯤 되는 높이의 통로가 쭉 이어지고 있다.

볼일을 보러 간다는 도적을 앞질러서 통로를 나아간다. 똑바로 간 곳에서 계단이 나타났다. 위쪽을 향해 쭉쭉 올라갔다.

'위층으로 이어지는군? 창고도 꽤 넓었는데 상당히 큰 배인가?'

계단을 다 올라갔는데 재차 통로가 나타나서 일단 쭉 전진했다. 그러던 중 오른편에서 다른 문이 보였다. 둥근 유리창을 달아서 문 너머를 들여다볼 수 있는 구조였다.

'오? 여기로 바깥에 나갈 수 있나?'

창 너머는 새카맸다. 안쪽을 구석구석 들여다봐도 아무것도 보이지 않는다.

'아무것도 안 보이는데? 응? 하늘에서 별이 보이는구나. 그러면 여기에서 보이는 것은 바깥이고 지금은 밤인가. 어라, 왜 바다는 안 보이는 거야?'

도적들이 저택을 습격한 때는 분명히 저녁 전이었는데 이미 몇 시간이나 흘러서 지금은 밤이 되었다. 창밖을 내다보며 눈에 꽉 힘주자 확실히 수많은 별이 보였다. 한 가지 의문은 배라면 별빛을 반사해서 바다가 보여야 할 텐데 아래를 봐도 새카맣다는 점이다.

'어, 으앗! 방이 흔들린다!!'

새G 소환수의 시야에 펼쳐지는 광경을 이해해보고자 애쓰던 때 알렌이 잠든 시늉을 하고 있었던 방이 갑자기 크게 흔들렸다.

"에이, 뭐야. 똑바로 좀 날아라."

"그러게나 말이다. 왜 바람에 휩쓸리고 난리야."

도적들이 불평을 늘어놓는다. 곧이어 전세에서 자주 들었던 안내 방송이 울려 퍼졌다.

『쉬고 계셨을 고객님들께 대단히 죄송하다는 말씀 드립니다. 마도선 바호나 호는 현재 바람의 영향을 받아 흔들리고 있습니다. 운행에 지장은 없사오나 갑작스러운 흔들림에 넘어지시지 않도록 주의해주십시오.』

'진짜냐! 여긴 마도선 안이었어!!'

알렌과 세실은 이미 그란벨을 떠나 밤하늘을 쭉 나아가는 마도선으로 어딘가에 끌려가는 중이었나 보다.

'어떻게 하지? 마도선 안이면 도망칠 데가 없잖아. 역시 도적들을 잡아야 하나. 아니, 조금 더 마도선 안을 조사해보자. 결국 싸우더라도 조사가 먼저야.'

아득한 상공에 떠서 날아가는 마도선 안이라면 노망칠 길이 없었다. 더 뭔가 정보가 있을까 기대하며 새G 소환수의 시야로 배 안을 탐색한다. 아마도 알렌과 세실의 현재 위치는 이 마도선의 하부에 있는 화물용 창고 같았다.

'그건 그렇고, 마도선에서 바깥으로 나갈 수가 있구나. 비행기보다 많이 느린 걸까?'

창 너머가 새카맣다는 것은 문이 마도선의 바깥으로 이어진다는 뜻이다. 거대한 외벽을 점검할 때 쓰는 문이려나. 아무튼 간에 전생의 비행기와는 달리 마도선은 비행 중에도 바깥에 나갈 수 있는 듯싶다.

그렇다 해도 이곳에서 탈출한들 아득히 아래 지면까지 추락하면 막을 방도가 없다. 새G 소환수로는 문을 열지 못하니 끝부분에 있는 계단을 따라 마도선의 상부로 쭉 올라간다. 그러자 같은 간격으로 문이 늘어서 있는 통로가 나타났다. 마치 어딘가의 비즈니스호텔 같은 느낌이다. 객실 플로어로 짐작되는 통로를 지나가자 떠들썩하게 말소리가 들려온다. 이 앞은 마도선 안에 있는 레스토랑 같았다.

'오! 사람이 잔뜩 있어!! 마도선 안에서 식사도 할 수 있는 건가. 그나저나 이런 형태로 마도선에 타게 될 줄은 몰랐네.'

새가 날아가자 승객 몇 명이 소리를 내거나 손가락으로 가리키거나 했다. 개의치 않고 탐색을 계속하며 레스토랑의 아쪽으로 나아가자 손님층이 바뀌기 시작했다. 이 주변부터는 부자가 쓰는 구역인 듯 이제껏 봤던 탑승자보다 눈에 띄게 복장이 호화롭고 번쩍거린다. 우아한 귀부인이 편안하게 소파에 앉아 술을 마시며 담소하고 있다. 이제는 얻을 정보가 없으려나 생각하던 그때 새G 소환수와 「공유」를 한 시야에 가장 안쪽의 소파를 차지하고 앉아 있는 두 명의 남자가 들어왔다.

'오! 카르넬이잖아!'

카르넬 자작과 왕가의 사절이 느긋하게 소파에 몸을 기댄 채 값비싸 보이는 술을 마시고 있다. 술기운이 꽤 오른 모습이었기에 새G 소환수를 접근시켜서 바로 곁 조명의 등갓에 앉히고 이야기를 듣기로 했다. 카르넬 자작이 잠깐 새G 소환수를 쳐다봐서 오싹했는데 곧 시선을 뗐다. 딱히 관심이 없는가 보다. 덕분에 알렌은 대화 내용을 고스란히 들을 수 있다.

"그건 그렇고 폐하께서도 참 난처하군. 학원파를 법무부대신으로 내세우려 하시다니."

"정말 동감입니다."

'응? 학원파?'

"본래 그 자리는 우리의 것이다. 지금 법무부대신이 꼭 대신 자리까지 올라가주면 좋겠군."

왕가의 사절이 카르넬 자작에게 상당히 취한 상태로 불평을 늘어놓고 있다. 도중부터 대화를 듣기 시작한지라 맥락을 파악하기가 쉽지 않았다. 집중해서 귀를 기울이며 내용을 이해해보고자 노력한다.

쭉 들어보니까 내년부터 법무부대신의 자리가 비게 되는데, 그 직위를 새로 맡을 인물이 학원파라고 불리는 파벌의 귀족이라는 것을 알았다. 궁정 정치로 이 결정을 어떻게든 뒤집어야 한다는 이야기였다.

"그건 그렇고 낮에 본 그란벨 경의 얼굴을 떠올리면 술이 쭉쭉 넘어갑니다."

"그러게나 말일세. 미스릴 채굴을 시작하며 헛바람이 든 것 같더군. 뭐, 하급 귀족을 지도하는 것도 왕가의 사절이 할 일이니까."

카르넬 자작이 화제를 그란벨 남작으로 바꾼다.

"이번에는 큰 도움을 받았습니다. 계약은 분명 잘 마무리가 될 겁니다."

"당연한 도움일세. 우리가 보통 사이인가. 그건 그렇고 이 같은 중요한 시기에 백룡이 움직이다니. 법무부대신을 추천하는 데 돈이 좀 들지 않는가."

"예, 이러한 때에 죄송할 따름입니다."

카르넬 자작이 꾸벅 머리 숙인다. 아마도 카르넬 자작이 미스릴 광맥 계약과 관련하여 일련의 움직임을 획책한 것 같다.

'그런가, 카르넬 자작령에서 미스릴을 캐낸 지 100년 이상 지났잖아. 줄곧 이렇게 돈의 힘으로 설치고 다녔겠구나.'

100년이 넘도록 세대를 거듭하며 카르넬 자작가는 왕성 내 관료 및 귀족을 아군으로 끌어들여왔다. 미스릴로 확보하는 풍부한 자금이 있어 충분히 가능했겠지.

"그건 그렇고 정말 괜찮은 게 맞나? 왕성 안에는 우리의 아군만 있는 게 아니라네. 남작이 왕성에서 떠들어 대면 사태가 귀찮아진다만? 물론 계약만 잘 마치면 폐하도 행동에 나서지는 못할 테지. 서명은 반드시 필요하다네."

왕가의 사절이 카르넬 자작에게 확인을 한다.

"물론입니다. 그래서 딸을 납치했잖습니까. 남작은 제 딸을 몹시 아끼니 말입니다. 섣부른 짓을 벌이지 말도록 편지를 남겨 놓았습니다."

아마 저택에서 세실을 유괴했을 때 남작이 왕성에 가지 못하도록 편지를 남겨 둔 것 같다. 그러고 보니까 남작이 왕성에 확인을 하러 가겠다고 말했을 때 왕가의 사절이 갑자기 거친 태도로 나왔던 것을 떠올린다.

"그런가, 뭐, 확실하게 서명만 받아 낸다면 어떻게 하든 상관없다네."

왕가의 사절은 서명만 받아 내면 뒷일은 어떻게든 처리할 수 있다는 분위기였다.

“네, 만약 서명을 안 한다면 딸의 팔이라도 한쪽을 잘라 보내면 충분할 겁니다.”

“그러다가 제노프가 쳐들어오면 암살자를 보내서 처리하는 건가?”

“그렇게 할 생각입니다. 다만 더글라하가 패배하고 제노프가 영지 내에서 난동을 부리면 조금 곤란합니다만.”

“으음, 뭐, 괜찮지 않겠나. 다른 영지에서 기사단장이 난동 부린다면 그 책임을 물어 그란벨 경을 단죄할 수 있겠지. 동란죄는 죗값이 꽤나 무거울 게야. 일부러 와준다면야 오히려 고마운 일이 아니겠나.”

“그렇군요, 과연 현명하십니다.”

“어쨌든, 잘 알고 있겠지? 내가 이렇게까지 손을 써주었으니.”

“물론 잘 알고 있습니다. 채굴권 말씀이시라면 약속한 대로 넘겨드리겠습니다.”

왕가의 사절은 보답을 잊지 말라고 다짐을 놓았다.

‘으음, 이거 권력뿐 아니라 법률 면에서도 카르넬이 유리한 건가? 세실을 무사히 데려가지 못하면 남작은 아무것도 할 수 없겠군. 그나저나 미스릴의 이권 때문에 남작가를 습격하고 유괴까지 하는 건가.’

그만큼 큰돈이 움직이나 보다. 두 사람에게서 귀중한 이야기를 들었기에 이후 행동에 대해 궁리해보고자 한 때였다.

“으으읍!!!!!”

‘큰일 났다, 세실이 깨어났어.’

“어이쿠, 꼬마 아가씨. 이제야 깨어났나 본데, 얌전히 있어라.”

“으읍으읍!!!!”

정신을 차린 세실이 묶여 있는 상태임을 깨닫고 분노를 표시하며 항의한다. 그러나 입도 손발도 묶인지라 아무런 말을 못 하고 몸도 움직이지 못했다.

그런 세실의 시야에 알렌이 들어온다.

"으읍으읍!!!!"

'야, 짜샤, 걷어차지 마라. 손발이 묶여 있는데 재주도 좋네.'

세실은 알렌이 아직 의식을 잃은 상태인 줄 생각하는지라 몸을 접었다가 폈다가 하며 알렌을 거듭거듭 걷어찼다. 줄곧 꾀잠을 연기하고 있었던 알렌은 전혀 반응을 하지 않는다.

"그만 떠들고 조용히 해라. 네 하인은 약으로 재워 놨다. 곧 카르넬에 도착할 거다."

'이 마도선은 카르넬로 향하는 중이었나. 뭐, 카르넬 자작이 탄 배니까 당연한가. 저쪽에 도착하면 전부 카르넬 마음대로 될 테니까 뭔가 방법을 찾아야 할 텐데. 야, 아파, 아프다고.'

당연히 카르넬 자작령에는 자작의 부하가 많다. 지금 상황은 무척 위험하다는 생각이 든다. 그동안에도 세실은 새우처럼 몸을 움직이며 알렌의 엉덩이를 걷어찼다.

"이봐, 헤르게이. 조용히 좀 시켜봐라."

도적 마커스가 동료 헤르게이에게 조용히 시키도록 요구한다.

"그거참, 어쩔 수 없군. 꼬마, 얻어맞기 싫다면 얌전히 있어야 하지 않겠냐?"

"으읍으읍!!!!"

세실은 그럼에도 죽기 살기로 알렌의 엉덩이를 걷어찬다. 알렌이 깨어나면 사태가 해결될지도 모른다고 생각하기 때문일 테지.

‘으음, 시간을 더 끌기는 힘들겠군. 카드 상태도 문제없겠다, 슬슬 움직여볼까.’

혹시나 싶어서 다시 한번 스테이터스를 확인했다.

【이　름】 알렌
【연　령】 12
【직　업】 소환사
【레　벨】 41
【체　력】 1040 +240
【마　력】 1620 +20
【공격력】 570 +200
【내구력】 570 +635
【민첩성】 1065 +679
【지　력】 1630 +104
【행　운】 1065
【스　킬】 소환 〈5〉, 생성 〈5〉, 합성 〈5〉, 강화 〈5〉, 확장 〈4〉, 수납, 공유, 제거, 검술 〈3〉, 투척 〈3〉
【경험치】 37,839,560/50,000,000
· 스킬 레벨
【소　환】 5
【생　성】 5
【합　성】 5
【강　화】 5
· 스킬 경험치
【생　성】 12,482/10,000,000
【합　성】 10,265/10,000,000
【강　화】 8,269,330/10,000,000
· 획득 가능 소환수
【 벌레 】 DEFGH
【 짐승 】 DEFGH
【　새　】 DEFG
【　풀　】 DEF
【　돌　】 DE
【물고기】 D
· 홀더
【벌　레】 F 1매, E 1매, D 29매,
【짐　승】 D 10매
【　새　】 G 2매, D 4매
【　풀　】
【　돌　】 D 2매
【물고기】 D 1매

“맞아야 말귀를 알아듣겠군.”

으름장을 놓은 뒤 헤르게이가 세실에게 다가간다. 세실이 겁에 질리면서도 헤르게이를 쏘아봤다. 헤르게이가 한쪽 손을 치켜든 순간이었다.

'어쩔 수 없군. 아게하, 잠재워라!'

"뭐야?!"

도적들이 놀라는 동안 1미터 가까이 되는 나비 형태의 벌레E 소환수가 나타나서 날개를 펄럭거리며 노란색 인분을 흩뿌린다. 방 안에 노란색 인분이 가득 들어찼다.

'좋아, 한 명 재웠다. 효과가 있었어.'

단검잡이가 건전지가 다 닳은 로봇처럼 쓰러져서 잠에 빠졌다. 벌레E 소환수는 곧장 헤르게이가 휘두른 검에 베여서 빛나는 거품이 되었다.

뚜둑뚜둑!

알렌은 자신을 묶은 밧줄을 완력으로 잡아 뜯었다. 알렌의 높은 능력치를 고작 밧줄로 봉인할 수는 없다. 알렌이 행동에 나서자 헤르게이가 흠칫 놀란다. 방심한 헤르게이의 정면에 짐승D 소환수가 나타났다.

"이놈은 또 뭐야!!!"

『크르아아아아아!!!』

짐승D 소환수의 특기「물어뜯기」가 헤르게이를 덮쳤다. 다만 헤르게이는 침착하게 몸을 빼낸 뒤 사선 베기로 짐승D 소환수를 공격했다. 일격에 나가떨어지지는 않았으나 헤르게이의 민첩이 더 높아서 짐승D 소환수는 움직임을 따라가지 못한다. 강화되어 체력이 오른 짐승D 소환수는 세 번을 베였을 때 빛나는 거품이 되어 사라졌다.

그 자리에 있던 전원이 둘의 대결에 시선을 빼앗기고 있는 틈을 노려서 마커스의 옆구리에 알렌이 주먹을 때려 박았다.

"꺼헉! 이, 이 망할 꼬맹이가!!!!"

"죽을 때다."

짐승D 소환수로 헤르게이를 공격한 것은 단순한 시간 끌기. 진짜 목적은 암살자 더글라하에게 옆구리를 얻어맞았던 마커스였다. 얼마 전 구타를 당했던 곳과 똑같은 위치에 혼신의 주먹을 꽂아 넣었다.

'약해진 녀석부터 잡는 게 상식이잖아? 이제 도적들 두 명은 전선 이탈이다.'

마커스는 배를 부여잡은 채 경련하며 안면부터 바닥으로 쓰러졌다. 잠든 도적과 더해서 이 자리에 있는 세 명 중 두 명이 전투 불가능 상태였다. 그 광경을 보고 있었던 유일한 생존자 헤르게이가 천천히 중단으로 검을 겨눠 들었다.

"이봐, 마커스!!!"

헤르게이는 검을 든 알렌을 똑비로 쳐다보며 마커스의 상태를 확인했다.

"에잇!!!"

알렌은 헤르게이에게 철 구슬을 집어 던졌지만, 정면에서 던졌던 터라 상대는 검으로 간단히 튕겨 내버렸다.

"이, 이 망할 꼬맹이가!!"

알렌은 수납으로 드골라에게 받은 단검을 꺼내 들었다.

'흠, 인간 상대로 검을 들었는데도 아무 망설임이 안 느껴지네. 아니, 저택에서 습격받았을 때도 마찬가지였잖아. 이제 와서 뭘.'

곧 목숨을 건 대결이 시작되려는데 놀랄 만큼 차분한 스스로를 자각한다. 알렌은 저택에서 이미 칼부림을 했던 헤르게이를 도발했다.

"설마 이 정도의 꼬맹이가 무서운 거야?"

"이 망할 꼬맹이가."

'브론, 지금이다! 적을 제압해라!'

"이놈은 또 뭔데?!"

도발당한 뒤 검을 쥐고 달려드는 헤르게이를 사이에 두는 위치로 돌D 소환수가 두 마리 나타난다. 둘러싸서 가두는 방식으로 특기 「보호하기」를 썼다.

'좋아, 좋아. 베어를 쓰러뜨리는 데 공격을 세 번이나 했지. 충분히 턴을 확보했어.'

알렌은 마커스를 쓰러뜨리는 동안에도 「공유」한 새G 소환수의 시야를 통해 헤르게이와 짐승D의 전투를 보고 있었다. 헤르게이의 공격력으로는 「보호하기」를 쓴 돌D 소환수를 쉽게 쓰러뜨리지 못한다.

이 틈에 물고기D 소환수를 소환해서 알렌과 소환수에게 버프를 걸었다.

'좋아. 다음은 쮸우, 저놈의 힘을 빼앗아라! 스파이더는 실을 발사해!!'

두 마리의 벌레G 소환수가 꼼짝달싹 못하게 된 헤르게이를 덮쳤다. 또한 벌레D 소환수가 실을 흩뿌려서 거듭 몸 움직임을 구속했다.

'흠, 역시 벌레G 소환수도 효과가 있는 건가. 인간이 대상이어도 소환수의 디버프는 효과를 발휘할 수 있어. 그건 그렇고 지금 물고기D 소환수의 버프로 세실은 빛이 안 났구나. 전투에 참가하지 않아서 동료 판정이 안된 건가.'

처음 경험하는 대인전이라서 모르는 것이 많았다.

'살인 청부업자가 있다니까 빨리 처리하자.'

세실에게는 물고기D 소환수의 버프도, 벌레E 소환수의 디버프도 걸리지 않았다. 판정 기준을 검증하고 싶지만, 적은 이 자리에 없는 더글라하를 포함해서 적어도 네 명이다. 빨리 세 번째 적 헤르게이를 쓰러뜨리고 싶었다.

돌D 소환수 두 마리 사이에 끼인 헤르게이를 혼신의 힘을 담아 휘두른 단검으로 어깨부터 내리찍었다.

"큭! 젠장!!"

'딱딱하다. 아니, 내가 너무 약한 건가. 이 단검의 성능 문제도 있겠지. 공격력을 올려서 힘으로 뚫어버릴까? 민첩성으로 여러 번 때리는 게 좋을까?'

헤르게이의 내구력이 높아서 공격력 750으로는 공격이 안 통했다. 검이 박혀도 치명상에 이르지는 않는 것 같다. 헤르게이는 검사계 직업인 걸까, 내구력이 상당한 수준이었다.

스테이터스에 내구력 수치가 있는 이 세계에서는 인간이 칼에 베여도 신비로운 힘이 작용해서 치명상을 막아주는 것 같다. 처음 겪어보니까 위화감이 제법 느껴졌다.

전투는 알렌이 압도하고 있었다. 민첩성에 편중한 터라 알렌의 공격은 거듭 적중된다. 헤르게이는 돌D 소환수 때문에 몸을 못 움직이는 데다가 체격이 알렌보다 무척 큰 것도 불리한 요소가 되어 거의 일방적으로 공격을 당할 뿐이다.

"끄학!!"

마지막으로 배를 걷어차서 창고 벽면에 날려버렸다. 벽에 부닥친 헤르게이는 의식을 잃고 고개를 푹 떨군다. 그때 마도선 내부에 안내 방송이 흘러나왔다.

『여러분, 대단히 오래 기다리셨습니다. 이 마도선 바호나 호는 머지않아 카르넬에 도착합니다. 마도선이 곧 강하를 시작하오니 자리에서 일어나지 않도록 아무쪼록 잘 부탁드리겠습니다.』

'어떻게 잡긴 잡았는데 더는 시간이 없군. 세실을 묶은 끈부터 풀어주자.'

이렇듯 배 전체가 세게 흔들리는 것은 처음이라서 하강이 시작되었다는 것을 실감한다. 세실은 여전히 몸이 묶인 채였다. 이대로 카르넬에 도착해버리면 도망칠 때를 놓쳐버리겠다.

"세실 아가씨, 지금 풀어드릴게요."

"으으읍."

소환수가 동원된 전투를 처음부터 끝까지 봤던 세실이 경악하고 있다. 알렌이 개의치 않고 끈을 잡아 뜯고자 했던 때.

"얼씨구, 이게 뭔 꼴이야? 왜 꼬맹이한테 당한 거야? 의뢰인의 부하 놈들은 아주 약하시군?"

이곳에 불쑥 나타난 자는 카르넬 자작이 고용했다는 암살자 더글라하였다. 처음으로 봤을 소환수들을 상당히 경계하고 있다. 알렌은 즉각 세실을 묶은 끈에서 손을 떼고 돌D 소환수를 새로 소환하고자 몸과 같이 고개를 돌렸다.

"끄흑!!"

"으으읍!!"

알렌은 더글라하에게 있는 힘껏 걷어차였다. 옆구리를 걷어차여서 늑골이 몇 대 부러지며 벽과 충돌한다.

'큰일 났다, 이 자식은 척후 타입인가? 더럽게 빨라. 방금, 순간 사라지지 않았나?'

새G 소환수로 더글라하의 등장을 분명 포착했었기에 알렌은 세실을 바라보면서도 적의 위치를 파악할 수 있었다. 다만 소환수의 「공유」 너머로 보는 시야에서는 소환도 지시도 못 하기 때문에 고개를 돌릴 필요가 있었다. 그 짧은 시간이면 더글라하에게는 충분했나 보다. 찰나의 순간, 알렌은 소환수의 시야에서도 사라질 만큼 강한 기세로 세차게 걷어차여서 벽에 부딪혔다.

"그 표정은 뭐냐? 스킬에 당해본 적 없냐? 거참, 이따위 꼬맹이한테 나가떨어지다니."

더글라하가 주의 깊게 소환수와의 거리를 유지하며 허리에 꽂은 레이피어를 뽑더니 천천히 알렌에게 다가온다.

'스킬이라고? 지금 스킬을 쓴 건가. 아니, 검증은 나중에 하자. 이러면 정면 대결은 멍청한 선택이지. 남은 방법은 하나뿐이다.'

방금 일격으로 상대의 무력이 심상치 않은 수준임을 알았다. 생명의 풀로 체력을 전부 회복시켰다.

이어서—.

『이봐, 언제까지 꾸물거리고 있을 셈인가!!!』

"아니?! 자작님께서 왜 여기에?!"

방의 구석 쪽 사각에서 불쑥 카르넬 자작의 목소리가 들렸기에 더글라하가 반응한다. 새G 소환수가 특기 「성대모사」로 카르넬 자작의 목소리를 빌려 소리친 결과다. 적이 잠깐이나마 동요를 보인 순간에 벌레D 소환수의 특기 「거미줄」이 더글라하의 몸에 감겨들었다. 알렌은 즉각 세실에게 달려가서 단검을 수납한 뒤 번쩍 안아 들고는 더글라하의 앞을 지나쳐 달음박질쳤다.

"빌어먹을! 이것들은 도대체 뭐야!!"

'거미줄은 별 효과가 없나. 브론들, 벽이 되어라.'

알렌은 곧장 복도로 도망쳐 나왔지만, 벌써 거미줄에서 빠져나온 더글라하가 바로 쫓아오고 있다. 일순간 뒤를 쳐다보며 두 마리의 돌D 소환수를 소환했다. 이 통로는 세로가 2미터 정도, 가로도 3미터가 안 된다. 돌D 소환수를 꺼내면 복도가 꽉 차서 막혀버리는 모양이 되기 때문에 더글라하는 소환수를 쓰러뜨리지 않는 한 전진할 수 없다. 이미 소환해놓은 벌레G와 벌레D 소환수들도 더글라하의 발을 묶고자 몰려들었다.

소환수들이 시간을 끌어주는 동안에 전력으로 계단을 달려 올라간다.

'브론이 한 마리 당했어. 진짜 시간이 없어. 이대로 승객들이 있는 장소로 도망칠까? 아니, 그렇게 잠깐 피신해도 결국은 뒷감당이 안 되지. 차라리…….'

알렌이 지금 있는 위치는 방금 전 정찰 때 발견했던 바깥으로 이어지는 문 앞이다. 문에 난 자그마한 창으로 바깥을 내다보면 지면이 천천히 다가오고 있는 광경이 보인다. 서치라이트 같은 마도구가 승강장에 격돌하지 않도록 비춰주고 있기 때문에 지면과 마도선 사이의 남은 거리가 잘 보였다.

세실을 살짝 바닥에 내려놓고 알렌은 문을 비틀어 열었다. 돌풍이 마구 불어닥치는 와중에 아래를 내려다보니 아직 지면과 100미터 이상은 떨어져 있는 것 같았다.

"세실 아가씨, 죄송합니다. 여기에서 좀 뛰어내릴 건데, 걱정은 하지 마세요."

"으읍으읍!!!!"

세실이 무슨 황당한 소리냐며 말소리가 되지 못하는 소리를 외친다.

'카드 구성도 바꿔서 내구력을 올리자. 브론이면 체력도 올릴 수 있겠지만, 지금은 생각할 시간이 없어.'

카드 구성을 짐승D 카드에서 내구력이 올라가는 벌레D로 쭉 바꿔 나갔다. 돌D 소환수는 합성에 시간이 많이 걸리니 벌레D 소환수로 버텨야겠다.

"괜찮습니다. 아마 내구력을 높여서 문제는 없을 테니까요. 스테이터스는 거짓말을 하지 않습니다."

스스로도 의도치 않게 알쏭달쏭한 명언이 튀어나왔다.

"으읍으읍!!!!"

세실이 온몸으로 창고에서 막 깨어났을 때보다 더욱 심하게 저항을 표시한다. 다만 몸부림이 허망하게도 알렌은 세실을 꽉 끌어안았다. 혹시 모르니 수납에서 꺼낸 망토로 세실을 감싸주고 떨어지지 않게 밀착시켰다.

"그러면 알렌, 갑니다!"

세실이 눈물을 글썽거리며 멈추라고 필사적으로 애원하는 와중에 알렌은 하늘에 가득 찬 별빛 아래에서 마도선 바깥으로 몸을 날려 뛰어내렸다.

제13화 도피행

알렌은 세실을 안아 든 채로 마도선에서 뛰어내렸다. 바닥까지 100미터 이상 남은 것 같지만, 레벨과 가호로 오른 능력치를 감안하면 문제없다고 생각된다.

그리고 몇 초 뒤. 무시무시한 기세로 두 다리부터 지면에 착지했다. 그 기세에 깔끔하게 끼워 놓았던 돌바닥이 산산조각 났다.

'더럽게 아파아아!'

알렌의 두 다리뼈가 충격을 못 견디고 부러졌다. 다만 착지한 직후 쓴 생명의 풀 덕분에 뼈는 즉각 회복되었다.

알렌은 세실에게 어디 다치지는 않았나 확인했다. 망토에 돌바닥 파편이 조금 부딪쳤을 뿐 멀쩡한 것 같았다.

'좋아. 생명의 풀은 썼지만, 예정대로 세실을 무사히 데리고 탈출하는 데 성공했어. 뭐, 팔까지는 충격도 안 왔잖아. 내구력 녀석, 꽤 유능하군.'

알렌은 내구력이라는 능력치는 물리적인 대미지에서 몸을 지켜주는 충격 흡수재 비슷한 개념이라고 생각하고 있다. 평상시부터 느낀 생각인데 내구력이 늘었다고 해서 몸의 근육량까지 같이 늘어나주지는 않는다. 근육이 불끈불끈해지거나 몸이 딱딱해지는 것이 아니라 어디까지나 스테이터스의 수치 상승에 따라 충격을 경감해주는 보호막과 비슷하다. 이번에 받은 물리 대미지는 세실을 안은 채

100미터 이상 상공에서 떨어진 충격이었다. 당연히 멀쩡할 수는 없었기에 다리뼈가 부러졌지만, 내구력 덕에 충격이 감쇠되어 상반신이나 세실은 무사했다.

"세실 아가씨, 지금 풀어드릴게요."

낙하 직후에 세실에게도 생명의 풀을 썼기에 아마 문제는 없을 테지만, 다시 한 번 세실이 어디 다치지 않았는지 확인하고 단검으로 끈을 재빨리 잘라줬다.

"야!!! 알렌!!!!"

"정말 죄송합니다. 세실 아가씨, 이미 마도선이 내려오고 있습니다."

구속 상태에서 해방되는 동시에 세실이 알렌의 무모한 행동을 전력으로 지적하고자 한다. 다만 세실의 불만에 귀를 기울여줄 여유는 없었다. 다시 망토를 세실의 어깨에 걸쳐 입혀줬다.

'이제 됐어. 쫓기다가 뒤에서 화살이 날아올지도 모르니까.'

"얘가 진짜, 말을 좀 들어!! 이건 어디에서 나온 거야!!! 아까는 대체—."

"세실 아가씨!"

"왜, 왜 불러?"

"지금은 세실 아가씨의 안전을 확보하는 것이 급선무입니다. 당장 이곳에서 벗어나도록 하죠. 업어드릴 테니까 등에 올라타주십시오."

알렌은 조금 힘주어 세실에게 이야기했다. 공주님 안기는 달려 다니기가 불편하니 등에 업어주겠다고 말한다. 마도선은 당장에라도 지면으로 착륙할 것 같았다. 세실은 불만을 느끼면서도 지금 상황을 파악할 수 있었기에 알렌의 말을 따랐다.

"잠깐, 너, 너무 빨라!"

"꽉 잡아주세요. 괜히 말하려다간 혀를 깨물 겁니다."

달려 나아가는 알렌의 속도에 세실이 깜짝 놀란다. 적어도 말보다는 빨리 달리고 있다.

'이제 시간이 없어. 호로우, 밤눈으로 길을 가르쳐줘.'

새D 소환수를 네 마리 밤하늘에 소환해서 공유한 도시의 풍경을 보고 바깥으로 나가는 문을 찾아낸 뒤 서둘러 움직인다.

'오! 다행이다. 더글라하는 카르넬한테 상황을 설명하러 갔어. 시간을 꽤 벌었다.'

알렌은 달려가며 마도선에 남아 있었던 새G 소환수의 시야로 배 내부 상황을 확인했다. 더글라하는 그란벨 가문의 고용인이 세실과 함께 마도선에서 뛰어내렸다고 곧장 상황을 설명한 것 같다. 카르넬 자작은 당황하며 「그래서 두 사람은 살아있는가?」라며 확인을 요구했지만, 일단 착륙을 해야 알 수 있다며 더글라하는 고개를 옆으로 흔든다. 다만 이 높이에서는 죽었을 가능성도 있다고 말을 덧붙였다.

알렌은 달려가며 홀더의 카드 구성을 변경했다.

· 벌레D 카드 44매

· 새G 카드 2매

· 새D 카드 4매

'도적들은 상당히 당황하는 것 같았어. 여기 이세계에는 마물을 사

역하는 직업이 아예 없다고 하니까 소환수를 보고 꽤 놀랐을 거야.'

알렌이 플레이했던 게임 중에는 소환사와 똑 닮은 직업이 있었다. 그것은 바로 마물 부리미였다. 마물 부리미는 마물을 사역하는 직업이며 소환사와의 차이는 무엇을 사역하느냐는 점뿐이다. 힘껏 달리며 모험가 레이븐에게 들었던 이야기를 떠올렸다.

레이븐은 「마수를 길들여서 부리는 건 절대 어림도 없다」라고 말했었다. 그때 태도를 떠올리면 이곳 이세계에는 마물 부리미가 없는 것 같다. 애당초 이 세계의 사람에게는 그런 발상이 없으니까. 도적들이 소환수의 출현에 경악했던 것은 애당초 전혀 예상할 수 없는 사태였기 때문이었다. 마물 부리미가 당연한 직업으로 인지되어 있는 세계라면 반응이 조금 더 달랐을지도 모른다.

카르넬의 문은 아직껏 열려 있었기에 그란벨 가문의 문장을 보여주자 바로 통과시켜줬다. 문지기인 만큼 당연히 이웃 영지의 문장은 알아볼 수 있었을 것이다. 소녀를 등에 업은 고용인은 무척 수상쩍게 보였을 테지만, 그것이 통과를 막을 이유가 되지는 않았을 테지.

'좋아, 나왔다. 산맥은 저쪽 방향이려나.'

별빛 덕분에 앞길이 전혀 안 보이는 처지는 모면했다. 별하늘 아래에서 이번에는 도시 바깥을 달려 나아간다. 여하튼 간에 일단은 도시에서 거리를 벌려야 했다. 그란벨 영지로 돌아가는 것은 그다음이다.

'문을 통화한 건 다행이야. 백룡 산맥을 찾아서 산맥 북쪽을 돌아 이동하면 그란벨로 돌아갈 수 있어. 며칠쯤 걸리려나…….'

도시에서 꽤 떨어지고 나서 세실을 위해 휴식을 취하기로 했다.

눈앞에서 수납으로 등불 마도구며 물이며 식량 따위를 꺼내 놓자 세실이 옆에서 빤히 쳐다본다.

휴식을 취한 지 얼마 지나지 않아 마도선이 내려앉은 착륙지 상공에서 대기하던 새D 소환수가 불온한 움직임을 감지했다. 알렌이 뛰어내려서 돌바닥을 산산조각 냈던 지점에 사람이 모여들고 있었다.

'카르넬와 더글라하도 있군. 뭔가 지시를 내리고 있어. 나랑 세실의 시체가 안 보이니까 역시 당연한가. 살아있는 게 들키는 건 어쩔 수 없다고 하자.'

카르넬 자작의 주위에는 몇 명인가 측근이 있다. 「공유」를 쓴 새D 소환수가 상공에서 내려다보는 가운데 더글라하가 지시를 가로막으며 카르넬 자작에게 말을 붙인다.

상공에서는 거리가 너무 멀어 목소리를 들을 수 없었다. 알렌이 무슨 이야기를 나누는 걸까 궁금해하며 새D 소환수의 시야에 더욱 집중하던 때였다. 더글라하의 몸이 일순간 부예지는 듯 보였다가 직후에 아지랑이 같은 연기가 온몸을 둘러싸더니 더글라하는 불쑥 어딘가를 향하여 달려 나아갔다.

'빠, 빨라. 역시 척후계 직업인가?'

알렌은 더글라하의 직업을 민첩성 능력치가 많이 오르는 척후계로 짐작하고 있다. 새D 소환수에게 더글라하의 동향을 확인시키니 맹렬한 기세로 알렌이 통과했던 문으로 향한다.

'오? 문을 나오는 건가?'

벌써 문을 통과한 더글라하가 다시 달리기 시작했다.

'엥? 서, 설마.'

알렌은 겨우 깨달았다. 더글라하는 지금 알렌과 세실이 있는 위치를 향해 달려오고 있었다.

'크, 큰일 났다. 도대체 뭐지? 분명 스킬을 뭔가 쓴 거다.'

아마 척후계 직업이라고 짐작되는 더글라하는 색적계 스킬을 써서 알렌의 위치를 이미 포착한 것 같았다. 이쪽 방향으로 쭉쭉 다가들고 있다.

"세실 아가씨, 대단히 죄송합니다. 이미 추적자가 따라붙었습니다. 당장 이곳을 떠나 이동하시죠."

"어? 아, 알았어."

더글라하는 속도가 상당히 빨랐으나 얼마 전 카드 교체를 마친 알렌의 민첩성은 가호의 힘까지 받아 마침내 2000이라는 숫자에 다다랐다. 세실을 업어야 하는 핸디캡이 있어도 금방 따라잡히지는 않을 것이다.

실제로 알렌은 따라잡히지 않고 더글라하에게서 도망치고 있다. 다만 이상하게도 완전히 따돌리지는 못했다. 방향을 수정하거나 다리를 피해 일부러 강물을 건너는 등 이런저런 수법으로 따돌리고자 애써봐도 추적은 전혀 멈출 낌새가 없다. 항상 배후에서 더글라하가 쫓아온다. 알렌과의 거리는 분명 상당히 떨어졌는데도 완전히 이쪽 위치를 파악하고 있다.

'척후가 되게 유능하구나. 어라, 오, 도시다!!!'

선행해서 주변 정찰을 담당하던 새D 소환수가 카르넬 자작령 안에 위치하는 조금 큼직한 도시를 발견했다. 알렌은 도시를 목표로 달려갔다만, 이미 문은 닫혀 있었다. 모닥불을 피워 놓았기에 알렌에게 업힌 세실도 도시의 존재를 알아차렸나 보다. 도시로 똑바로 달려 다가가는 알렌에게 등 너머로 말을 건넨다.

"저기, 알렌? 도시에 들어갈 거야?"

"예."

"문은 이미 닫혀 있는데?"

"그렇죠. 제가 애써보겠습니다. 잠시 이야기를 맞춰주세요."

'이 도시를 이용해서 더글라하를 따돌릴 순 없을까.'

"거, 거기, 멈춰라!"

알렌이 문 앞에 다가서자 문지기가 멈추라고 말했다. 이토록 늦은 밤인데 등에 소녀를 업은 고용인 차림의 소년이 맹렬한 속도로 다가드는 상황이잖은가. 대놓고 수상쩍어하는 표정이었다. 아예 창까지 들이밀고 있다.

"다, 다행이다…… 도, 도시에 도착했습니다. 아가씨도 조금만 더 참아주십시오."

"으, 응."

경계하는 문지기를 무시한 채 숨을 헐떡이며 알렌은 세실을 안심시키려는 듯 말을 건넨다.

"경비병분께는 대단히 죄송합니다. 도시 안쪽에 들여보내주시면 안 되겠습니까?"

"그, 그것은 안 된다. 이미 한참 전 문이 닫혔으니까. 너희처럼 이 늦은 시간에 온 수상한 자를 들여보내줄 순 없다."

"아뇨, 저희는 수상한 사람이 아닙니다."

알렌은 그란벨 가문의 문장을 보여줬다.

"그란벨 가문의 일원이었나. 아니, 하지만 왜 이런 늦은 시간에 돌아다니지?"

문장을 보여줬더니 일순간 멈칫한다. 이웃 영지인 그란벨 가문의 사람이 이런 늦은 시간에 카르넬 자작령에 찾아왔다는 것은 너무나 부자연스럽다.

"아뇨, 사실은 여기에서 조금 거리가 있는 곳에서 마차가 망가지는 바람에 옴짝달싹을 못하는 처지가 되었습니다. 그런데 아가씨가 길바닥에서 묵고 싶지는 않다 하셔서……."

알렌은 물 흐르듯 거짓말을 늘어놓았다. 마차는 부서진 데다 아가씨는 자꾸 투정을 부리니 몹시 난감하다는 표정이다.

"……."

갑자기 응석받이 취급을 받게 된 세실은 이야기를 맞춰주기로 한 것도 잊어버리고 어이없어하는 모습이다.

"그랬나, 아니, 하지만……."

'오, 금방 넘어올 것 같다. 곧 더글라하가 올 테니까 더 이상 실랑이를 한 여유는 없군.'

"저도 어려운 줄은 알고서 드리는 말씀입니다. 그러니 이번에는 이것으로 눈을 감아주시면 안 되겠습니까?"

불쑥 알렌이 문지기의 손바닥에 쓱 손을 겹쳤다. 문지기는 움찔 놀라면서도 알렌에게 건네받은 물건을 확인한다. 그것은 모닥불을 반사하여 황금색으로 빛나는 한 닢의 금화였다.

"어, 어쩔 수 없구나. 다만 도시에 들어가도 지금 숙소는 전부 닫혔을 텐데."

“그 문제는 제가 해결해보겠습니다.”

문지기와 마찬가지로 돈을 쥐여줘서 방을 구하겠다고 넌지시 의사 표시를 한다.

“허허, 참.”

능청을 떨며 문지기는 문 옆쪽에 있는 통행용 쪽문을 열어주었다. 이렇게 알렌은 등 뒤에 더글라하를 매단 채 아슬아슬하게 도시 안으로 들어갈 수 있었다.

도시에 들어온 뒤 알렌은 세실을 업은 채 큰길을 벗어나서 좁다란 골목길 안쪽으로 이리저리 방향을 바꿔 가면서 움직였다.

“알렌, 숙소에 묵지는 않으려고?”

“네, 묵지 않습니다.”

알렌이 큰길을 피해 불규칙적으로 움직이는 모습을 보고 세실이 질문했다. 큰길에 숙소가 몇 군데 있었으나 알렌은 전부 쌩 지나쳤다.

「밤눈」으로 문을 감시하고 있던 새D 소환수가 더글라하를 발견한다.

‘으음, 역시 허가증을 갖고 있구나.’

더글라하는 문지기에게 뭔가 보여주고 알렌과 똑같이 쪽문을 지나서 도시 안으로 들어왔다. 곧이어 또 고속으로 이동을 개시한다.

‘그래, 역시나 발자국 추적형 스킬이었구나. 맵 표시형이 아니라 다행이다.’

알렌은 지난 몇 시간에 걸친 도피행에서 더글라하의 색적 스킬 분석을 끝냈다.

알렌은 켄이치였던 시절, 게임에서 수많은 직업을 플레이해왔다. 기본은 전사나 마법사와 같이 강한 무기를 장비해서 적에게 큰 대미지를 주거나 강력한 마법을 쓰는 등 완전한 근육 뇌 플레이다. 따라서 도적처럼 변칙적인 수법을 쓰는 직업의 경험은 거의 없었다.

그렇다 해도 지식은 꽤 가지고 있다. 알렌이 아는 추적의 타입은 아래에 있는 두 가지다.

· 추적 대상자의 흔적이 필드 위쪽에 나타나서 그것을 좇아가면 목표를 따라잡을 수 있다
· 추적 대상자의 좌표가 맵에 표시되어서 그곳으로 가면 목표를 발견할 수 있다

따라서 알렌은 100퍼센트 단언할 수 있다. 지금 더글라하가 쓰는 스킬은 전자인 발자국 추적형 타입이다. 후자였다면 더글라하는 분명 알렌이 있는 지점까지 최단 거리로 들이닥쳤을 터이나 실제는 알렌이 통과했던 경로를 일일이 좇아 이동하고 있었다. 알렌의 현재 위치 좌표를 알 수 있다면 도중에 굳이 강물을 건너지 않고 근처에 있는 다리를 지나 이동했을 것이다. 지금도 더글라하는 알렌이 남긴 발자국을 따라 쓸데없이 이리저리 이동을 되풀이하고 있다.

'슬슬 따돌려볼까.'

"잠깐 뛰겠습니다."

"꺄."

알렌은 점프해서 이번에는 건물 위쪽을 이동하기 시작했다. 더글라하는 궤적을 쫓는 까닭인지 줄곧 지면을 보며 달리고 있다. 지붕 위쪽에 있다는 것을 들키지 않게 조심스럽게 이동하면서 조금씩 더

글라하와 거리를 벌려 나간다.

'좋았어. 헤매는구나! 추적 분석은 완벽했다. 나를 쫓아오려면 100년은 빠르다고!!!'

새D 소환수가 갑자기 알렌의 흔적을 찾지 못해 당황하고 있는 더글라하를 포착했다. 어딘가 골목길에서 방향을 잘못 돌아들었다고 생각하는 듯 왔던 길을 되돌아간다. 알렌이 색적 대항책을 마련하리라는 생각은 꿈에도 못했는지 건물 위쪽까지는 신경을 못 쓰는 것 같았다. 알렌은 이미 도시의 외벽 위에 서 있었다.

"안 싸워? 알렌은 강하잖아?"

세실의 머릿속에서 알렌은 상당히 강한 사람으로 인식되어 있는 듯싶다.

"네, 조금 거북한 타입입니다. 아마 이기지 못할 겁니다."

'수단을 안 가려도 승률은 1할도 안될 거야. 내 소환수는 다리가 느리기도 하고, 함정을 파서 매복해도 피하겠지. 뭐, 자잘한 공격을 넣어 봤자 회복약으로 치료하면 끝장날 테니. 빨리 이 도시를 떠나자. 브론, 나와라.'

알렌은 돌D 소환수를 벽 바깥에 소환해서 방패를 머리 위쪽에 똑바로 치켜들도록 지시했다. 평평한 방패에 뛰어 올라타서 또 전방에 돌D를 소환하고 같은 지시를 내린다. 돌D 소환수를 꺼냈다가 회수하고 다시 꺼냈다가 회수하기를 되풀이하며 징검다리처럼 수 킬로미터에 걸쳐 발자국을 남기지 않고 전진했다.

'저 녀석은 소환수의 발자국을 내 발자국으로 인식할 수 있을까? 아직은 알 수 없지만, 가끔 이렇게 발자국을 지우면서 움직이자.'

이 방법은 이동에 시간이 걸리는 터라 이따금 땅을 밟아서 달려 이동하다가 또다시 돌D 소환수를 소환해서 이동했다. 이번에는 이 방법을 차근차근 되풀이하며 이미 새D 소환수와의 「공유」로 확인한 백룡 산맥의 북단을 목표로 나아간다. 그곳에 있는 관문을 통과하면 그란벨이었다.

얼마 뒤 잠에 들 준비를 했다. 아무리 급해도 불과 하루 이틀 동안에 그란벨까지 복귀하기는 어려웠다. 알렌과 세실을 둘러싸도록 돌D 소환수를 배치한 뒤 수납에서 숙박 세트로 상비하고 있는 모포와 등불 마도구를 꺼내 놓았다.

"재능, 있었구나."

세실이 알렌을 바라보며 조용히 중얼거렸다.

"그렇습니다. 이것저것 쓸모가 많아 편리하지요."

"왜 말을 안 했던 거야?"

"재능이 있다 떠들어 봤자 좋을 게 없으니까요."

"하긴……."

세실도 짚이는 바가 있는 듯했다.

"내일은 더 많이 달려야 합니다. 오늘은 이만 쉬시죠."

"알렌은 안 자려고?"

"저도 물론 자야죠. 안녕히 주무십시오, 세실 아가씨."

"……잘 자."

'으음, 가능하면 사나흘 안에 돌아가고 싶은데. 그러지 않으면 몸이 못 버틸 거야.'

알렌은 세실의 잠든 얼굴을 바라보며 소환수를 통해 더글라하의 동향을 확인했다. 휴식은 선잠으로 대충 때우는 것이 좋겠다.

그리고 몇 시간 뒤.

'끄응, 건물 위의 발자국을 들켰군. 제법인데.'

더글라하는 결국 알렌의 술수를 알아차렸다. 짐을 정리한 뒤 아직 졸려 보이는 세실을 업고 달리기 시작했다. 한편 도시의 건물 위쪽에 있던 더글라하는 머지않아 외벽 쪽으로 이동했다. 알렌의 발자국이 뚝 사라졌기에 시선을 이리저리 옮기며 다시 발자국을 찾는 것 같았다.

'으흐흐, 어떠냐? 발자국이 없지? 음, 어라?'

알렌은 달리며 더글라하의 동향을 계속 확인했다. 더글라하는 발자국이 보이지 않는다는 것을 확인한 뒤 도시 외벽에서 바깥으로 뛰어내리더니 곧장 달음박질친다. 그렇게 몇 킬로미터쯤 달려 나아갔을 때 도시를 중심으로 소용돌이 모양을 그리며 또 달리기 시작했다.

'으핫, 저거 뭔 짓이냐?! 어? 설마.'

소용돌이 모양으로 달리고 있기 때문에 언젠가는 알렌의 발자국과 맞닥뜨린다. 잠깐 살펴보는 동안에 알렌의 발자국을 찾아내더니 곧장 추적을 재개했다.

'큰일 났다. 발자국 지우는 거리를 더 많이 늘려야겠어.'

소환수를 쓴 이동은 효과가 있었을지언정 몇 킬로미터 차이로 들켜버렸다. 돌D 소환수로 이동하는 거리를 늘리고 차근차근 발자국을 지워가면서 백룡 산맥의 북쪽 끝을 향해 나아갈 수밖에 없겠다. 더글라하가 발자국을 놓치거나 발견하기를 되풀이하는 터라 알렌과 더글라하의 거리도 좁혀지거니 벌어지기를 되풀이하고 있었다.

*　*　*

마도선에서 탈출하고 이틀째 아침, 알렌은 무사히 북쪽 끝 관문을 지나 그란벨 영지에 진입할 수 있었다.

"왜 그래? 무슨 일 있어?"

"예?"

관문을 지난 뒤 바로 출발하자며 재촉하는 알렌의 행동에서 세실이 위화감을 느낀 것 같았다.

'끙, 알아차렸나. 지금은 솔직하게 대답하자.'

"방금 전 더글라하의 종적을 놓쳤습니다."

"뭐?"

알렌은 더글라하의 위치를 「공유」로 확인하고 있다. 세실에게는 추적자가 더글라하라는 것, 더글라하가 색적 스킬을 가지고 있다는 것을 보고했을 때 은근슬쩍 자신에게도 색적 스킬이 있음을 알려줬다.

얼마 전 더글라하가 이제껏 보여줬던 가장 빠른 엄청난 속도로 이동을 개시하면서 항상 뒤를 쫓고 있었던 새E 소환수를 뿌리쳐버렸다. 새E 소환수 몇 마리가 행방을 찾고 있지만, 애당초 따라잡을 수 없는 속도였기에 발견은 어려울 것이다.

'역시 속도를 확 올리는 스킬이 있었구나.'

창고에서 더글라하에게 걷어차였던 기억을 떠올린다. 눈으로 좇을 수조차 없었고 일순간 사라진 것 같이 느껴졌었다. 그건 그렇고 창고 안에서는 극히 짧은 거리에 한정되는 속도 상승이라고 생각했었는데, 실제는 상당히 먼 거리를 이동할 수 있는가 보다. 눈 깜짝할 사이에 새E 소환수의 시야에서 사라져버렸다.

'저 속도로 장거리를 이동할 수 있다니.'

"나를 두고 가면 알렌은 무사할 수 있지 않을까?"

알렌의 등에 업힌 채 세실이 어울리지 않게 약한 소리를 꺼낸다.

"예? 무슨 말씀을 하는 겁니까. 두고 가지 않아요."

"그치만, 이대로 가면……."

'흠, 세실은 아직 열두 살이지. 벌써 포기하고 싶어진 건가.'

쫓기며 이동하는 나날이 이어졌던 터라 마음이 약해져버렸나 보다.

"걱정 마세요. 무사히 둘이서 그란벨로 돌아갈 수 있습니다. 아무 문제도 없어요. 게다가 약속을 했으니까 말이죠."

"약속?"

"예, 미하이 님께 세실 아가씨를 반드시 지켜드리겠다고 약속했습니다. 약속은 지킵니다."

"고마워……."

세실이 알렌의 어깨에 얼굴을 파묻었다.

'말은 멋있게 했는데 역시 보험을 들어 놔야겠지. 관문도 넘어왔겠다, 슬슬 괜찮을 거야.'

알렌은 「보험」 삼아서 다수의 소환수를 소환한 뒤 하늘에 날려 보내며 「매의 눈」으로 주변의 색적을 지시했다. 즉각 더글라하의 위치를 파악하기 위해서였다.

* * *

탈출한 지 사흘째를 맞이했다. 오늘도 아침 일찍부터 세실을 등에 업고서 그란벨을 목표로 달리고 있다. 가능하면 내일 중에는 도착하고 싶기에 알렌은 서둘러 달려 나아갔다.

그 무렵, 새E 소환수를 쳐다보는 마수가 한 마리 있었다. 그 마수는 저 새와 가까운 곳에 놀이 상대가 있다는 것을 경험으로 알고 있다. 한쪽 눈을 잃은 인면견 같은 얼굴을 히죽히죽 비뚤어뜨리며 마수는 이동을 개시했다.

「공유」를 쓴 새E 소환수가 알렌에게 접근하는 마수를 발견한다. 새E의 시야를 통해 비치는 마수를 알렌은 알아볼 수 있었다.

'켁! 마더 가르쉬다. 똑바로 오고 있군.'

들키지 않게 몰래 거리를 좁혔나 보다. 벌써 수 킬로미터 근처까지 다가들었다.

'어떻게 하지, 따돌릴 수 있을까? 3년 전보다 민첩성이 꽤 많이 오르기는 했는데.'

알렌은 어떻게 할까 고민했다. 세실을 업고 있기도 했고, 어디에서 불쑥 더글라하가 나타날지도 알 수 없었다. 가능하면 전투를 피해 달아나고 싶었다.

"왜 그래?"

알렌은 표정 관리를 딱히 잘하는 편은 아니었나 보다. 아니면 감이 무척이나 예리한 걸까, 세실은 곧장 이변을 눈치챘다.

"아, 네. 지금 마더 가르쉬에게 쫓기고 있어서요."

"뭐?!"

현재 이곳에서 수 킬로미터 근처까지 마더 가르쉬가 와 있고, 알렌을 노리고 달려오고 있다는 것을 솔직하게 가르쳐줬다.

"지금 상황에 추적자를 둘이나 달고 다니면 위험할 테니 마더 가르쉬를 사냥한 다음 전진하는 게 좋을 듯싶습니다."

지금의 알렌이라면 마더 가르쉬도 사냥하지 못할 상대는 아니었다. 쓰러뜨린 다음에 이동하고 싶다.

"뭐? 마더 가르쉬를 이길 수 있어?"

"아마 가능할 겁니다. 처음 싸우는 것도 아니고요."

마더 가르쉬의 무력은 3년 전 이미 검증을 마쳤다.

"알았어."

세실은 알렌의 의지를 신뢰해줬다. 마더 가르쉬에게도 이길 수 있을 것이라 생각하는 듯했다. 그로부터 몇 분 후, 알렌은 바짝 쫓아온 마더 가르쉬와 정면에서 대치했다. 세실은 마더 가르쉬가 들이닥치기 전 상당히 멀리 떨어진 장소에서 먼저 피난을 마쳤다.

'세실의 안전은 확보됐고, 귀찮은 마더 가르쉬를 토벌해볼까.'

『아아아아아아아아아아!!』

인면견 같은 얼굴에 상반신은 인간의 팔과 몸 비슷한 구조이며 하반신이 늑대의 몸뚱이로 되어 있다. 몸높이는 5미터 정도. 한쪽 눈을 잃은 저 마수가 알렌과의 재회를 기뻐하며 히죽히죽 웃는다.

"야, 똥강아지. 덤벼라, 시간 아까우니까 단숨에 끝내자."

마더 가르쉬에게 알렌은 순살을 선언했다. 마더 가르쉬의 주위에 짐승D 소환수 스무 마리가 나타났다. 한꺼번에 마더 가르쉬를 공격하기 시작한다.

작전은 극히 단순하다. 오크 킹이나 여왕 갑옷 개미와 똑같이 이번에도 물량전으로 몰아친다.

'스파이더의 「거미줄」은 역시 효과가 별로 없구나. 속도 저하는 기대할 수 없겠어. 쓸데없이 짐승D 소환수를 낭비할 순 없어. 브론들, 제압해라.'

같은 B랭크 마수인 오크 킹, 여왕 갑옷 개미와 싸운 경험을 살려서 돌D 소환수를 네 마리 꺼낸 뒤 사방에서 둘러쌌다. 이렇게 하면 공격이 더욱 잘 들어맞기에 빨리 결판이 나며, 따라서 짐승D 소환수의 희생을 줄일 수 있다.

그럼에도 한 마리, 또 한 마리 짐승D 소환수가 나가떨어졌다. 그와 동시에 상공에서는 눈이 핑핑 돌아갈 만큼 마도서가 휙휙 넘어가며 강화된 짐승D 소환수를 잇따라 생성한다. 마더 가르쉬를 노려서 짐승D 소환수의 특기 「물어뜯기」를 거듭 사용하자 이윽고 온몸에서 피가 뿜어져 나왔다. 마더 가르쉬가 몸부림치며 고통스러워하는 동안에 알렌은 왼쪽 눈을 노리고 철 구슬을 거듭 던졌다.

가능하면 두 눈을 전부 부수고 싶다. 만약 알렌이 죽더라도 두 눈을 박살내면 세실은 무사히 도망칠 가능성이 높아지니까. 다만 레벨이 오른 알렌의 공격력이 실린 투척으로도 기습이 아닌 한 마더 가르쉬의 눈을 타격하는 것은 지극히 어려웠다. 아무리 던져도 손으로 전부 튕겨 내버린다.

'오크 킹이라면 이미 쓰러졌을 텐데, 과연 B랭크 상급 마수네. 그래도 얼마 안 남았어.'

10분쯤 몰아치면서 슬슬 쓰러지지 않을까 생각했던 때. 짐승D 소환수의 공격으로 온몸에서 피를 내뿜던 마더 가르쉬가 뒷다리에 힘을 실어서 전력으로 도약했다.

『아으아아아아아!!!』

"어?"

쿠우우우우웅!!!

이미 철 구슬을 다 던져버렸던 알렌은 신변의 안전을 확보하기 위해 수십 미터 떨어진 곳에서 소환을 반복하고 있었다. 그런 알렌의 바로 옆쪽에 도약을 한 마더 가르쉬가 내려섰다. 허둥지둥 짐승D 소환수를 알렌의 곁으로 불러들인다. 하지만 이미 늦었다.

만에 하나의 사태에 대비하여 돌D 소환수를 네 마리 알렌의 곁에 대기시켰지만, 죽기 살기로 미친 듯이 달려든 마더 가르쉬는 돌D 소환수를 가볍게 날려버리며 두 손으로 알렌의 몸을 거머쥐었다. 그렇게 꽉 힘을 실어서 조르기 시작한다.

'이거, 좀 위험한데?'

"아, 알렌!!!"

알렌의 뒤쪽에 멀리 떨어져 있는 위치에서 상황을 지켜보던 세실이 큰 목소리로 소리 질렀다.

"괜찮습니다!!!"

세실의 눈에는 전혀 괜찮은 듯 보이지 않았다. 마더 가르쉬의 두 손에 틀어잡힌 채 알렌은 생성과 합성을 반복했다. 걱정해서 뛰쳐나올 것 같은 세실에게 다가오지 말라고 강하게 못을 박는다.

두 손에 붙들려서 몸을 움직이지 못하는 알렌을 쳐다보고 있으려니까 마더 가르쉬는 온몸으에서 피를 흘리면서도 히죽히죽 웃음이 멎지 않는가 보다. 계속 웃음을 흘리며 살짝살짝 힘을 더 가하고 있다. 단숨에 죽이지는 않을 듯싶다.

몸을 꽉 움켜잡혀서 본래는 벌써 죽었어야 했을 알렌은 뼈가 부서져 피를 토하면서도 생명의 풀로 체력을 회복시키며 계속 버텼다. 몇 분쯤 알렌을 꽉 졸라 괴롭히던 마더 가르쉬는 불현듯 손을 풀어내더니 알렌의 머리를 잡아 들어서 거드름을 피우며 덥석 깨물었다.

마더 가르쉬의 송곳니가 알렌의 배를 찢어서 선혈이 흩날린다. 멀리서 지켜보고 있었던 세실이 털썩 무릎을 꿇고 「알렌」이라며 작게 중얼거렸다.

모든 것이 끝났다고 생각했을 그때였다.

“야, 똥강아지. 맛있냐? 머리부터 먹을 줄 알았는데 꼬리부터 먹는 녀석이었나.”

붕어빵을 먹는 방식에 대해 이야기하듯 한마디 중얼거린 뒤 알렌은 수납으로 드골라에게 받은 단검을 꺼내 전력으로 틀어잡았다.

‘하반신부터 물었겠다, 그럼 목표는 여기다!!!’

배부터 위에 힘을 꽉 실어 혼신의 일격으로 마더 가르쉬의 왼쪽 눈에다가 곧장 박아 세웠다.

『아아아아아아아아!!!!!』

마더 가르쉬가 견디지 못하고 비명 지른다. 젤 형태의 유리체가 걸쭉하게 흘러나와서 마더 가르쉬가 고통에 몸부림칠 때마다 주위로 흩뿌려졌다.

‘좋아, 두 눈을 다 박살 냈다. 그리고.’

거듭 팔을 비틀어서 마더 가르쉬의 눈 안쪽에 단검을 꽉꽉 박아 넣는다. 단검이 이미 팔까지 마더 가르쉬의 눈 안에 틀어박혔지만, 그럼에도 알렌은 힘을 빼내지 않는다.

"뭐 하냐? 똥강아지, 입에 힘 좀 넣어봐라. 아니면 내가 죽인다!!"

마더 가르쉬는 눈알에 단검이 박힌 상태로도 끝까지 알렌을 뱉어내지 않았다. 턱에 힘을 꽉 줘서 알렌의 목숨을 끊고자 해도 어째서인지 이번에는 이빨이 안 박혔다.

"단단하지? 더 단단해질 거다. 곧바로 나를 죽이지 않았던 너의 패배다."

알렌은 마더 가르쉬에게 잡힌 순간부터 생성과 합성을 되풀이하며 소환수의 구성을 돌D 소환수로 바꿔 나갔다. 격렬한 공방 와중에도 체력과 내구력을 20씩 올려주는 돌D 카드를 마흔여덟 장 소지한 결과로 이미 체력은 2000에 가까이, 방어력은 1500에 가까운 수치까지 올라갔다.

깨물어 죽일 수 없음을 깨달은 마더 가르쉬가 이번에는 두 손으로 알렌을 쥐어 으스러뜨리고자 한다. 알렌은 아랑곳 않고 불편한 몸을 최대한 쭉 뻗어서 팔을 더 깊숙이 눈알 안쪽에 찔러 넣었다.

"잘 들어, 똥강아지. 스테이터스는 거짓말을 하지 않아."

마더 가르쉬의 상세 스테이터스는 알지 못하나 「보호하기」를 쓰는 돌D 소환수를 일격에 처리하지는 못했으니 아마 공격력은 2000이 되지 못할 것이라 추측된다. 그 때문에 알렌은 생명의 풀을 반복 사용하면 이 상황에서도 충분히 적을 죽일 수 있다고 판단을 마쳤다. 선잠을 자며 휴식하던 때 더글라하 대책으로 생명의 풀을 몇백 장이나 만들어 놓았던 것도 운이 좋았다.

'그래, 오랜만이야. 이 긴장감, 그리운데.'

켄이치였던 시절, 공격을 몇 번만 맞아도 죽어버리는 보스 캐릭터와 싸울 때 비슷한 방법으로 버텼다. 체력을 관리하며 회복약을 마구 사용하고 상대의 체력을 깎아 나가다가 결국에는 해치운다. 이번에도 같은 요령으로 마도서의 스테이터스 항목에서 자기 체력을 확인하며 생명의 풀을 적절한 타이밍에 거듭 사용했다.

단검은 이미 눈 안쪽 뼈까지 닿아서 천천히 파고들고 있었다. 뼈에 닿은 칼날의 끝이 멈춰도 계속해서 힘을 꽉 준다. 눈 안쪽 뼈가 갈라지기 시작했다.

그리고.

『아아아아아아아아아아아아아아!!!』

눈 안쪽 뼈가 깨지며 머릿속까지 칼날이 들어갔다. 마더 가르쉬가 이제껏 질렀던 가장 큰 외침과 함께 바닥에 쓰러진다. 알렌을 뱉어내더니 잠시간 경련하다가 곧 움직임이 멈췄다.

『마더 가르쉬를 1개체 쓰러뜨렸습니다. 경험치 82000을 획득했습니다.』

"흠, 의문의 여지가 없는 완승이군. 하반신은 끈적끈적하지만."

"알렌!!"

세실이 급히 달려온다. 온몸을 살펴보며 무사한지 확인하고 있는 것 같았다.

"자, 또 한바탕 움직여야겠군요."

"어? 아……."

알렌이 무사하다는 데 안도한 것도 잠시뿐, 세실이 남자의 존재를 깨닫는다. 알렌과 세실의 눈앞에 더글라하가 서 있었다.

"드디어 찾았다!!!"

'음, 뭔가 되게 열 받았네.'

모르는 사람이 봐도 알만큼 화난 모습이다. 더글라하는 분노를 주체하지 못해서 목소리까지 덜덜 떨리고 있다.

"이제 절대로 안 놓친다!!"

'결국 이렇게 따라잡혔군. 아니, 마더 가르쉬한테 물렸을 때부터 알았지만.'

이미 알렌은 상공에서 색적을 하던 새E 소환수를 한 마리도 남겨두지 않았다. 더글라하에게 들켰음을 안 시점에서 색적은 불필요하니 모두 돌D 소환수로 교체했기 때문이었다.

한 발짝, 또 한 발짝. 더글라하가 다가든다. 잠깐 알렌의 후방에서 쓰러져 있는 마더 가르쉬를 쳐다봤는데 별 흥미는 없는 듯했다. 마더 가르쉬 따위 별것도 아니라는 듯이 쳐다보고, 다시 알렌과 세실에게로 시선을 되돌린다. 그 시선을 받은 알렌은 세실을 등 뒤로 숨겼다.

'철 구슬은 다 던졌고, 단검은 마더 가르쉬한테 박혀 있어. 소환수의 속도로는 도저히 더글라하를 따라잡을 수 없어. 선택지가 적어서 할 일이 분명하니까 편하긴 하군.'

"세, 세실 아가씨, 물러나주십시오!! 적은 제가 막겠습니다."

'일단 주의를 끌고.'

알렌은 힘껏 두 팔을 펼쳐서 세실을 감쌌다.

"뭐냐? 고용인의 귀감이군. 제 몸을 던져서 지키겠다? 그런 게 제일 열 받는단 말이다!!"

"쿨럭."

'진짜냐, 정면에서 마주했는데도 시야에서 사라지잖아? 전혀 안 보이는군.'

"알렌! 꺅!!"

더글라하는 뭔가 특수한 힘을 써서 고속으로 알렌을 걷어차더니 세실이 알렌에게 달려오려고 하자 따귀를 때려서 휙 날려 보냈다. 겨우 일격에 세실은 곧장 의식을 잃었다.

"뭐 하나? 안 덤비나? 저번에 보여준 마수를 다시 한번 꺼내봐라."

"……."

"그렇군, 저 마수를 쓰러뜨리는 데 마력을 죄다 써버린 건가."

연기를 관둔 알렌이 되받아친다.

"너도 나를 쫓아오기 위해서 마력을 과하게 쓰지 않았어? 돌아가려면 마력을 남겨 놓는 게 좋을걸?"

"엉? 마력 회복약은 당연히 챙겨 왔다, 망할 꼬맹이."

'이 바보는 뭐든 다 떠들어주는구나. 더글라하는 마력을 쓰는군. 이제 스킬에 대해 조금은 알겠어.'

"건방진 애새끼, 제대로 교육해주마."

"고작 1년 만에 전쟁터에서 도망친 겁쟁이가 할 수 있겠어?"

알렌은 창고에서 도적들이 이야기했던 내용을 떠올리며 더글라하를 도발했다.

"이, 이 새끼가!!"

그러자 눈앞에서 또 더글라하가 모습을 감췄고 곧 알렌은 몸이 날아갔다. 알렌의 말에 열불이 나서 작정하고 고통을 가하고자 결심한 것 같다. 흠씬 두들겨 맞으면서도 알렌의 머릿속에서 한 가지 의문이 풀렸다. 스킬은 대체 무엇이냐는 의문이다.

알렌의 인식으로 이 세계에는 세 가지 종류의 스킬이 있다.

· 첫 번째는 알렌이 한 살 때 마도서로 확인했던「소환술」「생성」「소환」과 같은 스킬
· 두 번째는 기사놀이와 돌 던지기로 입수한「검술」「투척」과 같은 스킬
· 세 번째는「엑스트라 스킬」(알렌은 보유하지 못했다)

첫 번째와 두 번째의 차이로 제일 먼저 떠오르는 것은 마력의 소비 여부였다. 투척은 마력을 소비하지 않지만, 소환수를 소환할 때는 생성 단계에서 마력을 필요로 한다. 여기에서 다시 의문이 생겨난다.

알렌 이외의 재능 보유자들이 가진 스테이터스의 스킬 칸에는 무엇이 어떻게 적혀 있을까. 그 힌트는 더글라하에게 있었다. 스킬 발동에 마력을 쓴다는 것을 얼결에 자기 입으로 가르쳐주었으니 스테이터스는 분명 아래와 같이 표시되어 있겠지.

· 알렌이 예상하는 더글라하의 스테이터스
【스킬】 척후 〈5〉, 강탈 〈5〉, 준족 〈4〉, 엿듣기, 도둑 걸음, 기척 감

지, 검술 〈5〉

【엑스트라】 추적

알렌의 「소환술」에 해당하는 「척후」라는 기본 스킬이 있고, 레벨이 오를 때마다 몇 가지 스킬이 가지를 치며 성장해 나가는 것이라고 짐작된다.

'답은 처음부터 있었어. 이세계로 전생하기 전 봤던 헬 모드의 설명 부분에 제대로 쓰여 있었잖아. 아마 직업으로 선택한 스킬이 모든 재능 보유자에게 주어질 거야. 세실의 스테이터스에도 분명히 마법 〈1〉 같은 스킬이 있겠지.'

· 헬 모드(발췌)

직업으로 선택한 스킬만 초기에 입수 가능합니다.

재능의 보유 여부에 따라서 레벨이 올랐을 때 능력치의 상승 정도가 달라진다. 다만 이래서는 재능 보유자와 미보유자의 차이는 능력치에서만 나타나는 셈이다. 재능이 있고 없고의 차이는 마력을 소비해서 마력에 의해 성장하는 스킬이 주어지느냐에 따라서 갈린다고 결론 내렸다.

'더글라하가 이렇게 무식하게 센 이유는 재능이 있고 레벨과 스킬 레벨을 잘 올렸기 때문일 테지.'

"기분 나쁜 꼬맹이군. 왜 히죽히죽 웃는 거냐."

"푸핫!!"

‘그래, 기껏해야 별 한 개나 두 개일 텐데도 이렇게 강해질 수 있구나. 별 여덟 개짜리인 내가 성장하면 과연 얼마나 강해질까?’

더글라하가 도저히 눈으로 좇을 수 없는 속도로 공격을 쏟아부어서 흠씬 두들겨 맞는 와중에도 성장한 자신의 모습을 상상하면 자꾸 웃음이 새어 나온다.

그로부터 한 시간. 걸레짝처럼 엉망이 된 알렌이 드러누워 있고, 더글라하가 숨을 헐떡이며 서 있었다.

“황당하게 단단하군. 넌 직업이 무승이냐? 전에 본 마수 비슷한 게 뭔가 관계가 있나?”

더글라하도 한 시간이나 들여 알렌에게 철저히 고통을 주겠다는 생각까지 하진 않았다. 한참 전부터 죽여서 끝을 낼 작정이었겠지. 다만 소환수의 가호에 의해 체력과 내구력을 경이적으로 끌어 올렸고, 게다가 생명의 풀을 써서 체력 회복까지 하는 터라 아무리 공격을 해도 알렌은 끈질기게 버텼다.

“이제 공격은 관두려고? 그러면 빨리 카르넬로 돌아가. 죽기 싫다면 말이지.”

‘미스릴 레이피어를 마구 휘둘렀겠다? 더럽게 아프거든? 하마터면 생명의 풀을 다 써버릴 뻔했다고. 널 잡으면 레이피어는 내가 챙겨야겠다.’

“엉? 누가 날 죽이는데. 설마 네가?”

“아직도 모르겠어? 척후 타입인데도 범위 색적은 못 하나봐.”

‘정말 공부가 됐어.’

“무슨 소리냐? 말발로 시간을 끌어 봤자 넌 결국 죽는다니까?”

"어휴, 진짜 왜 이리 늦어."
"엉? 그러니까 뭐가……."
말을 잇고자 했던 더글라하도 깨닫는다. 저 멀리서 흙먼지를 피워 올리며 누군가가 이쪽을 향해 달려온다. 알렌을 공격하려다가 말고 경계하는 더글라하의 곁에 다가온 사람은 바로 기사단장이었다.
"흠, 아직 살아 있느냐?"
기사단장은 혼자서 온 것 같았다.
『아니, 진짜로 죽기 직전이었다니까. 조금 더 빨리 달려달라고.』
기사단장의 어깨에 앉아 있었던 새G 소환수가 알렌의 목소리를 써서 답했다.
"너무 보채지 마라. 나는 너처럼 빨리 달리지는 못한다. 게다가 넌 아직 살아 있잖느냐. 충분히 제때 도착하였다."
기사단장의 머리 위 하늘에는 새E 소환수가 선회하고 있었다. 알렌은 관문을 넘었을 때 그란벨을 목적지로 새G와 새E 소환수를 한 마리씩 날려 보냈다. 새E가 기사단장을 찾아낸 뒤 새G가 날아가서 사태를 설명하고 여기까지 안내해 왔다. 알렌의 재능을 알고 있었던 기사단장이 곧장 상황을 파악하고 달려와준 것이다.
'헤헤, 대장님. 빨리 해치워줍쇼.'
알렌은 적을 쓰러뜨릴 때 수단을 가리지 않는다. 기사단장이 해치워줘도 딱히 상관없었다.
"제노프인가."
"그렇다."
더글라하는 기사단장을 알고 있었다. 같이 전쟁터에 있었기 때문일까.

“귀족에게 꼬리나 흔드는 기생충이 뭐가 잘났다고 뻔뻔하게 튀어나온 거냐.”

‘너도 귀족한테 고용된 암살자잖아.’

마음속으로 알렌이 따진다.

“귀족의 기생충이라.”

“그래, 기생충이다. 너라면 알 텐데? 전장에서 평민을 소모품처럼 내던지는 귀족 놈들의 만행을.”

“뭐, 차마 부정할 순 없는 말이다만.”

“그렇지? 재능이 없는 빌어먹을 귀족을 위해서 죽기 살기로 싸우는 녀석도 빌어먹을 놈이지. 너도 마찬가지다.”

“…….”

“10년이나 요새를 지켜서 무엇을 손에 넣었나? 그 공적으로 겨우 깡촌의 기사단장 자리를 꿰찬 건가. 아주 대단한 포상이야. 정말 웃기는군.”

그렇게 말한 뒤 갑자기 더글라하가 휙 사라졌다. 주위에 흩날리는 흙과 풀이 더글라하가 물러난 것이 아니라 지금도 근처에서 고속으로 이동하고 있음을 증명해준다.

“알렌, 조금 물러나 있거라. 자칫 휘말릴 수도 있을 테니.”

“아, 네.”

이제까지 쭉 반말로 이야기를 했던 알렌이 무심코 다시 존댓말을 썼다. 명백하게 화가 난 기사단장의 박력에 위축된 것도 있었지만, 잠시 알렌을 돌아본 기사단장의 몸이 아지랑이처럼 일렁거렸기에 놀라서였다. 기사단장은 천천히 검을 뽑아 들었다.

'그런가, 엑스트라 스킬을 발동하면 이런 이펙트가 생기는구나. 그러고 보니 기사단장은 오크 킹을 잡았을 때도 엑스트라 스킬은 쓰지 않았었지.'

통상 스킬에도 직업 스킬에도 나타나지 않는 이펙트가 엑스트라 스킬에만 부여되어 있을 테지. 이런 상황에서도 새로운 발견이 있었다.

"어디를 쳐다보나. 죽어라!!"

더글라하가 모습을 나타내며 기사단장의 심장을 노려 레이피어를 찌른다. 하지만 레이피어는 기사단장의 가슴 위에서 뚝 멈췄다.

"우리는 모든 사람을 위해 싸워왔다. 그리고 동료들은 모두 죽었지. 나를 제외한 모두가 말이다."

"제길! 뭐 이리 단단해!"

기사단장의 발언은 무시한 채 더글라하는 레이피어에 힘을 꽉 줘서 어떻게든 꿰뚫고자 한다. 갑옷을 관통한 미스릴 레이피어를 두 손으로 움켜잡고 꾹꾹 밀어 넣고자 애쓰지만, 갑옷에서는 피가 한 방울도 나오지 않는다.

'엄청난 내구력이야. 이게 검호인가. 대체 얼마나 많이 싸웠던 거야?'

별 두 개짜리 레어 직업, 검호 재능을 보유한 기사단장의 내구력 앞에서 더글라하의 공격력은 전혀 위력을 발휘하지 못했다.

"모두가, 목숨을 걸고, 죽기 살기로 지켜왔다! 우리의 행적은 아무도 부정할 수 없다!!!"

그 말과 함께 기사단장은 치켜들었던 검을 사선으로 쭉 휘둘러 벴

다. 더글라하의 몸이 양단되고, 검격의 충격파에 의하여 크게 뒤집어진 지면은 100미터 이상을 넘게 날아갔다. 알렌은 기사단장의 엑스트라 스킬이 보여준 위력에 숨을 죽였다.

사흘 동안에 걸친 알렌과 더글라하의 추적극이 마침내 끝을 맞이한 순간이었다.

제14화 퀘스트의 시작

더글라하가 기사단장의 손에 쓰러진 다음 날, 알렌과 세실은 드디어 그란벨로 돌아왔다. 세실을 업은 알렌이 정문 앞에서 저택을 올려다보고 있자니 두 사람을 발견한 저택 문지기가 허둥지둥 안에 달려가서 남작에게 세실의 귀환을 보고한다. 그 광경을 보고 알렌과 세실은 드디어 저택에 돌아왔음을 실감했다.

지난 며칠 사이에 획득한 것
· 마더 가르쉬의 B랭크 마석
· 더글라하의 레이피어(미스릴제)

'드디어 돌아왔다. 오랜만의 저택이야. 수확은 마석과 레이피어인가.'

스스로 토벌했던 마더 가르쉬의 마석은 당연하고 더글라하가 갖고 있었던 미스릴 레이피어까지 입수한 것은 운이 좋았다. 네가 가지고 돌아가라며 기사단장이 말을 해줬다. 머릿속 생각이 곧장 얼굴에 드러나는지라 굉장히 갖고 싶다는 표정을 지었는지도 모르겠다.

"세실 아가씨, 슬슬 내려드리겠습니다."

"알았어."

그란벨까지 돌아오는 도중은 기사단장도 같이 동행했었지만, 세실은 기사단장이 아닌 알렌의 등에 업힌 채 돌아왔다. 현관 앞에서 땅에 내려선다. 저택에 들어가자 남작가 일동이 현관에서 기다리고 있었다.

"세실……."

"아버님, 무사히 돌아왔습니다."

감동의 재회이기는 한데 모두의 시선은 세실이 아닌 알렌에게 향하고 있다. 뒤늦게 깨달은 남작도 알렌에게 시선을 옮긴 뒤 안도하던 표정이 싹 변했다. 남작이 집사에게 지시를 내린다.

"다, 당장 의사를 불러와라!!"

"넷!!!"

마더 가르쉬에게 잡아먹힐 뻔한 데다가 암살자 더글라하에게 한참을 난타 및 칼질까지 당한 알렌은 온몸이 엉망진창이었다. 옷은 간신히 원형을 남긴 채 걸치고 있을 뿐, 너절너절한 옷 틈으로 온몸에서 쏟아져 나와 달라붙은 피가 보인다. 몹시도 딱한 몰골인지라 누구라도 치명상에 가까운 부상을 입었다고 판단할 수 있었다.

"아, 저는 문제없습니다. 이미 회복약을 썼거든요."

모두가 자신을 걱정하고 있음을 깨달아 호들갑스럽게 손을 흔들며 무사하다는 티를 내준다.

'흠흠, 이런 사태에도 대비해서 다음부터는 수납에 옷을 몇 벌쯤 넣어둘까. 그리고 독 대책도 마련해야지. 해독약은 당연히 챙겨야 할 테고, 이번에 당한 즉효성 수면약을 막는 아이템도 있을까?'

알렌은 이번 소동을 겪으며 백룡 산맥에서 사냥만 해서는 알지 못했을 수많은 경험이 쌓였다는 것을 깨달았다. 더글라하와 싸우며 스킬에 대해 분석이 꽤나 이루어진 것도 큰 수확이다. 기사단장이 더글라하를 쓰러뜨렸는데도 마도서에 로그가 남지 않았다는 것에서 인간을 죽인들 경험치는 얻을 수 없다는 것도 알았다.

'이번 사건은 정말 많은 공부가 됐어.'

우선 몸부터 씻은 뒤 식당에서 이번 사건의 경위를 보고해달라기에 잠시 흩어져서 욕실에 들어왔다. 알렌이 쓸 욕실도 준비해준 덕에 이 저택에 오고 처음으로 욕실을 쓸 수 있었다.

빳빳한 새 옷을 입고 식당에 들어가자 안쪽에 있는 긴 탁자의 가운데 자리를 권해준다. 항상 남작은 탁자의 안쪽 의장석에 앉았었는데, 오늘은 가운데에서 알렌의 맞은편에 앉았다. 세실은 조금 뒤늦게 나타났다.

"막 귀환한 참에 피곤할 터이나 우리는 서둘러 다음 행동에 나서야 한다. 무슨 일을 겪었는지 설명해다오."

"네."

전원이 모였기에 알렌은 상황을 보고했다. 납치당한 뒤 마도선에서 깨어났던 것, 카르넬 자작과 왕가의 사절이 나눈 대화의 내용, 마도선에서 뛰어내리고 그란벨을 향해 달려왔던 과정, 도중에 마더가르쉬와 조우해서 쓰러뜨렸다는 것, 암살자 더글라하에게 따라잡혔다가 기사단장의 도움을 받아 살아났던 마지막 순간까지—.

"그런가, 카르넬 경이 틀림없는 원흉이었군."

"네, 며칠 전 찾아왔던 왕가의 사절과 결탁하여 채굴권 일부를 빼앗으려 한 수작이었을 겁니다."

왕가의 사절은 자기 파벌에 속한 사람을 다음 법무부 대신으로 만들기 위해서 돈이 필요하다고 말했다. 이제껏 미스릴을 채굴해서

번 돈으로 활개를 쳤던 카르넬 자작은 미스릴을 더 이상 캐지 못하게 되자 돈이 없어서 곤경에 처한 참이었다.

그란벨 영지에서 미스릴 채굴권을 절반 강탈하는 것이 자작의 목적이었고, 이 계략을 알지 못하는 왕가에 남작이 직접 찾아가서 해명을 요구하면 난처해지는 터라 세실을 유괴한 것이 사건의 진상이었음을 보고한다.

"알겠다. 세바스, 당장 왕성으로 간다!"

"알겠습니다."

남작은 탁자 위에서 두 주먹을 부르쥐며 이제껏 한 번도 못 봤던 험악한 표정을 짓고 있었다. 사랑하는 딸이 납치당했던 분노도 거들어서인지 한시라도 빨리 두 원흉을 단죄해서 이번 사건을 결말짓고 싶어 하는 것 같았다.

'왕성에 가겠다고? 아이고, 이보세요.'

"어떻게 하실 생각이십니까?"

알렌은 남작에게 왕성에서 무엇을 할 작정인지 물었다.

"뻔하지 않겠느냐. 왕가에 이번 사건을 소상하게 보고하겠다. 왕가라면 분명 움직여주실 것이다."

'과연 움직여줄까? 상대가 카르넬 한 명이면 보고만 해도 조사를 바랄 수 있겠지만, 왕가의 사절은 어떻게 할 거야. 그 자식이 적당히 변명을 늘어놔서 도마뱀 꼬리 자르기라도 하면 카르넬만 처벌을 받고 끝나버린다고.'

"혹시 괜찮으실까요? 이번 사건의 해결을 위하여 제가 한 가지 제안을 드리고 싶습니다."

줄곧 남작과 알렌이 대화 나누고 있다. 남작가의 인원이 전부 앉아 있었고 기사단장도 동석한 자리이나 이번에 목숨을 걸고 세실을 구출한 공신은 누가 뭐래도 알렌이다. 자연히 식당에 있는 전원의 의식이 알렌에게 집중됐다.

"무엇이더냐. 말해보거라."

"저는, 제게 주어진 채굴권 3할을 전부 가주님께 양도하겠습니다."

""""뭐?!""""

막대한 자산을 전부 포기하겠다는 알렌의 발언에 식당 안쪽이 시끄러워졌다.

"제가 양도한 채굴권으로 얻게 될 금전을 내세워서 왕가가 이번 사건의 원인을 철저히 규명하고 또한 사태를 개선하도록 힘을 써주시면 안 되겠습니까?"

"나, 나더러 왕가를 매수해서 교섭을 하, 하라는 게냐. 카르넬 경처럼……."

일순간 남작이 표정을 굳히며 말을 더듬었다. 상당히 동요한 것 같았다.

"그렇습니다."

'세실을 위해 채굴권을 팔려고 했지. 뭐, 그거랑 좀 다르긴 한데.'

"아, 아니, 하지만."

"기사에게는 기사의 전법이 있습니다. 다만 가주님께서는 귀족이십니다. 아울러 귀족에게는 귀족의 전법이 있다는 것이 제 생각입니다."

"귀족의 전법?"

"그렇습니다. 탁자에 올려놓으신 두 손을 잠시 보여주시겠습니까?"

"음? 무슨 소리인가?"

비록 의도는 알지 못할지언정 장내의 분위기는 이미 알렌이 휘어잡고 있었다. 그 때문에 마치 최면술에 걸린 것처럼 남작은 두 손바닥을 알렌에게 내보였다. 말뜻을 잘 알아듣지 못했던 다른 사람들도 같이 남작의 손바닥을 들여다봤다.

"가주님, 지금이야말로 그 두 손을 더럽히실 때입니다. 모쪼록 귀족다운 싸움을 보여주십시오."

"아, 알렌. 어째서 이렇게까지 하는 것이냐!"

시종이라기에는 너무나 과한 발언인지라 결국 집사가 끼어들어서 나무랐다.

"아니. 괜찮다, 세바스."

"가주님, 아니, 하지만."

남작을 본 집사가 말을 잇지 못한다. 자신의 두 손을 바라보며 깊은 고뇌에 잠긴 표정을 짓는 남작의 뺨에서 눈물이 흘러내렸다.

"나는 말이다, 알렌. 너만한 나이 때 아버님을 먼저 떠나보냈단다. 그때『이 영지를 부탁한다. 형과 둘이서 지켜 내다오』라고 유언을 남기셨지."

"네."

두 손을 가만히 바라보며 이를 꽉 깨물고 남작이 힘겹게 말을 꺼낸다. 남작이 10대 초반 무렵이었을 때의 이야기였다.

"형님께서도 이제야 겨우 성인이 될 시기에 가주의 직위를 맡아야 했고, 형님과 함께 죽기 살기로 노력해왔다는 자부심이 있다. 다만 형님도 결국 스물이 되기 전 돌아가셨더랬지. 세바스, 지금도 마찬가지이나 자네에게도 옛 시절부터 정말이지 고생을 많이 시켰군."

'귀족이어도 성인이 되는 건 열다섯 살이었던가.'

"……."

집사는 남작이 건넨 치하의 말에 묵묵히 머리 숙인다. 알렌은 잠자코 남작의 말을 들었다.

"형님께도 귀족으로서 청렴하며 바르게 처신하라는 가르침을 받아 이제껏 제법 잘 꾸려왔다는 자부심이 있다. 그러나 어느 부분에서는 착각을 했던 것 같기도 하군. 이것이 귀족의 싸움인가. 그때의 나와 비슷한 연령의 아이에게 가르침을 받게 될 줄이야……."

남작이 펼치고 있던 두 손바닥을 꽉 쥐고 일어선다.

"나는 귀족의 싸움을 하고 오겠다. 미안하구나, 알렌. 너의 채굴권은, 값지게 사용하겠다. 세바스, 출발 준비를 하게."

"조속히 마치겠습니다."

'이제 문제없겠지. 카르넬은 있지도 않은 채굴권을 미끼로 설치고 다녔을 테니까. 남은 건, 남작이 왕도로 가기 전 부탁해서 꼭 알아야 할 문제가 하나 있구나.'

"저기, 가주님. 절대 채굴권의 대가로 요청드리는 것은 아닙니다만."

행동을 개시하고자 일어나는 남작에게 알렌이 말을 건넸다.

"음? 뭔가?"

"가능하시다면 그란벨 가문의 책무에 대해 가르쳐주실 수 있겠습니까?"

'좀 늦었는데, 이제는 진짜 알아야겠어.'

"……그렇군. 분명 알 자격이 있다. 네 의문은 강사를 불러 풀어주도록 하마."

잠시간 말을 머뭇거렸는데 가르쳐주려나 보다.

'응? 책무를 가르쳐주기 위해서 굳이 강사를 불러야 하나? 귀족의 의무에 관한 수업을 해주려는 건가?'

이렇게 일단 남작은 집사와 호위 역할의 부기사단장을 데리고 왕가로 출발했다.

* * *

올해 말에 일어났던 사건은 훗날 귀족 사회에서 「그란벨 가문의 난」이라고 일컬어지게 되었다. 이 같은 일련의 소동에 의해 카르넬 자작을 포함한 다수의 귀족이 뇌물 수수 및 공문서 위조 따위의 죄로 처벌되었다. 카르넬 자작은 마지막까지 그란벨 남작이 수작을 부린 날조라고 주장했지만, 왕가는 조사에 협력하지 않았던 카르넬 자작령에 동란죄를 적용하여 왕가 최강의 근위 기사단을 천 명 규모로 출병시켰다. 그러자 수많은 증거가 발견되었고 즉각 영지를 몰수하여 왕실 직할령으로 편입시켰다.

왕가의 중진급 사절 및 요직을 맡고 있었던 부대신급 귀족까지 연좌되었던 것은 뒤에서 대체 왜 이렇게까지 하냐는 말도 나왔다. 많은 사람이 감옥에 들어갔고 작위를 몰수당했으며, 귀족의 「재능 사기」에 필적하는 거센 숙청의 폭풍이 왕국에 불어닥쳤다.

소문에 따르면 미스릴 채굴권을 노린 카르넬 자작이 남작의 딸을 납치하였고, 그에 격노한 그란벨 남작이 소란을 일으켰다던가. 남작은 보복을 위해 새롭게 발견된 광맥의 채굴권을 모두 왕가에 양도하였으며 왕가의 가신과 몇몇 귀족 파벌과 협상하여 철저한 조사 및 징벌을 요구했다.

정말 딸 하나의 복수를 위해 그렇게까지 하는 것이냐는 목소리도 나왔지만, 남작에게 사태의 진상을 들을 수 있었던 귀족은 아무도 없었다. 이제는 왕가 및 다수의 파벌을 아군으로 끌어들인 그란벨 가문에 찾아가서 소문의 진상을 묻고자 하는 용감한 귀족은 물론 있을 리 없었다.

* * *

남작이 왕도로 떠난 지 며칠이 지나갔다. 알렌은 카르넬 자작의 사건이 매듭지어져서 남작이 저택에 돌아올 때까지 세실의 호위를 맡아 언제나 곁에 있어달라는 부탁을 받았다. 그래서 알렌은 기본적으로 세실의 방에 상주하고 있다. 왕도로 떠난 남작의 호위는 부기사단장이 맡았다. 기사단장이 말하기를 더글라하 정도로는 부기사단장을 쓰러뜨릴 수 없다고 했다.

지금 현재 저택은 기사단장과 다수의 기사들이 빈틈없이 지키고 있다. 상공에서는 주간은 「매의 눈」으로, 야간은 「밤눈」으로 감시하는 중이다. 당분간은 철저하게 주변을 감시할 예정인데, 카르넬 자작이 또 움직이지는 못할 것이다. 지금 채굴권을 거래 조건으로 왕가 및 귀족과 교섭 가능한 사람은 남작이며 자작은 내세울 만한 조건이 아무것도 없었다.

항상 세실과 같이 있었기에 알렌도 수업을 같이 받게 되었다. 차와 과자도 알렌의 몫까지 같이 준비해준다. 저택에 돌아온 이후부터는 세실의 새침데기 행동이 줄어서 뭔가 좀 유감스러웠다.

오늘은 이곳에서 수업을 하겠다는 기사단장의 말에 따라서 알렌과 세실은 3층 회의실로 들어갔다.

"오늘 수업은 여기에서 하는군요."

"네가 그란벨 가문의 책무를 알고 싶다고 말해서다."

"예?"

"곧 강사가 온다. 뭐, 알고 있을 터이나 바깥에서 함부로 떠들진 마라."

짧게 주의를 주고 기사단장은 방에서 나갔다.

잠시 기다리자 마법 강사가 기사단장과 함께 들어왔다. 기사단장은 손에 커다란 가방을 들고 있었다. 강사의 짐인가 보다.

'마법 강사가 왔군.'

"그래, 전부 다 알려주면 되는가?"

방에 들어오자마자 마법 강사가 기사단장에게 뭔가 확인을 요구했다.

"그렇습니다. 가주님의 허가는 받아 두었습니다."

짧게 대답한 뒤 기사단장은 도로 회의실에서 나갔다. 기사단장은 마법 강사를 대할 때 제법 정중한 말투를 쓴다.

"허허, 참."

"오늘은 잘 부탁드리겠습니다."

아무래도 알렌을 위해 일부러 시간을 내서 찾아와준 것 같았다. 머리를 숙여 감사의 뜻을 표시했다.

“흠, 뭐, 처음에 먼저 당부를 할 터인데 이제부터 듣게 될 내용은 다른 사람에게 함부로 말해선 안 된다. 학원의 시험에도 나오지 않는 내용이니까 말이지.”

“알겠습니다.”

“뭐, 입이 가벼운 작자들 사이에서는 제법 소문이 도는 이야기이긴 하군. 도가 지나치면 왕가가 움직일 것이니 쓸데없이 떠들지는 말도록 해라.”

너무 떠들고 다니면 단속의 대상이 되는 듯싶다.

“그래, 우선은 무엇이 궁금해서 이야기를 듣고 싶다는 생각을 했더냐?”

‘흠, 마법 때도 그랬는데 질문 형식의 수업이구나.’

“그란벨 가문에 어떠한 책무가 있는지 알고 싶습니다.”

이어서 예전에 시종장 리켈에게 왕국은 전쟁을 하지 않는다는 말을 들었는데, 도적들과 더글라하는 지금도 전쟁 중이라는 듯이 대화를 나눴다는 이야기를 꺼낸다.

“그런가, 게으름뱅이 리켈의 말에 틀린 부분은 없구나. 리켈은 왕국사를 배웠으니까 말이지.”

‘남작가의 고용인을 은근슬쩍 흉보네.’

“왕국사라고요?”

“그래, 하지만 세계의 진실을 알기 위해서는 마왕사를 배워야 하느니라.”

그렇게 말한 뒤 작게 접어 놓았던 큰 양피지를 펼치기 시작한다.

"이것은 세계 지도입니까?"

알렌은 아직 영내의 지도밖에 본 경험이 없었지만, 이것이 아마도 세계 지도임은 대강 짐작할 수 있었다. 큰 지도에 대륙으로 짐작되는 덩어리가 다수 그려져 있다.

"음, 맞다. 알렌 군은 변함없이 영리하구나. 여기 중앙에 있는 가장 큰 대륙이 우리가 살고 있는 중앙 대륙이란다."

"오오!"

'제법 큰 대륙에 살고 있었구나. 여기 커다란 부분이 제국이니까 제국 남쪽의 작은 나라가 왕국인가. 중앙 대륙의 남부에 위치하고 있었군.'

"우리가 사는 라타슈 왕국의 북쪽에 있는 것이 기암트 제국이지."

라나슈 왕국과 기암트 제국의 위치 관계를 가르쳐준다. 곧바로 다음 설명이 이어졌다.

'세실은 어디까지 알고 있을까? 남작한테 미리 이야기를 들은 것 같기는 한데.'

알렌이 마법 강사와 대화 나누며 수업이 진행되는 와중에 세실은 묵묵히 지도를 보고 있었다. 그란벨 가문의 책무에 대해서는 미하이가 사망 통보를 받았던 날 남작에게 들었을 터이나 얼마나 자세히 들었는지는 모른다. 지도 위 세실이 쳐다보는 곳은 지금 나누고 있는 전쟁 이야기와 관련된 지역이 아닐까 싶다.

"마왕사라는 말씀은, 이 세계에 마왕이 나타났다는 뜻이겠군요."

"……그렇다. 중앙 대륙에서 더욱 북쪽에, 세계의 최북단에 있는 대륙에서 마왕이 나타났단다."

알렌이 당연하다는 듯이 마왕의 이야기를 받아들였기에 마법 강사는 잠시 말문이 막힌다. 어쨌든 다시 지도를 가리키며 수업을 계속했다.

마왕이 나타난 때는 지금으로부터 112년 전이었다. 마왕은 「망각된 대륙」이라는 가장 북쪽의 변두리에 있는 대륙에서 나타났다고 전해진다.

"그런 사실을 어떻게 알게 된 겁니까?"

"뭐, 마왕 본인이 한 말이니까."

마왕을 자처하는 자는 자신을 가리켜서 「나는 최후의 마왕이다. 모든 것을 종언으로 인도하는 자다」라며 모든 나라의 제왕과 왕국에 전령을 보냈다. 그때 「나에게, 마왕에게 복종해라」라는 말도 덧붙였다고 한다.

"그래서 다들 어떻게 했습니까?"

"모든 나라가 무시했지. 굳이 상대할 이유도 없지 않겠느냐."

마왕을 자처하는 자는 실제로 이후 아무런 행동도 하지 않았다. 그렇게 50년의 세월이 지났고, 다수의 나라가 세대교체를 하며 마왕의 전령도 망각되려고 했던 지금으로부터 62년 전. 또다시 각국은 예전과 같이 「나에게 복종해라」라는 마왕의 전령을 받았다. 또한 「지금 복종하지 않으면 다음 기회는 없다」라는 내용이 추가되었다.

"그때도 무시했겠군요?"

"그렇다, 무시했단다. 아울러 그해 『대재앙』이 일어났지."

"대재앙이요?"

"마왕의 힘에 의하여 전 세계 모든 마수의 랭크가 하나씩 오른 사건이다."

다만 이것은 마왕이 직접 「대재앙을 일으켰다」라고 분명히 말을 하지는 않았던 터라 어째서 이런 사태가 발생했는지 실제 명확하게 밝혀졌다고 말할 순 없겠다. 마왕이 한 짓이라는 추측이 다수 의견을 차지하고 있을 뿐이다.

어쨌든 간에 이것이 공포의 시작이었다. 전 세계에 있는 마수의 힘이 사실상 1랭크 올라서 E랭크 마수는 D랭크에 해당하는 힘을 획득했다. 마찬가지로 D는 C, C는 B, B는 A, 그리고 A는 미지수라는 「S」에 해당하는 힘을 획득하고 말았다. S랭크 마수의 위력은 아신에 가깝다는 말까지 있다.

평범하게 살아가던 사람들이 흉포화된 마수에 의해 무차별적인 습격을 받아 그해에만 세계에서 수백만이라는 사람이 목숨을 잃어버렸다고 한다.

'어? 이러면 답이 나온 거 아닌가?'

마수는 부여받은 랭크보다 사실상 훨씬 세지 않았던가. 알바헤론을 사냥했을 때부터 알렌은 큰 의문을 갖고 있었다.

"마수의 랭크는 어떻게 했습니까? 마왕이 마수를 강하게 만들었다면 랭크도 전부 하나씩 올린 겁니까?"

"아니, 예전과 똑같다. 모험가 길드가 마수의 랭크를 관리하고 있는데 랭크는 마왕이 나타나기 전부터 바뀐 바가 없단다."

'그런가, 이상하게 근육이 불끈불끈했던 고블린도, 기사단과 모험가가 마더 가르쉬와 싸울 생각을 못했던 것도 제대로 된 이유가 있

었던 건가.'

B랭크 마수 마더 가르쉬라면 실제는 A랭크에 해당하는 힘을 가진 셈이었다. 또한 백룡은 A랭크이니까 S랭크에 해당하는 힘을 보유했기에 거의 불가침의 존재가 되었을 것이다.

이야기는 아직 끝나지 않았다. 대재앙은 절망의 시작에 불과했으며 그해 수백만을 넘는 마왕의 휘하 군세가 바다를 건너서 중앙 대륙을 침공했다고 한다. 그리고 중앙 대륙에 있던 코르테스 왕국, 가멜로 왕국, 바쉬리 공국, 세 개의 나라가 불과 1년 만에 소멸되었다.

"1년 사이에 세 개의 나라가 멸망했다고요?"

"그래, 그랬지. 또한 지금은 마왕군이라고 불리는 그 군세는 이후에도 공격의 기세를 늦추지 않았느니라."

마왕군은 3년 뒤 이번에는 라스토리 왕국을 멸망시켰다. 이 소식이 세계에 큰 변화를 불러일으켰다.

"전쟁입니까?"

"그래, 그야말로 대혼란이구나. 라스토리 왕국은 북방의 중견 국가였어. 우리 라타슈 왕국보다 훨씬 큰 힘을 보유했던 나라가 고작 3년 사이에 멸망하였다."

최초로 멸망했던 세 개의 나라는 중앙 대륙 최북단에 존재하는 소국가였다. 하지만 라스토리 왕국은 기암트 제국과 인접하여 제국과도 대등하게 교섭할 만한 힘을 보유했던 중견 국가였다. 당연히 허망하게 멸망을 당할 나라가 아니었다.

라스토리 왕국 멸망까지 상세한 과정이 밝혀지자 세계에 더한 변화가 일어났다. 왕도가 마왕군에게 포위되었을 때, 국왕은 자신의 목숨과 맞바꿔서 백성들을 살려달라고 애원했다던가.

다만 마왕군은 요청을 거부했다.

「우리는 이미 두 번 항복의 기회를 주었다. 거절한 것은 너희들이지. 최후까지 무기를 들고 싸우도록 해라.」

이미 항복한 나라에 직접 전쟁의 속행을 선언한 것이다. 그 후 전투는 말할 필요도 없이 일방적으로 전개됐다. 비밀 통로를 써서 기암트 제국으로 망명했던 자의 이야기에 따르면 그 전쟁은 차마 글로 형용하기 어려운 대학살이었다고 한다. 마왕군은 진군을 거듭했고, 라스토리 왕국에는 결국 인간이 단 한 명도 남지 않았다. 살아서 제국으로 도망친 사람은 전 국민의 절반도 안 된다고 알려져 있다.

"마왕은 사람을 지배하지 않는다는 말이군요."

"그렇다. 마왕도 왕을 자처하는 자. 전투에 승리하면 나라를 점령하여 어떤 형태든 간에 통치할 것이라 생각했다만…… 그게 아니었던 게지."

새로운 왕은 압도적인 힘을 가진 군세를 운용하여 세계를 정복할 작정이리라. 모두가 그렇게 생각했었다. 다만 전부 다 착각이었다. 마왕의 목적은 세계를 멸망시키는 것이었다.

알렌이 한 질문은 그란벨 가문의 책무가 무엇인지다. 그 대답을 알기 위해서 시작된 수업은 상상을 아득하게 뛰어넘는 내용이었다. 마법 강사가 가르쳐주는 마왕사 이야기는 계속 이어졌다.

"라스토리 왕국을 멸망시킨 마왕군은 다시 2년 뒤, 지금으로부터 거슬러 올라가면 57년 전에 기암트 제국과 국경선에서 충돌했다."

중앙 대륙의 맹주를 자처하며 대륙의 3분의 2를 점유하고 있는 거대 제국과 마왕국의 전쟁이 시작됐다. 이미 라스토리 왕국의 참상을 알고 있었던 제국은 전력으로 응전했다고 한다.

현재 지도에서는 제국의 국경선 상단에 마왕군의 진형이 자리를 잡고 있다. 지도에서 본 바로 제국은 본인들의 국경을 지키고 있다. 제국 덕분에 알렌이 있는 라타슈 왕국도 무사했던 것인가 생각을 했다.

"제국이 마왕군의 침공을 저지했군요."

"그런 게 아니란다. 제국은 패전에 또 패전을 거듭했으니. 이미 멸망한 네 개의 나라만큼은 아닐지언정 고전의 연속인지라 도처의 요새가 대부분 함락되면서도 마왕군의 침공을 늦추는 것이 고작이었다. 그래서 만들어진 것이『5대륙 동맹』이니라."

"5대륙 동맹이요?"

마왕군의 힘이 너무나 강력하다고 판단한 기암트 제국의 제왕은 빠르게 결단했다. 중앙 대륙의 주변에는 마왕이 나타난「망각된 대륙」이외에도 네 개의 대륙이 있다. 곧바로 모든 대륙의 맹주에게 공동 전선을 제안했다. 그것이 지금까지도 이어지고 있는「5대륙 동맹」이다.

"실은 말이다, 이때 마왕은 한 가지 큰 실수를 저질렀단다. 중앙 대륙만 공격하면 되었을 것을 바우키스 제국과 로젠헤임이 있는 두 개의 대륙에도 동시에 침공했던 게지."

지도를 살펴보면 중앙 대륙을 기준으로 북서쪽에는 약 절반 크기의 대륙이, 북동쪽에는 3분의 1쯤 되는 크기의 대륙이 있다. 마법 강사가 각각의 대륙에 대해 가르쳐줬다.

북서쪽 대륙에 있는 바우키스 제국은 드워프가 다스리고 있다. 뛰어난 기술력을 자랑하는 나라이며 전 세계의 마도선은 모두 바우키스 제국산, 또한 라타슈 왕국에서 사용되고 있는 마도구의 6할도 바우키스 제국산이라고 한다.

게다가 마도선을 뛰어넘는 거대 골렘병을 수만이나 보유했기에 군사력은 기암트 제국조차도 압도한다고 알려져 있다.

북동쪽 대륙에 있는 로젠헤임은 엘프가 다스리는 나라다. 대륙의 명칭이 유래된 정령왕 로젠은 모든 만물의 정령. 실력은 정령의 영역을 뛰어넘어 아신에 다다랐으며 존재 자체가 신의 경지에 들어섰다고도 알려져 있다. 대륙에서는 엘프 여왕이 정령왕 로젠과 계약을 맺고 힘을 빌려서 수하 엘프들이 강력한 정령 마법으로 마왕군과 싸우고 있다.

마왕은 중앙 대륙을 포함한 세 개의 대륙을 동시에 침공했다. 이 같은 상황에 위기감을 느낀 3대륙의 맹주가 선도해서 곧장 동맹을 체결하기에 이르렀다고 한다. 그리고 5대륙 동맹에 의해 병력과 물자의 협력 체제가 만들어졌다.

“이 덕분에 조금이나마 전황이 나아졌으나 그럼에도 패전은 쭉 이어졌지.”

5대륙 동맹이 맺어짐에 따라 동맹군이 편제되어 중앙 대륙의 군사력은 대폭 증강되었지만, 그럼에도 마왕국의 침공을 저지하기에는 힘이 모자랐다. 마왕군의 군세는 단순한 짐승이 아니기에 전략도 쓸 줄 알았다. 각국의 부대가 섞여 발생하는 동맹군 간 연계의 취약점이나 타국의 전투원이 겁에 질려서 도망친 요새를 정확하게 노려 공격했다. 동맹 체결 이후 머지않아 5대륙 동맹의 약점을 정확하게 간파했던 셈이다.

"가장 끔찍한 작전이 있었단다."

패전에 패전을 거듭하여 버티지 못한 제국이 결국 라타슈 왕국에도 출병을 요청했다. 중앙 대륙의 맹주 기암트 제국이 체결한 5대륙 동맹에는 당연히 라타슈 왕국도 이름을 올려놓았다. 따라서 왕국은 소집에 따라 기사들을 거듭 파견했다.

다만 어떠한 시기부터 제국의 요구는 더욱 과도해졌다. 요구의 내용은 라타슈 왕국 또한 동맹의 약정에 근거하여 재능의 유무와 관계없이 왕족 및 귀족까지 출병시키라는 것이었다. 비록 지금이야 부대를 재능 보유자로 편제하는 것이 기본이지만, 당시 동맹군이 수백만에 달하는 마왕군과 맞서 똑같이 숫자로 대항하고자 했던 결과였다.

"마왕군은 말이다, B랭크 이상의 마수로 구성되어 있단다. 제국의 무모한 요청으로 수많은 왕후 귀족이 사망했지."

'마더 가르쉬급 마수가 수백만 마리나 있는 건가.'

마왕군의 군세에는 아무리 낮아도 B랭크, A랭크인 마수가 우글우글 있다. 더욱 강력한 힘을 보유한 S랭크로 짐작되는 마수도 있다고 한다. 재능이 없는 왕족 및 귀족의 대부분은 거의 전원이 전장에서 목숨을 잃어버렸다.

'남작의 아버지도 저때 죽었던 건가.'

남작이 지금 알렌과 비슷한 나이였을 때 아버지를 잃었다고 한 말을 떠올렸다. 제국의 요청을 받아 마왕군과 싸워서 목숨을 잃어버렸는지도 모르겠다.

"그래서 시작된 것이 1국 1학원 제도란다."

레벨이 있는 세계다. 개인의 힘이 몇 배, 몇십 배 강해지는 세계에서 재능을 갖고 태어나는 아이의 힘을 최대한 육성하여 전장에 보내자는 발상이 생겨나는 것은 지극히 자연스러운 흐름이 아니었을까. 이렇게 다섯 개의 대륙에 있는 나라 전부에 학원 도시가 최소한 하나씩 설립되었다. 라타슈 왕국에서는 던전이 많아 재능을 육성하는 데 적합한 지역이 학원 도시의 부지로 선택됐다.

그리고 동맹의 약정에 따라 라타슈 왕국은 학원 도시의 통치권을 박탈당했다. 만약 통치권을 허락하면 자국에만 유리한 운영을 할 우려가 있기 때문이었다. 관리 및 운영은 어디까지나 5대륙 동맹의 의지에 따라 이루어진다.

학원 도시의 학장은 로젠헤임에서 온 엘프 여왕의 피를 이어받은 하이 엘프 왕족이 선발되었다. 1000년 이상 살아왔으며 아직껏 현역인 학장은 독자적인 이념에 따라 학원 및 학원 도시를 운영하고 있다고 한다.

"그래서 결국 어떻게 되었습니까?"

'여기까지 들었을 땐 결국 좋은 결과는 아니었던 것 같지만.'

알렌의 표정을 보고 마법 강사는 한 차례 고개를 끄덕였다.

"그럼에도 마왕군의 압도적인 공세를 저지하기에는 힘이 부족했다."

무려 수백만을 상회하는 마왕군의 공격이 거듭되면서 기암트 제국의 거점 및 요새는 동시에 침공을 받아 하나하나 함락되어 갔다. 결국 제국은 영토 4분의 1을 잃었고 사람들이 살아갈 수 있는 영역은 줄어들었다.

그렇게 마왕군이 진군을 개시한 지 십수 년. 세계에서 희망은 점점 사라졌다. 조만간 마왕군에 멸망당하리라는 절망만이 감돌았었다.

"하지만 창조신 에르메아 님께서는 끝내 사람들을 버리지 않으셨다. 제국에서 용사가 태어났으니까."

'드워프, 엘프, 게다가 용사까지 나오는 건가.'

지금으로부터 22년 전, 기암트 제국의 평민 중 용사 재능을 가진 아이가 태어났다. 이름은 헤르미오스라고 한다.

"그야말로 기적이었지. 연전연승이란 이런 경우를 두고 말함이었다."

용사 헤르미오스는 세계의 기대를 한 몸에 받으며 자랐고, 열두 살이 되었을 때 학원 도시에서 최고의 교육을 받다가 열다섯 살에 최전선으로 보내졌다. 또한 헤르미오스는 주위의 기대를 아득하게 뛰어넘는 전공을 거듭 올렸다. 「용사가 출진하면 대지는 마수의 피로 물든다」라는 전설 비슷한 소문도 생겨났다. 파죽지세로 마왕군을 토벌하며 기암트 제국의 국경선을 채 5년도 걸리지 않아 탈환했던 용사는 지금도 라스토리 왕국의 옛터를 탈환하기 위해 전투를 계속하고 있다고 한다.

"우리 왕국도 말이지, 『영내 개척령』을 발령하여 조금이라도 많은 보급 물자를 보내기 위해 노력하고 있느니라."

라타슈 왕국도 동맹국의 일원으로서 「영내 개척령」을 발령하여 영내의 식량 생산량 향상에 힘쓰고 있다. 모든 정책은 마왕군과 싸우는 전선의 전사들에게 보급 물자를 더 많이 보내기 위한 한 가지 목적으로 집약되었다.

'내가 태어났던 개척촌은 그런 이유로 만들어졌던 건가. 어쩐지 보어 고기를 이상하게 많이 원했던 게 전부 보급을 위해서였구나.'

알렌은 자신이 커다랗게 물결치는 역사의 소용돌이에서 태어났음을 처음으로 알았다. 자신의 고향은 마왕군에게서 세계를 지키기 위해 왕국이 발령했던 영내 개척령에 따라 만들어진 개척촌이었다.

어째서 남작이 직접 찾아오면서까지 클레나 마을의 보어 사냥을 확인했던가. 아울러 4년이 지난 지금도 보어 사냥으로 확보한 고기가 정작 그란벨에서는 소비되지 않고, 그란벨 남작가의 만찬에도 거의 올라오지 않는가. 알렌은 오래도록 느껴왔던 의문을 눈 녹듯이 한 번에 풀어낼 수 있었다.

보어 고기는 선선에 있는 전사들을 위한 보급 물자로 사용되었던 것이다. 마른고기는 오래 보존할 수 있기 때문에 지금도 전장에서 중요히 쓰이고 있을 테지.

"그리고 그란벨 가문의 책무가 궁금하다고 했지. 지금 이야기를 전부 들어서 알 테지만, 이것은 그란벨 가문에만 주어진 의무가 아니란다. 당연히 왕족에게도 부과되는 책무이니라."

라타슈 왕국에서 태어난 왕족과 귀족에게는 5대륙 동맹의 약정에 근거하여 3년간 병역의 의무가 주어진다. 설령 왕족일지라도 병역을 거부할 수 있는 권리는 없다. 반드시 3년간 요새에서 마왕군과 싸워야 할 책무가 있었다. 거부하는 인물, 학원을 졸업하지 못한 인물에게는 작위 몰수를 포함하여 무거운 처벌이 주어진다.

만약 왕족이 책무를 거부하면 5대륙 동맹의 발언권은커녕 국가의 신용까지 잃기 때문에 외교 및 무역의 측면에서 받는 손실은 차마 가늠할 수가 없다고 한다.

이 같은 체계에는 물론 이점도 마련되어 있었다. 만약 3년간 병역을 다 완수하면 영내에 일정 기간 감세 조치가 적용되고, 왕성 내 요직에도 쉽게 오를 수 있었다. 실제 학원파라고 불리는 파벌은 이미 왕성의 정치를 좌지우지하고 있다. 그들은 전원이 병역 의무를 완수한 귀족 가문의 일원들이다. 또한 부기사단장의 조건은 병역 3년 이상, 기사단장 및 왕국 최강이라고 불리는 근위 기사단이 되기 위한 조건은 병역을 연장하여 5년 이상 복무하는 것이라고 한다.

마법 강사도 마도사 재능을 보유했기에 3년의 병역을 마쳤다. 퇴역 이후에는 왕성 내에서 마법 연구라는 요직을 맡아 여유로운 노후 생활도 누릴 수 있었다. 다만 이러한 이점을 저울에 올려 비교해도 전장은 역시 너무나 처참하다고 말할 수밖에 없겠다.

강사가 전장으로 갔던 당시는 3년의 병역 중 7할을 넘어서는 재능 보유자가 사망했다고 한다. 지금은 용사가 나타난 덕에 전황이 좋은 지역도 있지만, 그럼에도 3년이면 5할의 젊은이가 목숨을 잃는다.

알렌은 세실을 돌아봤다. 세실은 아무런 말 없이 살짝 치켜 올라간 심홍색 눈동자로 국경선을 노려보다시피 쳐다보고 있다. 분명 제국과 마족군의 전투에서 목숨을 잃어버렸을 오빠 미하이를 떠올리고 있을 것이다.

그리고 알렌은 지난날의 자신을 되돌아봤다.

'그렇구나. 꼭 헬 모드여야 했던 거야. 꼭 전생이어야 했던 거야.'

알렌이 자신이 헬 모드를 선택해서 전생한 진짜 이유를 깨닫게 되는 순간이었다.

* * *

11월이 되어 남작이 돌아왔다. 몹시도 지친 모습이었으나 만찬 자리에서 「자작은 죗값을 치렀다」라며 식사 시중을 맡은 알렌도 들을 수 있는 목소리로 알려주었다. 같은 자리에서 남작은 알렌에게 다음 날 회의실에 와달라는 말을 꺼냈다.

다음 날 알렌이 회의실에 가자 남작과 집사가 있었다. 앞쪽에 자루를 세 개 놓아두었다.

남작의 앞에 앉도록 지시하기에 말을 따랐다. 맞은편에 앉은 남작을 보면 무엇인가 복잡한 표정을 짓고 있었다.

'뭐지. 또 걱정거리가 있나?'

"알렌. 마법 강사의 수업은 잘 받았느냐?"

"예."

마왕의 역사는 발단부터 현재까지 전부 배웠다. 마왕이 출현한 이후 각국의 관계 변화도 빠짐없이 교육받았다. 그란벨 가문이 품은 문제도 잘 이해한다고 자신할 수 있다.

세실은 열다섯 살이 되면 3년 동안 절반이 죽는 군역을 치러야 한다. 그리고 같은 길을 걸었던 미하이는 이미 목숨을 잃었다.

"사실은 국왕 폐하께 세실의 책무에 대해 교섭을 시도했다만, 세실은 반드시 전장에 가야 한다는 답을 들었다."

남작이 침울해하며 말을 꺼낸다. 왕도에서 세실의 군역 면제가 가능한지 국왕 폐하와 직접 대화를 나눴나 보다. 그러나 마도사는 무척 귀중한 전력인지라 병역 면제는 절대 불가능하다는 대답을 들었다고 한다. 미안하지만 왕가에서도 어쩔 도리가 없다는 말까지 나왔다던가. 국왕 폐하가 저런 말까지 꺼냈다면 정말 방법이 없다는 의미다.

'뭐, 검을 잘 쓰는 사람보다야 마법을 잘 쓰는 사람이 압도적으로 쓸 만한 전력이 될 테니까. 게다가 마도사라면 더더욱 이겠지.'

"이 문제로, 알렌 너에게 부탁이 하나 있구나."

"예."

'이게 오크 마을에서 기사단장이 말했던 남작의 「부탁」인가. 그란벨 가문의 책무를 포함해서 이것저것 말을 들었으니까 이제는 대강 짐작이 되지만.'

"세실과 함께 학원에 가다오. 또한 전장에서 세실을 지켜줬으면 한다."

"알겠습니다."

"힘들다는 것을 알면서 하는 말이다. 이것은 마더 가르쉬 토벌의 보수와, 이번에 세실을 구출해준 보수, 아울러 3년간 세실의 호위를 맡기는 보수란다."

세 개의 자루 각각에 금화가 이백 닢, 도합 육백 닢이라고 한다.

남작이 걱정하며 알렌의 얼굴을 가만히 들여다본다. 눈앞의 소년이 돈에 집착하지 않는다는 것은 남작도 잘 알고 있었다. 필요하다면 미스릴 채굴권도 대뜸 내던지는 아이였다. 애당초 알렌은 갑옷개미와 여왕 갑옷 개미의 소재를 매각해서 이미 오백 닢 이상의 금화를 소유하고 있다. 금전 면에서 별로 불편을 겪진 않는다.

'흠, 알겠다고 대답을 했는데 아직 불안한 건가. 다시 한번 확실하게 말을 해주는 게 좋겠어. 그나저나 이 상황, 뭔가 기시감이 드는걸.'

알렌이 켄이치였던 시절, 게임을 하면서 몇 번이나 비슷한 상황에 처한 경험이 있었다. 처음은 임금님이 드래곤에게 납치당한 공주를 구해달라고 부탁받았을 때였다. 다른 게임에서는 호수의 주인에게 무녀를 산 제물로 바쳐야 하는 상황이라 도와달라는 말을 들었던 적도 있었다. 촌장도, 시장도, 영주와 국왕도, 돌이켜보면 켄이치에게 정말 수많은 부탁을 했다. 또한 켄이치는 어떠한 요청이든 간에 이루어줬다.

왜냐하면 「싫다」를 선택할 경우 신행이 되지 않았기 때문이다.

가끔은 정말 황당한 부탁이라서 「싫다」를 계속 선택하면 대화가 루프했던 것을 떠올린다. 지금 알렌의 눈앞에는 마왕군에게 아버지와 형을 잃고, 게다가 얼마 전 아들까지 잃어 절망한 영주가 있다.

이 사내가 딸아이를 마왕군의 손에서 지켜달라고 말했다.

'이건 틀림없이 퀘스트네. 이제야 스토리가 진행되는 건가. 그렇군, 도시에 오자마자 다음 날이면 발생하는 퀘스트도 이 세계에서는 4년이나 걸리는구나.'

"영주님. 세실 님의 호위 의뢰, 저 알렌이 목숨을 바쳐 수행하겠습니다."

"오오오!!! 수락해주는 게냐!!!!"

알렌이 새삼 분명하게 승낙의 뜻을 표시하자 남작은 몹시 기뻐하며 벌떡 일어났다.

"그리고 금화 자루는 하나만 받겠습니다. 나머지 보수를 변경해 주십시오."

금화 이백 닢이 든 자루 세 개 중 하나만을 가져갔다.

"변경이라면?"

'어휴, 퀘스트 초보자인가? 퀘스트의 보수는 후불이 상식이잖아. 그나저나 금화가 육백 닢이라니, 절망적으로 돈이 모자란 영지 아니었나? 혹시 저택을 담보로 내놓았나?'

남작 가문이 가난한 이유는 주민들에게 부과되는 무거운 세금을 막기 위하여 자비로 세금을 충당하고 있기 때문이었다. 미스릴 채굴로 이익을 내기 위해서는 아직 몇 년은 더 걸릴 것이다. 남작은 금화 육백 닢을 마련하기 위하여 상당히 무리를 하지 않았을까. 게다가 마왕의 역사를 배운 알렌은 왕가도 다른 귀족도 다들 가난하다는 것을 알고 있었다. 지난 수십 년, 마왕군에 의한 비상사태 때문에 어디든 요란하게 사치를 부릴 수 있는 상황이 아니었다. 분명 남작도 상당히 절약하고 있을 것이다.

"나머지 금화 사백 닢은 사양하겠습니다. 그 대신 제 가족의 인두세를 면제해주십시오."

"인두세 면제? 겨우 그거면 되나?"

"네. 혹시 괜찮으시다면 클레나의 가족이 낼 몫도 면제해주십시오. 그것을 금화 사백 닢의 대신으로 쳐주시면 좋겠습니다."

"알겠다. 알렌, 너와 클레나의 가족은 인두세를 면제하마."

'당분간 송금은 못 하게 될 수도 있으니 세금 부담이 가벼워지면 생활이 어려워질 일도 없겠지. 마쉬와 뮈라는 건강하게 자라줘야

하니까.'

"또한, 가주님. 지난 4년간 시종으로서 저를 보살펴주셔서 정말 감사했습니다."

그렇게 말한 뒤 알렌은 주머니에 넣어 두었던 그란벨 가문의 문장을 탁자에 올려놓았다.

"……."

남작의 부탁은 대강 예상할 수 있었다. 그리고 그때 자신이 어떻게 대답할지도 미리 결정했다. 남작은 알렌의 말을 마지막까지 듣기 위하여 입을 다물고 있다.

"저 알렌은 평민으로 돌아가겠습니다. 그리고 평민으로서 세실님과 함께 마왕군과 싸우도록 하지요."

"그래, 역시 이리되는군."

'역시?'

그 말을 신호로 남작의 뒤쪽에 서 있었던 집사가 탁자에 놓아둔 그란벨 가문의 문장을 회수했다. 이어서 뭔가 다른 물건을 탁자에 올려놓았다.

"이게 뭔가요?"

그것은 아름답게 장식을 한 은제 단검이었다.

"이것은 왕가에 제작을 맡긴 그란벨 자작 가문의 은인임을 증명하는 증표란다."

"자작이요? 은인이요?"

"알렌. 네 덕분에 그란벨 가문은 내년부터 자작으로 승격되었다."

아직 다른 사람들에게는 알리지 않았다고 한다. 만찬 자리에서 소식을 전할 예정이라는데, 알렌에게 먼저 가르쳐준 이유는 이제까지 쌓았던 여러 공적에 감사하는 의미일 테지. 광맥 한 곳의 채굴권 전부를 왕가와 귀족들에게 분할, 양도하겠다는 선언에 대해 국왕은 몹시 기뻐했다고 한다. 자신뿐 아니라 다같이 부를 누리겠다는 마음이야말로 귀족의 귀감이라며, 또한 부정을 바로잡고 왕국에 공헌한 것을 칭찬하며 자작의 작위를 하사하겠다는 말까지 꺼냈다고 한다.

"뭐, 자작 작위를 거의 돈으로 사버린 격이다만."

그렇게 자작이 된 이유의 마지막에 어색한 웃음을 덧붙인다.

"곧 자작님이 되시는군요. 축하드립니다. 그런데 은인이라는 것은 어떠한 말씀이신지요?"

"요컨대 그란벨 자작 가문이 인정한 은인이라는 뜻이다. 알렌, 네가 무엇인가 문제를 일으켰을 때는 우리 자작가가 책임을 지고 대응하겠다는 증거이지."

반대로 알렌과 다른 귀족의 사이에서 분쟁이 발생했을 경우, 그 사안은 그란벨 가문에서 책임을 지고 수습할 것이다. 그때는 누구의 은인과 분쟁을 일으켰는지 직접 가르쳐주게 될 테지—. 곧 자작이 될 남작은 담담하게 말을 덧붙였다.

알렌이 일으키는 모든 문제는 그란벨 가문도 연대 책임을 지며, 알렌이 어떤 분쟁에 휘말렸을 때는 그란벨 가문이 전력을 기울여서 방패가 되어준다. 이 예식용 검의 문장에는 그런 계약의 의미가 포함되어 있었다.

알렌은 아직껏 알지 못하나 알렌의 말에 행동을 결심했던 남작은 왕성에서 조금 지나치게 성과를 거두었다. 귀족들에게 돈이 없다는 상황도 겹쳐서 채굴권의 분할 양도 이야기를 들은 귀족들이 앞다퉈 그란벨 가문에 협력해준 덕택에 이번 소동도 눈 깜짝할 새에 처리되었다고 말할 수 있겠다.

'포상은 단검인가. 그렇군, 모든 이벤트가 완료된 거야.'

검을 바라보며 지난 4년간을 생각한다. 그리고 자신이 이곳에 있는 이유를 깨달았다.

'왜 스타트가 전이가 아닌지 줄곧 생각했었는데, 전생을 한 이유가 제대로 있었던 거야.'

알렌은 게임의 첫 시작으로 전이가 아닌 전생을 한 이유를 줄곧 생각했었다. 어째서 갓난아기부터 다시 시작해야 했던가. 거기에는 큰 이유가 있었다.

만약 전이였다면 태어나 자란 마을에서 보어 사냥을 하고 영주의 가문에 시종으로 들어가는 흐름은 만들어질 수 없었다. 또한 세실과 함께 학원에 갈 수도 없었을 테고, 마왕의 정보 통제가 이루어지고 있는 이 나라에서 마왕군과 덜컥 마주쳤다가는 아무 대응을 못하고 죽었을지도 모른다.

'그리고 헬 모드에도 의미가 있었어. 꼭 헬 모드여야 했었던 거야. 그래, 이 이벤트에 여기 이세계에 왔느냐에 대한 답이 있었구나.'

마왕에 대해 들었을 때, 알렌은 헬 모드의 의미를 알았다.

알렌은 켄이치였던 시절 「게임, 폐급 설정, 파고들기」라는 검색어를 입력해서 이 세계로 통하는 사이트를 발견했다. 아마도 「쉬운 게임」으로 검색했다면 사이트를 찾지 못했을 테지.

창조신은 맨 처음부터 전생이라는 더할 나위가 없는 파고들기와

「헬 모드」를 선택할 만한 인물을 찾고 있었던 것이다.

'헬 모드를 선택해서 밸런스가 망가져버린 이 세계를 구해달라는 뜻인가.'

노말 모드가 아무리 잔뜩 뭉쳐도 도저히 대항할 수 없는 마왕군.

이미 게임 밸런스가 붕괴되어 멸망해 가는 세계.

이 세계에 나타난 용사는 과연 마왕을 쓰러뜨릴 수 있을까.

용사가 태어난 지 10년 후에 나타난 인물, 창조신이 원했던 대로 헬 모드를 선택한 자신.

—자신이 꼭 필요한 인물임을 강하게 인식한다.

"이 퀘스트, 수락하겠습니다. 맡겨주십시오. 세실 님과 함께 마왕을 쓰러뜨리겠습니다."

알렌은 일어나서 은제 단검을 꽉 쥐고 선언했다.

'마왕을 토벌하려면 우선은 동료 탐색이지. 힘이 솟아나는구나!'

남작은 너무나 자신감에 가득 찬 표정으로 마왕을 쓰러뜨리겠다고 단언하는 알렌의 기세에 압도되어 「아니, 그렇게까지 바라는 것은 아니다만」이라는 말을 꺼내지 못했다.

이렇게 알렌은 그란벨 남작가의 시종 자리에서 내려온 뒤 그란벨 자작 가문의 은인이 되었다.

그리고 활동의 무대는 학원 도시로 이동하게 되었다.

특별 수록 에피소드 영웅이 되고자 하는 소년

알렌이 클레나 마을을 떠난 지 2년이 지나가는 어느 날.

가을을 맞이하여 마을 주민들은 올해도 보어 사냥을 나간다.

"나도 다른 사람들이랑 똑같은 창 쓸래."

"군소리 말고 이 무기를 들고 가거라."

"에이, 알았어."

드골라의 아버지가 퉁명스레 답하는 드골라에게 거의 야단을 치다시피 하며 장창을 들려준다.

옆에서 드골라의 어머니가 불안한 표정을 하며 보고 있었다.

오늘은 드골라가 열 살이 되어 처음으로 보어 사냥을 가는 날이다.

드골라는 불만스럽게 아버지가 정성껏 두드려서 만든 4미터짜리 창을 바라본다.

아들 드골라를 위해서 오늘 이날을 위해 제작한 특제 창이다.

마을 주민들은 알렌이 틀을 잡았던 후방 공격으로 레벨을 먼저 올리는 사냥 방식을 알렌이 떠난 지 2년이 지난 지금도 똑같이 활용하고 있다.

드골라는 오늘이 첫 번째 보어 사냥이기 때문에 전열에서 2미터짜리 창을 든 그룹에는 참가할 수 없었다.

4미터짜리 창을 쥐고 후방에서 공격할 뿐이다.

드골라는 자루 부분까지 전부 강철로 제작된 창을 바라봤다.

창 자루는 드골라의 손 크기에 맞춰서 만들어졌다.

드골라는 딱히 후방 공격조라는 자기 역할에 불만이 있는 것은 아니었다.

보어 사냥용 창은 신분이 농노이든 평민이든 창날만 금속이며 다른 부분은 전부 목제다.

혼자만 다르다는 데서 불만을 가진 드골라에게 아버지는 거의 떠맡기다시피 자신이 제작한 특제 강철 창을 쥐여줬다.

"너무 무리하지는 마렴."

"으, 응. 나도 알아. 엄마도 괜히 걱정하지 마."

드골라는 뜻밖에도 부모님이 걱정을 많이 해주는 터라 당황하면서도 두 사람의 목소리를 뿌리치듯 마을 입구로 향했다.

마을 입구에 도착하자 핑크색 머리카락의 소녀가 드골라를 발견하고 다가온다.

"드골라! 어휴, 늦었잖니!!"

"클레나, 빨리 왔구나. 벌써 와 있었냐."

"물론이지!"

드골라는 살짝 기막힌 심정으로 아침부터 힘도 기운도 가득 넘치는 클레나를 보고 한숨 쉬었다.

주위를 둘러보면 오늘 사냥에 참가할 예정인 평민과 농노가 오십 명 정도 모여 있었다.

이전에는 농노가 더 많았는데 2년 전 그날, 많은 농노가 평민 신분을 얻은 이후부터 지금은 새로 평민이 되고자 하는 농노 이외에는 참가자 거의 대부분이 평민이라고 알렌의 아버지 로단이 가르쳐줬다.

"어린애는 우리뿐인가."

"응? 드골라, 뭐라고 말했어?"

"아니, 아무것도 아니야."

이곳에 아직 성인이 되지 않은 참가자는 드골라와 클레나밖에 없다.

클레나 마을에도 드골라와 또래의 아이는 잔뜩 있었다.

다만 열 살이 되었다고 해서 누구나 보어 사냥에 참가할 수 있는 것은 아니다.

드골라가 오늘 보어 사냥에 참가한 것은 눈앞에서 4미터짜리 창을 꽉 쥐고 있는 클레나 덕분이었다.

처음 계기는 클레나가 아버지 겔다를 졸라서 올해부터 사냥에 참가하게 된 것이고, 드골라도 덩달아 클레나가 간다면 자신도 참가하겠다며 겔다에게 부탁했다.

재능도 있으니 괜찮지 않겠냐며 보어 사냥의 리더 위치에 있는 로단이 허락을 내렸기에 드골라도 올해부터 참가할 수 있었다.

"좋아, 출발한다!"

""""오오!!""""

로단이 호령하자 다들 발걸음을 뗐다.

로단의 옆쪽에는 겔다가 있고, 그 뒤를 드골라와 클레나가 따라간다.

평민으로 태어났음에도 드골라가 마을을 나가는 것은 오늘이 처음이었다.

평민은 농노보다 이동의 자유가 더 많이 허락되지만, 부모가 마을 안에서 대장간을 운영하는지라 마을에서 나갈 필요는 없었다.

처음으로 마을 바깥을 보고 드골라는 약간의 긴장과 고양감을 느꼈다.

"알렌은 이 길을 몇 번이나 지나다녔겠지!"

"그랬지 않았겠냐."

퉁명스럽게 답은 했으나 과거에 알렌이 보어 사냥에 따라가기 위해서 지나간 길을 자신도 지나가려니까 확실히 뭔가 신기한 마음이 느껴졌다.

"이 녀석, 클레나. 얌전히 따라오라고 말했을 텐데."

긴 창을 붙들어 잡고 걸어가며 주위를 두리번두리번 구경하는 클레나에게 겔다가 기막히다는 목소리로 달랬다.

"응!!"

겔다가 주의를 주는데도 말을 들었는지 못 들었는지 클레나가 힘차게 웃는 얼굴로 대답을 했다.

"그나저나, 로단. 올해도 잔뜩이려나?"

"그래, 아마도 넘쳐나지 않을까."

겔다의 질문에 옆쪽에서 걷던 로단이 애매하게 대답을 했다.

"넘쳐나는 거야?! 보어가 잔뜩 있는 거야?"

뒤쪽에 있는 클레나가 눈을 반짝반짝 빛내며 반응했다.

"그래, 맞단다. 그러니까 항상 조심하렴."

로단이 한숨을 살짝 쉬면서 클레나에게 대답했다.

잡담을 하며 보어 사냥터가 있는 숲속의 광장으로 걸어간다.

보어 사냥터에 도착하자 유인조의 리더 페케지가 상황을 보고 오겠다고 말한 뒤 경쾌하게 숲속으로 들어갔다.

30분도 지나지 않아 페케지가 돌아왔다.

“어떻던가? 올해도 잔뜩인가?”

“그래, 여기저기 다 보어투성이다. 까딱 잘못하면 사고 나겠는데.”

“응? 뭐, 영주님의 배려 덕분에 올해도 좋은 방어구를 쓰게 됐잖냐. 사람 숫자도 충분하니 죽는 녀석은 안 나올 거다.”

겔다는 손바닥을 흔들며 문제없다고 장담했다.

영주의 조처로 가죽 장인이 마을에 체류하게 되었다.

가죽 장인 덕분에 사냥꾼들이 착용하는 가죽 방어구는 점점 품질이 좋아지고 있었다.

게다가 오늘은 클레나와 드골라가 있지만, 다른 인원은 모두 시련을 극복한 베테랑들이다.

인원수도 충분한 만큼 보어가 조금 날뛰어도 괜찮다는 것이 겔다의 의견이었다.

“그렇긴 한데. 음, 되도록 조금만 끌고 오도록 하마.”

페케지는 떨떠름하게 말을 남긴 뒤 유인조의 동료들과 함께 또 숲속으로 들어갔다.

“그나저나 왜 올해는 보어가 이렇게 많은 거야?”

겔다는 천천히 로단을 돌아보며 의문을 표시했다. 보어가 많은 것은 좋은데 원인을 알지 못하는지라 조금 꺼림칙하다.

“그게, 듣자 하니까 보어를 사냥해서 먹는 고블린이 자취를 감췄다더군.”

로단은 작은 목소리로 겔다의 의문에 대답했다.

“무슨 뜻이야?”

겔다가 또 거듭 의아해하며 소리 높인다.

"목소리다 크다. 마을에 왔던 모험가에게 들은 말인데, 요즘 들어서 뭔가 고블린의 숫자가 확 줄었다더군."

"진짜냐. 보어가 불어날 만큼 고블린을 마구 사냥하는 게 가능한가? 누가 그렇게 사냥하는 거야?"

"어디까지나 소문이다. 신종 마수가 우리 영지에 들어와서 고블린을 잔뜩 사냥한다는 이야기도 있다더군. 다른 녀석들에게는 말하지 마라. 뜬소문 듣고 불안해하면 안 좋으니까."

실제 올해는 예년보다 보어가 많이 잡히고 있다. 영주가 말한 목표는 스무 마리인데, 금방 달성해버릴 듯싶다.

진상을 알지 못하는 이상 쓸데없이 고민해 봤자 시간만 아까우니 머리를 식히고 보어 사냥에 집중해야겠다.

한 시간도 지나지 않아 페케지의 고함 소리가 들려왔다.

"미, 미안하다! 세 마리가 온다!!"

페케지의 뒤쪽에는 그레이트 보어 세 마리가 전력으로 이쪽에 달려오고 있었다.

"얼씨구. 아깐 조금만 끌고 온다고 말하지 않았냐! 쳇, 이 녀석들아, 기합 단단히 넣어라!!"

""""오오!!""""

보어 사냥꾼들은 창을 꽉 붙들어 잡고 동시에 들이닥친 세 마리의 보어와 대치했다.

보어와 먼저 맞서는 포위조의 리더 겔다를 중심으로 보어 가죽을 써서 제작한 방패 세 개를 치켜들며 저지해 낸다.

땅을 울리며 들이닥치는 그레이트 보어와 장인이 제작한 가죽 방패가 부딪치자 방패는 보어의 뿔이며 송곳니에 잔뜩 찌부러지면서 충격을 흡수했다.

"로단!! 빨리 해치워라!!"

불쑥 세 마리를 동시에 상대하는 것은 버겁다고 외치며 겔다는 로단에게 빨리 보어를 쓰러뜨리라고 채근한다.

"그래, 알다마다! 한 마리씩 쓰러뜨린다!!"

"""" 오오!!""""

"이야아아아아앗!!"

"어, 이런, 클레나!!"

로단이 호령을 하는 와중에 클레나가 보어 사냥꾼 집단에 뛰어들었다.

겔다는 클레나의 목소리를 등 뒤로 들으며 그러고 보니 몇 마리까지 나타났을 때 공격에 참가해도 되는지 클레나에게 아무것도 알려주지 않았다는 것을 떠올렸다.

겔다가 막을 틈조차 없이 클레나의 긴 창이 보어의 이마를 목표로 격돌한다.

그 옆에는 클레나와 함께 뛰쳐나온 드골라도 있었다.

"따, 딱딱하다아아!!"

"딱딱하군!!"

마수에게 박아 넣고자 한 창은 꿈쩍도 하지 않는다.

그레이트 보어는 얼굴 가죽이 두껍고 단단하다. 따라서 얼굴을 피해서 목을 노리는 것이 기본이다.

이러니저러니 하는 동안에 로단이 지휘하는 마무리 공격 부대가 드골라와 클레나가 공격한 보어와는 다른 한 마리를 쓰러뜨렸다.

"어?! 히, 힘이 끓어올라!!"

"이게, 뭐지?"

죽기 살기로 꽉 힘주며 창을 찔러 넣고자 하는 드골라와 클레나의 손에 힘이 깃든다.

로단이 보어를 쓰러뜨림으로써 드골라와 클레나에게도 경험치가 들어온 결과였다.

뚜둑.

"어? 창이 부러져버렸어."

목제 창 자루가 레벨이 오른 클레나의 힘과 그레이트 보어의 단단함을 견디지 못했다.

클레나는 허둥지둥 드골라의 튼튼한 창을 같이 붙들었다.

"야, 인마! 아니지, 같이 잡는다!!"

"응!!"

드골라는 긴 창을 클레나와 함께 붙들어 쥐고 전력으로 그레이트 보어를 찔러 댔다.

그 후 또 다른 부대가 두 번째 그레이트 보어를 쓰러뜨렸다.

그럼으로써 드골라와 클레나의 레벨이 또 올라간다.

"끄응차아!!"

"야!!"

드골라는 함께 쥔 창의 자루를 클레나가 터무니없는 힘으로 밀어붙이고 있음을 감지하고 자기도 모르게 소리 높였다.

클레나의 발밑 땅까지 파이기 시작한다.

드골라가 지지 않겠노라고 바닥을 꽉 밟아 디디며 클레나와 둘이서 깊숙이 힘껏 창날을 쭉 밀어 넣었다.

『꾸워어어어어어어!!』

드골라와 클레나가 둘이 힘을 합쳐서 찌른 창이 마침내 그레이트 보어의 이마를 꿰뚫었다.

쿠우우우우우우웅!!

““““진짜냐…….””””

이마를 깊이 꿰뚫린 그레이트 보어는 피를 뿜어내며 땅울림과 함께 쓰러졌다.

“해냈다! 쓰러뜨렸어!!”

“크, 클레나…….”

모두가 놀라는 와중에 클레나는 두 손을 하늘로 치켜들며 기뻐한다.

지금까지 아무도 이마를 찔러 그레이트 보어를 잡은 적이 없었다.

아주 불가능하지는 않더라도 목을 창으로 찔러서 잡는 방법이 아니면 사냥은 도저히 어렵다고 생각했었다.

이것이 재능 보유자의 힘인가, 어른들이 고작 열 살 남짓의 드골라와 클레나를 경악하며 바라본다.

다만 클레나를 바라보는 사람은 어른들뿐이 아니었다.

드골라도 놀라서 클레나를 쳐다본다.

명백하게 자신보다 힘이 강했다.

같이 창 자루를 쥐었기에 더욱 잘 알 수 있었다. 클레나의 터무니없는 힘을.

드골라는 클레나가 몹시 빠르게 앞서간다는 것을 느꼈다.

"나는 영웅이 될 거야. 기필코 될 거야."

드골라는 자기 목표를 입에 담았다.

마을을 구한 특이한 재능이 있는 알렌, 검성이라는 천부의 재능이 있는 클레나. 두 친구와 만난 덕분에 생겨난 목표.

예전의 목표는 기사가 되는 것이었다.

알렌, 클레나와 알고 지내면서 되고 싶은 것은 기사가 아닌 영웅이라는 생각을 갖기 시작했다.

꿈이 자신도 모르는 동안에 점점 커진다.

드골라는 주먹을 꽉 쥐고 자신도 해내겠다며 힘껏 각오를 다졌다.

■작가 후기

이 책을 구입해주셔서 감사합니다.

여기부터 후기입니다.

여러분 덕에 헬 모드 2권을 출간할 수 있었습니다.

이것도 전적으로 평소부터 응원해주시는 여러분 덕분입니다.

진심으로 감사드립니다.

게다가 이 책은 라이트 노벨치고 꽤 두꺼워서 글자가 가득한데도 불구하고 후기까지 읽어주시니 작가로서 뭐라 감사의 말씀을 드려야 할지 모르겠습니다.

후기이니까 헬 모드에 대해 작가의 이런저런 생각을 써보고자 합니다.

헬 모드의 세계관은 아마도 2권을 다 읽고 나서야 겨우 파악할 수 있었겠지요.

조금 긴 프롤로그가 되어버렸습니다. 하지만 한 명의 남자가 작은 마을에서 농노로 전생하고, 또한 세계를 알아 나가며 스스로 파고들기를 위한 목표를 갖게 되거나 동료와 만나고, 결국 세계를 위협하는 문제를 알기 위해서는 이러한 글자 수도 충분히 필요한 양이었다고 작가는 생각하는 바입니다.

서적판 헬 모드에서는 이제껏 미처 다 쓰지 못했던 내용도 써 나가고 싶은 마음이 있습니다.

WEB판은 주인공 알렌 시점이 무척 강한 작품이었죠.

다른 인물의 시점은 몹시 적어서 현시점에는 300화쯤 연재했습니다만, 막간 비슷한 장면은 이제까지 딱히 없었습니다.

스토리는 시점이 바뀌지 않는 만큼 빠르게 진행됩니다만, 알렌 혼자의 시점으로 이야기가 진행되는 까닭에 「부족함」을 느끼는 것도 분명히 사실입니다.

서적판에서는 특별 수록 에피소드 및 특전 SS(쇼트 스토리)를 활용해서 이제까지 묘사하지 못했던 알렌 이외의 등장인물을 주역으로 하는 이야기를 가능한 한 많이 써보고자 합니다.

클레나와 드골라, 세실 등 동료들, 또는 저들의 가족들이 무엇을 생각하고 있는가.

알렌 이외의 등장인물이 체험한 사건 및 감상을 알 기회가 되면 좋겠습니다.

후기도 글자 수 제한이 있기 때문에 작가의 게임 추억 이야기를 해볼까 싶습니다.

게이머가 전생한 이야기를 쓰고 있는 만큼 작가는 게임을 무척 좋아합니다.

작가가 맨 처음 접했던 게임은 패미컴으로 플레이하는 국민적인 롤플레잉 게임의 넘버 2였다고 기억합니다.

머나먼 기억인지라 조금 분명하지는 않습니다만, 언제부터인가 집에 본체와 소프트가 있었습니다.

분명 가족이 사다 놓았겠지요. 또한 그 무렵부터 게임이라면 롤플레잉이라는 생각이 소년이었던 작가의 마음에 새겨졌습니다.

초등학교 2학년 때로 기억합니다만, 성 주변에서 슬라임을 사냥하던 때 무기는 장비를 해야 의미가 있다는 것을 알지 못했던지라 「슬라임 엄청 강하다. 마릿수가 많으면 진짜 죽겠어」라고 착각했던 것이 첫 번째 추억입니다.

두 번째 추억은 분명히 「부활 주문을 잘 적어 놨는데 어딘가 틀렸어」이겠지요.

초등학교 수업 때 정성껏 공책에 부활 주문을 적어 놓았던 기억이 있습니다.

그 시절의 게임은 지금 플레이해도 아마 어려울 겁니다.

공략의 힌트가 너무 적어서 초반과 중반에 막혀버린 뒤 공략을 포기하는 경우가 몇 번이나 있었습니다.

그 시절의 추억이 강하게 남아 있기 때문에 알지 못하는 것은 검증한다, 답을 알 수 없다면 모든 가능성을 검토해보자는 생각이 작가의 머릿속에 잠재적으로 생겨났을지도 모르겠습니다.

이렇듯 작가가 무척 좋아하는 게임도 소설가가 되자를 읽기 시작했을 즈음부터 몇 년간 하지 못했습니다.

아마도 게임을 끊고 3년쯤 지난 것 같군요.

겸업 작가라서 회사에 출근을 하며 집필하는 처지이니 시간이 별로 없다는 이유도 있습니다만, 일단 게임에 손을 대버리면 정말 큰 일이 벌어질 겁니다.

작가는 사회성을 아슬아슬하게 유지하며 틀림없이 오직 게임에만 몰두하겠죠.

이 책의 만화 연재가 시작됐습니다.

소설을 읽기 시작하고, 이렇게나 빨리 자신의 작품이 만화로 그려질 줄은 꿈에도 생각하지 못했습니다.

텟타 엔지 선생님께서 소년 만화풍으로 그려주시고 계십니다.

알렌과 친구들, 소환수의 활약, 마수와의 싸움 등 볼거리가 무척 많습니다.

코믹 어스 스타에서 공개 중이오니 만화도 꼭 읽어주시면 좋겠습니다.

만화도 한 권의 책으로 엮어 서점에 진열하는 날이 오기를 기대하고 있습니다.

다음 번에는 헬 모드 3권으로 꼭 만나 뵙고 싶습니다.

앞으로도 작품을 계속 만들어 가고 싶은 마음이오니, 아무쪼록 계속 하무오를 응원해주시기를 부탁드립니다. 감사합니다.

Thank you
so much!!

헬 모드 2
~파고들기 좋아하는 게이머는 폐급 설정 이세계에서 무쌍한다~

초판 1쇄 발행 2022년 12월 20일

지은이_ Hamuo
일러스트_ Mo
옮긴이_ 김성래

발행인_ 신현호
편집장_ 김승신
편집진행_ 권세라 · 최혁수 · 김경민 · 최정민
편집디자인_ 양우연
관리 · 영업_ 김빈원

펴낸곳_ (주)디앤씨미디어
등록_ 2002년 4월 25일 제20-260호
주소_ 서울시 구로구 디지털로 26길 111 JnK디지털타워 503호
전화_ 02-333-2513(대표)
팩시밀리_ 02-333-2514
이메일_ lnovellove@naver.com
L노벨 공식 카페_ http://cafe.naver.com/lnovel11

Hell mode ~yarikomizukino gamerwa haisetteino isekaide musosuru~ Vol.2
By Hamuo, Mo

ISBN 979-11-278-6604-4 04830
ISBN 979-11-278-6500-9 (세트)

값 10,000원